Only Enchanting
by Mary Balogh

あなたの疵《きず》が癒えるまで

メアリ・バログ
山本やよい[訳]

ライムブックス

Translated from the English
ONLY ENCHANTING
by Mary Balogh

Japanese translation published by arrangement with
Maria Carvainis Agency, Inc
through The English Agency (Japan) Ltd.

あなたの疵《きず》が癒えるまで

主要登場人物

アグネス・キーピング……………………未亡人
フラヴィアン・アーノット………………ポンソンビー子爵。元軍人。
ソフィア・ハント…………………………ダーリー子爵夫人。アグネスの親友
ヴィンセント（ヴィンス）・ハント………ダーリー子爵。元軍人
レナード（レン）・バートン……………ヘイゼルタイン伯爵。フラヴィアンの友人
ヴェルマ・バートン………………………ヘイゼルタイン伯爵夫人
ヒューゴ・イームズ………………………トレンサム卿。元軍人
グウェンドレン（グウェン）・イームズ……レディ・トレンサム。ヒューゴの妻
ジョージ・クラブ…………………………スタンブルック公爵。ペンダリス館の主人
ラルフ・ストックウッド…………………ベリック伯爵。元軍人
サー・ベネディクト（ベン）・ハーパー……准男爵。元軍人
サマンサ・ハーパー………………………ハーパー夫人
イモジェン・ヘイズ………………………レディ・バークリー。士官の未亡人
ドーラ………………………………………アグネスの姉

1

アグネス・キーピングは二六歳になる現在まで一度も恋をしたことがなく、今後もチャンスはなさそうだった。いや、そもそも、恋をしたいという気がなかった。自分の気持ちと、つましいながらも自分の暮らしを、自らの手で守っていきたいと思っていた。

一八の年に、ウィリアム・キーピングという近所に住む紳士と結婚することになった。生真面目な性格の男性で、暮らしぶりは堅実、ほどほどの資産があり、アグネスの父親を訪ねて折り目正しく結婚の希望を伝え、次に、父親の後妻も同席する場でアグネスに作法どおりの求婚をしたのだった。アグネスは夫に好意を寄せ、五年近くにわたって穏やかな結婚生活を送ったが、やがて、冬の寒さで体調を崩すことの多かった夫が亡くなった。未亡人として黒い喪服の着用が義務づけられている一年が過ぎてもなお、アグネスは空虚な悲しみのなかで夫の死を悼みつづけ、いまも悲嘆に暮れていた。

ただ、夫を熱烈に愛していたわけではなく、夫のほうもその点は同じだった。愛という言葉から連想されるのは制御できない奔放な情熱であり、そのようなことは考えるのも愚かだと思っていた。

制御できない情熱に駆られたウィリアムの姿を想像しようとして、アグネスは鏡に映った自分に向かって苦笑した。だが、やがて自分自身の姿に視線を据え、精一杯おしゃれした姿をいまここで賞賛しておいたほうがいいと思った。舞踏会の会場に着いたとたん、自分の装いにはなんの魅力もないことを痛感させられるだろうから。

アグネスが着ているのは緑色の絹のイブニングドレスで、けっして新しいものではなく――じつはウィリアムの生前に誂《あつら》えたのだ――当時ですら流行の先端を行くものではなかったが、それでもこのドレスが大のお気に入りだった。ハイウェスト、控えめな襟ぐり、短いパフスリーブ、裾と袖の縁に銀糸の刺繡《ししゅう》が入っている。古いものながら、くたびれた感じではない。そもそも、はるかに上流の世界で暮らす身分でないかぎり、一張羅のイブニングドレスを着る機会はそう多くないのだ。アグネスは数カ月前から、グロスターシャー州のイングルブルックという村の小さなコテージで、姉のドーラと一緒に暮らすようになった。

舞踏会に出るのは生まれて初めてだった。もちろん、村のパーティには出たことがある。舞踏会もパーティも呼び方が違うだけで、本質的には同じものだと言えなくもないだろう。しかし、じっさいには、天と地ほどの違いがある。村のパーティが開かれるのは公共の集会室で、たいてい宿屋の二階が使われる。舞踏会のほうは個人的な催しで、自宅に舞踏室を持つ裕福で身分の高い人々が主催するものである。そのような人々とそのような屋敷をイングランドの田舎で見かけることはあまりない。

ところが、すぐ近くにそういう屋敷があった。

　イングルブルック村からわずか二キロ足らずのところにあるミドルベリー・パークは、ダーリー子爵が所有する豪華な大邸宅で、アグネスの新たな親友ソフィアの夫がその子爵だった。広大な中央棟から長く延びる東翼には迎賓室があり、まばゆいほどに光り輝いている――というか、ソフィアと知りあってまもなく、ある日の午後に東翼を案内してもらったとき、アグネスはそんな印象を受けた。迎賓室のある一角に広々とした舞踏室も造られていた。

　ダーリー子爵が爵位を継いだのは、おじといとこが突然の事故で二人一緒に死亡したためで、その四年後のいまようやく、ミドルベリー・パークがふたたびこの界隈の社交の中心になろうとしていた。ダーリー子爵は砲兵隊の士官として半島戦争に参加し、一七歳で視力を失った。爵位と領地と財産が彼のものになる二年前のことだった。以後、ミドルベリー・パークで隠遁《いんとん》生活を送っていたが、今年の春、アグネス自身がこちらの村に越してくる直前に、子爵はソフィアと出会ってロンドンで結婚した。妻を持ったことと、おそらく年齢的に成熟してきたおかげで、以前は欠けていた自信が子爵の心に芽生え、ソフィア自身も夫を支えると同時に、広壮な屋敷と領地の女主人として新しい人生を歩みはじめていた。

　こうして今回の舞踏会が開かれることとなった。

　昔からの伝統として毎年一〇月上旬に開かれていた収穫祝いの舞踏会を、子爵夫妻が復活させたのだ。しかしながら、村人の噂《うわさ》によると、収穫祝いというより結婚のお披露目と舞踏会を兼ねているらしい。というのも、夫妻は出会ってわずか一週間後にロンドンでひそかに式を挙げ、大々的な披露宴は省略されてしまったのだ。両家の親族すら式に出ていない。ソフィアはミドルベリー・パークで暮らすようになってほどなく、近いうちに披露宴を開くことを約束した。それが今夜の舞踏会というわけだ。ただ、ソフィアのおなかがすでに膨らみはじめていて、ゆったりと流れるようなラインのスカートが現在の流行であるにもかかわらず、膨らみを隠すことはもうできなかった。正式に懐妊の発表があったわけではないが、すでに近隣の人々すべての知るところとなっていた。

舞踏会への招待は、特別の名誉というわけではなかった。この村と周囲の田園地帯に住む人々がほぼすべて招待されていた。また、アグネスの姉のドーラは子爵夫妻の両方にピアノフォルテをレッスンし、子爵にバイオリンとハープを教えているので、ずいぶん親しい関係にある。アグネスのほうは、絵に対する情熱という共通点がソフィアと自分にあることを知って以来、彼女と親友になった。アグネスは水彩画を専門とし、ソフィアは風刺漫画と児童書の挿絵の分野ですばらしい才能を発揮している。

さて、今夜の舞踏会には近隣の人々だけでなく、もっと華麗な世界の人々も招待されていた。ダーリー卿の姉たちが夫同伴でやってくる。それから、ダーリー卿の友人の一人であるポンソンビー子爵も。ソフィアの話によると、この二人は七人からなるグループのメンバーで、戦争で負ったさまざまな傷を癒すために、コーンウォールで数年間を共に過ごしたそうだ。メンバーの大部分が陸軍士官だった。自分たちのグループに〈サバイバーズ・クラブ〉という名前をつけて、毎年二、三週間ほど一緒に過ごす習慣だという。

ソフィアの身内も舞踏会に出てくれることになった。おじのサー・テレンス・フライ。この人は外交官だ。また、おばのレディ・マーチとその夫のサー・クラレンスも娘を連れてやってくる。

なんとも立派な顔ぶれで、アグネスは舞踏会への期待でわくわくしていた。自分のことを恋に夢中になるタイプだと思ったことがないのと同じく、社交界の華やかさに憧れるタイプだとも思っていなかった。しかし、今夜の舞踏会への期待は大きかった。それはたぶん、ソフィア自身が舞踏会に大きな夢を持っていて、アグネスがこの年若い友達を大好きになっていたからだろう。舞踏会が大成功に終わることを、ソフィアのために心から願っていた。

自分の手で結った髪にきびしい目を向けた。カールした髪をまとめてどうにか高く結いあげ、うなじと耳のあたりに細い巻毛をあしらった。だが、凝った髪形とはとうてい言えない。しかも髪そのものに際立った点がなく、艶々とした健康的な髪ではあるが、ごく平凡な茶色だ。顔のほうも際立った点はない――そう思いながら、鏡のなかの自分に悲しい笑みを向けた。醜い顔でないのは確かだ。十人並みというより多少ましな程度だろう。でも、絶世の美女とは言いがたい。そもそも、美女になりたいと思ったことがかつてあっただろうか？　わたしったら、舞踏会へ行くというだけでのぼせあがって、めまいが起きそうになっている。

アグネスとドーラは近隣からやってくる大半の人々と同じく、早めにミドルベリー・パークに到着した。社交シーズンのロンドンの貴族社会では遅刻するのが粋とされている――予定時刻より一〇分早く家を出たときに、ドーラがそう言っていた。そんな噂を聞いたそうだ。しかし、田舎の人々はもっと礼儀をわきまえている。だから、みんなが早めに来ていた。

舞踏室のドアまで来たとき、アグネスは息苦しさに襲われた。迎賓室のある一帯は花に飾られ、あらゆるところにハンギングバスケットが吊《つ》り下げられ、壁の燭台《しょくだい》のすべてでろうそくが燃えていて、ふだんと違ってまことに豪華な雰囲気だった。

両開きドアを一歩入ったところにソフィアが立ち、ダーリー卿と並んで客を迎えていた。その瞬間、アグネスは気分が楽になり、心からの思いやりのこもった笑みを浮かべた。自分が恋に落ちるとは思えないものの、恋というものが存在することは否定できないし、恋する者を見れば幸せな気分になれることも否定できないと思っている。ダーリー卿夫妻が人前でべたべたすることはけっしてないが、おたがいへのロマンティックな愛情があふれ、光り輝いて見えた。

ソフィアはターコイズブルーのイブニングドレス姿がとても豪華で、その色が赤褐色の髪をひきたてていた。結婚したばかりのころは、男の子みたいに短い髪だった。いまもまだ長くはないが、メイドが器用に髪を結って優美で上品なスタイルに仕上げてくれていて、アグネスはこのとき初めて、この友人は妖精のように愛らしいだけではないのだと気がついた。

ソフィアがドーラとアグネスに笑顔を向け、二人を同時に抱擁した。ダーリー卿は目が見えないはずなのに、笑みを浮かべて握手をしたときは、青く澄んだ目で二人を正面からまっすぐ見ているかに思われた。

「キーピング夫人、ミス・デビンズ、ぼくたちの一夜を完璧なものにするためにお越しくださるとは、なんと優しい方々でしょう」

こんなふうに言われると、まるで客のほうが子爵に恩恵を施しているかのようだ。黒と白に身を包んだ子爵はエレガントでハンサムだった。

初対面の人々を舞踏室のなかで見分けるのは、むずかしいことではなかった。田舎で暮らしていると、たとえ数カ月前に越してきたばかりでも、行く先々で同じ相手と顔を合わせるものだ。初対面の人々が最新流行の装いを凝らしているため、アグネスが充分に予期していたとおり、一張羅の緑色のドレスも野暮ったくなってしまった。この人々がおたがいに妍《けん》を競いあい、あとの者は圧倒されるばかりだった。

子爵の母親のハント夫人が、親切にも、ドーラとアグネスを人々に紹介してまわってくれた。まず、サー・クラレンスとレディ・マーチとミス・マーチに。三人とも威厳に満ちていた。ただ、レディ・マーチが頭につけている羽根飾りの高さには驚かされた。三人が――ついでに羽根飾りも――偉そうな態度で堅苦しく会釈をよこしたので、アグネスはドーラに倣い、膝を折ってお辞儀をした。次に紹介された相手はサー・テレンス・フライと継子のセバスチャン・メイコック氏で、どちらも、けばけばしさとは無縁の趣味のいい装いだった。サー・テレンスはアグネスたちに礼儀正しくお辞儀をして、村の美しさを称えた。息子のほうは背が高くてハンサム、感じのいい若い紳士で、歯を見せて笑い、お目にかかれて光栄ですと言った。あとでダンスを申しこみたいとも言ったが、姉妹のどちらに対しても具体的な約束はしなかった。

女たらしね――アグネスは思った――でも、相手の魅力より自分自身の魅力に酔いしれるタイプだわ。いえ、なんの根拠もないのに、第一印象だけでそんなきびしい判断を下してはいけない。

ハント夫人は次に、二人をポンソンビー子爵に紹介した。純白の麻のシャツと凝った形に結んだクラヴァットと銀色のチョッキ以外はすべて黒という、フォーマルな夜会服姿の子爵に比べると、ダーリー子爵だけは別として、舞踏会に出ているほかの男性はすべて色褪《いろあ》せてしまう。長身でスタイルのいい金髪の男性で、まるで神のようだった。もっとも、プラチナブロンドでも明るいブロンドでもない。アグネスから見ると、こうした色は男性にはふさわしくないものだ。申し分なく整った古典的な顔立ちに、鮮やかな緑色の目。その目には人生に飽き飽きしたような表情が浮かび、口元に嘲りの色が浮かんでいた。指の長い手の片方に、銀の柄がついた片眼鏡が握られていた。

アグネスは自分の平凡さをいやというほど思い知らされ、居心地が悪くなった。ハント夫人が二人を子爵に紹介したとき、子爵は片眼鏡を目に当てるようなまねこそしなかったが――きっと、育ちがよすぎて、そんな無礼な態度はとれないのだろう――アグネスのほうは、彼に全身を眺めまわされ、魅力なしと判定されたような気がしていた。子爵のほうからドーラと彼女にお辞儀をし、「ご機嫌いかがですか？」と尋ね、聡明《そうめい》とは言いがたい二人の返事にも耳を傾けてくれたのだが。

彼はアグネスを落ち着かない気分にさせるタイプの男性だった。もっとも、そういうタイプに出会ったことはあまりない。息をのむほどハンサムで魅力的な男性たちの前に出ると、アグネスはいつも、自分の平凡な器量と愚直で退屈な性格を痛感させられ、その結果、劣等感のかたまりになってしまう。わたしはそういう男性たちにどんな女だと思われたいの？　まつげをパタパタさせる頭が空っぽの女？　それとも、洗練されてウィットに富んだ女？　いやだわ、馬鹿みたい。

アグネスはラッチリー夫妻と話を始め、一週間前に自宅の納屋の屋根から落ちて脚を骨折した夫に同情の言葉をかけながら、早く子爵のことを忘れていつもの自分をとりもどしたいと思った。ラッチリー氏はダーリー卿夫妻のことをいくら褒めても褒め足りない様子だった。なにしろ、夫妻がわざわざ見舞いに訪れ、馬車を差し向けるからぜひ舞踏会に出てほしいと氏を説得し、さらには、子爵家の屋敷に一泊して翌日馬車で帰宅するよう勧めてくれたのだ。

アグネスは雑談するあいだも、胸を弾ませながら周囲を見まわしていた。床はぴかぴかに磨きあげられている。大きな壺《つぼ》に活けた秋の色彩の花々が至るところに飾ってある。火を灯したろうそくが並ぶ大きなシャンデリアが三つ、神話の場面が描かれた天井から吊り下げられている。壁の羽目板の上部にあしらわれた金泥仕上げの装飾帯に光が反射し、いくつもの丈長の鏡に炎が映しだされて、ただでさえ広々とした部屋がさらに何倍も広く見え、花々が何倍も豊富に飾られ、人々が何倍もぎっしり詰めかけているかに見える。楽団のメンバーが――なんと、グロスターからわざわざ八人編成の楽団を呼んだのだ――舞踏室の片側にある一段高い席につき、音合わせをしている。

一人残らず到着したようだ。客の出迎えを終えたダーリー卿とソフィアが舞踏室に入ってきたので、サー・テレンス・フライがそちらへ歩いていった。一曲目のカントリーダンスを踊るため、姪《めい》のソフィアをフロアにエスコートするようだ。アグネスは微笑した。また、マーチ一家がポンソンビー子爵にじりじりと近づいていく様子を見守るのも、なかなか楽しいことだった。一曲目の相手として、両親がミス・マーチを彼に強引に押しつける気でいるのは明らかだ。子爵がそちらに目を向けようともせず、ゆったりした足どりで一家から離れていくのを見守るのは、さらに二倍も楽しかった。彼が迷惑な相手をかわすのに慣れている紳士であることは一目瞭然だった。ああ、今夜の舞踏会が終わったら、ソフィアと会ったときにこの話をしなくては。こういう場面を意地悪な戯画にするのが、ソフィアは大の得意だ。

アグネスはマーチ家の三人の顔に浮かんだ無念そうな表情を観察するのに忙しかったため、ラッチリー氏が骨折した脚をのせているソファのほうにポンソンビー子爵がやってきたことに、最初は気づいていなかった。ただし、子爵は骨折した男性に見舞いの言葉をかけたり会釈をしたりするために近づいてきたのではなかった。かわりに、足を止め、アグネスに向かってお辞儀をした。

「キーピング夫人」物憂げな、少々退屈しているような声で、子爵は言った。「こういう集まりに顔を出すと、どうやら、お、踊らなくてはならないようです。少なくとも、わが友ダーリーが今日の午後、ぼくにそう教えてくれました。ダーリーは、め、目の見えないやつで、ぼくが踊らなくてもあいつにわかるはずはない、と世間の人は思うかもしれませんが、ぼくはダーリーのことをよく知っているので、周囲が何も言わなくてもちゃんと見抜くやつだと、か、確信しています。ときどき疑問に思うのですが、こういう場合にだますこともできないのなら、目の見えない友達を持つ意味がどこにあるでしょう？」

まあ、ときたま、言葉につかえるようね。外から見てわかる唯一の欠点がこれなんだわ。アグネスに声をかけてきたとき、彼はまぶたを軽く伏せ、どことなく眠たげな表情になっていた。ただし、目そのものには眠気など窺えなかった。

アグネスは笑いだした。どうすればいいのかわからなかった。わたしにダンスを申しこんでるの？　でも、はっきり言葉に出してはいない。そうでしょ？

「ええ。意味などないのです」片眼鏡を自分の目の近くまで持っていきながら、子爵は言った。美しく磨かれた爪にアグネスは目を留めた。もっとも、その手は紛れもなく男性のものだ。

「ど、同情してくださるのですね。だが、やはり踊らなくてはならない。不躾《ぶしつけ》ではありますが、ぼくと一緒にフロアを跳ねまわっていただけないでしょうか？」

ダンスを申しこまれてるんだわ。しかも、一曲目。誰かが申しこんでくれないかと、アグネスは熱い期待を抱いていた。まだ二六歳、老けこむ年齢ではない。でも、その相手が――ポンソンビー子爵？　ドアのほうへ駆けだして、家に着くまで止まらずに走りつづけたい、という衝動に駆られた。

わたしったら、どうしてしまったの？

「ありがとうございます、子爵さま」アグネスは答えた。ふだんどおりの落ち着いた声が出せたことにほっとした。「ただし、わたしは多少なりとも優雅に踊れるように努めるつもりです」

「あなたなら、き、きっと優雅でしょう。跳ねまわるのはぼくにお任せください」そう言って子爵が手を差しだしたので、アグネスは手の震えをどうにか抑えてそこにのせ、彼のエスコートでダンスフロアに出ていった。女性の列に並んだ彼女に子爵がお辞儀をし、それから向かい側の男性の列に加わった。

まあ、大変なことになってしまった——アグネスは思った。いまのところ、その思いしかなかった。しかし、もともとユーモアのセンスに恵まれていて、自分自身を笑い飛ばすことができる性格なので、それが救いとなって笑顔になれた。明日になったら、この半時間のことを思いだして楽しい時間が持てるだろう。人生最高の栄誉のひととき。一週間は楽しめそうだ。いいえ、二週間ぐらい。思わず噴きだすところだった。

向かい側では、ポンソンビー子爵が周囲のせわしない動きをすべて無視して、彼女をまっすぐに見つめかえし、皮肉っぽい表情で片方の眉を上げた。どうしよう。この女はなぜこんなにうれしそうな笑顔なんだ、といぶかしく思っているでしょうね。彼と踊れるのを喜んでいると思われそう。もちろん、喜んではいるけど、そんなことで得意げな笑みを浮かべるなんて、がさつな人間のすることだわ。

楽団が最初の和音を奏で、音楽が流れはじめた。

ポンソンビー子爵が自分は踊りが下手だとほのめかしたのは、当然ながら、まったくの謙遜だった。ダンスのステップとパターンを優美にこなし、しかも、男っぽさはいささかも損なわれていなかった。周囲の視線を集めていた。男性からは羨望の視線、女性からはうっとりした視線。ダンスのパターンが複雑なせいで、言葉を交わす機会はあまりなかったが、彼の目がアグネスだけに向けられていたので、二人きりで踊っているかに思われた。彼が踊っているのは、社交の場でにこやかにふるまうためだけではないような気がしてきた。

本物の紳士って、そういうものなのよ――ダンスが終わり、ポンソンビー子爵がドーラのところまで彼女をエスコートしてから、二人に丁寧にお辞儀をして立ち去ったとき、アグネスは自分に言い聞かせた。子爵が彼女に向けた視線には、特別なものは何もなかった。それなのに、今夜の半分も楽しい夜を過ごしたことはこれまで一度もなかったという、意外な思いにとらわれた。

〝過ごした〟？　それじゃまるで、もう終わってしまったみたい。

「うれしいわ」ドーラが言った。「あなたを踊りの相手に選ぶ趣味のいい人がいてくれて。あの方、息をのむほどハンサムだと思わない？　ただ、正直に言うと、わたし自身はあの左の眉を警戒してるけど。周囲を嘲笑してる感じだわ」

「ええ、そうね」アグネスは同意し、頰に扇子で風を送りながら、姉と二人で笑った。

しかし、彼が眉や態度で自分を嘲笑していたとは、アグネスには思えなかった。かわりに、甘美な思いに包まれた。今夜の舞踏会と、一曲目の踊りと、踊った相手のことを、これから何日も、いえ、おそらく何週間も、うっとりと思いだすであろうことは、なんの疑いもなく確信できた。それどころか、この先何年ものあいだ思いだすだろう。いますぐ家に帰れば、最高に幸せな気分のままでいられるのに。もっとも、夜のこんな早い時間に帰るなんて無理に決まっている。ああ、このあとはすべてが色褪せてしまう。

しかし、そんなことはなかった。

誰もが日々の悩みを忘れ、ミドルベリー・パークで開かれた収穫祝いの豪華な舞踏会を楽しもうとしていた。もうじき愛の結晶が生まれる予定の若き子爵の幸せな結婚を祝うために、すべての人が舞踏会にやってきた。三年前にこちらに居を定めたころの子爵は、目が不自由なせいで世捨て人のような日々を送り、母親と祖母と姉たちから過保護にされて窒息しかけていたため、村人たちの大きな同情を集めたものだった。今夜は、小柄でほっそりした妖精のような乙女と子爵の結婚を祝おうとして、みんながやってきた。彼女が屋敷に来て七カ月になるが、その温かな魅力とかぎりなき活力に村人たちは日々魅了されるばかりだった。

アグネス自身も、どうしてその人たちと一緒に楽しみ、結婚を祝わずにいられるだろう？もちろん、ちゃんと楽しんでいた。一曲残らず踊ったし、ドーラも何曲も踊っているのを見てうれしくなった。夜食の席へは、ダーリー子爵の義兄の一人であるペンドルトン氏がエスコートしてくれた。気さくな紳士で、食事をしながらとなりの席で話し相手になり、反対側からは、子爵の母方の祖母に当たるパール夫人が話しかけてくれた。

乾杯とスピーチがくりかえされ、ウェディングケーキが切り分けられた。まるで本式の華やかな結婚披露宴のようだった。

そう、一曲目でわくわくしたあとも、興奮がしぼんでしまうようなことはなかった。夜食のあとでふたたびダンスが始まる——しかも、ワルツだ。今宵初めてのワルツ。そして、おそらく最後のワルツになるはずで、客のあいだにかなりの興味をかき立てていた。というのも、ロンドンやその他の流行の中心地ではすでに何年も前から人々がワルツを踊っているが、田舎ではまだまだ大胆すぎると思われていて、地元のパーティでプログラムに組みこまれることはほとんどない。アグネスはワルツのステップだけなら知っている。ドーラと一緒に練習したのだ。ドーラはそれを音楽の生徒の何人かに教えていて、そのなかにソフィアも含まれていた。ソフィアがおじに当たる紳士とワルツを踊る予定であることを、姉がアグネスにこっそり教えてくれた。

ところが、ソフィアのワルツの相手はおじではなかった。ざわめきが笑い声と混ざりあって高まりつつあったので、何事かと思ってそちらを向いた瞬間、アグネスもそれを目にした。誰かがゆっくりと拍手を始め、徐々に喝采の輪が広がった。

「奥さんとワルツを踊れよ」誰かが言った——ハリソン氏だった。ダーリー卿ととくに仲のいい男性だ。

ソフィアがダンスフロアに立ち、腕を差しだして、ダーリー子爵の片手を握りしめた。上気した彼女の頬に笑みが浮かんでいた。そう、夫を説得して一緒に踊ろうとしている。いまや、舞踏室の客の半数がリズミカルに拍手をしていた。アグネスもそれに加わった。

そして、誰もがハリソン氏の言葉をまねて、呪文のようにくりかえしていた。

「奥さんとワルツ。奥さんとワルツ」

子爵は誰もいないフロアへソフィアと一緒に出ていった。

「ぼくがとんでもない醜態をさらしても」みんなの叫びと拍手が静まったところで、子爵は言った。「みなさん、どうか見なかったふりをしてくださいね」

どっと笑い声が上がった。

ほかの人々がフロアに出るのを待たずに、楽団の演奏が始まった。

アグネスは両手を胸の前で握りあわせ、みんなと一緒に見守った。どうか子爵が醜態をさらしませんように、と祈る思いだった。最初はぎこちないステップの子爵だったが、笑みを浮かべ、見るからに楽しんでいる様子だったので、アグネスはいつしか必死に涙をこらえていた。やがて、ダーリー子爵がワルツのリズムをつかんだらしく、ソフィアが輝くような賛美の表情を彼に向けたため、必死のまばたきにもかかわらず、涙がひと粒、アグネスの頬にこぼれてしまった。指先で涙を拭い、誰にも気づかれなかったことを確認しようと思って、あたりにこっそり目をやった。気づいた人はいないようだった。ただ、不自然に目を潤ませている者がほかにも何人かいた。

何分かすると音楽が中断し、子爵夫妻と共に踊ろうとしてほかのカップルもフロアに出ていった。アグネスは満足のため息をついた。たぶん、せつない気持ちも少しはあっただろう。ああ、きっとすてきでしょうね……。

となりに立つドーラのほうを向いた。「ソフィアにしっかり教えておいたのね」

しかし、ドーラはアグネスの肩の向こうを凝視していた。

「ねえ」小さくささやいた。「あなた、今夜二度目の特別な申込みを受けることになりそうよ。今後一週間、あなたの自慢話を聞かされそうだから、一緒に暮らすのは遠慮したいわ」

アグネスには返事をする暇も、首をまわして、ドーラが何を——もしくは誰を——見ているのかを確かめる暇もなかった。

「キーピング夫人」どことなくけだるそうなポンソンビー子爵の声がした。「ど、どうかぼくに言ってください。次の特別な、ダ、ダンスでぼくのライバルとなる男は誰もいない、と。いると言われたら、ぼくは打ちのめされてしまいます。ワルツを踊るとき、ぼくには分別ある相手が、ひ、必要なのです」

アグネスは扇子をしきりに使いながら彼のほうを向いた。

「本気でおっしゃってるの？　でも、何を根拠に、わたしのことを分別ある人間だとお思いになったのかしら」いまのは褒め言葉なの？　〝分別がある〟というのは。

ポンソンビー子爵は三センチほど身をひいて、アグネスの顔に目を走らせた。

「あなたの目には、あ、ある種のきらめきが宿り、唇はほんの少しゆがんでいる。つまり、こ、行動する人であると同時に、観察する人でもあるというしるしだ。ときには観察をおもしろがる人だ。ぼくの目に狂いがなければ」

まあ、なんてことを……。アグネスは驚きの目で彼を見た。誰にも気づかれないよう願っていたのに。この人の言うとおりなのかどうかは、自分でもよくわからないけど。

「でも、ほかのどんな踊りよりもワルツのときに分別ある相手をお望みなのは、どうしてでしょう？」アグネスは子爵に尋ねた。

つべこべ言わずに彼の申込みに応じるのが、分別ある態度というものだ。本物の舞踏会でワルツを踊る以上にすばらしいことは、いまのアグネスには何ひとつ思いつけないのだから。ほかのカップルがフロアに出ていくあいだ、楽団はしばらく待っているように見えるが、いまにも音楽が流れはじめるに違いない。ポンソンビー子爵とワルツを踊るチャンスがアグネスに差しだされたのだ。

「ワルツというのは、パ、パートナーと最後まで向かいあって踊るものです」子爵は言った。

「少なくとも、ある程度は興味深い会話を、き、期待したいと思っています」

「まあ。では、お天気の話題などは避けたほうがよさそうね」

「ついでに、自分の健康状態や、三世代か四世代ほど離れた知人たちの噂話も」ポンソンビー子爵はつけくわえた。「ワルツを、お、踊っていただけますか？」

「本当にわたしで構いませんの？　だって、あなたのいまのお言葉で、わたしは口が利けなくなってしまいそう。分別ある会話にふさわしい話題が、いえ、とにかく会話を進めるための話題が、わたしに何か思いつけるでしょうか？」

ポンソンビー子爵が何も答えずに手を差しだしたので、アグネスはそこに自分の手を置き、彼が笑みを浮かべた瞬間、膝の力が抜けそうになった。まぶたを伏せた物憂げな微笑。こうして公の場にいるのに、二人きりでいるような親密さを暗示する微笑だ。

わたしはいま、遊び半分に女を口説くのが得意な男性と踊ろうとしてるんだわ——アグネスは思った。

「ワルツを踊るヴィンセントを見ているだけで」二人でフロアに出て、向かいあって立ちながら、ポンソンビー子爵が言った。「な、泣きたくなってくる。あなたもそう思いませんか、キーピング夫人？」

いやだわ、さっきの涙を見られてしまったの？

「あの方の踊りが不器用だから？」アグネスは両方の眉を上げた。

「あいつが熱烈な、こ、こ、恋をしているからです」子爵が答えたが、〝恋〟という言葉のところでひどくつかえた。

「熱烈な恋はお好きじゃないのかしら、子爵さま」

「ほかの者にとっては、うっとりする経験でしょうね。だが、やはり、天候を話題にしたほうがいいかもしれません」

しかし、それは実現しなかった。楽団が勢いよく和音を奏ではじめたからだ。子爵がアグネスのウェストの背後に手をすべらせ、アグネスは彼の肩に手を置いた。子爵が彼女の反対の手を握るなり大きく旋回したため、アグネスは息が止まりそうになり、その瞬間、口説きの名人であると同時にワルツの名手でもある男性と踊っていることを実感した。わたしがワルツのステップを知らなかったとしても、なんの支障もなかったに違いない。彼のリードについていかずにいるほうが無理なほどだ。

周囲で色彩と光が舞っていた。アグネスは旋律に、そして人々の話し声と笑い声に包みこまれた。無数の花々と、ろうそくと、コロンの香りが混ざりあっていた。ワルツのターンをするたびに胸が高鳴った。自分も高揚感の一部となり、しかも、その中心にいる。

男性のリードで何度もターンをくりかえした。分別のあるなしにかかわらず会話はまったくしないで、おたがいの身体のあいだにほどほどの距離を保ったまま、眠そうに見せつつもじつは鋭い目でアグネスをじっと見ている男性。彼女のほうも視線を返すだけだ。目をそらしたほうがいい？　控えめに下を向いたほうがいい？　それとも、何か話題を見つけたほうがいい？　などと迷うこともなく。

輝くばかりにハンサムで、圧倒的な魅力を備えた男性なので、アグネスはその魅力に対して防御の壁を築くことができなかった。彼の顔は豊かな個性を秘めていて、皮肉っぽさと、激しさと、謎めいたものに満ちているため、生涯を共に過ごしても彼の本質をつかむのは無理だろうと思われるほどだった。彼のなかには力強さがあり、冷酷さとウィットと魅力と苦悩があった。

しかし、こうしたことをアグネスは意識的に考えたわけではなく、口に出すこともなかった。鮮烈な一瞬のなかに囚われの身となり、その一瞬を永遠のようにも、また、まばたきをする瞬間のようにも感じていた。

音楽が中断することは二度となかった。旋律が終わりを告げたとき、ワルツも終わった。そして、彼の瞳に嘲りの色がよみがえり、軽くゆがめた唇にもふたたびかすかな嘲りが漂った。

「結局、ふ、分別の出番はありませんでしたね。ひたすら魅惑的だった」

魅惑的？

子爵はアグネスをドーラのもとに返し、優雅にお辞儀をすると、何も言わずに立ち去った。

そして、アグネスは恋をしてしまった。

愚かにも、深く、熱く、輝くような恋をした。

皮肉屋で、世慣れていて、おそらくは危険な遊び人に。

この人と会うのは今夜かぎり。二度と会うことはないだろう。

ええ、そのほうがいい。

いいに決まっている。

2

五カ月後

三月上旬にしては麗《うら》らかな一日で、多少肌寒くはあるものの、クリスマス以来頻繁に続いていた大雨も強風も影を潜め、太陽が輝いていた。ポンソンビー子爵フラヴィアン・アーノットは、イングランドの風景のなかを狭苦しい旅行用馬車に閉じこめられて進まなくてもすむことにほっとしていた。従者と荷物が詰めこまれた馬車をうしろに従え、彼自身は馬で旅をしていた。

〈サバイバーズ・クラブ〉の毎年恒例の集まりは、いつもならコーンウォール州にあるスタンブルック公爵の本邸ペンダリス館で開かれるのだが、今年はグロスターシャー州にあるヴィンセントの屋敷、ミドルベリー・パークへ会場を移すことになったため、例年とは違う雰囲気の集まりになりそうだった。クラブのメンバー七人はかつて、戦争で負ったさまざまな傷を癒すために、ペンダリス館で三年間を共に過ごした。別れの日が来ると、友情を新たにし、その後の回復ぶりを報告しあうために、毎年何週間かこの屋敷に集まろうということで、全員の意見が一致した。そして、その約束を守りつづけてきた。ただ、二年前の集まりは一人が不参加だった。ヒューゴがコーンウォールへ向かおうとした矢先に、父親が亡くなったのだ。彼の欠席を誰もがひどく残念がった。

そして、今年は下手をするとダーリー子爵ヴィンセントが参加できないところだった。二月末に初めての子が生まれる予定なので、三月にミドルベリー・パークを離れるつもりはぜったいにないことを、五カ月も前に宣言したのだ。念のために言っておくと、レディ・ダーリーは〈サバイバーズ・クラブ〉の集まりが夫にとって大きな意味を持つことを知っていたので、夫を説得して欠席を思いとどまらせようとした。それが事実であることはフラヴィアンが証言できる。しかし、けっして妻のそばを離れないというヴィンセントの固い決意を知って、レディ・ダーリーは問題を解決するために、〈サバイバーズ・クラブ〉の面々にミドルベリー・パークに来てもらおうと提案した。そうすれば、ヴィンセントは欠席しなくてすむし、妻のそばを離れる必要もない。

あとのメンバーに打診したところ、場所を変更することに全員が同意した。もっとも、不思議な気分ではあったが。さらに、前回の集まりのあとで三人が結婚したため、今年は夫人同伴ということになり、それが不思議な気分をさらに高めていた。しかし、いつまでも変わらないものなど、人生にはひとつもない。ときに嘆かわしいことではあるが。

馬でイングルブルックの村に入り、肉屋のおやじに会釈をしたとき、フラヴィアンは旅が終わりに近づいたことを実感した。おやじは店の入口を掃いているところで、身に着けている丈長のエプロンは、前回肉を切り分けたときから一度も替えていないに決まっている。ミドルベリー・パークに続く馬車道への曲がり角は、村の通りの向こう端を越えてすぐのところにあった。フラヴィアンはふと思った――〈サバイバーズ・クラブ〉の今年の集まりも自分がいちばん乗りだろうか。どういうわけか、だいたいそうなのだ。この集まりをいかに楽しみにしているかの表れと言っていいだろう。ふだんの彼からは考えられないことだ。いつもなら、世の流行に従って、社交的な催しには遅れて顔を出すことにしている。ときには大幅に遅れることもある。

去年の春には、ロンドンの〈オールマックス〉の神聖なるドアから締めだされるという、忘れがたい経験までしてしまった。毎週開かれている舞踏会に出るため、クラブの規則に定められているとおり、古風な膝丈ズボンという正装で出かけたのだが、到着したのが一一時二分過ぎだった。このクラブにはまた、一一時以降は入場禁止という規則がある。フラヴィアンは自分の懐中時計が遅れていたことに気づいて愕然《がくぜん》とし、悲嘆に暮れた――というか、翌日、彼のおばにそう訴えた。じつは、そこの娘と、つまり彼のいとこと踊る約束をしていたのだ。おばはフラヴィアンに非難の目を向けて、必死に詫《わ》びようとする彼に辛辣な言葉をぶつけた。しかし、娘のジニーのほうはさらにきつい性格で、つんと顔を上げ、「ゆうべの〈オールマックス〉では次々にダンスを申しこまれて、カードがすでにいっぱいだったから、あなたが顔を出してくれても、落胆させるしかなかったでしょうね」と言っただけだった。

しっかり者のジニー。こういう女の子がもっと増えればいいのに。

牧師館の庭の門をはさんで、牧師夫人が大柄な女性としゃべっているところに行きあわせたので、帽子のつばに乗馬用の鞭《むち》を当てて挨拶した。以前、牧師夫人に紹介されたことがあるのだが、フラヴィアンは人の名前を覚えるのが嘆かわしいほど苦手だ。二人の女性に「気持ちのいい午後ですね」と声をかけると、二人は陽気に返事をして、「ほんとにそうですわ。ずっと続いてほしいものです」と言った。

別の女性が一人、通りを彼のほうに向かって歩いてきた。大きめの野外用イーゼルを脇に抱え、空いたほうの手に袋を持っている。たぶん、スケッチの道具が入っているのだろう。ほっそりした若々しい身体つきに、フラヴィアンは賞賛の目を向けた。流行の装いではないものの、趣味のいい服を着ている。馬が近づく音を耳にしたようで、女性がはっと顔を上げた。見覚えのある顔だった。

確か……ワーキング夫人？　ルッキング？　ダーリング？　ウィーディング？　くそっ、思いだせない。ヴィンスの舞踏会のとき、レディ・ダーリーに頼まれて、この女性と踊ったんだ。レディ・ダーリーの大切な友達ということだった。ワルツも踊った――そう、この女性と踊った。

すれ違うとき、帽子を傾けて彼女に挨拶した。

「どうも……気持ちのいい午後ですね」

「まあ、子爵さま」女性は膝を折って軽くお辞儀をし、眉を上げて大きな目で彼を見つめた。それから頬を染めた。頬が上気したのは三月の冷気のせいだけではなさそうだ。ふつうの色だったのが一瞬でバラ色に染まっていた。まぶたが伏せられ、目の表情が読めなくなった。

ほほう。興味深い。

整った顔立ちの女性で、華やかなところはないが、美しい目をしている。いまは残念ながら、まぶたの下に控えめに隠れているけれど。そして、唇は冗談を言うのに、もしくはキスをするのに向いているようだ。前にも冗談を言ったような記憶が——いや、思いだせない。一瞬、記憶の隅になんらかの光景がちらついたが、はっきりした形をとる前に消え去った。苛立たしいことだが、彼にとっては、これが記憶というものだった。過去のなかに潜む小さな、いや、たぶん巨大な空白で、ちらっと姿を見せたときに初めてその存在を知ることができる。つかまえて正体を見定められるぐらい長いあいだ姿を見せることもあれば、何がなんだかわからないうちに消えてしまうこともある。いまのはすぐ消えてしまうパターンのひとつだった。まあ、仕方がない。

初々しい乙女の時代は過ぎているようだが、おそらく、ぼくより若いだろう。いや、若いに決まっている。なにしろ、ぼくはもう三〇歳。化石みたいなものだ。

手綱をひいて馬を止めるのは省略した。彼女の名前はなんだっただろう？　フラヴィアンはそのまま馬を進め、彼女もそのまま歩き去った。

分別のある人——通りの端まで行き、ミドルベリー・パークの門があいているのを目にし、曲線を描いて延びる緑豊かな馬車道に馬を進めたとき、そう思った。収穫祝いの舞踏会でレディ・ダーリーの頼みに応じてあの女性と踊ったとき、そんな印象を受けたのだ。そして、夜食のあとのワルツを申しこんだとき、彼女となら分別ある会話ができそうだからというような説明をつけたのだった。

褒め言葉には聞こえなかったかもしれない。いまならそう思えるが、気づくのが五カ月ほど遅すぎた。この言葉に女性が胸をときめかせ、彼にロマンティックな憧れを抱くようになるとはとうてい思えない。しかし、問題にすべきはその点ではない。そうだろう？　ワルツを踊るあいだ、分別のあるなしに関係なく、言葉を交わすことはいっさいなかった。ひたすら……魅惑的だった。

いまになってあのときの印象がよみがえるとは妙なことだ。舞踏会が終わった瞬間、そうした思いは記憶から完全に消えてしまったというのに。不思議な気がして、いささか困惑させられもした。〝魅惑的〟などという言葉が浮かんでくるなんて、自分はいったい何を考えていたのだろう？　それに――その記憶は正しいのだろうか？　彼女の前で声に出してそう言ったのだろうか。

〝分別の出番はありませんでしたね。ひたすら魅惑的だった〟

どういうつもりでそんなことを言ったのか？

率直に言うと、魅惑的な女性ではなかった。身ぎれいで品がよく、ほどほどの美人なのは確かだ。だが、ドキッとするような魅力はない。美しい目と、冗談を言うのに、さらにはキスをするのにぴったりの唇だけでは、男の目や心を奪うことはできないし、春のように甘い想像をかき立てることもない。いずれにしろ、あの舞踏会が開かれたのは一〇月だった。

魅惑的か、いやはや。自分自身、日常的に使う言葉ではないのに。

彼女に聞こえていなければいいのだが。あるいは、聞こえたとしても、もう忘れてくれていればいいのだが。

だが、彼女はついさっき頬を染めていた。

馬車道が木立を抜けると、木々を芸術的な形に刈りこんだトピアリー庭園の景観が広がった。その次に現われたのは花々に飾られた格調高いパルテール庭園で、まだ早春だというのに豊かな色彩にあふれていて、その先に、左右に長く延びる屋敷の印象的な正面部分が見えてきた。前回ここに来たときと同じく、ヴィンセントはけっしてこの景色を見ることができないのだという思いが、フラヴィアンの胸に広がった。視力を失うのはもっとも苛酷な苦難のひとつに違いない。フラヴィアンは昔からそう思っていた。現在のヴィンセントの姿を目にし、彼がいつも明るくふるまい、人生と真摯に向きあい、幸福と意義にあふれた人生を築いたことを知っても、視力をなくした彼が不憫《ふびん》で、いまだに涙がこみあげてくる。

屋敷の人々と顔を合わせる前に、まだしばらく馬で進まなくてはならないことが、かえってありがたかった。涙ぐんだまま馬で到着する姿を見られたら、みんなにどう思われるだろう？　そう考えただけで全身に震えが走った。

数分後、玄関の堂々たる両開き扉の前のテラスに馬を乗り入れたとき、屋敷に近づく自分の姿をやはり人々に見られていたことを知った。扉がすでにあけられ、外階段のてっぺんにヴィンセントが立っていた。盲導犬のリードを短めに持って傍らに立たせ、空いたほうの手を彼の妻が握りしめていた。二人とも満面の笑みでこちらを見ている。

「誰も来ないんじゃないかと心配になっていたんだ」ヴィンセントは言った。「だけど、きみが来てくれた、フラヴ」

では、やはりこのぼくがいちばん乗りか。

「なぜぼくだとわかったんだい？」優しさに満ちた顔でヴィンセントを見上げて、フラヴィアンは尋ねた。「白状しろ。ぬ、盗み見してたんだろ」

夫妻が外階段を下りてくるあいだに、フラヴィアンは鞍《くら》から飛び下り、厩《うまや》のほうから急ぎ足でテラスを横切ってやってきた馬番に馬を預けた。ヴィンセントを固く抱きしめ、次に夫人のほうを向いて手をとった。しかし、夫人はそんな堅苦しい礼儀作法など望んでおらず、フラヴィアンを抱きしめた。

「待ち遠しくてそわそわしていたのよ。特別すてきなご馳走《ちそう》を待つ二人の子供みたいに。わたしたちだけでお客さまをもてなすのは、これが初めてなの。わたしのお産がすむまで義母《はは》がついていてくれたけど、先週、バートン・クームズの自宅に帰ってしまったの。向こうに帰りたくてたまらない様子だったから、わたしもとうとう、〝お義母《かあ》さんがいらっしゃらなくても、わたしたち二人でなんとかやっていきます。ただ、すごく寂しくなりそうです〟って言うしかなくなったの。寂しいのは事実なのよ」

「しかし、すっかり元気になられたようですね」フラヴィアンは言った。

「お産のことをどうしてみんなが重病みたいに言うのか、わたしには理解できないわ」レディ・ダーリーはフラヴィアンの腕に手をかけて一緒に階段をのぼりながら言った。犬に導かれたヴィンセントも、フラヴィアンをあいだにはさんで階段をのぼっていった。「最高に元気よ。ああ、ほかの人たちも早く来てくれればいいのに。わたしたちが興奮で身体を破裂させたり、それに劣らず不作法なまねをしたりせずにすむように」

「客間へ行って何か飲んだほうがいいと思うよ、フラヴ」ヴィンセントが言った。「子供部屋を覗いてわが家の跡継ぎ息子に崇拝の目を向けることを、ぼくたちのどちらかがきみに勧めようと考える前に。ぼくたちは目下、世間の人もうちの息子に同じように夢中になるわけじゃないってことを、理解しようとしているところなんだ」

「手の指も、足の指も、一〇本ずつそろっているかい？」フラヴィアンは尋ねた。

「そろってるよ。数えてみた」

「そして、ほかのものもすべて、あ、あるべき場所にちゃんとついているわけだね？　だったら、大いに安心し、満足できる。ところで、ぼくは喉が渇いて、し、死にそうだ」

赤ん坊を見せてもらい、あやすというのが、フラヴィアンは昔からどうも苦手だった。ところが、いまは、ヴィンセントは自分の息子の顔を一度も見ていないし、永遠に見ることもできないと思っただけで、こみあげてくる涙を喉の奥で必死にこらえなくてはならなかった。残りの仲間が早く来ればいいのにと思った。ヴィンスはみんなに愛されている。もっとも、口に出してそう言う者は一人もいないが。仲間がそばにいれば、フラヴィアンも感情に封をして、彼に似合わぬ哀れみの心を抑えこむことができるだろう。

くそっ、ヴィンスはわが子とクリケットをすることもけっしてない。

こうしてここにいるだけで、ぼくはひどく感じやすくなり、いまにも泣き崩れそうな有様だ。なぜなら、いまここにいるから。故郷にいるから。ここが生まれ育った場所だという意味ではなく、もうじき仲間たちが到着して、ぼくとヴィンセントに合流するからだ。そうすれば、この身はもう安全だ。元気をとりもどし、何があっても傷つかずにすむ。馬鹿げた考えだが！

客間に入るか入らないかするうちに、馬車道に馬の蹄《ひづめ》の音が響き、ガラガラと走ってくる馬車の音がした。フラヴィアンが縦長の窓から覗いてみると、それは彼の馬車ではなかった。ジョージの馬車でも、ラルフの馬車でもなかった。もしかしたらヒューゴ？　それともベン？　ベン——サー・ベネディクト・ハーパー——は、辺鄙《へんぴ》な土地があまたあるなかで、よりにもよってウェールズで暮らすようになったばかりだ。新妻の祖父のもとでいくつかの炭鉱と製鉄所を経営している。なんとも奇怪《きっかい》かつ信じがたいことで、少なからず驚かされた。それ以上に呆然《ぼうぜん》とさせられたのは、結婚式に参列するため、ヴィンセントを除く全員が一月にウェールズへふらふらと出かけたことだった。下手をすると、一カ月以上そちらで足止めを食っていたかもしれない。一カ月ものあいだ、ウェールズでどうするつもりだったのだ？　一月の半ばに。全員、頭を検査してもらう必要がある。もちろん、彼自身の頭だって、側頭部に弾丸を受けて落馬し、頭から地面に叩《たた》きつけられたとき以来、けっしてまともに機能しているとは言えないのだが。それはイベリア半島での忘れがたい戦闘中のことだった。ただし、忘れがたいというのは、周囲の人々にとってのこと。彼にとって、記憶はいまも巨大な空白のままだ。何も知らずに眠りつづけ、目がさめてから聞かされたような気がするだけだ。

「あら」両手を胸の前で握りあわせて、レディ・ダーリーが言った。「また誰かいらしたわ。一階に下りなくては。ヴィンセント、あなたはここにいてポンソンビー子爵にお茶を出してくれる?」

「ぼくも一緒に行くよ、ソフィー」ヴィンセントは言った。「フラヴィアンはもう大人だ。お茶ぐらい自分で注げるさ」

「しかも、一滴もこぼさずに」フラヴィアンはうなずいた。「だけど、もし構わなければ、ぼくも一緒に、お、下りることにする」

フラヴィアンはふたたび、例の馬鹿げた興奮を覚えた。年に一度の集まりにいちばん乗りしたことを実感させてくれる興奮。もうじき、七人が顔をそろえる。世界で誰よりも好きな仲間。親友。彼の命綱。彼らがいなかったら、あの三年の月日を乗り越えることはできなかっただろう。肉体は生き延びたかもしれないが、心のほうは死んでしまったに違いない。いまだって、この仲間がいなかったら生きていけないだろう。

大切な家族だ。

これとは別に、フラヴィアンには、同じ血をひき、同じ先祖を持つ、もうひとつの家族がある。その一人一人のことが好きだし、みんなからも愛されている。しかし、ジョージ、ヒューゴ、ベン、ラルフ、イモジェン、ヴィンセントというこの六人の仲間こそが、彼の魂の家族なのだ。

くそっ、とんでもない表現だ――〝魂の家族〟だなんて。自尊心のある紳士なら誰だって吐きそうになるだろう。声に出さなくて幸いだった。

キーピング――到着したばかりの仲間を迎えるために下りていく途中、なんの脈絡もなくこの名前が浮かんだ。心がふっと空白になった瞬間に浮かんだのだ――あの女性の名字が。キーピング夫人。未亡人。変わった名字だ。だが、アーノットというぼくの名字もたぶん、変わっているほうだろう。いや、よくよく考えてみたら、どんな名字でも変わっていると言えそうだ。

アグネスが家に戻ってボンネットとマントをはずし、髪の乱れを整えて手を洗うころには、心臓の高鳴りも充分に治まっていたので、階下の居間でドーラと顔を合わせても、姉の耳にその音が届く心配はなさそうだった。

舞踏会のときより、馬に乗っているときのほうがさらにハンサムで男っぽく見えるなんて、どう考えてもフェアではない。身に着けているのは渋い色合いの乗馬服。肩のケープが何枚重ねかはわからず、アグネスも数えてみることまでは思いつかなかった。金色の髪に、シルクハットをわずかに傾けて粋にかぶっている。しなやかな革のブーツ、ぴったりした乗馬用ズボンに包まれた力強い腿、軍人らしい姿勢、たくましい胸、周囲を嘲るようなハンサムな顔を目にして、アグネスは息が止まりそうだった。

もうじき家に着けると思った矢先に彼の姿を目にしたため、愚かにもどぎまぎしてしまい、自分がどんな態度をとったのか、いまはまったく思いだせなかった。礼儀正しく挨拶した？　ぽかんと見とれてしまった？　強風にあおられた木の葉みたいに、傍から見てもわかるほど震えだした？　頬を赤く染めた？　ああ、どうか、赤くなっていませんように。赤面なんかしてたら、とんでもない恥さらしだわ。だって、二六歳にもなるのに。しかも、未亡人だというのに。

「あら、お帰りなさい」古びてはいるが、愛情こめて手入れを続け、丹念に調律してあるピアノフォルテの鍵盤から手を上げて、ドーラが言った。「予定より遅かったのね。でも、あなたが絵を描きに出かけて、帰りが遅くならなかったときがあったかしら。ねえ、せっかくのお楽しみを逃してしまったわよ」

「遅くなるつもりはなかったんだけど」アグネスは足を止めて姉の頬にキスをした。

「わかってるわ」ドーラは立ちあがり、ピアノフォルテの上に置いてある銀のベルを鳴らした。お茶を持ってきてほしいという家政婦への合図だ。「ピアノフォルテを弾いているときのわたしも同じだから。二人そろってうわの空になりがちな芸術家タイプでよかったわ。でないと、相手を非難して延々と口論を続けることになりかねないでしょ。何か一心にスケッチできるものが見つかったのね？」

「草むらに水仙が咲いていたの」アグネスは言った。「花壇より野原で咲いている水仙のほうがずっと可憐《かれん》だわ。ところで、お楽しみを逃してしまったって、なんのこと？」

「ミドルベリー・パークに招待された人たちが続々と到着しはじめたのよ。しばらく前に、馬に乗った男性がやってきたわ。わたし、首の骨を折りそうなスピードで窓辺へ走ったけど、その人はすでに通り過ぎてしまって、うしろ姿しか見えなかった。でも、あれはきっと、一〇月の舞踏会でお目にかかった、嘲るような眉をしたハンサムな子爵ね」

「ポンソンビー子爵？」そう言ったとたん、アグネスの心臓がまたしても高鳴って、周囲の音を聞くことも、まともな声を出すこともできなくなりかけた。「ええ、お姉さんの推測どおりよ。わたし、通りの先のほうでばったり出会ったの。わたしの顔を覚えてらして、挨拶してくださったわ。ただ、こちらの名字はお忘れだったみたい。必死に思いだそうとしているのが見え見えだった。わたしの名前を呼ぶかわりに、〝どうも〟っておっしゃっただけなの」

いやだわ。わたしったら、そんなことまで気がついてたの？

「それから、ほんの数分前には」ドーラが言った。「馬車が二台通り過ぎたわ。最初の馬車に乗っていたのは二人よ。貴婦人と紳士。二台目には驚くほど大量の荷物が積みこんであって、男性が一人で乗っていたわ。あの偉そうな態度からすると、公爵か従者のどちらかでしょう。たぶん従者ね。思わずあなたを大声で呼びそうになったけど、家政婦のヘンリー夫人もそれを聞きつけて、通りに面した窓まで走ってくるに決まってるわ。そしたら、三人で目を皿のようにして通りを見つめ、自分の用事を片づけるのも忘れるという、まっとうなレディにあるまじき姿を村の人たちに見られてしまうでしょ」

「こちらに注意を払う人なんて、いるわけないわよ」アグネスは言った。「村の人たちもみんな、目を皿のようにして見つめるのに忙しいはずだもの」

二人で笑いだし、暖炉の両側にそれぞれ腰を下ろしたところへ、ヘンリー夫人がお茶のトレイを運んできて、ミドルベリー・パークに客が次々と到着しはじめたことを報告した。「でも、ミス・デビンズは演奏に没頭してらしたから、お気づきではないでしょうね」と言った。

家政婦が出ていくと、アグネスとドーラは苦笑を交わし、それから立ちあがって、村の通りを今度は誰がやってくるのか見ようとした。現われたのは若き紳士で、すばらしく粋な二輪馬車を自ら走らせていて、背後にお仕着せ姿の若き馬番が立っていた。馬車を走らせている若き紳士はほっそりしたハンサムなタイプだが、帽子をかぶっているにもかかわらず、こちらに見えているほうの頬に醜い傷跡が走っているのが見えた。そのせいで、海賊のような獰猛《どうもう》な印象になっている。

「自分でも呆れてしまうわ」ドーラが言った。「だけど、おもしろくて仕方がないの」

「ほんとね」アグネスもうなずいた。ただ、こんなことにならなければよかったのにと思った。二度と彼に会わずにすむよう、心から願っていたのだ。ううん、違う、もちろん会いたかった。いえ、会いたくなかった。ああ、もういや……五カ月前にはわたしのことなど眼中になく、いまはわたしの名前すら覚えていない男性に、初心《うぶ》な乙女のように胸をときめかせるなんて。

ソフィアが前に〈サバイバーズ・クラブ〉の話をしてくれたことがあった。年に一度、みんなでコーンウォールに集まるのだという。ただ、今年は彼女の夫が、ソフィアの言葉を借りるなら〝困ったお馬鹿さん〟が、お産を終えたばかりの妻を置いて出かけるのを拒んだため、かわりに、みんなにミドルベリー・パークまで来てもらうことにした。メンバーはダーリー子爵を含めて全部で七人。男性六人と女性一人。そのうち三人がここ一年のうちに次々と結婚した。ミドルベリーの屋敷に全員が三週間滞在することになっている。基本的には私的な集まりだが、村じゅうが興奮で沸きかえっている。〈サバイバーズ・クラブ〉の全員に爵位がある。もっとも地味なのが準男爵で、もっとも華やかなのが公爵だ。

クラブの面々にはぜったい近づかないことにしようとアグネスは決めていた。むずかしくはないはずだ。これまではソフィアに会うため、屋敷によく出入りしていたし、とくに、トマスが生まれる前の二カ月間はソフィアのほうから会いに来るのがどんどんむずかしくなったため、アグネスが訪ねていく頻度が高くなり、産後の一カ月間もその状態が続いていたが、屋敷に客が滞在しているあいだは、訪ねていくのをやめればいい。たとえポンソンビー子爵がメンバーに含まれていなくても、滞在客のもてなしでソフィアが大忙しになるから、アグネスは屋敷への出入りを中断していただろう。また、ソフィアとダーリー卿から遠慮はいらないと言われて、いつも庭園へスケッチに出かけていたけれど、滞在客が散策を楽しみそうな場所は避け、自分が出入りする姿を見られないようくれぐれも気をつけるつもりでいた。

今日も気をつけていたのに、いつのまにか時間を忘れてしまった。客の到着は夕方近くになるとソフィアが言っていた。そこで、アグネスは朝のうちに水仙をスケッチしておこうと思い、出かけていったのだった。三週間もスケッチを延ばすことはできない。水仙の花盛りは待ってくれないから。ドーラには「正午過ぎに帰ってくるわ。屋敷にお客さまが到着するのはそれよりずっとあとだから」と言って、家を出た。ところが、絵を描きはじめたとたん、時間を忘れてしまった。

それでもやはり、家に帰るときはずいぶん気をつけた。彼女が絵を描くのに選んだのは湖と木立の向こう側、東屋《あずまや》に近いところで、屋敷からはほとんど見えない場所だった。なにしろ、ミドルベリー・パークの庭園は広大だ。湖のへりをまわって芝生を横切り、馬車道に出るルートを戻るのはやめることにした。はるか遠くの屋敷から、わずかのあいだではあるが姿を見られる恐れがあるし、馬車道を歩いているときに誰と出会うかわからない。そこで、庭園の南側に延びる塀の内側にこんもりと茂った森に入っていき、緑色に染まった静けさと木々のかぐわしい香りを楽しみながら、老木の幹のあいだを縫って歩いていった。馬車道に出たときは、屋敷からずいぶん離れていて、門まであと一メートルほどしかなかった。門は日中ほとんど開いたままで、いまもそうだった。アグネスは次に、村の通りを自宅に向かって歩きはじめた。人の姿はどこにもなく、ジョーンズ夫人が牧師館の門の外に立って薬屋の妻のルイス夫人と噂話に花を咲かせているだけだった。そして、通りの向こう端では、肉屋のヘンチリーがおが屑《くず》を店の外へ掃きだしていた。ほかの誰かに後始末を押しつけるつもりなのだ。アグネスは顔を伏せて、家のほうへ急いだ。

もう大丈夫だと思ったそのとき、近づいてくる馬の蹄の音が聞こえた。アグネスは顔を上げもしなかった。村で馬を見かけるのは珍しいことではない。しかし、馬が近づいてくるにつれて、うつむいたままではいられなくなった。近所の人に挨拶をしないなんて、不作法きわまりないことだ。そこで顔を上げると、彼女のすぐ前に、いちばん避けたいと思っていた屋敷の客の物憂げな緑色の目があった。はっきり言って、ほかの客を避けるべき理由はどこにもない。まだ誰にも会っていないのだから。

不運としか言いようがなかった。

彼を目にした瞬間、あらためて自分を軽蔑したくなった。あのいまいましい舞踏会のわずか数週間後には、愚かな恋心などすべて捨て去ったつもりだった。恋をしたことはそれまで一度もなかったし、恋心を抱くようなまねは二度としないつもりだった。やがて、ソフィアから〈サバイバーズ・クラブ〉の面々がこちらに来ることを聞かされた。アグネスはそこで、今度彼と会うことがあっても——もちろん会わずにすむよう精一杯気をつけるつもりだが——冷静沈着に顔を合わせ、相手はダーリー卿の貴族仲間の一人で、たまたま顔見知りになった男性に過ぎない、という目で見ることができるはずだ、と自分を納得させていた。

彼はやはり信じられないぐらいハンサムだった。そして、できれば言葉にしないほうがよさそうな魅力をふんだんに備えていた。哀れな恋心を抑えこむことさえできるなら、そんな魅力については考えるのもやめたほうがよさそうだ。

だが、抑えることはできなかった。

去年の秋以来の愚かな思いがいっきによみがえった。まるで、彼女の肉体にも、頭脳にも、分別のかけらすら存在していないかのように。

「ねえ」二人で椅子に戻るあいだにドーラが言った。「わたしたちがお屋敷に招待されることはあるかしら、アグネス。おそらくないとは思うけど、あなたは子爵夫人と特別に仲がいいし、わたしはダーリー卿だけでなく夫人にも音楽を教えてるでしょ。つい先週、ダーリー卿に言われたのよ。〝ハープをマスターしようというぼくの努力を仲間が馬鹿にして笑ってばかりだから、ぜひ屋敷に来て本格的な演奏を連中に聞かせてやってください。そうすれば、みんな、笑わなくなるでしょうから〟って。でも、そう言いながら子爵自身が笑ってらしたわ。お仲間にずいぶんからかわれているようだけど、それはみんなから愛されてる証拠だと思わない？　きっと、ほんとに仲のいい人たちなんだわ。ただ、わたしがダーリー卿から演奏をじっさいに頼まれることはないと思うのよ。そうでしょ？」

アグネスは自分の愚かしい胸のときめきを払いのけて、姉に注意を集中した。姉の表情にも声にも憧れがにじんでいた。ドーラはアグネスより一二歳年上で、一度も結婚したことがない。父親が再婚するまではランカシャーの実家に住んでいた。父親の再婚はアグネス自身が結婚する一年前のことだった。ドーラはやがて、グロスターシャー州のイングルブルックという村で住込みの音楽教師を募集しているので応募したいと言いだした。首尾よく採用されてこちらに移り住み、慎ましいながらも快適な暮らしを送ってきた。村人たちの好意と尊敬を集め、才能を認められている。つねにさばききれないほどの仕事を頼まれている。

でも、果たして幸せと言えるだろうか？　近所の人々とうまくつきあっているが、とくに親しくしている友達はいない。恋人もいない。アグネスがここで同居を始めて以来、姉と彼女はますます仲良くなっている。実家にいたころもずっとそうだったように。しかし、はっきり言って世代が違う。ドーラが満ち足りた人生を送っていることはアグネスにもわかる。でも、それで幸せと言えるだろうか？

「たぶん、本当に演奏を頼まれると思うわ。主人役を務める人は誰だって、滞在客を歓待しようとするものだし、音楽の夕べ以上にすばらしいもてなしがあるかしら。それに、ダーリー卿は目が不自由だから、ほかのどんな娯楽よりも音楽に親しんでらっしゃるでしょ。お客さまのなかに音楽の天才がいないかぎり、ダーリー卿がお姉さんに演奏を頼むのはごく自然なことだわ。お姉さんほどの才能を持つ人をわたしはほかに知らないもの」

姉に大きな希望を持たせるのは、賢明とは言えないかもしれない。でも、客たちの到着に姉が興奮と期待を抱いていて、耳の肥えた聴衆の前での演奏を夢に見ていることに、この瞬間まで気づかなかったとは、わたしもなんて迂闊《うかつ》だったのだろう。

「あら、白状なさい」目を輝かせてドーラは言った。「あなたの知りあいはそう多くないでしょ。才能のある人もない人も含めて」

「おっしゃるとおりよ」アグネスは認めた。「でも、わたしが上流社会の人を残らず知ってて、あちこちの音楽の夕べでみなさんが才能を披露するのを聴いていたなら、きっと、お姉さんより上手な人はどこにもいないってわかったはずだわ」

「あなたのいいところはね、アグネス、えこひいきがひどいことよ」

二人は笑いだし、それからまた立ちあがって、新たな馬車が通り過ぎるのを見に行った。今度は立派な風采の年配の紳士と若い貴婦人が乗っていた。馬車の扉には公爵家の紋章がついていた。

「性能のいい上品で小さな望遠鏡さえあれば、何も言うことはないわ」ドーラが言った。

二人はまたしても笑いだした。

3

　全員が到着したあと、一日目の残りと、二日目のすべてと、あいだにはさまれた夜と次の夜の多くを、〈サバイバーズ・クラブ〉の面々は一緒に過ごし、ほとんど中断することなく話しつづけた。おたがいに報告したいことが一年分もたまれば毎年こんなふうになるものだが、去年の春にペンダリス館で集まって以来、仲間のうち三人が結婚し、そのたびにほとんどの者が顔を合わせてきたのに、今年もその点ではやはり変わりがなかった。

　フラヴィアンは三人の結婚で自分たちの絆《きずな》に何か影響が出るのではないかと、いささか不安に思っていた。いや、正直に言うなら、大いに不安だった。といっても、友人たちの幸せを妬んでいるのでも、一緒にミドルベリー・パークにやってきた三人の妻たちに反感を持っているのでもなかった。しかし、〈サバイバーズ・クラブ〉の七人は地獄を一緒にくぐり抜け、固い絆で結ばれた一団となって生還したのだ。おたがいのことを、ほかの誰も知らないほど、あるいは、知ることができないほど、詳しく知っている。自分たちのあいだには、言葉にはできない絆がある。その絆がなかったら、誰もがきっと粉々に砕けて――もしくは爆発して――しまうだろう。少なくとも、このぼくはそうだ。

もっとも、三人の妻たちはそれを心得ていて、尊重している様子だった。やたらと遠慮するようなことはないが、自分たちの夫やほかのメンバーと距離を置くようにしていた。ただし、よそよそしくふるまうわけではなかった。心遣いの行き届いた妻たちだった。フラヴィアンは初対面のときもそれぞれの妻にいい印象を持ったが、ほどなく、三人に心から好意を寄せるようになった。

〈サバイバーズ・クラブ〉の毎年恒例の集まりで彼が何よりもうれしく思っていたのは、三週間の滞在中、七人が離れがたいグループとしてべったり一緒に過ごすことはないという点だった。仲間と一緒にいたいとき、いる必要があるときは、つねに誰かがそばにいてくれるが、孤独がほしければいつでも一人になれる。

ペンダリス館は屋敷も庭も広大で、外部の者は入りこめない浜辺と海に面した崖の上に建っているので、仲間と過ごすにも、孤独に浸るにも、理想的な場所だった。しかし、ミドルベリー・パークのほうも、海から遠く離れているとはいえ、けっして負けてはいなかった。庭は広々としていて、正式な庭園や広い芝地や湖といった開放的な部分もあれば、屋敷の裏手の丘陵地帯に延びる自然歩道や、湖の向こう側の木立の奥に隠れたレバノン杉の小道と東屋と野原のようにひっそりした場所もある。もうじき、北側から東側の塀の内側に沿って南側の塀の途中まで、乗馬コースができる予定だ。工事はほぼ終わっている。完成すれば、目の見えないヴィンセントも自由に乗馬を楽しんだり、自分の脚で走ったりできる。盲導犬や、屋敷と庭園に加えられたさまざまな工夫と同じく、これも彼の妻の思いつきだった。

二日目の朝は、ベン――サー・ベネディクト・ハーパー――とヴィンセントが、ベリック伯爵ラルフ・ストックウッドに〝地下牢〟と名づけられた部屋から戻ったあとで、全員そろって朝食をとった。その部屋はワインセラーの一部をトレーニング室に改造したものだった。今日もまたいい天気だ。

「グウェンとサマンサは湖のほうへ散歩に出かけるそうよ」レディ・ダーリーが言った。ヒューゴの妻のレディ・トレンサムと、サー・ベネディクトの妻のレディ・ハーパーのことだ。「わたしは子供部屋で一時間ほど過ごしてからお二人を追いかけることにするわ。もちろん、散歩をご希望の方がほかにもいらっしゃれば大歓迎よ」

「ぼくは音楽室でしばらく練習しなくては」ヴィンセントが言った。「指の動きをなめらかにしておかないと。練習をさぼると、たちまち指が動かなくなるのには、自分でも驚いてしまう」

「神さま、われらにお慈悲を」フラヴィアンは言った。「バ、バイオリンかい、ヴィンス？　ピ、ピアノフォルテ？」

「両方だよ」ヴィンセントはにっこり笑った。「それから、ハープも」

「ハープを弾くたびにあんなに苛立ってたのに、ずっと練習を続けてたの？」レディ・バークリーが言った。「鋼鉄の意志の持ち主ね」

「独奏会でぼくたちをもてなそうなんて、まさか思ってないだろうな、ヴィンス」ラルフが尋ねた。「もしそのつもりなら、事前に警告してくれるのが親切というものだ」

「いまのが警告だと思ってくれればいい」ヴィンセントはあいかわらずの笑顔で言った。

スタンブルック公爵ジョージ・クラブとトレンサム卿ヒューゴ・イームズは、乗馬コースの工事の様子を見に行こうとしていた。ラルフとイモジェンは自然歩道を探検に出かけるつもりだった。結婚してまだ二カ月にもならないベンはいまも新婚気分で、湖へ散歩に行く妻とレディ・トレンサムに同行することにした。

残るはフラヴィアンだけとなった。

「一緒に乗馬コースへ出かけよう、フラヴ」ヒューゴが誘った。

「ぼくはレバノン杉の小道を見に行くつもりなんだ」フラヴィアンは言った。「去年の秋にここに来たとき、あそこへは一度も行かなかったから」

社交マナーを無視したこの奇妙に思われる決心に、誰も異議を唱えようとはしなかった。彼につきあおうと言いだす者もいなかった。一人になりたいという彼の無言の希望を誰もが理解していた。もちろんだ。ゆうべの出来事から考えて、こうなることをみんなが薄々予期していた。

毎年の集まりのあいだ、夜も更けてくるとたいてい、もっとも深刻な話しあいに移っていく。回復の途中でぶりかえした症状、直面した問題、耐えてきた悪夢などが話題にのぼる。もともと、そんなつもりで集まることにしたのではないし、いまも、胸の内を吐露しようとしてみんなが腰を下ろすわけではない。しかし、たいていそういう展開になる。ただ、ぐずぐずと愚痴をこぼしつづけるわけではない。まったく違う。仲間が理解してくれ、支えと同情と助言を与えてくれるのがわかっているから、胸の内を正直に話すことができる。ときには、誰かがすばらしい解決法を出してくれることもある。

ゆうべはフラヴィアンの番だった。彼自身にはその気はなかったのだが。まだ早いと思っていた。もうしばらく時間を置き、仲間と過ごす心地よさに思いきり浸ってからにするつもりだった。しかし、ベンの話が終わったあとで、しばらく会話がとぎれた。ベンは二本の杖《つえ》で不自由な脚を支えてぎこちなく歩きまわる生活を長いあいだ頑固に続けてきたのちに、最近ようやく車椅子を使う決心をした。それが彼の人生をいかに大きく変えたか、車椅子に頼るのは敗北だとずっと思っていたが、じっさいにはむしろ勝利だった、という話をしたところだった。

だが、みんなは彼の悲しみも感じとっていた。なぜなら、車椅子を使うことにしたのは、かつての自分には戻れないことをベンが認めたしるしなのだから。ほかの者もみんなそうだ。

短い沈黙が流れた。

「レナード・バ、バートンが亡くなって一年近くになる」突然、フラヴィアンは口走った。

声が震え、不自然に大きかった。

みんな、彼に怪訝《けげん》な顔を向けた。

「ヘイゼルタインだよ」フラヴィアンはつけくわえた。「ほ、ほんのいっとき、寝こんだあとのことだった。ぼくと同い年だった。ぼくはあちらの、か、家族にも、ヴェ、ヴェルマにも、く、悔やみ状を出していない」

「ヘイゼルタイン伯爵のことかい？」ラルフが言った。「いま思いだしたよ、フラヴ。去年、ペンダリス館を去ったしばらくあとにロンドンで会ったとき、きみ、伯爵の死去の話をしてたよな。あの男は――」

「そう」フラヴィアンは笑みを浮かべてラルフの話を遮った。「レナードはかつてぼくの親友だった。イートン校に入った最初の日にあいつと出会い、離れがたい親友になった。あんなことがあるまでは――」

そう、あんなことがあるまでは。

「きみが彼の話をしていたのは覚えている」ジョージが言った。「ただ、亡くなったことは知らなかった。確か、ロンドンにはけっして近づこうとしない男だったな？ 結局、仲直りはできなかったわけか、フラヴィアン」

「地獄で、く、朽ち果てるがいい」フラヴィアンは言った。

「伯爵が亡くなったことはわたしも知らなかったわ」イモジェンが言った。「レディ・ヘイゼルタインはどうしてるの？」

「あの女もだ。く、く、朽ち果てるが、い、い、いい――」フラヴィアンはやり場のない怒りに駆られ、握りしめたこぶしで自分の腿を何度か叩きながら、空気を求めてあえいだ。

「焦るな、フラヴ」ヒューゴがそう言って立ちあがり、酒のおかわりを注ぐためにフラヴィアンのそばのテーブルからグラスをとった。ブランデーのデカンターのところへ行く途中、友の肩を強くつかんだ。「朝までたっぷり時間がある。誰もどこへも行きはしない」

「大きく息を吸ってごらん」ヴィンセントが助言した。「頭のてっぺんから空気が泡になって立ちのぼり、風船みたいに飛んでいくまで、そのまま吸いつづけるんだ。ぼくは一度もうまくいったことがないけど、きみならできるかもしれない。たとえできなくても、泡になるのを待つあいだだけは、何が原因で耐えがたい思いをしているにしても、それを忘れられると思うよ」

「あいつの死を悼んでるわけではない」ブランデーをいっきに半分ほど飲んだあとで、フラヴィアンは言った。不意に生気のない声になった。「一年近く前のことだからな。それ以前は六年以上も絶交状態だったから、あいつを失っても悲しいとは思わない。ヴェルマはぼくと婚約中だったのに、ぼくを捨ててあいつを選んだ。何をしようと彼女の勝手だけどな。ぼくが二人の不幸を願ったことは一度もなかった。いまも彼女の不幸を願う気持ちはない。ぼくにとってはもうなんの意味もない人だ」

自分が一度も言葉につかえなかったことに気づいた。もしかしたら、障害を乗り越えたのかもしれない。あの二人のことも乗り越えたのかもしれない。

「いまも、彼女に悔やみ状を出さなくて悪かったと思ってるの？」イモジェンが訊いた。

フラヴィアンは首を横にふり、膝のすぐ上で両手を広げた。その手は痺《しび》れてじんじんしていたが、まったく震えていないのを見てほっとした。

「ぼくが手紙なんか出したら、向こうはかえって迷惑だっただろう。ぼくが、よ、喜んでるように思ったかもしれない」

しかし、こう言いつつも、フラヴィアンは訃報を聞いたあと何カ月も罪悪感につきまとわれ、そんな自分を腹立たしく思っていた。

「人生のその部分のドアを閉めることが、きみにはどうしてもできなかった。そうだろう?」ジョージが言った。「しかも、ヘイゼルタインが亡くなったいま、ドアはさらに閉めにくくなった。辛いだろうな、フラヴィアン。わたしも胸が痛む」

フラヴィアンは顔を上げ、陰気な目を公爵に向けた。「ドアはすでに閉め、かんぬきをかけ、錠もかけて、鍵は捨て去りました。し、七年前に」

それが事実でないことは彼自身がよく知っていた――くそっ! 仲間のみんなも知っている。だが、それを口にする者はいなかったし、本人を差し置いて話を続けようとする者もいなかった。おたがいのプライバシーに必要以上に踏みこむことはけっしてない。しかし、本人が望むならもっと話ができるよう、全員が沈黙した。

「彼女が実家に、か、帰ってくる」フラヴィアンは言った。「喪が明けて、帰って、く、くるんだ」

お節介なぼくの母とあのいまいましい手紙! ぼくがキャンドルベリー・アベイの最新ゴシップに興味を持つとでも思っているのだろうか。キャンドルベリー・アベイというのはサセックス州にある先祖代々の屋敷で、フラヴィアンはもう八年以上も帰っていない。母親の手紙によると、レディ・フルームが訪ねてきたという。キャンドルベリー・アベイから一五キロほど離れたファージングズ館に、サー・ウィンストンとレディ・フルームが住んでいる。サー・ウィンストンとフラヴィアンの父親が幼なじみで、学校も大学も一緒だったため、両家は昔からとても親しくしていた。ヴェルマはサー・ウィンストンの一人娘で、両親に溺愛されて育った。

母親の手紙がロンドンのフラヴィアンのところに届いたのは、彼がミドルベリー・パークに来る直前のことだった。〝今年の復活祭にはきっと、キャンドルベリー・アベイに帰ろうという気になるはずよ。帰るべき理由があるんですもの〟母親はそう書いて、〝帰るべき理由〟というところに線をひいていた。

ヴェルマが実家に戻ってくるという。幼い娘を連れて。ヘイゼルタインの娘だ。息子はいない。跡継ぎは生まれなかったわけだ。

「彼女がファージングズ館に戻ってこようと、ぼくには、か、関係ない」グラスの酒をいっきに飲みほして、フラヴィアンはつけくわえた。「どっちみち、ぼくは、キャ、キャンドルベリーに近づくつもりもないんだから」

イモジェンが彼の膝を軽く叩き、しばしの静寂ののちに、今度はヴィンセントが話を始めた。息子が彼の人生にもたらした喜びについて。そして、この子の顔を見ることも、このあとに生まれてくる息子や娘の顔を見ることもできない、と悟って愕然とするたびに、パニックと戦わなくてはならないことについて。

「だけど、ああ、大きな喜びなんだ！」フラヴィアンがヴィンセントを見上げると、その目に涙があふれていた。

そういうわけで、フラヴィアンが今日の午前中を一人で過ごすことに決めても、誰も不思議に思わなかった。自分一人で立ち向かうしかない場合もあることを、全員が経験から知っている。朝食の三〇分後に屋敷を出て湖のほうへ向かったとき、フラヴィアンは結婚について考えていた――とくに、〈サバイバーズ・クラブ〉の三人の結婚について。結婚生活に自由はあるのだろうか？　自由がなくてはやっていけない。そうだろう？　息が詰まってしまう。たとえ相手を熱烈に愛していても。末永く幸せに暮らすというのは、永遠に一心同体になるという意味ではない――考えただけでぞっとする。

では、どういう意味なのか？

もちろん、意味などない。末永き幸せなどというものは存在しないからだ。三人の友人の結婚だって、生涯にわたって円満な暮らしを続けていくために夫と妻が全力を傾けなければ崩壊してしまう。そこまで苦労する価値が結婚にあるだろうか？

かつての自分はロマンティックな愛と末永き幸せを信じていた。救いがたい愚か者だった。少なくとも――フラヴィアンは足を止め、顔をしかめてしばらく考えこんだ――信じていたはずだという確信はあるのだが……。ときどき、自分の頭はチェッカー盤のようだと思うことがある。黒い四角ははっきりした記憶を表わし、白い四角は記憶のつながりを断ち切る空白を示している。空白部分にそれ以上の意味があるのかどうか、彼には思いだせない。必死に思いだそうとすると、例によって頭が割れるように痛くなるか、もしくは、こぶしをめりこませても手の骨を砕く心配のない物を求めてあたりを見まわすことになる。

白い四角のなかには間違いなく何かがある。ほかに何もなくとも、暴力はあるはずだ。

前方の湖に、貴婦人二人とベンの姿があった。今日のベンは車椅子ではなく杖を使っている。彼がボート小屋の扉を開き、女性たちが覗きこんでいた。ベンのやつ、騎士道精神を発揮して、装飾用の神殿を女性たちが近くで眺められるように、ボートを漕《こ》いで島へ渡る気だろうか？　フラヴィアンが声をかけると、陽気な挨拶の言葉が飛びかったが、ボートを漕ぐのを手伝おうかと自分から提案するのはやめておいた。そのまま湖畔を歩きつづけて、向こう岸の木立を通り過ぎた。長い散歩になった。

あたりの地理に詳しくない者なら、湖の向こうの木立で庭園が終わっていると思いこんでしまうだろう。だが、そうではない。庭園はさらに続いて、自然の面影を残した広大なエリアに続いている。人目につかない場所なので、孤独のなかに身を置いたり、意中の人と二人きりで話しこんだりするのに向いている。

この午前中にフラヴィアンが望み、必要としていたのは孤独だった。ゆうべはなぜまたあんなことを口走ってしまったのだろう？　親友だったレンの死亡記事を読んで驚いたのは、去年のいまごろのことだった。同年代の者が亡くなると、とくに、まだ三〇歳の若さだったりすると、いつも命の儚《はかな》さを痛感させられて愕然とする。亡くなった者のことを、かつては〈サバイバーズ・クラブ〉の仲間と同じように大切に思っていたのなら、なおさらだ。もっとも、〈サバイバーズ・クラブ〉のメンバーなら、不自由な身となった仲間の婚約者を奪って結婚するようなまねをするはずがないことに、フラヴィアンは自分の命を賭けてもいいと思っている。

死亡記事を読んだときは驚いたが、それ以上の感情はなかった。あの不快な出来事は遠い昔に起きたことだった。彼がイベリア半島から祖国に送りかえされてほどなく、治療と療養のためにペンダリス館へ連れていかれる直前のことだった。まるで前世の出来事のようだ。去年の春に目にした記事は、彼にとって無意味だった。レンも無意味だった。ヴェルマも無意味だった。

何もかも無意味なだけだ。

いまだになんの意味もない。

ただ、ヴェルマがイングランドの北部から戻ってくる。彼女が向こうにいるかぎりは、地球の裏側にいるのも同然で、安心していられたのに。彼女の帰郷が、縁結びの好きなフラヴィアンの母親とヴェルマの母親のロマンティックな心にどんな興奮を巻き起こしているかは、天才でなくても想像がつく。ヴェルマがファージングズ館に戻ってくれば、復活祭には彼がかならずキャンドルベリーに駆けつけるはず、と母親が思いこんでいることからして、そのあたりは明白だ。また、ヴェルマに対するフラヴィアンの思いが——そして、彼に対するヴェルマの思いが——彼の負傷とレンの裏切り以前の状態に戻るよう母親が期待していることも、その事実から推測できる。

ゆうべ、突発的に感情を爆発させたことと、口から言葉が飛びだすのを制御しようとしてもできないという症状が同じく突発的にぶりかえしたことを思いだして、自分でもぞっとした。もしあそこで誰かに何か気にさわることを言われたら、こぶしを固めて相手に殴りかかり、ヴィンセントの屋敷にひどい被害を与えることになっていたかもしれない。戦争のあとで陥ったのと同じ、野獣のような錯乱状態に戻っていたかもしれない。ゆうべは頭の割れそうな頭痛に苦しめられ、朝まで一睡もできなかった。

ヴィンセントが言っていた〝空気の泡〟のことを思いだして、くすっと悲しい笑い声を上げた。

そのとき、ここまで来ても一人にはなれなかったことに気づいた。

今日わざわざここまで来ることはなかったのに。村の周囲を見渡せば田園地帯がどこまでも広がり、そのすべてに早春の芽吹きと野の花があふれているのだから。アグネスが好んで描くのが野の花だった。でも、水仙が咲くのは、村の家々の庭にある花壇と、ミドルベリー・パークの庭の端に広がる野原の草むらだけだ。しかも、永遠に咲きつづけるものではない。ダーリー卿の屋敷の滞在客が去るまで三週間もじっと待つわけにはいかなかった。

その野原には、夏のあいだ、ひな菊とキンポウゲとクローバーが咲きつづける。二、三週間前まではスノードロップが花開いていたし、桜草もまだ少し残っている。しかし、水仙はいまがちょうど花盛りで、それを逃すことはできない。

庭のそのあたりまで人がやってくることはめったにない。屋敷からじかに続く道はなく、かなり歩くことになる。湖畔をまわり、その西側にある木立を抜けなくてはならない。滞在客がそこまで足を伸ばすとしても、頻繁に散策にやってくることはないはずだ。午前中に散策に来る人がいるなんて、およそ考えられない。

そこで、アグネスはイーゼルを小脇に抱え、紙と絵具と絵筆とその他必要と思われる道具をカンバス地の大きな袋に入れて、思いきって今日も出かけてきたのだった。南側の塀沿いに続く木々のあいだを通り、屋敷からも庭園からもその前に広がる芝地からも見える心配のない場所に来たところでようやく、太陽の光のもとへ、そして、広々とした空間へ出ていった。

二日前に水仙を一輪描いてみたが、満足できなかった。やけに大きくて、粗削りで、黄色の強すぎる花になってしまった。周囲から浮きあがった存在になっていた。いっそ一輪だけ摘んで家に持ち帰り、花瓶に入れてから絵にすればよかったと思ったほどだ。

今日ふたたびここにやってきたのは、草むらに咲く水仙を描くためだった。うれしいことに、花の数が二日前よりずっと増えていた。目の前に水仙の絨毯が広がっているかのようで、彼女自身はとくに意識していなかったそよ風を受けて、花が揺れていた。花の色とのコントラストで、周囲の草むらが一段と豊かな緑を帯びている。ああ、これをそのまま絵にしなくては、とアグネスは決心した。

でも、この目で見て、胸にあふれる思いを、どうすれば絵に表現できるだろう？　草むらで揺れる水仙だけでなく、永遠の光と希望と春そのものを、どうやって絵にすればいいだろう？　ドーラの家で春を迎えるのはこれが初めてで、アグネスは言葉にできない何かに対して強い憧れを抱きつつ、春の訪れを歓迎していた。控えめに生きるのをやめて、新たな人生を始めるために。いえ、たぶん、人生のスタートを切るために。すでに二六歳で、結婚経験があり、夫を亡くした女であることを考えると、〝スタートを切る〟のは馬鹿げた考えかもしれないが。

ふだんのアグネスは感情的にものを考えるタイプではなかった。

絵を描くことに専念しようと思った。つねにそう努めてきた。完璧を求めて進んでいくことには抗しがたい魅力がある。たとえ、終着点がいつも遠くの水平線の少し向こうにあるため、もどかしくてたまらないとしても。

イーゼルとカンバス地の袋を下に置き、長いあいだじっと立ったままで周囲を眺めた。自然の香りを吸いこみ、近くのレバノン杉の枝で鳴きかわす小鳥の声を聞き、三月の冷たい大気に太陽の新鮮な温もりが混ざりあったものを肌で感じた。

ところが、数分たったころ、自分が見ているのは景色の半分に過ぎない、いや、ひょっとすると半分にも満たないかもしれないと気がついた。水仙の花というのはラッパ状の副花冠が大空を向いている。周囲の花びらも上を向いている。花にも人間と同じような視覚があるとしたら、水仙が見つめているのは下の草むらではなく大空のほうだ。でも、このわたしは花と草を上から見下ろしている。上のほうへ顔を向けると、雲ひとつない真っ青な空が見えた。もちろん、水仙を見ることはもうできない。

そうだ、いい方法がある。

アグネスは草むらに膝を突き、花をつぶさないように気をつけながら、仰向けに横たわった。広げた両腕と上半身のあいだに草が顔を覗かせた。手袋をはめていない指を大きく開くと、その指のあいだからも草が覗いた。周囲に水仙が咲き乱れている。かぐわしい香りが漂い、近くの水仙の花びらと副花冠の裏側を、そして、その向こうの青空を見ることができた。黄色と緑に今度は広大な青が加わった。

アグネスもその一部になっていた。自然の創造物を上から眺める別個の存在ではなく、創造物の一部となって自分を眺めていた。ああ、めったに経験できないことだけど、なんてすてきな瞬間だろう。見た目の美しさだけでなく、身内に湧きあがる感動までも絵のなかにとらえようとして、アグネスの心は痛いほどに疼《うず》いていた。たぶん、真に偉大な画家たちはつねにこういう感動に包まれているのだろう。

たぶん、真に偉大な画家たちの心はつねに感動でいっぱいなのだ。

しかし、不意に鋭い感覚が割りこんできて、自分が一人ではないことに気づいた。それなのに、この野原で水仙に囲まれて横たわっている。無防備で愚かなわたし。いつでも好きなときに来ていいとソフィアだけでなくダーリー卿にも言われているが、それでも、無断で入りこんだことには変わりがない。

わたしの勘違いかもしれない。誰もいないのかもしれない。地面から用心深く頭を持ちあげ、あたりを見まわした。

勘違いではなかった。

少し離れたところに、男性がじっと立っていた。シルクハットのつばの陰になって顔がよく見えないため、視線がどこを向いているのかも、どんな表情なのかも、アグネスにはわからない。しかし、向こうが彼女の姿に気づいていないはずはなかった。たとえ目が不自由でも気づくに決まっている。ダーリー卿でさえ、彼女の存在を感じとるだろう。しかし、その男性はダーリー卿ではなかった。

屋敷には一〇人もの人々がいるというのに、ここに立っているのはよりによって、アグネスがいちばん会いたくない相手だった。またしても出会ってしまった。その確率はどれぐらいなの？

先に口を開いたのはアグネスだった。

「ここに出入りする許可はもらっています」言わなければよかったと思った。早くも守勢にまわっている。

「す、水仙のなかの美女。なんと、み、魅力的なことだろう」

退屈しきった口調だった。しゃべるのとため息をつくのを同時にできる者がいるとすれば、まさに彼がそうだった。渋い色合いの乗馬服を着ている。ケープの枚数は六枚。今回はちゃんと数えた。コートは丹念に磨かれたブーツが半分隠れるぐらいの長さだった。これまでに出会ったどの男性よりも男っぽいと感じるのは、なんとも愚かなことだが、それが彼女の正直な思いだった。

本当ならあわてて起きあがるべきなのに、そうはせず、草の上に頭を戻して目を閉じた。向こうはたぶん、そのまま立ち去るだろう。こんなに困惑したことが、こんなにバツの悪い思いをしたことが、これまでにあったかしら？

ところが、彼は立ち去ろうとしなかった。アグネスの閉じた目に降りそそいでいた陽光が、不意に雲に遮られた。いや、雲はどこにもなかった。目をあけると、すぐそばに彼が立ち、アグネスを見下ろしていた。その顔はいまも陰になっていたけれど、ようやくはっきり見ることができた。舞踏会の夜の記憶どおり、目は緑色で、まぶたを物憂げに伏せている。左の眉を軽く上げている。唇の両端が上がっているが、おもしろがっているのか、嘲っているのか、それとも両方なのか、アグネスにはわからなかった。金髪がひと房、額に垂れていた。

「て、手を貸しましょうか。騎士道精神を、は、発揮して、や、屋敷まであなたを抱いて運んでもいいが、向こうに着いたあと、し、心臓の具合が悪くなって、あなたの足元で息絶えてしまうかもしれない。怪我をされたのですか？　それとも、気分がすぐれないのかな？」

「いいえ、大丈夫です」アグネスはきっぱりと答えた。「水仙と同じ視点から世界を見ようとしているだけです」

顔がひきつった。傍目にもわかるのではないかと心配になった。恥をかいたうえ、さらにまたひどい恥をかくなんて……。なんて愚かなことを言ってしまったのだろう！　ああ、どうかこのまま立ち去ってほしい。そうしたら、この人を永遠に忘れることを喜んで約束しよう。

きわめて高価な最高級のキッドの革手袋に包まれた彼の右手がコートの下にすべりこみ、片眼鏡をとりだした。それを目に持っていき、野原をゆっくり見まわして、次にアグネスをちらっと見た。むっとするほど気障《きざ》な態度だった。視力に問題があるのなら、眼鏡をかければいいのに。

しかも、そのあいだじゅう、アグネスはじっと横になっていた。起きあがることができないかのように。もしくは、そのほうがうまく身を隠せると思いこんでいるかのように。

「ふむ」ようやく彼が言った。「きわめて分別ある説明がつくに違いないと、す、推測していたが、なるほど、確かにそうだ。ぼくの、き、記憶では、あなたは分別のある人だった、キーピング夫人」

あら、わたしの名字を思いだしたのね——それとも、ソフィアに尋ねたのかしら。そうでないほうがうれしいけど。

「いや」帽子を脱いでアグネスのイーゼルと袋のほうへ無造作に投げながら、彼が言った。「厳密に言うと、せ、正確ではない。そうでしょう？　ふ、分別のある人だと思ったが、それよりむしろ、魅惑的な人だった」

太陽が金髪を豊かな色合いに染め、ポンソンビー子爵はアグネスの横に腰を下ろし、曲げた膝を両腕で抱えた。コートの下はぴったりしたバックスキンの膝丈ズボン。たくましい腿を包みこんでいる。アグネスは目を背けた。

魅惑的。

ああ、どうしよう、この人はワルツのことを覚えてたのね。

「あなたがそうやって、す、水仙のなかにいると、確かによく似合う」

どうして？　わたしが分別ある人間というより……魅惑的だから？　ああ、ほかの人たちと同じ話し方をしてくれればいいのに。そうすれば、首をひねって必死に推測しなくても、この人の言っていることが理解できるのに。

アグネスはいまもまだ、草のなかに横たわったままだった。せめて上体ぐらいは起こしたいところだが、そうすると、彼との距離が近くなってしまう。

「絵を描きに来たんです」彼に言った。「でも、もう帰ることにします。お一人の時間を邪魔するつもりはありませんから。お客さまのどなたかがこんなに遠くまでいらっしゃるとは思いませんでした。少なくとも、ずいぶん早い時間ですし」

アグネスはようやく身体を起こして立ちあがろうとした。ところが、起きようとしたとたん、肩を押さえつけられ、そのまま動けなくなった。彼の手も動きを止め、アグネスは爪先に至るまで全身がカッと熱くなるのを感じた——彼の手は手袋に包まれているのに。

どうして、ああ、どうして、軽率にもここに来てしまったの？　そして、どんな不幸な偶然から、この人までがここに来ることになったの？

「ぼくの、こ、孤独な時間は、あなたに邪魔されてしまった。ぼくがあなたの邪魔をしたのと同じように。その、け、結果として、おたがいに不機嫌なまま、や、屋敷のほうへ戻ることにしようか？　それとも、ここに、と、とどまって、しばらくのあいだ二人の時間を持つことにする？」

突然、水仙の咲く野原が、彼女が独り占めしていたときに比べるとはるかに寂しく、よそよそしいものに思えてきた。

「水仙は世界をどんなふうに見てるのかな？」ポンソンビー子爵はそう言いながらアグネスの肩を押さえていた手を離し、ふたたび片眼鏡の柄を持った。

「上です。いつも上のほうを見てるんです」

彼は片方の眉を上げ、嘲るようにアグネスを見下ろした。

「すべての者にとって、じ、人生の教訓になりそうだね、キ、キーピング夫人。人はつねに上のほうを見るべきで、そうすれば、な、悩みはことごとく解決するのではないだろうか？」

アグネスは微笑した。「人生がそこまで単純だったらいいのに」

「だが、水仙にとっては単純だ」

「わたしたちは水仙じゃありません」

「その、じ、事実に、ぼくは永遠の感謝を捧《ささ》げたい。ぼくたちが水仙だったら、八月や、じゅ、一二月や、さらには六月を目にすることはけっしてないだろう。あなたはもっと、び、微笑したほうがいい」

アグネスは微笑を消した。

「どうしてお一人でここに？　お友達と一緒に滞在中でしょう？」

彼はとても変わった目をしていた。一見、いつも眠そうな感じだ。しかし、本当は違う。いま、その目が嘲りの色を浮かべてアグネスを見つめた。心のなかまで見通すような目だった。だが、嘲りの背後に何か真摯なものがあった。まるでそこに未知の人物が潜んでいるかのように。

そんなことを考えて、アグネスは軽い息苦しさを覚えた。

「あなたはどうして一人で、こ、ここに？　村に、あ、姉上と、隣人たちと、と、友達がいるだろうに」

「こちらが先に質問したのよ」

「そうだったね」彼が笑顔になったので、アグネスは頭と両手を草むらになおさら強く押しつけた。彼の笑顔に心を奪われそうだった。「ぼくがここに、き、来たのは、自分の魂と語りあうためだった、キーピング夫人。そして、水仙の群れのなかに魅惑を見つけた。あとで屋敷に戻ったら、この経験を、し、詩にしようと思う。ソ、ソネットだね、たぶん。いや、ぜったいにソネットだ。ほかの形式の詩では、充分に表現できない」

アグネスはゆっくりと笑みを浮かべ、それから笑いだした。「詩の題材にされても、わたしには文句も言えませんわね。図々しい質問をしたんですもの」

「しかし、おたがいのことを知りたい場合、何も質問しないとしたらどんな方法を使えばいいのだろう？　キ、キーピング氏はどういう方だったのかな？」

「わたしの夫でした」アグネスは答え、彼の左眉が嘲るように上がったのを見て、ふたたび微笑した。「わたしが育った家の近所に住んでいました。わたしが一八で彼が三〇のときに結婚の申込みがあり、夫婦として五年間暮らし、三年近く前に夫が亡くなりました」

「地主階級の人だったのかな？　そして、あなたは彼に熱烈な恋をした。そうでしょう？　なにしろ、人生経験豊富な年上の男性だ」

「彼のことが好きでした、ポンソンビー卿」アグネスは言った。「向こうもそうでした」

「ずいぶん、た、退屈な男性のようだね」

怒るべきか、愉快に思うべきか、アグネスにはわからなかった。

「夫のことを何もご存じないのに。立派な人でした」

「もし、ぼくがあなたと、け、結婚して、あなたに〝り、立派な人〟などと言われたら、拳銃自殺をして、み、惨めな人生から逃げだすことにするだろう」

「なんて馬鹿なことを！」しかし、アグネスはふたたび笑いだした。

「じょ、情熱はなかったのですか？」退屈そうな口調に戻って、彼が尋ねた。

「失礼な方ね」

「つまり、じょ、情熱はなかったわけだ。き、気の毒に。情熱のために生まれてきたような人なのに」

「まあ」

「しかも、こ、このうえなく魅惑的だ」ポンソンビー卿はそう言うと、姿勢を変えてアグネスの上にかがみこみ、キスをした。

アグネスは衝撃のあまり、頭をわずかに上げた彼から顔を見つめられたあとですら、身じろぎもできなかった。すぐ近くで緑色の目がきらめきを放って彼女を見つめ、口元には嘲りだけでなく、かすかに冷酷な表情も浮かんでいた。アグネスは胸と、腿のあたりと、身体の奥に刺すような熱い疼きを感じていたため、彼に文句を言うことも、押しのけることもできなかった。

もう一度キスしてほしかった。

「あなたは午前中、む、村のなかに、安全に閉じこもっているべきだった、キ、キーピング夫人。ぼくが一人でここに来たのは、きょ、凶暴な気持ちになったからだ」

「凶暴？」アグネスは息をのみ、片手を上げて指先で軽く彼の頰に触れた。頰は温かく、すべすべしていた。きっと、出かける少し前に髭を剃ったのだろう。頰がすべすべでも、彼の心が荒れているのは事実なのだろうとアグネスは察した。彼の内側に潜んだ人格が危険を抑えこんでいるが、危険のほうは外に出たがってうずうずしている――そんな雰囲気が肌で感じとれた。

この人に触れてしまった。アグネスは自分の手を他人のもののように見つめ、そして手をひっこめた。

「お、抑えつけることを学ぶのに三年もかかった」彼がアグネスに言った。「自分の凶暴な気持ちを。だが、それはいまもぼくのなかに、ひ、潜んでいて、警戒心のない犠牲者に、と、飛びかかろうと待ち構えている。あなたはここに来ないほうがよかったんだ」

アグネスは不思議なことに、そしてたぶん愚かなことに、怖いとは思わなかった。温かな彼の息を顔に感じていた。

「けさはまた何が原因で、その凶暴な気持ちが外に飛びだしそうになったのかしら」アグネスは彼に尋ねた。

しかし、彼は笑顔を見せただけだった。頭を低くして、自分の唇でふたたびアグネスの唇を軽くなで、舌で彼女の唇を味わってから内側の柔らかな部分に入りこみ、さらに奥のほうへ舌を進めた。

アグネスは身じろぎもせずに横たわったままだった。動けば魔法が解けてしまうような気がした。

もしこれがキスというものなら、ウィリアムと交わしたキスとは似ても似つかない。まったくの別物だった。官能的で、罪深く、少なくともこの瞬間は抵抗できなかった。水仙の香りがした。彼の匂いも。そして、誘惑の匂いも。

危険な香りだ。

アグネスは彼の頬に触れていた片手をうなじのほうへまわして、豊かな温かい髪のなかに指を這《は》わせ、それと同時に反対の手を彼のウェストに移し、乗馬服の内側にすべりこませた。何枚か重なった服を通してさえ、男らしくひきしまった筋肉と全身を流れる血の熱さが伝わってきた。

男っぽい魅力に満ちた人。アグネスが一度も出会ったことのないタイプ。

危険な男。恐ろしいほど危険だ。

しかし、身を守らなくてはという声に従うことをアグネスの心は拒み、感覚だけの存在になっていた——衝撃、驚嘆、喜び、純粋な欲望。怯《おび》えも感じたが、それを拒むよりも、惹《ひ》かれる気持ちのほうが強かった。

彼の舌がアグネスの口のなかを探った。舌先が上顎の天井部分に触れ、骨に沿って線を描き、やがて、アグネスの全身に紛れもなき欲望の震えを走らせたため、彼女もついに抵抗した。両手を彼の肩にかけて押しのけた。

本当はもっと強く押すべきなのに、しぶしぶといった感じだった。

彼のほうは逆らう様子もなく、凶暴な態度に出ることもなかった。顔を上げ、ゆっくり笑みを浮かべてから、上体を起こして立ちあがった。アグネスが身体を起こすと、手を差しだしてひっぱりあげてくれた。その手は手袋をはめたままだった。

「草むらで魅惑に遭遇しようとも、人は完璧な、し、紳士であるべきだ。だが同時に、キスでその魅惑を、た、称えなくてはという必要にも迫られる。人生とは、ああ、そうした厄介な、む、矛盾と葛藤に満ちている。ご、ご機嫌よう、キーピング夫人。あなたの芸術の、め、女神はたぶん、ぼくに怯えて、今日は逃げ去ってしまったことだろう。明日になれば、きっとここで女神に再会できるはず。それとも、女神よりもぼくのほうが先に、あ、あなたを見つけるかもしれない。そう思いませんか？」

嘲りの色を浮かべた鋭い緑色の目を、アグネスはじっと見つめた。まぶたを物憂げに軽く伏せた目。この人、何を言っていたの？　いえ、何を尋ねていたの？　わたしと密会の約束をしようとしてたの？

わたしのことをどんな女だと思ってるの？　でも、この人の顔が近づいてきても、わたしは憤慨の叫びを上げることも頬をひっぱたくこともしなかった。だから、向こうを責めるのはお門違い？

いまもキスの味が残っていた。唇に彼の感触が残っていた。心はほぼ麻痺《まひ》したままだ。身体の奥にある、あの秘密の女らしい場所がいまも疼いていた。さっきのキスはアグネスの人生のなかで最高にまばゆい輝きを放つ、忘れがたい経験だった。

わたしったら、どこまで愚かになれば気がすむの？

「水仙は永遠に咲きつづけるわけではない」

「そうね」アグネスはうなずいた。

しかし、一人で花と向きあい、落ち着いた静かな心境にならないかぎり、水仙はもう描けそうにない。またここに戻ってくるつもり？　だとしたら、なんのために？　絵を描くため？　もう一度彼に会うため？

彼はアグネスの返事をそれ以上待とうとしなかった。身をかがめて帽子を拾うと、アグネスのほうへ軽く頭を下げてからかぶり、湖に沿って続く小道のほうへ大股で歩き去った。

アグネスがこれほど男っぽい男性に出会ったのは初めてだった。そういう相手とのキスも初めてだった。もっとも、これまではウィリアムとしかキスの経験がなくて、しかも、ウィリアムのキスというのは、頰か額に愛情をこめて唇で軽く触れる程度のことだった。

ああ、どうしよう……。いまのアグネスは、水泳の初心者が川の激流のいちばん深い場所にいきなり飛びこんだような気分だった。

片手の指先で自分の唇に触れた。震えていた——指と唇の両方が。

4

　フラヴィアンが音楽室のドアをそっとあけて忍び足で入っていくと、ヴィンセントがまだ部屋に残っていた。ピアノフォルテの前にすわって、何かの曲をたどたどしく丁寧に弾いていた。犬が耳をぴんと立てて、顔を上げずに鋭い視線だけよこし、この侵入者は危険人物ではないと判断した。子爵夫人の飼猫が――スクウィグルズ？　スクワブル？　スクワット？――ソファの片側を占領していた。フラヴィアンは反対側に腰を下ろしたが、猫のほうは単純な左右対称の形では満足しなかった。ソファの上を歩いてくると、立ち止まり、値踏みするように彼をじっと見てから、彼の膝で落ち着くことに決めた。猫の温かな身体が丸まって大きなかたまりになった。あとはもう、猫の耳のあいだを両手でなでてやるしかなかった。

　少年時代のフラヴィアンは多くのペットに囲まれていたが、大人になってからは一度も飼ったことがなかった。

　たどたどしいピアノフォルテの音がやみ、ヴィンセントが首をかしげた。

「いま入ってきたのは誰だい？」

「ぼくだ」フラヴィアンは曖昧に答えた。ひどい省略形。

「フラヴ？　自分から進んで音楽室に入ってきたのかい？　ぼくがバッハのフーガを練習しているときに？　旋律とリズムを正確につかめるよう、ふつうの半分以下のスピードでのろのろ弾いてるというのに？」

「スクウィーク？　スクウォーク？　ス、スクウィッド？　この猫、なんて名前だっけ？」

フラヴィアンは訊いた。

「タブ」

「あ、そうか、確かそんなような名前だと思ったんだ。タブ。こいつ、ぼくのズボンと上着を猫の毛だらけにしようとしてる。しかも、謝るつもりはなさそうだ」

ヴィンセントがスツールの上で向きを変え、真正面からフラヴィアンを見た。目の不自由さをみじんも感じさせないこの視線に、見られた側は困惑してしまう。

「落ちこんでるようだね、フラヴ」

「いや、とんでもない」フラヴィアンはきっぱり答え、ピアノフォルテのほうへ片手を軽やかにふってみせた。もっとも、ヴィンセントに見えるはずはないのに。「演奏を続けてくれ。こっそりここに入りこんでも、きみに気づかれずにすむと思ったんだ」

無理な相談だ。戦場で砲弾に直撃されそうになったあと二、三カ月は、視力だけでなく聴力まで失っていたヴィンセントだが、いまでは、一〇〇メートル離れたところで分厚い絨毯にピンが落ちる音まで聞きとれる。

「ゆうべのことと何か関係してるのかい？」ヴィンセントが訊いた。

フラヴィアンは頭をうしろへ傾けて天井を見つめ、それから目を閉じた。

「子守唄を弾いてくれ」

ヴィンセントが弾きはじめると、フラヴィアンは思わず涙ぐんだ。彼はヴィンセントの演奏をからかうのが好きで、バイオリンについてはとくに嘲笑しているが、じつのところ、ヴィンセントの腕前はかなりのもので、しかもどんどん上達している。正確さとテンポの点で小さな難点がいくつかあるものの、演奏に情感がこもっている。曲のなかに入りこみ、その魂を表現することを学びつつある。

どういう意味かはよくわからないが。

それにしても、流行遅れの服を着て、とくに若くもなく、けっして美人とは言えない女性を見て、なぜ〝魅惑的だ〟と思ったのだろう？　水仙の視点で世界を見ようとして野原の草むらに横たわるような変わり者で、邪魔が入っても、あわてて起きあがって風のように家へ逃げていくだけの分別すら備えていない女性なのに。

はっきり言って、器量は十人並みだ。背は高いほうで、ほっそりしていて、平凡な茶色い髪を地味な形に結っている。感じのいい顔立ちだが、混雑した大通りで、あるいは、ほどほどに混みあった舞踏室で男たちの目を惹くタイプとはとても言えない。ぼくだって、秋の舞踏会のとき、彼女が壁の花にならずにすむように踊ってあげてほしいとレディ・ダーリーに頼まれなかったら、目を留めることはなかっただろう。その頼みからも、キーピング夫人が目立たないタイプであることが窺える。一昨日だって、村の通りがほぼ無人でなかったら、ぼくは彼女に気づきもしなかっただろう。今日の午前中も、もし彼女が……水仙の群れのなかに横たわっていなかったら……その存在に気づくことはなかっただろう。

とても優美で、くつろいだ様子で……男心をそそるものがあった。

くそっ、けっして平凡ではない。

キスなんかしなければよかった。高潔な女性たちにキスしてまわる癖などぼくにはないのに。危険が多すぎる。しかも、今回の高潔な女性は、ミドルベリー・パークの女主人の友達だ。キスなんかしなければよかった。いまのような気分のときはとくに。ところが、キスしてしまった。

そして、あとで思いかえして気づいたのだが、彼女にはぜったいに平凡とは言えない点がひとつあった。それは唇。レバノン杉の枝に止まった一羽の小鳥が美しい旋律とは言いがたい声でわめき散らして、彼の集中力を奪ったりしなければ、また、同じ瞬間に彼女が両手でこちらの肩を押したりしなければ、昼までずっと、いや、昼を過ぎてもなお、彼女の唇の上で、その周囲で、口のなかで、われを忘れていられただろう。

くそっ、キスをしたのが間違いだった。唇を重ねなければ、彼女の唇に魅せられずにすんだのに。いまはあの唇がほしくてたまらない……。

忘れろ。

そもそも、彼女があそこにいたのが悪いんだ。他人の地所に入りこんだりして。いや、許可を得ていると言っていた。そうだったな？　しかも、子爵夫人の友達だ。彼女の姿を最初に目にしたとき、フラヴィアンは怒りのあまり言葉を失った。一人になりたくて遠くまで歩いてきたら、いまいましい女に先を越されていた。午前の半ばだというのに、早くも昼寝をしていて、しかもその姿が絵のようにすばらしかった。彼は向こうに気づかれないうちにきびすを返して立ち去ろうとした。

もちろん、そうすべきだった。

しかし、まずは足を止め、彼女が死んでいないことを確認しようとした。死んでなどいないことは、ひと目見ただけでわかったのに。次に、その場にじっと立ったまま考えこんだ。お伽噺《とぎばなし》に出てくる間抜けな男のように。具体的に言うなら、『眠れる森の美女』あたりだろうか。

彼の心の傷はペンダリス館で癒えたはずだと信じている者がいるなら、そのほうがどうかしている。

彼女にはっきり言っておいた。自分は明日もここに来るつもりだ、と。聡明な女性であれば、明日も、そのあとも、このぼくがグロスターシャーから遠く離れてしまうまで、家に閉じこもっているはずだ。

またしても野原に出かけてくるほど愚かな女性だろうか？

このぼくは？

彼女の周囲には、陽光と、春の麗らかさと、水仙があふれていた。

「フラヴ」遠慮がちに呼ぶ声がした。

「ん……？」

「起こしてしまってごめん」ヴィンセントが言った。「息遣いから、眠ってるのはわかってた。だけど、声もかけずにきみを置き去りにするのは不作法だと思ってね」

ぼくが眠ってた？

「きっと、う、うとうとしてたんだな。ぎょ、行儀の悪いことをしてしまった」

「そちらから子守唄をリクエストしたじゃないか」ヴィンセントが彼に思いださせた。「ぼくの演奏はきっと、自分で思ってる以上にみごとだったに違いない。さて、ソフィーはすでに湖へ出かけたはずだ。ぼくもそっちでソフィーやほかの人々に合流するつもりだけど、その前に、三〇分ほど子供部屋に寄ることにする。きみ、一緒に来る気はないよね？」

フラヴィアンはいまのままですっかり満足だった。温かな猫が彼の膝の上でくつろいでいる。ふたたびうとうとしそうだった。ゆうべはあまり眠れなかった。しかし、ヴィンセントが幼いわが子を見せたがっている。もちろん、はっきり言葉に出したわけではない。ほとんどの男性にとって赤ん坊が退屈の種でしかないことを、ヴィンセントはよく知っている。

「喜んでお供しよう」フラヴィアンが身体を起こすと、そのあいだに猫も起きあがり、ソファから飛び下りてドアまで行き、そこで足を止め、しっぽをまっすぐ天に向けて背中を弓なりにそらした。「きみに似てるのかい？」

「みんながそう言っている」ヴィンセントはにっこり笑った。「だけど、ぼくの記憶が正しければ、赤ん坊は単に赤ん坊らしく見えるだけだ」

「お、お先にどうぞ《リード・オン》、マクダフ」フラヴィアンは陽気に言った。これは『マクベス』に出てくる〝かかってこい《レイ・オン》、マクダフ〟の誤った引用で、誰もがけっこうやっている。

あとになってフラヴィアンは思った。いったい誰に想像できただろう——あんな……あんな凶暴な気分でスタートした朝なのに、このぼくがたっぷり一時間も子供部屋に腰を据え、赤ん坊らしく見える赤ん坊と、その子を目のなかに入れても痛くないほど可愛がっている父親と一緒に過ごすことになろうとは。そして、そのひとときに心が癒されるなんて。ハント夫妻（ヴィンセントとその夫人）がストーリーを作り、夫人が挿絵を担当した子供用の本を二冊も読むことになるなんて。そして、ストーリーと挿絵を心から楽しんで、くすっと笑ったりするなんて。

「二冊とも、まことに、す、すばらしい。まだ何冊も続くんだろう？　出版しようなんて、どこから思いついたんだい？　どうやって実現させたんだ？」

「ソフィーの思いつきだったんだ。いや、むしろ、キーピング夫人かな。きみ、会ったことはある？　ぼくたちに音楽を教えてくれてるミス・デビンズの妹さんなんだ。ソフィーと大の仲良しでね。キーピング夫人はソフィーが文字にして挿絵もつけた最初のストーリーに目を通したとたん、ロンドンに住むいとこのことを思いだした。正確には、亡くなったご主人のいとこで、出版の仕事をしてるんだが、その人に見せたらきっと気に入ると言うんだ。夫人がそちらへ物語を送ったところ、とても気に入ってくれて、もっと見せてほしいと言ってきた。そういうわけで、ぼくたちはいまや有名作家さ。だから、きみはぼくたちに敬意を表して頭を下げなきゃいけないんだ、フラヴ。出版に当たって、その人は、著者名をぼくの名前の〝ハント氏〟だけにしようと提案した。ソフィーが目立つことをいやがるかもしれないという配慮からだった。これ以上に荒唐無稽な話があるだろうか？」

あるとも――フラヴィアンは思った。そう、キーピング夫人と三回も顔を合わせた。最初は去年の一〇月の舞踏会で。次は二日前に村の通りで。三回目は今日の午前中、レバノン杉の木立の向こうにある水仙の咲く野原で。そして、彼女にキスをした。くそっ。

明日またあの野原へ出かけるのはやめておこう――そう決心しながらフラヴィアンが窓のほうを向くと、杖で身体を支えて湖のほうから辛そうにゆっくり歩いてくるベン・ハーパーの姿が見えた。ヴィンセントの妻が彼のとなりにいて、レディ・ハーパーはヒューゴの妻と一緒に二人の前を歩いている。ヴィンセントの妻が何か言うのを聞いてベンが笑い、前を行く二人のレディは何がそんなにおもしろいのかと、笑顔でふりむいて見ている。

こうして一緒に歩いている四人は癪《しゃく》にさわるほど楽しそうだった。

レナードが亡くなって一年になる。その六年前から彼とは口を利いていなかった。口を利く機会はもう二度とない。ヴェルマは娘と二人であとに残され、実家のファージングズ館に戻ってくる。

水仙の花のなかで出会ったことをソネットにするつもりだと彼が言ったら、キーピング夫人は笑った。

彼女にはいつも笑っていてもらいたい。

午後からソフィアがダーリー子爵と一緒に訪ねてきた。ほかにトレンサム卿夫妻とレディ・バークリーも一緒だった。

トレンサム卿が獰猛な顔つきの巨漢なのに対して、妻のほうは優雅な美しさを持つ華奢《きゃしゃ》な人で、笑みを絶やすことがなく、温かな魅力にあふれていた。夫が〈サバイバーズ・クラブ〉のメンバーなのに、足をひどくひきずって歩いているのが妻のほうだというのは、考えてみれば妙なことだ。レディ・バークリーはただ一人の女性メンバーで、アグネスがソフィアから聞いた話では、夫がイベリア半島で拷問の末に殺されたとき、彼女もその場にいたという。大理石のように冷たい美貌を備えた背の高い女性だが、優しそうな目をしている。

ポンソンビー子爵は姿を見せなかった。

「ミス・デビンズ」みんなでお茶を飲み、さまざまな話に花を咲かせたあとで、ダーリー子爵が言った。「お願いがあって伺いました。ぼくが演奏するハープやバイオリンを一度に数分以上聴かなくてはならないという大きな苦しみから、わが家の客たちを救っていただきたいのです。みんなに音楽を楽しんでもらいたいのですが、あなたのようなすばらしい先生に教わっていても、ぼくの腕前ではまだまだ無理です」

「そして、わたしの演奏に至っては、喜んでくれるのは甘い母親だけというレベルだし。もしわたしが八歳だったらね」ソフィアが言った。

「明日の夜、大切なお客さまとしてわが家に来ていただけないでしょうか」子爵が頼みこんだ。「演奏をお願いしたいのです。いかがでしょう?」

「その前にまず晩餐《ばんさん》よ」ソフィアがつけくわえた。

「そうしてもらえれば、われわれもどんなに助かることでしょう」トレンサム卿がしかめっ面で言った。「ヴィンセントはここ何年か、バイオリンでわれわれを苦しめ、数キロ四方の猫たちを鳴きわめかせていたのです」

「あなたの冗談の困ったところはね、ヒューゴ」レディ・バークリーが言った。「あなたのことをよく知らない人たちが聞いたら、冗談とは思わないってことなの。それから、ヴィンセント、あなたの演奏はすばらしいわ。先生のご指導の賜物ね。ヒューゴも含めて全員があなたをとても誇りに思っているのよ」

「それでもやはり」レディ・トレンサムが言った。「あなたの演奏が楽しみですわ、ミス・デビンズ。ソフィアも、ヴィンセントも、ピアノフォルテとハープ演奏におけるあなたの技巧と才能を高く評価していますもの」

「二人ともおおげさですから」ドーラは言ったが、頰が紅潮しているのを見て、アグネスは姉が喜んでいることを知った。

「おおげさ? ぼくが?」ダーリー子爵が反論した。「その言葉の意味も知らないのに」

「ねえ、来てくださいますね?」ソフィアが頼みこんだ。「もちろん、あなたも来なきゃだめよ、アグネス。晩餐の席での男女の数がようやく同じになるわ。わたしが席順を決めるとき、きっと夢が叶《かな》ったような気がするでしょうね。来てくださるでしょ、デビンズ先生。ねっ?」

「ええ、伺います」ドーラが言った。「うれしいわ。でも、お客さまたちもあまり大きな期待はなさらないほうがいいわ。いちおう無難に弾きこなせる程度ですもの。とりあえず、弾きこなせればいいんですけど」

姉に笑顔を向けて、アグネスは思った――ドーラはこれから一日半のあいだ、わくわくして天にものぼる心地でしょうね。でも、その一方で不安に駆られ、自信をなくして、眠れない一夜を過ごすことになるかもしれない。綺羅星《きらぼし》のごとき人々の前で演奏しなくてはならないと思うと、心配でたまらないはずだわ。

「よかった！」ダーリー子爵が言った。「それから、キーピング夫人、一緒にいらしていただけますね？」

「ええ、もちろんです」アグネスがなんとか断わろうとして口を開きかけたとき、ドーラがあわてて言った。「わたしには手を握ってくれる人が必要ですもの」

「だが、できれば演奏中は手を握ってもらわないほうがいい」トレンサム卿が言った。

「ええ、もちろん、アグネスにも来てもらうわ」手を叩いてソフィアが言った。「ああ、明日の夜がとっても楽しみ」

そう言いながらソフィアが立ちあがると、あとの客も席を立って暇《いとま》を告げた。

アグネスが返事をしていないことには、誰も気づいていない様子だった。でも、返事の必要はない。そうでしょ？　どうして拒否できて？　明日の夜はドーラが主役、姉が不安に押しつぶされそうになりつつも生涯最高に幸せな一夜を迎えることは、アグネスにもわかっていた。

せっかくの一夜を、どうしてこのわたしが台無しにできるというの？

「ああ、アグネス」客たちが村の通りを歩き去るのを二人で見送ったとたん、ドーラが言った。「断わったほうがよかったかしら。わたし、やっぱり弾けない――」

「大丈夫、弾けるわよ」アグネスはそう言いながら、姉の腕に白分の腕を通した。「あの人たちが全員平凡な庶民だって想像すればいいのよ――農夫、肉屋、パン屋、鍛治屋」

「称号を持たない人は一人もいないのよ」ドーラは顔をしかめた。

アグネスは笑いだした。

ええ、そして、その一人がポンソンビー子爵。もう一度会いたいなんて、けっして思ってはいけない相手。アグネスが波立つ胸の思いを抑えようとした経験は、これまでに一度しかない。去年の一〇月のことで、簡単にできることではなく、楽しい経験ではなかった。しかも、あのときは、彼にキスされてもいなかった。

人は経験によって学ぶはずなのに。

ジョージはふたたび以前の悪夢にうなされるようになっていて、しかも頻繁になるばかりだった。手を伸ばして妻の手をつかもうとするのだが、指先をかすめることしかできず、妻はやがて、屋敷の近くの高い崖から飛び下りて命を絶ってしまう。その瞬間、妻を死の淵《ふち》からひきもどして生きる気にさせられたかもしれない言葉が、ジョージの頭に浮かぶ。

夫人は確かにそういう形で自らの命を絶ち、ジョージは確かにそれを自分の目で見た。ただ、現実には、彼がすぐそばにいたのではなかった。夫人は彼が駆け寄ってくるのを目にし、彼女の名前を呼ぶのを耳にして、音も立てずに崖の下へ姿を消した。一人息子が――たった一人の子が――スペインで戦死してからわずか二、三カ月後のことだった。

「甥御《おいご》さんの婚礼のあと、以前より頻繁にその夢を見るようになったのですか？」ベンが尋ねた。

ジョージは眉根を寄せて考えこんだ。

「そうだな、そんな気がする。関係があると思うかね？　だが、わたしはジュリアンのために心から喜んでいるのだよ。妻のフィリパは明るい子だし。わたしの跡を継いだ暁には立派な公爵夫妻になるはずだ。それに、何カ月かすれば、跡継ぎが誕生するだろう。こんなうれしいことはない」

「だからこそ、かえって罪悪感に苛まれているのでは、ジョージ？」ベンが訊いた。

「罪悪感？　どういうことだ？」

「〝生き残った者の罪悪感〟と呼ぶべきでしょうか」ため息をついてラルフが言った。「それがあなたを苦しめているのです、ジョージ。ヒューゴも、イモジェンもそうです。このぼくも。あなたがなぜ罪悪感に苦しんでいるかというと、爵位と領地と財産が将来も安泰と決まってほっとする一方、そういう安堵《あんど》の思いを奥方とご子息への裏切りのように感じてしまうからでしょう」

「わたしが？」公爵は椅子の肘掛けに片方の肘をのせ、片手で顔を覆った。「これまでもそうだったというのか？」

ヒューゴが言った。「ときどき、落ちこんでるじゃないですか。自分はこうして生きているのに、命を失った者たちのことを一度も考えないまま、丸一日が、あるいは、もっと長い時間が過ぎてしまったと気づいたときに。しかも、それはたいてい、あなたが大きな幸せに包まれているときに起きることだ」

「過去について考えずに丸一日が過ぎたことは一度もない」ジョージは言った。

「一日って長いのよ」イモジェンが彼の肩を持った。「二四時間もある。そんなに長いあいだ、過去を思いださずにいることがどうしてできるの？　それに、そんなことを望む人がいるかしら。たとえそう望んでも、何時間か楽しいときを過ごして過去を忘れてしまうと、かならず後悔するものだわ」

「そこだよ、ぼくが言いたいのは」ラルフが言った。「まさにそれが罪悪感なんだ。生きている、忘れることができる、という罪悪感。微笑し、笑い、幸せを感じることへの罪悪感」

「だけど、ぼくだったら、自分が死んだときには」ヴィンセントが言った。「母にも姉たちにも元気で生きてもらい、幸せな人生を送ってもらい、ぼくのことを思いだすときは笑顔になり、笑ってほしいと思うだろうな。ただし、毎日思いだす必要はない。ぼくを思いだすことがみんなの義務みたいになったらいやだもの」

「記憶を消すのにうってつけの方法がある」フラヴィアンは言った。「誰かに銃で撃たれたあと、ら、落馬して、あ、頭から地面に激突し、そのあとで誰かの馬に踏みつぶされてみるといい。見よ、わが哀れな記憶のありがたさを。ざ、罪悪感など何もない」

それが嘘《うそ》であることは全員が知っていた。

しかし、ぼくが死んだとすれば、婚約者のヴェルマと親友のレンの結婚を心から喜んだことだろう。少なくとも、自分ではそのつもりだ。ただ、ぼくが死んだときに、それを喜ぶ者は誰もいないだろう。ついでに言うなら、悲しむ者もいないかもしれない。

とにかく、死なずにすんだ――それなのに、ああいう結果になった。ヴェルマが訪ねてきてぼくに話をした。レンは顔も見せなかった。たぶん、ヴェルマの訪問のあとで何があったかを耳にして、来るのをやめたのだろう。距離を置くのがいちばんだと思ったのかもしれない。

そのレンも、いまはもう亡き人だ。生前の彼とは、六年以上口も利いていなかった。フラヴィアンにはそのことで罪の意識があった。そう、理不尽なことだが、罪悪感に苛まれていた。なぜ自分が罪悪感を持たなくてはならないのだ？　裏切ったのは自分ではないのに。

いつもだったら、こうして深夜に議論をすると、たとえなんの解決にもならなくても、多少は気分が軽くなるものだ。ところが、翌朝になってもフラヴィアンの気分は晴れなかった。ベッドに入ったときは、靴と胃と魂に鉛の錘《おもり》をつけられているような気がしたし、目がさめたときは持病の頭痛に悩まされ、ひどい鬱状態に陥っていた。

頭痛よりも鬱状態のほうが手に負えなかった。自己憐憫をひきずっているという思い、そして、いかなるものにも価値が見いだせないという恐怖。これは〈サバイバーズ・クラブ〉の全員に共通の感情で、ペンダリス館で共に過ごした歳月のなかで、誰もがこの感情と向きあい、このうえなく苛酷な戦いをくりひろげた。肉体は修復してふたたび機能させることができる。少なくとも、人生を続けられる程度には修復できる。精神もある程度まで修復すれば、ふたたび活発に頭を働かせることができる。魂も癒すことができ、心のなかから湧きでる思いと、経験や友情や愛情によって人とつながることが、魂の栄養になる。

しかし、安らぎの境地に達することはけっしてなく、自分はようやく苦しみを乗り越え、肉体と精神と魂のバランスがとれた状態のなかで、すなおに満足に浸り、幸せすら感じられるようになった、と思えることもない。

もちろん、そんなことは夢のまた夢だ。自分だってそこまで期待するほど世間知らずではない。そうだろう？　ヴェルマとの恋に夢中になり、向こうもこのぼくに夢中になり、短い休暇で帰省していた日々が終わるころに婚約し、幸せな人生が末永く約束されていたときでさえ、永遠の幸せが現実に手に入るなどと信じることはできなかった。なにしろ、当時の自分は陸軍士官で、戦いに赴かなくてはならない身だった。しかも、兄のデイヴィッドが明日をも知れぬ命だった。

なぜまた婚約などして、イベリア半島へ戻る前夜にロンドンで婚約祝いの盛大な舞踏会に出たりしたのだろう？　デイヴィッドがキャンドルベリーで死の床についていて、自分は兄のそばにいたくて帰省したというのに。兄の最期が迫っていたのは明らかで、爵位と領地の責任が自分の肩にかかってこようとしていたときに、なぜまた戦場に戻っていったのだろう？　フラヴィアンは眉をひそめて考えこみ、思いだそう、理由を見つけだそうとしたが、その努力で頭痛がさらにひどくなっただけだった。

空を見上げると、青く澄んだ空に太陽が輝き、水仙の花々が差し招いていた。いや、むしろ、水仙のあいだから魅惑的な人が差し招いていたと言うべきか。彼女は来ているだろうか？　野原まで出かけたときにその姿がなかったら、ぼくはがっかりするだろうか？　彼女が野原にやってきたときにぼくの姿がなかったら、彼女はがっかりするだろうか？　野原に出かけて、自分は何をするつもりだ？　会話？　恋の戯れ？　誘惑？　ヴィンセントの地所で？　子爵夫人の友達を相手に？　彼女には近づかないほうがいい。

ベンとラルフとジョージとイモジェンが乗馬に出かけると言っていた。昼まで戻らないという。遠出をするつもりなのだ。

「一緒にどう、フラヴィアン？」朝食の席でイモジェンが尋ねた。

彼がためらったのはほんの一瞬だった。

「つきあうよ。ヴィンスはヒューゴと、ふ、夫人たちを自然歩道へ案内すると言っている。かなり、ほ、骨が折れそうだ。ぼくは乗馬につきあって、うちの馬に充分な運動を、さ、させてやりたい」

ヴィンセントが言った。「目があるばかりに見ることのできないものを、ぼくはみんなに見せてあげたいんだ」

「この坊や、謎めいた言い方をするようになってきたぞ」愛情のこもった目をヴィンセントに向けて、ジョージが言った。「だが、不思議なことに、きみの言わんとすることはわれわれにも理解できる、ヴィンセント。少なくとも、わたしはそうだ」

「午前中の音楽のレッスンも犠牲にしようと思っています」ヴィンセントは言った。

「昨日の朝、こいつのピアノフォルテを聴いてて、ぼくは、い、居眠りしてしまった」フラヴィアンは言った。

「子守唄を弾いたからだよ」ヴィンセントは言いかえした。「きみのリクエストで。ぼくが思うに、あれはすばらしい成功だった」

フラヴィアンはくすっと笑った。

「ああ」両手を胸元で握りあわせて、レディ・ダーリーが言った。「今夜が待ち遠しいわ。みなさんのなかには、ロンドンに滞在して、あらゆる音楽会に出かけ、最高の演奏を楽しんでらっしゃる方も多いでしょうけど、今夜の演奏にもきっと大きな感銘をお受けになるはずだわ」

今夜？

レディ・トレンサムが言った。「演奏を頼まれて、ミス・デビンズはきっと喜んでらっしゃるわね、ソフィア。あの方、なんてすてきなレディなのかしら。それから、妹さんも」

ミス・デビンズ？　確か音楽教師、そうだよな？　そして、その妹というと……。

「わたし、たぶん、音楽なんてまったく理解できない人間だと思うけど」レディ・ダーリーが言った。「芸術のどの分野でも、本物の才能に出会えば、かならずはっきりわかると思うの。ミス・デビンズの才能は本物よ。今夜、みなさんもご自身で判断できるはずだわ」

「ミス・デビンズがここで演奏を？」フラヴィアンは訊いた。

「あら、申しあげてなかった？　ごめんなさい」

「こいつが聞いてなかったんですよ」ヒューゴが言った。

「わたしが演奏の話をしたとき、たぶん、その場にいらっしゃらなかったのね」レディ・ダーリーはフラヴィアンに笑顔を向けた。「今夜、ミス・デビンズが演奏してくださるの。みなさんのなかに、飛び入りで演奏してもいいという人がいれば、もちろん大歓迎よ。ミス・デビンズを晩餐にもお呼びしたわ。テーブルにつく紳士と淑女の数がようやく同じになるのよ」

同じ数。フラヴィアンは頭のなかで数えてみたが、同じにはならなかった。ひょっとして……。

「妹さんも来てくれるんだ」ヴィンセントが言った。「キーピング夫人だよ。ぼくたち、あの人のことが大好きなんだ。そうだよね、ソフィー。もっとも、あの人のおかげでぼくたちが世界的な有名作家になれたからではないけど」

ヴィンセントはくすっと笑った。ほかの者もみんな笑った——フラヴィアンまでが。なんてことだ。野原と水仙に向かって歩いていきたい誘惑にようやく打ち勝ったというのに。今夜ふたたび彼女と顔を合わせることになるとは。この屋敷で。彼女が晩餐にやってくる。

まあ、少なくとも今夜なら、空から落ちてきた小さな太陽の雫《しずく》みたいな水仙に彼女が囲まれることはないわけだ。

それにしても、ぼくもよほど気をつけないと、知らぬまにソネットを書きはじめているかもしれない。ぞっとするほど下手なソネットを。

小さな太陽の雫だと――やめてくれ。

しかし、頭痛が急に軽くなったような気がした。

5

アグネスは野原にふたたび出かけるのはやめることにした。天気のいい日だし、水仙は永遠に咲くわけではなく、それどころか、花の季節も終わりに近づいているというのに。出かけるかわりに、家に閉じこもって髪を洗い、晩餐を辞退する口実を考えようとした。しかし、考えるだけで終わりそうだった。なにしろ、ドーラのほうが、出かけずにすむ口実さえあれば、どんな些細《ささい》なものにでも飛びつこうとしている様子だったから。

あの人はけさも野原へ行ったのかしら。だとしたら、わたしの姿がないことを知って、どんなふうに感じただろう？　たぶん、肩をすくめて、わたしのことなんかすぐに忘れてしまったでしょうね。ああいう男性にとって、気が向いたときにキスできる女を見つけるのは、むずかしいことではないに決まっている。

ああいう男性。

あの人のことをわたしは何も知らない。知っているのは、かつて陸軍士官だったことと、重傷を負ったに違いないということだけ。だから、コーンウォールにあるスタンブルック公爵の本邸で何年か療養生活を送っていたのだ。いまも残っている障害といえば、言葉がわずかにつかえる程度のこと。いえ、それもひょっとすると、戦争とは無関係かもしれない。言語障害は昔からだったのかもしれない。

　でも――あんな人がいるなんて……。信じられないほどハンサムな人。いえ、単にハンサムなだけではなく、人を惹きつける魅力と圧倒的な男っぽさを備えている。軽く伏せたまぶたとすぐに吊りあがる眉は放蕩《ほうとう》者のしるしだ。その容姿、体格、命令するのに慣れた態度からすると、有能かつきびしい士官だったのだろう。

　もっとも、現実にそうだったのかどうか、わたしにはわからない。あの人のことを何も知らないのだから。

　出かける支度をする時間になると、アグネスは淡い緑色の絹のドレスに着替え、去年の収穫祭の舞踏会にもこれを着ていったことを思いだした。仕方がない。手持ちのイブニングドレスのなかではこれがいちばん上等だし、今夜は粗末なものを着るわけにはいかない。もっとも、このドレスを覚えている者は一人もいないはず。彼が覚えているわけはない。そして、ソフィアとドーラを別にすれば、あの夜の舞踏会で顔を合わせた相手は誰もいない。髪はふだんの好みより少しきつめに結った。今日になってから髪を洗ったことを後悔した。洗ったばかりの髪はさらさらしすぎていて、まとまりにくい。

　でも、わたしの姿に誰が目を留めるというの？

　ドーラはひどく青ざめていて、濃い色の髪はアグネスよりさらにきつく結ってあった。

「ねえ、ちょっとすわって。わたしが結いなおしてあげる」アグネスは言った。姉の髪を整え、姉の不安を和らげようとするうちに、アグネス自身の苛立ちと困惑も静まっていき、やがてミドルベリー・パークから迎えの馬車が到着して、出かける時間になった。

彼女とドーラが客間に案内されたとき、そこに集まっていたのはわずか一〇人で、そのうち二人は以前から親しくしているダーリー卿夫妻だった。それから、昨日、夫妻と一緒にコテージに来てくれた人が三人いる。だったら、残りの人々に紹介されるのはさほど大きな試練でもないはずだ。ところが、室内には一〇人よりずっと多くの人がいるように感じられた。爵位を持つ身分の高い人々であっても同じ人間であることには変わりがない、と自分に言い聞かせてみたがだめだった。

もちろん、アグネス自身、しぶしぶ認めるしかないことだが、彼女が会うのを恐れている相手は一人だけで、しかも初対面の相手ではなかった。

スタンブルック公爵は長身でエレガント、きびしい顔つきの年配の紳士で、こめかみのあたりの黒髪が白髪になりかけているのが魅力的だった。サー・ベネディクト・ハーパーはほっそりしていて魅力的——そして、車椅子にすわっていた。夫人のレディ・ハーパーは背が高くてスタイルがよく、肌が浅黒く、異国の雰囲気をかすかに漂わせる絶世の美女だった。ベリック伯爵は見るも無残な傷跡が顔を斜めに走り、片方の目と唇の片側がわずかにゆがんでいるものの、いまなおハンサムな男性だった。

アグネスは次々と紹介される相手に全神経を集中し、レディ・バークリーとトレンサム卿夫妻への微笑と会釈にも集中した。そうすれば一〇人目の顔を見ずにすむと信じているかのように。

「それから、ポンソンビー子爵には会ったことがあるわね？」最後の紹介をおこないながら、ソフィアが言った。「ええ、間違いなく会ってるはずよ、アグネス。収穫祝いの舞踏会で踊ったじゃない。デビンズ先生、あのとき先生にもご紹介したでしょうか？」

「ええ」ドーラは膝を折って挨拶した。「お久しぶりです、子爵さま」

その横でアグネスも頭を下げた。

ポンソンビー子爵は笑みを浮かべると、ドーラのほうへ右手を差しだした。「今夜、あなたがぼくたちの救世主に、な、なってくださるのですね、ミス・デビンズ。あなたが演奏に、き、来てくださらなかったら、ぼくたちはヴィンスが、バ、バイオリンの弦をひっかくのをひと晩じゅう聞かされる、う、運命だったでしょう」

ドーラは彼と握手をして笑みを返した。

「まあ、でも、お忘れになってはいけません、子爵さま。ダーリー卿に弦をひっかくことを教えたのはこのわたしです。それに、その〝弦をひっかく〟という表現については反論させていただきたいと思います」

ポンソンビー子爵の笑みが大きくなり、アグネスは説明のつかない憤りを感じた。この人はドーラを魅了しようとし、しかも成功している。ここに着いたときに比べると、ドーラはずっとくつろいだ表情になっている。

「なあ」トレンサム卿が言った。「気をつけたほうがいいぞ、フラヴ。ヒヨコを守ろうとする母鶏や、生徒を守ろうとする音楽教師ほど獰猛なものはないからな」

「その諺《ことわざ》、たったいまでっちあげたんだろ、ヒューゴ。正直に認めろ」ベリック伯爵が言った。

「だが、なかなかいい出来だ。キーピング夫人、あなたは才能ある画家だそうですね。レディ・ダーリーから聞きました。水彩画？　それとも、油絵でしょうか？」

誰かが飲みものを運んできて、それから一五分ほどのあいだ、驚くほど和やかに話が弾み、やがて執事がドアのところに姿を見せて、晩餐の用意ができたことをソフィアに告げた。しかし、話が弾むのは当然のことだ。みんな、貴族社会の人々なのだから。人前で緊張することはないし、礼儀正しくふるまうのも、会話を盛りあげるのもお手のものだ。屋敷に到着し、客間に案内された二人の女性を見たときも、みんな、すぐさまその緊張ぶりを察したことだろう。二人は自らも上流の生まれであるにもかかわらず、おどおどしていて、ろくに口も利けない有様だった。

晩餐の席順はソフィアがあらかじめ決めていた。アグネスはトレンサム卿のたくましい腕でダイニングルームへエスコートされた。テーブルの中ほどが彼女の席で、となりにトレンサム卿がすわった。ドーラはどこかと見てみると、上座のほうでダーリー卿の右側という最高の席についていた。反対側にいるのはスタンブルック公爵だ。かわいそうなドーラ！　この栄誉に感激してはいるだろうが、怯えているのは間違いない。ただ、公爵が顔を寄せて何か話しかけるあいだ、ドーラは心から楽しそうな笑みを浮かべていた。

ポンソンビー子爵がアグネスの反対どなりにすわった。

なんて運が悪いのかしら。この人がわたしと向かいあった席にすわっていたなら、それはそれで困るけど、その場合は会話をせずにすませることもできる。子爵の向こう側にはレディ・ハーパーがすわっていた。

「ふだんの晩餐はここまで正式なものではないのですが」トレンサム卿がアグネスに低く話しかけた。「今夜はあなたとミス・デビンズという賓客をお迎えしたので」

「まあ」アグネスは言った。「なんだか偉くなったようで光栄です」

トレンサム卿は恐ろしそうな紳士だった。肩幅が広く、髪は短く刈りこまれ、きびしい顔つきだ。士官として剣をふるっていたのだろうが、斧《おの》をふりまわすほうが似合いだと思われる。しかし——その目には笑いがにじんでいた。

「わたしはかつてよく、恐怖で震えたものでした」あいかわらずアグネスの耳にしか届かない小さな声で、トレンサム卿は言った。「ロンドンの商人の家に生まれ、兵隊になろうとしたら、親がたまたま金持ちで士官の位を購入してくれたのです」

「まあ」アグネスは好奇の目で相手を見た。「でも、爵位のほうは？」

彼が赤くなりかけたのは確かだった。

「あんなものは愚の極みです。わたしではなく、戦死した三〇〇人の兵士がもらうべきだったのに、皇太子殿下がわたしの戦功を過大評価なさったのです。だが、なかなか立派に聞こえると思いませんか？　〝トレンサム卿〟というのは」

「きっと、その陰に何かご事情がおありだったのでしょうね……あら、よけいなことを申しあげてしまいました。でも、その話をするのを躊躇《ちゅうちょ》なさってるようですね。奥さまも商人階級の方ですの？」

「グウェンドレンが？　何を馬鹿なことを——いや、失礼。わたしが去年ペンダリス館で出会ったときは、レディ・ミュアといって、子爵の未亡人でした。また、キルボーン伯爵の妹でもあります。妻の指を針で突けば、高貴な貴族の血が流れだすことでしょう。だが、妻はこのわたしを選んでくれた。愚かな女だ。そう思いませんか？」

いい人ね。アグネスはトレンサム卿に好感を持った。そして、さらに何分か話をしたところで、卿が何を言わんとしているのかを理解した。ほかの紳士たちと違って、洗練された会話術で女性をくつろいだ気分にさせることはできないかもしれないが、この人はほかの方法を見つけたのだ。こう言おうとしていたのだ——あなたが上流の生まれであるにもかかわらず、居心地の悪い思いをしているのなら、中流階級のわたしが同じような状況に置かれたときに、いったいどんな気持ちだったと思います？

この人を選んだレディ・グウェンドレンは聡明な人ね——アグネスは思った。レディ・グウェンドレンはトレンサム卿と向かいあった席につき、サー・ベネディクトの話に熱心に耳を傾けていた。

やがて、トレンサム卿の反対どなりにすわったレディ・バークリーが彼の袖に手を触れ、卿はそちらに注意を向けた。

「アグネス」となりの席からポンソンビー子爵が言った。

　アグネスは驚いてそちらに顔を向けたが、子爵は彼女に声をかけたのではなかった。自分の意見を述べていただけだった。

「あ、侮りがたい名前だ。約束を守れなかったことを、ぼくは、う、うれしく思うほどだ」

　どんなふうに会話を進めればいいのか、アグネスにはわからなかった。

「侮りがたい名前？　アグネスが？　ところで、約束などしましたかしら、子爵さま？　していたとしても、わたしは気づきませんでした。いずれにしろ、あそこへは行っておりません。けさはもっと大事な用がほかにいくつもあったので」

「けさ？　それで、け、けさはいったいどこへ行かれたのです？」

　なんて初歩的な失言をしてしまったんだろう。アグネスは猛烈な勢いで魚にナイフを入れた。

「なぜ侮りがたいのでしょう？」ポンソンビー子爵がナイフとフォークを皿の上で静止させたまま、いまもこちらを見ているのに気づいて、アグネスは尋ねた。「アグネスというのは、とても穏やかな名前ですけど」

「あなたがローラだったら、あるいは、サラか、もしくは、メ、メアリだったら、ぼくはもう一度キスしようと企むでしょう。どれも柔らかな響きで、すなおな感じがする。しかし、アグネスという名前には、堅実な性格と、二度目のキスを盗もうとする無礼な男の、ほ、頬への強烈な平手打ちを連想させるものがある。二度目となれば、女性も警戒しているでしょうし。ええ、ぼくはあなたに、あ、会えなかったことを喜んでいると言ってもいいほどです。

あなた、ほ、本当にあそこへは行かなかったのですか？　ぼくがいるかもしれないと思ったから？　しかし、水仙が永遠に咲きつづけることはないのですよ」

「あなたとはなんの関係もないことです。ほかにいくつも用事があったので」

「絵を描くよりも大事な用が？　ぼ、ぼくより大事な用だったのですか？」

もうっ、何を言いだすの？　晩餐の席だというのに。いつ誰にこの会話を聞かれるかわからないのに。もっとも、その心配はなさそうだけど。わたしったら、どうしてこんな会話にひきずりこまれてしまったの？　この人の口説きに応じるような女じゃないし、これから二週間半のあいだ、この人の退屈しのぎのためにそういう女になるつもりもないのに。

「そうか、ぼくより大事な用だったんだね」アグネスが返事をしないものだから、彼はおおげさにため息をついてみせた。「いや、〝ぼくよりも〟と言うべきかな？　ぼくよりも大事な用が。文法的に正しい言い方をしようとすると、なんだか、が、学者ぶってるような気がしてくる。そう思いませんか、キーピング夫人。〝そこにいるのは誰だ？〟〝ここにいるのはわたしです〟――なんとも間抜けなやりとりになってしまう」

アグネスは彼のほうを見ようとしなかった。しかし、皿に向かってつい微笑し、それから笑いだした。

「うん、そのほうがいい。どうすればあなたが、わ、笑ってくれるのか、やっとわかった。正しい文法を使えばいいんだ」

アグネスはワインのグラスを手にして彼のほうを向いた。

「今夜はそれほど凶暴なご気分じゃなさそうね」

彼の目から表情が消えた。昨日の朝の言葉を彼に思いださせてしまったことを、アグネスは後悔した。

「音楽がぼくの心を癒してくれるでしょう。あ、姉上は、ヴィンセントが言っているように才能のある人なのかな？」

「ええ、そうです」アグネスは言った。「でも、このあとご自身で判断なさってください。音楽はお好きですの？」

「上手な演奏であればね。ヴィ、ヴィンセントも上手なんだが、ぼくはつい、からかいたくなってしまう。仲間どうしで、か、からかいあうのが、みんな好きなんだ。本物の友情が持つ心地よい特徴のひとつと言えるだろう」

軽薄な表情を浮かべるのが習慣のようになっている彼だが、じつはそれほど軽薄なタイプではないのかもしれない——アグネスはときどきそう感じることがある。舞踏会のときもそんな印象を受けたことを思いだした。そして、内心の震えと共に思った——一緒にいてくつろげる相手ではない、と。

「あいつはときどき、音を、ま、間違える。それから、テンポが、お、遅すぎることもある。だけど、目をしっかりあけて演奏していて、それが、た、大切なことなんだ。本当に大切なのはそれだけだ。そう思いませんか？」

この人はしばしば、謎めいた言い方をする。それをどこまで正しく解釈できるかを見て、わたしという人間を判断するつもりなのね。

「心の目をあけてという意味？　あなたがおっしゃってるのは、ダーリー卿のことだけではないし、楽器の演奏のことだけでもない。そうでしょう？」

しかし、彼の目にはふたたび嘲笑が浮かんでいた。

「あなたという人は、ぼくには、し、深遠すぎる、キーピング夫人。ずいぶん哲学的なご意見だ。レ、レディにしては驚くべき傾向だ」

そして、ポンソンビー子爵は嫌みなことに、軽く身震いしてみせた。

トレンサム卿とレディ・バークリーとの会話が、少なくともこの瞬間は中断していることに、アグネスは気がついた。彼のほうを向き、一年じゅうロンドンを住まいにしているのかどうかを尋ねた。

アグネス――みんなでダイニングルームから音楽室へ向かう途中、ヒューゴの腕に手をかけて言葉を交わしている彼女をじっと見ながら、フラヴィアンは思った。麗しのアグネスの繊細に吊りあがった眉に向かってソネットを暗誦《あんしょう》することは、とうてい考えられない。あるいは、〝ロミオとアグネス〟の不滅の悲劇に号泣することも。親が子供に名前をつけるときは、もっと慎重になるべきだ。

ピアノフォルテのそばの席へレディ・ハーパーをエスコートしたあとも、彼自身は立ったままでいた。両手を背中で組んで、ヴィンセントの演奏――陽気な民謡調のメロディー――

に耳を傾けた。ヴィンスは間違いなく上達している。ヴィブラートの回数が去年より増えている。だが、目の見えない人間にバイオリンが弾けるようになるなんて、誰が想像しただろう？　ヴィンスがそれをやりとげたのは精神力の賜物と言っていい。演奏に続く拍手喝采にフラヴィアンは加わらなかった。かわりに、愛情に満ちた笑みを友に向けた。ヴィンスに見えるはずがないことを忘れていた。人間とは忘れっぽいものだ。

拍手がやんだとき、猫がごろごろと大きく喉を鳴らしたので、誰もが笑いだした。

「意見を述べるのは遠慮しておこう」フラヴィアンは言った。

レディ・ハーパーがピアノフォルテで短い曲を弾いた。何年も楽器から離れていて最近になって練習を再開したばかりだと言って、本人は辞退しようとしたのだが。次にウェールズの歌を唄った。ウェールズ語で。メゾソプラノのきれいな声で、歌を聴いた人々はウェールズの丘と靄《もや》への憧れが湧きあがるのを感じた。

すばらしい女性だ——フラヴィアンは思った。親友の妻でなかったなら、そして、その美しさを純粋な気持ちで賞賛するにとどまらなかったら、官能的な恋心を抱いてしまったかもしれない。

イモジェンとラルフはレディ・トレンサムの伴奏で二重唱を披露してみんなを驚かせた。あとでフラヴィアンが二人をからかう必要はなかった。みんながかわりにやってくれたからだ。レディ・トレンサムはピアノフォルテを弾き、しかもみごとな演奏だったので、ヒューゴはでれっとした顔になり、誇りではちきれそうだった。

ヴィンセントのハープ演奏が始まると、フラヴィアンはそばに行き、見ることもできない何本もの弦をヴィンセントがちゃんと識別して弾いていることに驚きの目をみはった。

そしてついに、ミス・デビンズが演奏する番になり、フラヴィアンは室内をうろつく口実をそれ以上見つけられなくなった。ミス・デビンズの演奏がわずか数分で終わるはずはないからだ。もっと早く席を見つけておくべきだった。いまの彼に残された選択は、ソファにすわっているジョージとラルフのあいだに割りこむか、ピアノフォルテから少し離れたラブシートまで行ってキーピング夫人のとなりにすわるかのどちらかだった。割りこむのは少々窮屈なようだし、真ん中のクッションの上で丸くなっている猫がいやがりそうだ。

猫の邪魔をするのはやめることにした。

けさは野原へ行くのをやめたという彼女の言葉は本当だろうかと思い、やがて、自分のうぬぼれの強さを反省した。彼女が本当は野原へ出かけながら、この自分に会えなかったために落胆し、行かなかったふりをしたのではないか、などと勘ぐったりしたのだから。

彼女にキスをしたせいで、決定的に嫌われてしまったのだろう。あのときまで、夫以外の男性にキスされたことはおそらくなかったはずだ。貞淑な女性であることが、見えないインクで顔じゅうに書かれている。

「いよいよ、本格的な演奏が聴けるわけだ」ミス・デビンズがハープの前にすわるあいだに、フラヴィアンは言った。

「これまでの演奏はつまらなかったという意味ですの？」

フラヴィアンは片眼鏡の柄を握り、軽く持ちあげた。

「戦闘的なご気分のようですね、キーピング夫人。だが、すでに演奏や歌を終えた人たちがミス・デビンズのあとにまわされるのを歓迎するとは思えません」

「もっともなご意見ですわ」彼女のほうが譲歩した。

彼女の今夜のドレスは、収穫祝いの舞踏会で着ていたのと同じものだった。しかし、なぜそんなことを覚えているのだろう？　豪華な衣装とはとうてい言えない。ただ、とてもよく似合っている。ろうそくの光に裾の銀糸の刺繍がきらめいていた。去年の舞踏会でもそうだったのが彼の記憶に残っている。

やがて、フラヴィアンは片眼鏡を下ろして呆然と口をあけた。いや、じっさいそんな表情をしたわけではないが、心のなかはそういう気分だった。不意に旋律が流れはじめ、さざ波となり、人々のまわりで大きくうねり、ほかにも言葉では表現できない数々の驚嘆すべきことが起きたからだ。しかも、それを生みだしたのは、一台のハープと一人の女性の指だった。一分か二分たってから、フラヴィアンはふたたび片眼鏡を目に持っていき、それを通して、ハープを、弦を、それを弾く女性の手を見つめた。どうしてこんなことができるのだろう……。

曲の最後に湧きあがった拍手は熱狂的で、ミス・デビンズはピアノフォルテの演奏に移る前に、さらにもう一曲を所望された。やがて彼女がピアノフォルテの前まで行くと、ジョージが彼女の弟子のごとくあわてて立ちあがり、ベンチの位置を直した。

「ところで、あなたも、ひ、弾くのですか、キーピング夫人」彼女の姉が鍵盤の前で準備を整えるあいだに、フラヴィアンは尋ねた。

「まったくだめです」

「しかし、絵を描いている。才能があるのでしょうね。レディ・ダーリーから、そ、そう聞いています」

「優しい人だから」キーピング夫人は言った。「才能があるのはソフィアのほうだわ。彼女の漫画をご覧になったことはあります？　物語の挿絵は？　わたしは自分の楽しみのために描いているだけで、ほんとに下手なので、一枚でいいから完璧なものを描きたいといつも夢に見ているのです」

「た、たぶん、ミケランジェロやレンブラントですら、同じ思いだったでしょう。ミケランジェロがピエタを彫刻したときは、一歩下がって像を眺め、努力に見合うだけの価値のある作品が果たして生まれるのだろうか、と疑問に思ったことでしょう。あなたが巨匠たちのレベルに達しているかどうかを判断するには、あなたの絵を、み、見せてもらわなくてはなりません」

「本気でおっしゃってるの？」彼女の声には軽蔑があふれていた。

「鍵をかけて保管してあるのですか？」

「いいえ。でも、誰に見せるかは自分で決めることにしています」

「ぼくは、その、な、なかに入っていないわけでしょうか？」

「ええ、おそらく」

みごとにやりこめられた。フラヴィアンは彼女に賞賛の視線を向けた。

「なぜです？」

キーピング夫人の目がこちらに向いたので、フラヴィアンはゆっくりと微笑した。

彼女は返事をせずにすんだ。ミス・デビンズがヘンデルの何かの曲を弾きはじめていた。

一曲終わるたびにミス・デビンズは椅子から立とうとしたが、結局、三〇分以上も弾きつづけることになった。彼女の演奏が終わることを誰も望まなかったのだ。たぐいまれな才能にあふれた演奏だった。これほどみごとだとは誰も予想していなかった。妹とは一〇歳以上離れているに違いない。妹より背が低く、器量も平凡だ。どこにでもいそうなタイプだ――ところが、楽器に指を触れた瞬間、印象ががらっと変わる。

「外見だけで相手を判断し、奥に潜んだ貴重な美を逃してしまったことに気づかずにいるのは、なんと簡単なことだろう」胸の思いがつい声になり、フラヴィアンは考えごとをしながらつぶやいていた自分に気づいて、ひどく恥ずかしくなった。

「そうね」しかも、キーピング夫人に聞かれてしまった。

ミス・デビンズの演奏が終わり、フラヴィアンの仲間の多くがピアノフォルテのまわりに集まった。一、二分すると、レディ・ダーリーが上階の子供部屋へ行くために中座することにした。フラヴィアンが推測するに、たぶんこの時代の風潮に逆らって、乳母は雇わない主義なのだろう。レディ・トレンサムが一緒に行っても構わないかと尋ね、二人のレディは連れ立って出ていった。ヴィンセントがみんなに、客間へ移ることに異存がないならお茶はそちらへ運ばせることにする、と告げた。ラルフはハープの弦に無言で指をすべらせていた。ジョージはミス・デビンズに腕を差しだし、きっとお茶を飲みたくてたまらないことでしょうと言っていた。ベンは音楽室に車椅子を持ってこなかったので、二本の杖で身体を支えてゆっくり立ちあがるところだった。レディ・ハーパーが横から彼に笑顔を見せて何か話しかけたが、喧騒《けんそう》に紛れてフラヴィアンの耳には届かなかった。

「キーピング夫人」フラヴィアンは立ちあがると腕を差しだした。「さあ、どうぞ」

フラヴィアンは彼女がもとの場所にひっそりとすわったままだったような印象を受けた。たぶん、ぼくが立ち去って彼女のことなど忘れてしまうのを期待していたのだろう。ぼくがこの人に惹かれる理由はそこにもあるのかもしれない。媚《こび》を売ろうとする様子がまったくない。ほかの女性とは大違いだ。もっとも、ぼくを知っている女性や、ぼくの性格をよく知っている女性は別だが。とはいえ、後者のなかには、いまもぼくを追いかけてくる女性が何人かいる。世の中には、危険な男に抵抗しがたい魅力を覚える女性というのがいるものだ。ただ、最近のぼくは評判のほうが現実を上まわっている。少なくとも、ぼくとしてはそう願いたい。

「ありがとうございます」

キーピング夫人が立ちあがって彼の腕に手をかけた。といっても、指先で彼の袖の内側に軽く触れただけだが。かなり背が高いほうだ。彼女と心地よく踊れたのも、たぶん、そのおかげだろう。石鹸《せっけん》の香りがした。香水ではない。華やかでもなく、高価でもない香り。単なる石鹸の香り。自分でも驚いたことに、彼女をベッドに誘いたくてたまらなくなった。

レディたちをベッドの相手として見たことはこれまで一度もなかった。そんな考えはいますぐ捨て去ったほうがいい。残念なことだが。ベッドにまで発展する危険が少しでもあるなら、彼女の前で軽い口説き文句を並べることすら慎むべきだ。

まことに分別のある考え方で、だからこそ、西翼から大広間に入ったときに彼が階段をのぼって客間へ向かおうとしなかったのは、なんとも説明のつかないことだった。かわりに、テーブルにのっていたろうそくを燭台ごと手にすると、壁の燭台ですでに炎を上げていたろうそくから火をつけ、広間で番をしていた従僕にうなずきかけて、屋敷の東翼に通じるドアをあけさせた。

最大の驚きは、たぶん、キーピング夫人が文句も言わずについてきたことだろう。

東翼は広さも長さも西翼と同じで、迎賓室とそれに関連した部屋が大部分を占めている。去年の一〇月にここで収穫祝いの舞踏会が開かれ、そのときは豪華に光り輝いていた。いまは闇のなかに沈み、二人の足音が虚ろに響くだけだった。それに、けっこうひんやりしていた。

自分はいったい何を思ってここに来たのか？

「夜になると、す、すわる時間がひどく長くなってしまう」フラヴィアンは言った。

「それに、晩餐のあとで外に出てゆっくり歩くには、季節がまだ早すぎますし」キーピング夫人が言った。

ほう、音楽を聴くためにすわっていた時間が長すぎたため、少し運動しようと思っているだけだ、という点で二人の意見が一致したわけだ。どれぐらいすわっていたのだろう？　一時間？　もっと短かったような気がする。

「でも、ここでゆっくり歩きまわるわけにはいきません」会話がとぎれても彼が黙ったままだったので、彼女のほうがつけくわえた。「ドーラがわたしに見捨てられたと思いこむでしょうから」

「ミ、ミス・デビンズは目下、みんなから賛辞を浴びせられているに違いない。そ、それは当然のことです。たかが、い、妹一人ぐらい、いなくても寂しがりはしませんよ」

「でも、妹のほうは姉がいなくて寂しいと思うかもしれません」

「遊び半分で口説こうとして、あなたをここに、つ、連れてきたとお思いですか？」

「そうですの？」彼女の声は穏やかだった。

遊び半分で口説くつもりだなどと正直に認める者はどこにもいない。いや、ほとんどいない。

「そうです、キーピング夫人」フラヴィアンは正直に言った。「あなたと初めて会ったこの舞踏室で。ふたたびワルツを踊りたくて来たのです。ふたたび――キスをしたくて」

フラヴィアンの腕をひっぱっていますぐ姉のもとに連れていくよう要求することを、彼女はいっさいしなかった。

「舞踏室を見ようとしても、ろうそく一本の明かりが届く範囲しか見えませんわ。ワルツなんてとうてい無理。音楽もないし」

「そうか。では、キスだけで我慢するしかなさそうだ」

「でも」彼の最後の言葉にかぶせるようにして、ゆっくりと彼女が言った。「わたし、音程はけっこうしっかりしているほうです。もっとも、まともな神経の持ち主なら、わたしに聴衆の前での独唱を頼んでくることはおそらくないでしょうけど」

フラヴィアンはキーピング夫人のいるほうへ笑みを向けたが、彼女はまっすぐ前を見つめていた。

舞踏会は広くてがらんとしていて、たった一本のろうそくの光では、確かに闇の奥まで見通すことはできなかった。しかも寒い。ここに来た彼の目的が本当に誘惑にあったとしても、そのために選んだ舞台として、これほどロマンティックな雰囲気からかけ離れたところはないだろう。

背の高い両開きドアのすぐ内側に置かれた華麗なテーブルに、フラヴィアンは燭台を置いた。

「マダム」エレガントに右足をひいて気どったお辞儀をした。「踊っていただけませんか」

キーピング夫人は膝を折って優美に挨拶すると、彼の手首に指先をつけた。

「喜んで、子爵さま」

そこで、フラヴィアンは彼女の手を握ってワルツのポーズをとると、ほどよい距離を置いて向かいあい、問いかけるように見つめた。彼女は眉間にしわを寄せてしばらくじっと考えこんだが、やがてハミングが始まり、ついには、何カ月も前に二人で踊ったワルツの調べが彼女の唇から流れでた。フラヴィアンは誰もいないフロアへ彼女を誘いだし、ろうそくが作りだす影と光のなかで踊りはじめた。ろうそくの弱い光が彼女の袖を縁どる銀糸の刺繡に反射してきらめきを放つのが印象的だった。

二分ほどすると、彼女が息を切らしはじめた。旋律がとぎれがちになり、やがて消えた。しかし、フラヴィアンはさらに一分間、彼女と踊りつづけた。旋律もリズムも二人の身体に刻みこまれていた。自分たちの息遣い、同じリズムで床に響く二人の靴音、そして、彼女の脚にまとわりつくドレスの衣ずれの音が彼の耳に届いた。

ペンダリス館を離れてから四年のあいだに、フラヴィアンは多くの女と関係を持ち、どの相手からも大きな満足を得てきた。愛人を作って長いあいだ囲ったことは一度もなかった。ときたま上流階級の貴婦人を戯れに口説くことはあったが、ある程度の年齢に達して遊び方を心得ている相手を選ぶことに決めていた。ただ、女性のほうから、深い仲になってもいいという気持ちを、いや、それどころか熱意を示されても、貴婦人とベッドを共にしたことは一度もなかった。キスもめったにしなかった。

アグネス・キーピング夫人は自分が知っているどんな種類の女とも違う。そう思っただけで、フラヴィアンは動揺と興奮の両方に襲われた。

二人のワルツが中断したとき、フラヴィアンの胸には言うべき言葉がひとつも浮かばず、キーピング夫人から手を離そうという思いも浮かばなかった。夫人のウェストのうしろに片手を当て、反対の手で彼女の片手を握ったまま立っていた。彼女を見下ろすと、向こうはやがて顔を伏せ、彼の肩に置いていた手を離して、ドレスの胸から目に見えない埃《ほこり》を払った。

その手を戻して彼を見上げた。

フラヴィアンはワルツのポーズのままでキスをした。彼女のウェストに置いた手に徐々に力をこめて、自分のほうに抱き寄せた。

彼女の手がフラヴィアンの手を痛いほどきつく握りしめた。唇が震えていた。

やめろ——フラヴィアンは自分に言い聞かせた。やめるんだ。育ちのいい品行方正な未亡人なんだぞ。ヴィンセントの妻の親友でもある。しかも、ここはヴィンセントの家だ。

ところが、彼女の手を放したものの、そのあと両腕で抱きしめて、さらに熱いキスをしてしまった。彼女がフラヴィアンの肩に腕をまわし、反対の手を彼のうなじに当てた。

そして、愚かなことにキスを返してきた。

しかし、問題なのは、明らかな喜びに加えて欲望までも感じられるキスなのに、本物の情熱が伝わってこないことだった。ただ、彼女が垣間見せる喜びの陰で情熱が脈打っているのが、確かに、そう、確かに感じられた。キスに酔う彼女のなかで自制心が働いているのだ。言葉の使い方が矛盾しているかもしれないが。

その自制心を彼女が失ってしまったら？

ぼくならそう仕向けることができる。

そうしたいという思いを胸にくすぶらせながら、フラヴィアンは舌で彼女の口を探り、両手で背中の曲線をなぞり、さらには、ほんの一瞬、ヒップを両手で包みこんでぴったり抱き寄せた。

彼女の人生のなかで、いまだに誰一人——あの退屈な夫でさえ——見つけたことのない情熱を、ぼくなら解き放つことができる。そんな情熱が自分のなかに潜んでいることを、彼女はおそらく知りもしないだろう。

ぼくならそれを……。

フラヴィアンは顔を上げ、彼女のウェストに両手を戻した。

「客間で、お、お茶というようなことを、誰かが、い、言わなかったかな？」

「ええ、ダーリー子爵が。でも、大広間まで行ったときに、あなたが曲がるところをお間違えになったのよ」

「そうか。迂闊だった」フラヴィアンは彼女を抱いていた手を離し、テーブルに置いたろうそくをふたたび手にとって、腕を差しだした。「さっき来た道をひきかえして、お茶の、ポ、ポットに少しぐらい残っていないか、み、見てみることにしようか？」

「いい考えだわ」

彼女がほしい。

愚か者！

遊び半分の口説きなんか忘れろ。品行方正な未亡人ということも、育ちのいい品のよさのことも忘れろ。

彼女がほしい。

いや——自分の正直な気持ちに気づいて、フラヴィアンはひどく驚いた——ぼくには彼女が必要だ。

男を一〇〇キロほどいっきに走りたい気分にさせるのが、こういう思いでないとしたら、ほかにどんな思いがあるのか、フラヴィアンにはわからなかった。

とくに、凶暴で危険な男を。

6

音楽の夕べから三日のあいだ、アグネスはミドルベリーの屋敷にも庭園にも足を向けようとしなかった。そのうち二日は雨だったので、決心を楽に守ることができた。

ところが、ミドルベリー・パークからコテージのほうに二回も訪問客があった。一日目にソフィアとレディ・トレンサムとレディ・ハーパーが、三日目にはスタンブルック公爵とベリック伯爵が訪ねてきた。ソフィアが赤ちゃんを連れてきていて、訪問のあいだ、赤ちゃんがやはりみんなの注目の的だった。どちらのグループも、晩餐に来てくれたアグネスたちに礼を言い、ドーラのみごとな演奏を褒め称えるためにやってきたのだ。公爵は滞在が終わるまでにもう一度演奏を聴きたいという思いを丁重な言葉で伝えた。

四日目の朝、太陽がふたたび顔を出した。もっとも、空高くかかった雲が邪魔ではあったが。ドーラは子爵のレッスンがあるので出かけていった。アグネスは小さな前庭に立ち、出かける姉に手をふった。姉についていって、レッスンのあいだソフィアと一時間ほど過ごすことが多いけれど、今週は出かけないことにした。ソフィアからは三日前にも、いつ来てくれても大歓迎だし、客がいるからといって遠慮しないでほしい、と言われたばかりだが。

何頭かの馬が通りをやってきた――全部で四頭。乗っている人々がドーラに挨拶しようとして馬を止めた。アグネスはできれば家のなかにこっそり戻りたかったが、すでに姿を見られたかもしれないし、通り過ぎる彼らに朝の挨拶もせずにひっこんでしまったら礼儀知らずだと思われそうなので、その場にとどまった。やがて、なかの一人がグループから離れて先に馬を進め、アグネスのほうにやってきた。

ポンソンビー卿だ。

アグネスはウェストのところで両手を握りあわせて、冷静かつ無関心な表情を浮かべようとし、もしくは、少なくともここ四夜のあいだ――いや、昼のあいだも――あのワルツとキスを思い浮かべて長時間を過ごすようなことはなかったふりをしようとした。いまのわたしはまるで恋に夢中の女学生、愚かさを払いのける決心はできそうにない。

「どうも」ポンソンビー卿はシルクハットのつばに乗馬用の鞭を軽く当てて……アグネスを見下ろした。アグネスは熱い視線が自分の瞳にひたと据えられたような気がした――愚かな妄想。いえ、愚かではないかもしれない。やっぱり遊び半分に女を口説くのに慣れた人ね、という印象を受けた。

「子爵さま」アグネスは軽く会釈をして、両手をさらにきつく握りしめた。やがて、彼の視線がその手に落ちた。

「今日は水仙を、か、描かないんですか？」

「あとで描きに行くかもしれません」水仙の花盛りを逃して、ふたたび花の季節を迎えるまでに丸一年待つことになるかもしれないと思うと、心配でならなかった。

二人の会話はそこまでだった。乗馬仲間の三人が道路ぎわでポンソンビー子爵に追いつき、アグネスに明るく朝の挨拶をしてから、そのまま馬で去っていった。いまからグロスターへ大聖堂を見に行くのだと公爵がアグネスに言った。

グロスターまではかなりの距離だ。大聖堂見物を一時間ぐらいですませるとしても、戻ってくるのは午後の遅い時間になるだろう。だったら、今日が絶好のチャンス。野原へ出かけて絵を描くことにしよう。

いつもなら、そう思っただけでわくわくして、心が癒される。絵を描くのはたいてい戸外で、テーマにするのはほぼいつも、村はずれの生垣と野に咲く花だ。あまりにも短かった結婚生活が終わったことへのいまなお消えぬ悲しみも、日々の暮らしの退屈さも、自分自身にすら隠そうとしている孤独感も、人生が虚しく過ぎていくという感覚も、スケッチをするあいだだけは忘れていられる。もちろん、似たような境遇の何千人という女性たちもそうだろう。自分だけが辛い思いをしているのではない。自己憐憫という哀れな苦悩に負けるなどということは、ぜったいにあってはならない。

ただ、イーゼルと絵の道具を持って出かけたものの、今日はたいして癒しにならなかった。波立つ心を静めてふだんどおりに暮らそうという決意があるだけだった。そうすれば、二週間後にミドルベリー・パークの滞在客が去ったあとも、傷ついた心を抱えて自分だけが置き去りにされたという思いを持たずにすむだろう。

恋をするのは少しも楽しいことではない。音楽のないワルツとそのあとのキスを思いだすときだけは別だが。ひどく淫らなキスのような気がしたが、世間の基準からすれば、たいしたことはなかったのだろう。しかし、思い出と夢だけを永遠に人生の糧にすることはできない。自分が孤独であり、おそらく孤独のまま生涯を送ることになるだろう、という事実を永遠に無視することもできない。

アグネスは野原の向こう側をめざして大股で歩きはじめた。

フラヴィアンは結局、グロスターへは行かなかった。村を出発して三〇分ほどたったころ、自分の馬が右前脚をかばっているような気がする、と言いだした。ラルフが頼まれもしないのに鞍から飛び下り、馬の脚の具合を調べはじめたので、フラヴィアンも馬から下りて一緒に様子を見るしかなくなった。具合の悪そうな箇所は見当たらず、少しうしろを馬で進んでいたイモジェンも、馬が脚をひきずっているようには見えなかったと言った。しかし、フラヴィアンは、これ以上馬を走らせて脚をだめにさせる危険は冒せない、ここからひきかえし、念のためにヴィンセントの屋敷の馬番頭に脚を調べてもらうことにする、と強い調子で言った。

ほかの者が一緒に戻ろうと言っても、頑として聞き入れなかった。「いや、いや、みんなはこのままグロスターまで行って、楽しんできてくれ」

ラルフが仲間と一緒に馬で歩みはじめる前にしげしげとフラヴィアンを見たが、何も言いはしなかった。数日前の夜に彼がキーピング夫人と姿を消したことにあとで触れたのは、ラルフだけだった。

「音楽室から客間へ行くあいだに迷子になったのかい、フラヴ」そのとき、ラルフはそう尋ねた。

フラヴィアンは片眼鏡を持ちあげた。

「そうなんだ、友よ。子爵夫人に糸の玉を貸して、も、もらわなくては。そうすれば、部屋を移るときに、ま、迷わなくてすむ」

「もしくは、ヴィンスに犬を貸してほしいと頼む手もあるぞ」ラルフは言った。「もっとも、〝三人連れは仲間割れしがちだ〟という諺もあるが」

フラヴィアンは片眼鏡を目に持っていき、この友に視線を据えたが、ラルフはニッと笑っただけだった。

フラヴィアンはミドルベリー・パークまで馬でゆっくり戻った。ゆうべは、ラルフが早い時刻に受けとった手紙のことを話したのをきっかけに、真剣な議論になった。いまいましい手紙！　差出人はミス・コートニー、ラルフ自身がスペインの戦場で重傷を負う直前に戦死した友人三人のうちの一人の妹だった。独身の令嬢が独身の紳士に手紙を書くのは、常識的には許されないことだが、ミス・コートニーは兄が亡くなって以来、定期的にラルフに手紙をよこし、自分は妹のようなものだというのを言い訳にしていた。現在、二二歳とけっこういい年になっていて、スコットランドとの国境近くの出身で身内に有力者のいる裕福な牧師と結婚することになっている。

「ところが、彼女はいまもきみに恋心を抱いてるわけだね、ラルフ」ベンが訊いた。

「そういうことはたぶんないと思う。それだったら、なんとかという牧師と結婚する気にはならないはずだ」

しかし、ラルフがまだ青年で、彼女がまだ家庭教師について勉強中だったころから、向こうが彼に熱を上げていたことは、仲間の全員が知っている。そして、彼女がただ一人の兄を崇拝していて、悲しみのなかで兄のかわりにラルフを慕い、ペンダリス館に手紙をよこし、ラルフがロンドンに戻ったあとは彼の前に頻繁に姿を見せるようになったことも。彼女の手紙が届いてもラルフはめったに返事を出さず、二、三回だけ、体調がすぐれないという短い手紙を書いただけだったし、ロンドンではできるだけ彼女を避けていた。ある舞踏会で、レモネードをとってきましょうと言ったあと、喉の渇きを抱えた彼女を置き去りにして屋敷を飛びだし、翌日ロンドンを離れたことまであった。

「きみは罪悪感に駆られているのだ」ゆうべ、ジョージが言った。「それ以後長いあいだ、彼女を独身のまま放っておいたことに対して」

また罪悪感か！　いまいましい罪悪感の話題ばかり。それなしで人生を送れる者はいないのか？　フラヴィアンは考えこんだ。

「二人はおたがいを心から大切に思っていました」ラルフは説明した。「マックスとミス・コートニーがという意味です。二人きりの兄妹でした。ぼく自身がいつも言っていたように、マックスの真の友人であれば、妹さんの支えになったはずだ。そうでしょう？ マックスもそう願っていたと思います」

「そのために結婚までするわけ？」イモジェンが言った。「お兄さんが妹さんを溺愛していたのなら、義務感からの結婚なんてさせたくなかったはずよ、ラルフ。あなたの側には義務感しかないわけでしょ。妹さんもそれを察したでしょうね。最初はわからなかったとしても、徐々に気がつくものだわ。そして、悲しい思いをすることになる。妹さんと結婚しても、けっして幸せにはできなかったはずよ」

「だが、せめて」ラルフは言った。「ある程度の思いやりと、ある程度の愛情と、ある程度の……くそっ、全部くたばっちまえ。昔はそういう立派な感情を持つこともできたのに。下品な言い方をしてすまない、イモジェン」

ラルフは何年ものあいだ、数々の傷のなかで最悪だったのは感情が死んでしまったことだと言っていた。もちろん、それはラルフの勘違いだった。罪悪感と悲しみは消えていなかった。ただ、ラルフにしかわからない感情の大きな欠如があったことは確かだ。

「きみもいつの日か、ふたたび誰かを愛するようになるだろう、ラルフ」ヒューゴが彼に言って聞かせた。「短気を起こさずにじっと待つんだ」

「世界最高の愛の権威のお言葉だね」フラヴィアンはそう言って眉を上げ、片眼鏡をヒューゴのほうへ向けて、お返しに、ヒューゴからこのうえなく獰猛な顔でにらみつけられた。

「ラルフはすでに愛を見つけてるよ」ヴィンセントが言った。「ぼくたちを愛してるもの」

それを聞いて、ラルフの目に涙がにじんだ。

彼と昔からの親友三人は一八歳のとき、輝かしき理想を胸に抱き、戦闘で勇猛なる手柄を立てようというさらに輝かしき夢を持って戦場へ赴いた。三人はほどなく騎兵隊の突撃に加わったが、作戦ミスによってフランス軍の砲撃で吹き飛ばされ、血と内臓と脳の赤いしぶきを散らすことになった。ラルフは恐怖のなかでなす術《すべ》もなくそれを見守り、やがて彼自身も意識を失った。

「その妹さんはいい縁談に恵まれたようだな」ジョージが言った。「きっと幸せになるだろう」

フラヴィアンは姉のマリアンから届いた手紙のことを言いそびれてしまった。手紙にはこう書かれていた――いま、夫と子供たちを連れてキャンドルベリー・アベイに来ています。復活祭までここにいて、それから社交シーズンのロンドンへ行く予定です。ヴェルマがファージングズ館に帰ってきました。もうあなたの耳にも入ってるかしら。わたしは母と一緒にそちらを訪ねようと思っています。あなたもミドルベリー・パークを出たあと、こちらに来ませんか？　ぜひそうなさい。あなたに会えたら子供たちが大喜びよ。去年、ロンドン塔へ連れてってもらい、そのあと〈ガンターの店〉で氷菓を食べさせてもらって以来、あの子たちにとっては、おじさまが世界でいちばん好きな人なんですもの。

ヴェルマの名前がさりげなく出てきたことに、フラヴィアンはだまされなかった。両家の人々が熱い恋物語の再燃を望んでいるのは、視線を斜めに向ければ顔についている鼻が見えるのと同じぐらい明白なことだった。その恋は、フラヴィアンが戦闘中に落馬して意識不明のまま戦場から運びだされ、ヴェルマとレンが悲しみを癒そうとして結婚したため、悲劇のなかで終わりを迎えたのだ。レンがわずか七年後に亡くなったのは、もともとフラヴィアンとヴェルマの結婚を望んでいた両家にとって、どれほど幸運なことだっただろう。レンもずいぶん思いやりがあったものだ。

ヴェルマがレンと結婚したのは、フラヴィアンが肉体的には生きながらえていたものの、人として生きることが実質的にできなくなっていたからだった。回復への望みは誰も持っていなかった。定期的に診察に訪れる医者でさえ、首を横にふり、舌打ちをし、深刻なあきらめの表情を浮かべるだけだった。本人に聞こえる場所で、誰もが望みなしだと言い、フラヴィアンのほうは、みんなが言っていることの半分も理解できなかったものの、わずかに理解できる部分のほとんどが、できれば聞きたくないことばかりだった。〝おかしくなっている。永遠にこのままだろう。叶うはずのない希望にすがりつくのはやめて、近いうちに誰かが何か手を打たなくてはならない〟 最初に現実と向きあったのはヴェルマとレンだった。二人は絶望的な悲しみのなかでおたがいを支えにし、二人で力を合わせれば昔どおりの彼を記憶に刻みつけておけると考えた。

とにかく、フラヴィアンの一族のなかではつねにそう語り継がれてきた。彼の母親も、姉も、おばも、おじも、いとこも、はとこも、一族が集まるたびにその話を出した。感動的な話で、かならず何人かが涙ぐんだ。ところが、この話は皮肉な結末を迎え、ペンダリス館で長期療養に努めた結果、フラヴィアンはある程度まで分別をとりもどすに至った。おばの一人がよく言っていた――どのおばだったか、フラヴィアンにはどうしても思いだせないが――ジュリエットが死んだものと思いこんでロミオが自殺し、そのすぐあとでジュリエットが薬による眠りから目ざめたようなものだ、と。

しかし、今回はレンがすでに亡き人だ。ようやく幸せなカップルが誕生するという希望が一族のあいだに芽生えたのも、驚くには当たらない。

ただ、フラヴィアンは二人のどちらも許す気になれなかった。

フラヴィアンが祖国に送り返されて二カ月もしないうちにヴェルマが訪ねてきて、二人の婚約解消の記事が翌日の朝刊に出る予定で、その三日後には彼女の新たな婚約が発表されることを告げたが、そのときの彼はまだ明瞭に話すことも、筋の通った話をすることもできない状態だった。ただ、話はできなくても、理解力は充分にあった。ヴェルマは彼の手を優しくなでながら涙にむせんだ。

「あなたは永遠に回復が望めないのよ。そのことはおたがいによくわかってる――いえ、あなたにはわからないわね。これから先もずっと。たぶん、何もわからないほうが幸せね――わたしがどんなに辛い思いをしたかに比べれば、あなたのほうがまだ幸せだわ。あなたを愛してる。わたしが死ぬ日までその愛は消えないわ。でも、あなたに縛りつけられたまま生きていくわけにはいかないの。もっと人生を楽しみたいの。だから、レナードと生きていくことにしたのよ。わたしの話を理解して返事をすることができるなら、あなたもきっと心から賛成してくれるはずだわ。わたしのために――わたしたち二人のために――喜んでくれるに違いない。わたしとレナードが人生を共にすることを、あなたも喜んでくれるわね。わたしたち二人はあなたを誰よりも深く愛してるんですもの」

フラヴィアンは何か言おうと必死になったが、意味もない声を二、三回ぎこちなく上げることしかできなかった。そのころはまだ、文章という概念を理解するまでには回復していなかった。奇跡的に単語がひとつかふたつ、口から飛びだしたとしても、文章を作るのはとうてい無理だった。しかも、その単語はたいてい見当違いのもので、彼が頭のなかで意図したものから大きく離れて、ほとんどの場合、おぞましい罵倒の言葉になってしまうのだった。母親からよく、悪態をつくのはやめるように懇願された。しかし、心が崩壊していたため、まともにしゃべることができず、たとえ声が出せたとしても言葉を制御することはできなかった。

「わたしたち二人を祝福してくれるわね」ヴェルマは彼の手をなでながら言った。「そう信じてるわ。だから、レナードにもそう言ったの。二人ともずっとあなたを愛していくわ。わたしは永遠にあなたを愛していく」

ヴェルマがおなじみの鈴蘭《すずらん》の香りをあとに残して帰っていったあと、客間の寝椅子に横になっていたフラヴィアンは室内をほとんど破壊してしまった。屈強な従僕二人と彼の従者の三人がかりでとり押さえなくてはならず、彼がようやくおとなしくなったのは、破壊できるものが部屋に何ひとつ残っていない状態になってからだった。

たとえ会いに来る気があったとしても、レンは姿を見せなかった。誰にそれが非難できるだろう？　フラヴィアンが荒れ狂って暴力をふるったのは、それが初めてではなかった。消えた記憶、混乱した頭、言葉の不自由さなど、怪我の後遺症がもたらす挫折感がどんどんひどくなり、彼の力では制御しきれない暴力騒ぎが増えるばかりだった。

　三日後、ミス・ヴェルマ・フルームとヘイゼルタイン伯爵レナード・バートンの婚約発表の記事がロンドンのすべての新聞に出たその日、スタンブルック公爵がアーノット邸を訪ねてきた。

　初対面の公爵をフラヴィアンは口汚く罵り、水の入ったグラスを相手の頭めがけて投げつけた。狙いは大きくはずれたものの、ガラスが砕け散る心地よい音を楽しむことができた。ヴェルマの訪問のあとで荒れ狂って以来、がらんとした自分の部屋に閉じこめられていたため、機嫌がいいとはとうてい言えない状態だった。あとで考えてみると、投げつけるグラスがあったのが驚きだ。誰かがうっかり忘れていったのだろう。

　しかし、それからほどなく、フラヴィアンは公爵と共に馬車に乗り、コーンウォール州のペンダリス館へ向かっていた。拘束具もなければ、召使いのふりをした屈強な番人が付き添うこともなく。長く退屈な馬車の旅のあいだ、公爵が静かな口調で理性的に彼と会話を続け――いや、むしろ、公爵の独白が続き、フラヴィアンにはたぶんその四分の一も理解できなかっただろうが、やがて、ペンダリス館が彼の予想と違って精神科の専門病院ではなく、フラヴィアンと同じようにひどい怪我を負って軍隊を離れた人々が療養している一般的な病院であることを知った。

それ以来、フラヴィアンは熱い情熱をこめて公爵を愛するようになった。愛というのは不思議なものだ。性的なものを伴うとはかぎらない。いや、ほとんどの場合、そうではない。

フラヴィアンはミドルベリーに帰り着いても、そのまま野原へ向かおうとはしなかった。それどころか、なんとか思いとどまろうとした。ベンと、音楽のレッスンを終えたヴィンセントが、忠義者の従者マーティン・フィスクを伴って、乗馬コースへ出かけるところだった。フラヴィアンも一緒に行ってもよかったのだが、自分にこう言い聞かせた――ぼくの馬は脚を痛めている。そうだろう？　もっとも、故障箇所を見つけだすのに馬番は苦労しそうだが。ヒューゴと夫人は自然歩道の最高地点まで出かけてしばらくそこで腰を下ろし、景観を楽しむつもりでいた。フラヴィアンも誘われたけれど、〝三人連れは仲間割れしがちだ〟というラルフの説に従うことにした。それに、この夫妻は結婚してまだ一年にもならず、二人で過ごすのが楽しくてたまらない様子だ。レディ・ハーパーとレディ・ダーリーは何軒かの家を訪問する予定で、フラヴィアンにエスコートしてもらえれば助かると言った。しかし、フラヴィアンは返事の必要な手紙が何通かあって、その気が完全に失せてしまう前にとりかからなくてはならないと答えた。それから、もちろん姉にも手紙を書かなくてはと思った。ミドルベリー・パークを出たらまっすぐロンドンへ向かうつもりでいることを、手紙にはっきりと書いた。到着日までも姉に知らせておいた。そうすれば、自分が復活祭を例年のごとくロンドンで迎えることが、姉にも伝わるはずだ。議会が始まるのも、社交シーズンが最盛期を迎えるのも、復活祭が終わってからだが、それでも構わなかった。フラヴィアンは比較的静かな時期のロンドンが好きだった。いずれにしても、キャンドルベリー・アベイに帰るよりもロンドンへ行くほうが気楽だ。今年はとくに。

キャンドルベリー・アベイを最後に離れたのは、兄のデイヴィッドが亡くなる四日前、ヴェルマとの婚約披露の舞踏会がロンドンで盛大に開かれる二日前のことだった。

なぜまた舞踏会に出る気になったのだろう？　あんな時期に。フラヴィアンは顔をしかめ、ペンの羽根で顎をこすりながら、ぞっとするほど忙しかったあの何週間かに、何がどんな順番で起きたかを正確に思いだそうとした。〝ぞっとするほど〟？　しかし、考えれば考えるほど、頭痛が忍び寄ってくる気配がして、苛立ちがひどくなるばかりだった。かってはこの苛立ちが制御できない暴力の前触れだった。

フラヴィアンは不意に立ちあがり、その拍子に椅子を膝の裏で倒してしまい、それから庭の遠くの端まで歩くことにした。たとえ彼女がほかの場所でスケッチする気になれずに野原へ出かけたとしても、とっくに帰ったに決まっている。自分にそう言い聞かせた。ぼくもそれを願っているのだ、と自分を納得させようとした。もっとも、いくら運動のためとはいえ、なぜそんな長い距離を歩こうとしているのか、自分自身に説明する気にはなれなかった。歩くとかなりの距離だ。

けさ会ったときの彼女はシンプルな木綿のドレス姿で、ボンネットはかぶっていなかった。髪はうなじで軽くシニョンに結ってあった。つんとすました冷静な態度で、表情も落ち着いていた。フラヴィアンは自分に言い聞かせようとした——色気には無縁の女だ。つんとすました地味で貞淑な未亡人に妄想を抱いたりするとは、ぼくもこの田舎でよほど退屈しているに違いない。

ただ現実には、まったく退屈していなかった。親しい仲間が顔をそろえたのだ。みんなとの再会を心ゆくまで楽しむには、三週間ではとうてい足りない。早くも、あっというまに一週間が過ぎてしまった。フラヴィアンにとっては一年のうちでいちばん楽しい三週間だし、今年のように場所が変わっても、楽しさにはなんの影響もない。

けさ、彼女の本心を示す唯一の現象に気づいていなければ、フラヴィアンも退屈のせいだと思って納得していたかもしれない。だが、ウェストのところで握りあわせた彼女の指の関節が白くなっていた。一見、落ち着いた表情で、彼に会っても平然としている様子だったが、じつはそうではないことを関節の白さが物語っていた。

性的な魅力というのは、表に露骨に出すぎないほうが男心をそそるものだ。

あの瞬間、フラヴィアンは驚くほど胸が疼き、またしても彼女がほしくなった。

それに、地味な女性ではない。つんとすましてもいない。もし貞淑な女性だとしても――そうであることをフラヴィアンは疑っていないが――内に秘めた性的な魅力が外にあふれそうになっている。

フラヴィアンが庭の遠くの端にたどり着いたとき、彼女はほかのどこへも行かずに野原で絵を描いていて、まだ立ち去っていなかった。

五日前と同じ場所にいた。ただし、今日は仰向けに寝てはいなかった。イーゼルの前で膝を突いてしゃがみ、絵を描いていた。なぜそんな低い姿勢なのかは彼にも理解できた。水仙の視点でその姿を見てみたいと、前に彼女が説明していた。フラヴィアンは彼女の背後で少し距離を置いて立ち止まり、木の幹に片方の肩を預けて胸の前で腕を組んだが、カンバスの大部分を空が占めているのが見てとれた。下のほうに草が描かれて、そこから水仙が伸びて空と草むらを結びつけている。すぐそばで見たわけではないので、いい絵なのかどうかはわからなかった。もっとも、鑑賞眼はないけれど。

彼女は絵に熱中している様子だった。前のときと同じく、彼の足音にも気配にも気づいていない。

背筋の美しい曲線、丸みを帯びたヒップ、靴の裏、地面にめりこんだ爪先、外を向いたかかとに、フラヴィアンは視線を走らせた。彼女は日除け用のボンネットをかぶっていた。顔はまったく見えなかった。

本当なら、まわれ右をして立ち去るべきだった。ただ、そうする気のないことは自分でもわかっていた。仲間と馬を走らせてグロスターまで行くのをやめて、わざわざここまで歩いてきたのだ。

ずいぶんご執心だな――自分でも意外だったし、どこか落ち着かない気分だった。

次の瞬間、彼女が水で溶いた絵具に絵筆を浸して、絵の隅から隅へ乱暴に斜めの線を描き、反対の隅から隅へふたたび線を描いて、紙に暗い色で大きなバツじるしをつけた。イーゼルから紙をひきはがすと、くしゃくしゃに丸めて草むらに投げ捨てた。フラヴィアンはそのとき初めて、同じように丸めた紙が周囲に散乱していることに気づいた。

今日は調子が悪いらしい。

ぼくのせいでないのは確かだ。午前中にちらっと顔を合わせたのを別にすれば、この四日間、一度も会っていない。

彼女が絵筆を水に浸け、親指の付け根で目を押さえた。フラヴィアンの耳にため息が届いた。

「見よ、創作に苦しむ芸術家の姿を」フラヴィアンは言った。

彼の予想に反して、彼女があわててふりむくことはなかった。しばらくその姿勢のままだった。やがて両手を下ろし、ゆっくりと首をまわした。

「グロスターって、きっと前より近くなったのね」

「グロスターとぼくは、ざ、残念ながら、今日は、あ、会えない運命だった。馬が脚を痛めてしまって」

「本当に？」彼女は疑わしげな表情になった。

「そういうわけでもないが」フラヴィアンは組んでいた腕をほどき、もたれていた木から肩を離して、ゆっくりと彼女のほうに近づいた。「だが、あれ以上、と、遠くへ行っていたら、痛めることになったかもしれない」

「どんなときでも用心に越したことはありませんものね」

「おや」フラヴィアンは足を止めた。「二重の意味かな、キーピング夫人」

「だとしても、わたし自身は用心を怠ってしまった。そうでしょう？　一時間だけ絵を描くつもりで出かけてきたのに、三時間か四時間ほどここにいたみたい。あなたが口実を見つけて早めに戻ってくることぐらい、察知すべきだったわ」

「〝あとで描きに行くかもしれません〟とあなたが言ったのは、馬のどこかに故障があるのを、み、見つけるよう、ぼくをそそのかすためだったんじゃないかな？」

「知りません」かすかな笑みを浮かべて、彼女は言った。「わたしが？　恋の戯れなど経験したこともないのに。したいとも思わないし」

「だ、断言できる？」フラヴィアンは彼女に尋ねた。「自分の心を欺いているのではないと」

彼女は顔の向きを変え、野原のほうを見渡した。

「描けないの。水仙があそこに咲いていて、わたしがここにいる。でも、心が通じあわない」

「ぼくの、せ、せい？」

「いいえ」彼女がフラヴィアンを見上げた。「違います。一週間ほど前にここでキスされたとき、わたしが拒めばよかったんだわ。ドーラと一緒にお屋敷に伺った夜、あなたと一緒に東翼へ行くのを拒めばよかった。ついていったあとも、あなたと踊ってふたたびキスをするのを拒めばよかった。あなたは女を口説くのが上手で、たぶん遊び人でしょうけど、あなたから無理強いされたなんてふりは、わたしにはできない。ええ、あなたのせいではないわ」

彼女にどう見られていたかを知って、フラヴィアンはいささか狼狽《ろうばい》した。

口説き上手？　このぼくが？

遊び人？　このぼくが？

だが、悪いのはやはりぼくだ。彼女の心の安らぎをこわしてしまった。ぼくは破壊の名人だ。彼女のそばまで行って、イーゼルに置かれた真っ白な紙を眺め、投げ捨てられた何枚もの絵を眺め、水仙を眺めた。

「え、絵を描くのに、いつもこんなに苦労するのかい？」

「いいえ」彼女はふたたびため息をついて、それから立ちあがった。「たぶん、ふだんのわたしが野の花の簡素な美しさをとらえるだけで満足しているからだわ。でも、水仙はそれ以上の何かを要求しているような気がするの。水仙はただの花にとどまらず、大胆さと陽光と音楽が感じられるの。希望と言うべきかしら。鋭い目を持った偉大な芸術家を気どるつもりはないけど」

彼女は膝に置いた自分の手の甲を見つめていた。涙声になりかけていた。

フラヴィアンは彼女の手をとった。思ったとおり、その手は氷のように冷たかった。彼はそれを自分の胸にぴったり押しあてて、手の甲を自分のてのひらで包みこんだ。彼女は逆らう様子もなかった。

「ここに来るつもりだとぼくに、い、言ったのはなぜ？」

彼女の眉が上がった。「言ってないわ」と反論した。「今日は絵を描かないのかとあなたに訊かれて、あとで描きに行くかもしれないって答えただけよ」

「ほら、やっぱり言ったじゃないか」フラヴィアンは彼女に顔を近づけた。

「ここで会おうって、わたしから頼んだとでもお思いになったの？」彼女の声は怒りに満ちていた。頬がピンクに染まっていた。

「そうだったのか？」唇が触れそうなほど近くで、フラヴィアンはささやいた。

彼女は眉をひそめた。「戯れの恋なんて、わたしには理解できません、ポンソンビー卿」

「だが、あなたはそれに、み、魅力を感じている、キーピング夫人」

彼女は深く息を吸うと、そのまま息を止め、彼の目を正面から見据えた。彼は目に嘲りの色を浮かべて、否定の返事を待った。

「ええ」

すべての元凶は、彼女がルールに則ってゲームをしようとしないことにある——フラヴィアンはそう思った。理由は簡単、たぶんルールを知らないからだ。戯れの恋に魅力を感じているることを認める女性をどう扱えばいいのだろう？

戯れの恋の相手にする？

いや、だめだ。単純に彼女がほしいのではなく、その思いのなかには、自分には彼女が必要だという厄介な感情が含まれている。

「ぼくが退散したら、今日のうちにもっと絵を描くつもりかい？」

彼女は首を横にふった。「集中できなくて。あなたがいらっしゃる前から、集中できなかったの。わたし自身がここに来る前でさえ」

「だったら、絵の道具を、か、片づけて、ここに置いていくといい。ぼくと、さ、散歩に出かけよう」

7

彼女は片づけを丁寧におこなった。絵筆を洗ってすりきれたタオルで拭き、そのタオルで絵具のパレットを包み、水を草むらに捨て、くしゃくしゃに丸めた紙を自分の袋に入れ、イーゼルをたたんで平らにして、その上に袋をのせた。それから立ちあがり、ふたたび彼を見た。

フラヴィアンが差しだした腕に手をかけた。彼が先に立ってレバノン杉の小道へ向かい、二本の木の幹のあいだを抜けて、草に覆われた散歩道のなかほどに出た。レバノン杉というのはライムやニレの木と違って、まっすぐきれいに伸びる木ではない。枝が四方八方に広がり、地面まで垂れ下がったものもあれば、頭上でくっつきそうなものもある。ゴシック小説に出てきそうな雰囲気の散歩道だ。もっとも、フラヴィアンはこの類《たぐい》の小説をあまり読んでいないけれど。道の突き当たりに東屋があった。

今日も石鹸の香りがふわっと広がった。彼女の肌から広がる石鹸の香りを誰かが壜に詰めて売りだせば、ひと儲けできるだろう。

「戯れの恋には何が必要なの？」彼女が訊いた。

フラヴィアンは彼女の帽子のつばを見下ろし、思わず笑いそうになった。もう少しで、

〝これだよ。まさにこれ〟と答えるところだった。

「きわどい会話、お、思わせぶりな視線、キス、肌の触れあい」

「それだけ？」

「と、当事者の二人がさらに多くを望めば、ほかにもいろいろと」

「で、わたしたちはどうなの？」

「きみのかわりに答えることは、ぼくには、で、できない」

「あなたはどうなの？」

フラヴィアンは低く笑った。

「イエスという意味ね」彼女が言った。「きわどい会話なんて、わたしは何も知らないわ。もし知れれば、きっと、くだらないと思うでしょうね」

フラヴィアンは彼女がほしくて息ができなくなりそうだった。いかなる高級娼婦《しょうふ》だろうと、この半分もしゃれた受け答えはできないだろう。ただ、彼女の場合は意識して言っているのではない。

二人は日射しを浴びたり日陰に入ったりしながら、レバノン杉の小道を歩いていった。フラヴィアンの目がまぶしさにくらくらした。頭もくらくらしていた。いつもの自分ではないような妙な気分だった。

「恋の、ル、ルールは何もない。たとえあるとしても、ぼくは、め、目にしたことがない」

「わたしに何をお望みなの、ポンソンビー卿？」彼女が訊いた。

「きみはぼくに何を望むのかな？」

「だめ。わたしが先に質問したのよ」

確かに。

「きみと一緒にいたい」フラヴィアンは答えた。たとえ一時間かけて考えたとしても、ここまで凡庸な答えを見つけることはできないだろう。

「それだけ？　仲間の方々と一緒に過ごしてらっしゃるのに。そうでしょ？」

「うん、まあ……」

「だったら、仲間からは得られないどんなことを、わたしにお望みなの？」

「答えが必要なのかい？」フラヴィアンは訊いた。「このあたりを、あ、歩いて、午後の時間を楽しむだけじゃだめなのかな？」

「そうね」彼女はため息をついた。「でも、あなたのような方が散歩の相手に選ぶ女性は、ぜったい、わたしみたいなタイプじゃないと思いますけど」

「ぼくが口説き上手だから？　遊び人だから？」

「そうね……」短い沈黙があった。「ええ」やがて、彼女は笑いだした。「ほんとにそうなの？」

「キ、キーピング夫人、ぼくが選ぶ女性はぜったいきみのようなタイプでないとは、いったいどういう意味なのか、説明してもらいたい。その説明のあいだ、二人で東屋に入って腰を下ろしたほうが、い、いいと思う。けっこう冷えこんできた。もっとも、ぼくが東屋で、お、襲いかかって無体なまねをするのではないかと、きみが怯えているのなら、やめておくが」

「襲いかかるつもりがおありなら、たぶん、戸外でも躊躇なさらなかったはずだわ」

「それもそうだね」フラヴィアンは同意し、東屋の扉を開いて、彼女を先に通した。

東屋は小さな愛らしい建物で、壁面のほぼすべてがガラス張りだった。詰め物をした革製のベンチが内側の壁沿いに作りつけになっている。東屋を囲む木立が夏は暑い日差しを遮り、それ以外の季節は太陽の熱を逃さない設計になっている。今日は心地よい温もりに満ちていた。

「ぼ、ぼくに話してくれないかな。どうしてお姉さんのところで暮らすことになったのかを」向かいあってベンチにすわったあとで、フラヴィアンは言った。ふとした拍子に二人の膝が触れてしまいそうだ。

「夫のものだった家屋敷を弟さんが相続することになったの。いい人で、そのまま住んでても構わないと言ってくれたけど、それに甘えるわけにはいかなかったわ。だって弟さんはまだ独身で、わたしがいれば、ほかに住むところを見つけなくてはいけないでしょうから。実家の父はわたしが結婚する一年前に再婚していて、わたしが家を出たあと、再婚相手のお母さんと未婚の妹さんも同居するようになったの。だから、実家に戻る気にはなれなかったわ。しばらくはシュロプシャーの兄のところに身を寄せたけど、そちらにも家族がいるから、ずっと世話になるわけにはいかなかった。ドーラが泊まりに来たとき、一緒に暮らさないかと誘ってくれたので、喜んで応じることにしたの。姉には話し相手が必要だったし、わたしには気兼ねなく暮らせる家が必要だった。それに、姉とわたしは昔からとても仲良しだったの。

同居することにしてほんとによかった」

フラヴィアンは自分が女でなかったことを喜んだ。女性には人生の選択肢がほとんどない。

「あなたがときどき言葉につかえるのは、戦争で負傷した後遺症なの？」彼女が尋ねた。

フラヴィアンは彼女を見て、軽い微笑を浮かべた。彼女は背筋を伸ばしてすわり、両手を膝の上で行儀よく重ねている。足も床にきちんとそろえている。つんとすました上品な女性は、ときとして、たまらなく魅惑的に見えるものだ。

「ごめんなさい。立ち入ったことを尋ねてしまって。無理にお答えにならなくてもいいのよ」

「あ、頭がめちゃくちゃになったんだ。外側も中身もね。頭に銃弾を受けて、ら、落馬し、そのあと馬に、ふ、踏みつけられた。完全に死んでいても不思議はなかっただろう。それから長いあいだ、自分がどこにいるのか、自分が誰なのか、あるいは、な、何が起きたのか、まったく、わ、わからなかった。やがて、わかるようにはなったものの、人との意思の、そ、疎通ができなかった。ときには、みんなの言葉が、ご、ごちゃごちゃになったり、どういう、い、意味かを理解するのにひどく時間がかかったりした。で、そのあとは、へ、返事の、こ、言葉が出てこないし、ようやく出てきても、自分で思ってたのとは違う、こ、言葉になってしまう。しかも、ぶ、文章というものを忘れていた」

頭が割れそうな痛みに襲われることや、記憶に大きな欠落があることは伏せておいた。

「まあ」彼女は心配そうに眉をひそめた。

「ときどき、こ、言葉が出てこなくなると、かわりにほかのものが登場する」

彼女は眉を上げた。

「ぼくは、き、危険人物だった。頭脳や声でできないことを、こぶしでやってのけるようになった。しばらくすると、コーンウォールへ、お、追い払われ、そこで三年も、す、過ごすことになった。いまでもたまに、うちの家族が、か、癇癪《かんしゃく》と呼んでいるものを起こすことがある」

彼女は何か言おうとして口を開いたが、考えなおし、ふたたび口を閉じた。

「悪いことは言わないから、ぼくから離れていたほうがいい」フラヴィアンは目の表情で、微笑で、彼女を嘲った。

「仲間のみなさんはあなたを恐れていないでしょ」

「だが、仲間をベッドに連れこもうという、き、気は、ぼくにはないからね。たとえイモジエンでも」

彼女の頬が赤く染まった。

「誰かと友達と恋人の両方の関係になることはできないの？」

「愛のある、け、結婚をすれば、できると思う」

「だから、離れているようにってわたしに警告なさるの、ポンソンビー卿？　暴力をふるう危険があるからじゃなくて、恋人になるつもりも、結婚するつもりもないから？」

「いかなる女性に対しても、そのいずれかを差しだすつもりは、ぜ、ぜったいにない」

「ぜったいに？」

「ハッピーエンドが突然、き、きわめて、ふ、不幸な結末に、か、変わることがある」

そう言われて、彼女は足を止め、フラヴィアンの目をじっと見た。そこに何かを見つけたかのように。「かつてはハッピーエンドというものを信じてらしたの？」彼女の声はとても優しかった。

フラヴィアンは不意に、長いトンネルの先にいる彼女を見ているような気がした。自分はハッピーエンドを信じていたのだろうか？　思いだせないのが不思議だった。だが、ロンドンで婚約披露の舞踏会が開かれたあの華やかな夜には、きっと信じていたのだろう。危篤だった兄をそのために見捨てたのだ。ヴェルマのために。

両脇に置いた左右の手がベンチの上で固いこぶしになり、そこに彼女が視線を向けていることに、フラヴィアンは気づいた。

「ハッピーエンドなどというものは存在しないんだ、キーピング夫人」フラヴィアンはそう言いながら、ベンチの縁で指を広げた。「ぼくと、お、同じように、きみも知っているはずだ」

「では、死ぬ運命だったウィリアムとわたしは結婚すべきじゃなかったとおっしゃるの？でも、五年間仲むつまじく暮らしたのよ。わたしは彼と結婚したのを後悔していないわ」

「仲むつまじくか……」フラヴィアンはまたしても彼女を嘲った。「だが、じょ、情熱はなかったわけだ」

「情熱って過大評価されすぎていると思うけど。その一方、仲むつまじい満ち足りた人生のほうは、そういうものを知らない人々から、たぶんひどく過小評価されているのでしょうね」

「ぼくのような連中という意味？」

「どうやら、あなたは大きな不幸を経験して、それで皮肉っぽい人になってしまったようね。負傷とはまた別の個人的な不幸を。そして、いまでは、静かな満足と献身的な愛よりも情熱のほうがはるかに重要だと思いこんでいる。だって、相手を本当に愛していなくても情熱を抱くことはできるし、人生が大きく変わって以来、あなたのなかで多くの部分が死んでしまったけど、情熱によって、生きていることが実感できるから」

なんてことを！　フラヴィアンは薄くなったような気のする空気を吸いこみ、両手の力を抜こうと努めた。しかし、不意に、怒りを爆発させそうになった。

「どうやら、マ、マダム、あなたのほうは」フラヴィアンは言いかえした。「な、何も知らないくせに、勝手な、す、推測をして楽しんでいるようですね」

「気を悪くなさったのね。ごめんなさい。確かにおっしゃるとおりよ。わたしはあなたのことを何も知らない」

怒りの爆発は避けられそうだ。最近はよほどのことがないかぎり、自制心を失うところまではいかずにすむ。自分という狂暴な男が、内面の世界の収拾がつかなくなったために外側の世界を破壊しはじめるとき、それを見守るのは彼にとって辛いことだった。狂暴な男が暴力に走るとき、不思議なことに、心のなかにはつねにそれを見守る者が存在していた。それはいったい何者なのだろう？

「だったら、キーピング夫人」フラヴィアンは物憂げな目を彼女に向け、声を低くした。「その点は、お、お望みのときにいつでも、しゅ、修正できる」

「一緒に……過ごせば？」

フラヴィアンは腕組みをした。「ひ、ひとこと、そう言ってくれればいい」

彼女は膝に置いた両手を見下ろし、答えるのに時間をかけた。そして低く笑った。

「目がさめて、これが奇怪な夢だったとわかればいいのにって、さっきからずっと思ってたの。わたしがこんな会話をすることはないわ。紳士と二人きりで過ごすこともない。そして、こんな不躾な誘いに耳を傾けることもない。本当だったら、気絶して倒れてしまうでしょうに」

「だが、すべて現実のことだ」

「わたしは二六歳。夫を亡くして三年近くになるわ。将来のいつか、それほど年齢を重ねないうちなら、誰かが結婚の申込みをしてくれるでしょう。相手が村の誰なのかはわからないけど。いずれ結婚し、子供ができるかもしれない。そうはならないかもしれない。死ぬまでいまの生活が続くかもしれない。生涯、知らずに終わるのかもしれないわね……あなたがおっしゃる〝情熱〟というものを。年をとったときに、たぶん後悔するでしょう。あるいは、誘惑に身を委ねれば、それを後悔するかもしれない。先のことは誰にもわからない。そうでしょ？　明日になってから手に入る分別は、今日の役には立たないわ」

いまのぼくがなすべきことは、立ちあがって急いで屋敷のほうへ戻り、二度とここに来ないことだ。軽薄な恋の戯れを楽しみ、場合によっては短い関係を持つ気でいたが、アグネス・キーピング夫人が相手では、何ひとつ簡単にも順調にも運びそうにないことを、彼もようやく悟りはじめていた。一度だけ情熱を体験したいという彼女、退屈な人生の殻を一度だけ破りたいという彼女のために、相手をしようという気にはなれなかった。とんでもない話だ。情熱の世界を知りたくて誘惑に身を任せてしまった、などという後悔のなかに、彼女を置き去りにしたくはなかった。彼女を悲しませるのはいやだった――もし自分にそんな力があるとしても。

この……逢引きは、彼女と会うためにここに来る方法を画策したときに想像していたのとはまったく違う方向へ進もうとしていた。

突然、きわめて理不尽なことながら、フラヴィアンは彼女に怒りを覚えた。この野原にも、仲間が集まる場所が今年だけ変更されたことにも。ペンダリス館であれば、こんなことは起きなかったはずだ。

フラヴィアンはいきなり立ちあがると、扉のそばに立ち、レバノン杉の小道を眺めた。

「明日も絵を描く予定？」彼女に尋ねた。

「わからないわ」

フラヴィアンはそこで、自分の心に言い聞かせていたとおりの行動に出た。東屋の扉を開いて外に出ると、心を決めかねてしばらく立っていたが、やがて彼女を置いて大股で小道を歩き去った。

ここでふりむいたら、愛の行為に走ってしまうかもしれない。彼女も拒みはしないだろう。愚かな女。少なくともフラヴィアンは、拒まれるとは思っていなかった。

たぶん、明日なら……。

いや、やめておこう。

考える時間が必要だ。


そのあとの一週間、アグネスは自宅で絵を描くことに専念した。正直なところ、水仙にはもううんざりだったが、記憶をたどって描きつづけ、仕上がった絵に満足した。それどころか、これまでで最高の出来だという自信が持てた。意外なことに、上からの視点で水仙を描いていた。まるで自分が太陽になって花を見下ろしているような感じだ。絵のなかに空はなかった。描かれているのは草と水仙の花だけだった。

絵を描いていないときは時間のたつのが遅く、ときには、絵を描いているときもそう感じられた。ミドルベリー・パークの客たちに早く退散してもらいたかった。あの人たちがいなくなれば、また心穏やかに過ごせるはず。

あの人がいなくなれば。

恋に落ちるなどという過ちは二度とくりかえさないつもりだった。恋をすれば、大きな幸せが、さらには陶酔までがもたらされると言われている。いまのアグネスはそのどちらも感じることができなかった。もちろん、詩にも、文学作品にも、破れた恋や拒まれた恋の悲劇があふれている。もっと注意して読むべきだった。ただ、そうした用心も役には立たないだろう。ポンソンビー子爵と恋に落ちるつもりなどないのだから。どう考えても、わたしには合わない人、望ましくない人だ。ウィリアムを恋しく思い、退屈だが満ち足りていた二人の暮らしがなつかしくて胸が鈍く疼いた。

ポンソンビー卿が去れば、わたしの心に安らぎが戻ってくるの？

恋をしてしまった者は、いつになったらその恋を忘れられるの？ 去年の一〇月のときは数週間かかった。ただ、恋心が完全に消えたのではなく、休眠状態に入っただけのような気がしていた。今度はどれだけかかるの？ 完全に消え去るのはいつのこと？

それにしても、あの人はなぜ一週間も——いえ、八日間も——知らん顔なの？ 馬の蹄の音が通りから聞こえてきたり、玄関にノックが響いたりするたびに、アグネスは息を止めて待ち、彼ではないことを願った。彼であることを願った。

そして、八日目の朝、ソフィアから手紙が届いた。友達を放っておいたことを心から詫びて、アグネスとドーラの二人でお茶に来てもらえないかと言ってきた。メンバーの夫人二人も同席するという。

こう書いてあった——新しいお話ができて、挿絵もつけたのよ。トマスに読んで聞かせたら、バブバブ言ってたわ。挿絵も見せたら、あの子、笑みがこぼれそうだった。

便箋をたたみながら、アグネスの口元にも笑みがこぼれた。トマスはまだ生後二カ月にもならないのに。

「ソフィアからミドルベリーへお茶に招かれたわ。滞在中のレディ二人もご一緒なんですって」音楽のレッスンを終えたドーラに、アグネスは言った。今日の生徒は一二歳の少女、不幸なことに生まれつき不器用で、情緒に欠ける性格は直しようがない。これはまあ、ドーラの意見で、毎週のように苛立ちを募らせながら、愚痴をこぼしている。おまけに、娘を溺愛している両親は音感がゼロで、娘は天才だと信じこんでいる。

「まあ、すてき」ドーラの表情が明るくなった。「あなたの気分転換にもなるわね。このところ、ふさぎこんでたでしょ」

「あら、そんなことないわ」アグネスは否定した。明るくふるまおうと固く決心していたのだから。

ミドルベリー・パークの客間でのお茶に集まったのは、本当に既婚女性三人とドーラとアグネスだけだった。ソフィアの話だと、レディ・バークリーは〈サバイバーズ・クラブ〉の六人の仲間と一緒にどこかへ出かけたらしい。

「例年と違って、ペンダリス館ではなくこちらに来てもらい、おまけに今年は奥さんが三人も参加したから、〈サバイバーズ・クラブ〉のみなさんに楽しんでもらえないんじゃないかと心配してたの。でも、うまくいってるみたい」

「ベンがゆうべ、ようやくベッドに入ったときに言ってたわ」軽いウェールズ訛《なま》りを交えてレディ・ハーパーが言った。「仲間とのこの集まりが、わたしたちの新婚旅行のなかで最高のひとときだったって。でも優しい人で、それも今年はわたしが一緒に来たからだと、あわてて言い添えたけど」

みんなが笑った。

レディ・トレンサムに頼まれて、ソフィアは新しく作ったお話を朗読し、挿絵をみんなにまわした。誰もがそれに見とれてくすっと笑った。

「バーサとダンは」アグネスは言った。「わたしの大好きな主人公なのよ」

ソフィアがうれしそうに笑った。「ずいぶん趣味の悪い人ね、アグネス。水仙の絵はもう描けたの？　仕上げをするって言ってたでしょ」

「完成したわ」アグネスは答えた。「でも、水仙って、絵にするのがほんとにむずかしかった」

「アグネスがこのところふさぎこんでいたのは、きっとそのせいだったのね」ドーラが言った。「でも、完成した絵を見たけど、すばらしい出来栄えよ」

アグネスは姉に優しい笑みを向けた。「わたしがどんな絵を描いても、かならずそう言ってくれるわね、ドーラ。えこひいきが過ぎるわよ」

「姉妹というのはそうあるべきよ」レディ・ハーパーが言った。「わたしは昔からお姉さんがほしかったわ」

やがて、椅子から立って暇を告げる時刻が近づいたころ、出かけていた人々が戻ってきて、みんなで騒がしくしゃべりながら客間に入ってきた。外の世界を一緒に連れてきたかのようだった。

ドーラの横で丸くなっていたソフィアの飼猫のタブが起きあがり、背中を弓なりにし、ダーリー卿の犬に向かってシャーッと牙をむいてから、ふたたび居眠りを始めた。ダーリー卿が周囲に笑顔を見せた。まるでみんなの顔が見えているかのようだった。サー・ベネディクト・

ハーパーが、自分で車椅子をころがして新しい乗馬コースの三分の一近くを走ってみたばかりだが、そうでなければ、コースの全長が八キロもあるとはとうてい信じられなかっただろう、と感想を述べた。スタンブルック公爵は訪問客にお辞儀をして、どうぞごゆっくりと挨拶をした。レディ・バークリーはソフィアの手からお茶のカップを受けとり、腰を下ろしてドーラの話し相手になった。トレンサム卿は妻のウェストにほんの一瞬腕をまわして唇に軽くキスをし、それから、誰にも気づかれなかったことを願うかのように、ひどいしかめっ面になった。ベリック伯爵はお茶のトレイから砂糖衣のかかったケーキをとり、ひと口かじって、満足そうな声を上げた。そして、ポンソンビー子爵は眠そうな表情で、ドアを一歩入ったところに立っていた。

アグネスは彼に腹立たしさを覚えた。いや、自分のことが腹立たしかった。ほかの人々のことは、彼の半分も意識のなかに入ってこないからだ。

「みんな、歩きすぎて足が棒になってしまった」ベリック伯爵が言った。「ベンをおだてて、車椅子を貸してもらおうとしたが、いつものように自分勝手で頑固なやつだから、どうしても貸してくれなかった」伯爵はレディ・ハーパーに片目をつぶってみせた。

「それはあなたの新しい本ですか、レディ・ダーリー?」公爵が尋ねた。「拝見しても構いませんか?」

「傑作ですよ」ダーリー卿が暖炉のそばに置かれた彼の椅子を手で探り、そこに腰を下ろしながら言った。「ご自分の目で見てください」

「作家、バイオリニスト、ハープ奏者、ピアニスト」トレンサム卿が言った。「こうも多才だと、そのうち、ヴィンスとの暮らしに耐えられる者はいなくなってしまうだろう」

「だけど、ソフィーさえいてくれれば、ぼくは満足さ」ダーリー卿は甘い笑みを浮かべて言った。

「挿絵がとても印象的だわ、レディ・ダーリー」公爵の肩越しに絵を見て、レディ・バークリーが言った。「児童書は大人の読み物ではないなんて愚かなことを、どこの誰が言ったのかしらね」

「誰の心にも子供の部分が残っている。そうじゃないかい、イモジェン」ベリック伯爵が尋ねた。

「ええ、そのとおりよ、ラルフ」レディ・バークリーが答えた。伯爵を見上げた彼女の目にせつない憧れがにじんでいるのを見て、アグネスは胸がズキンと痛んだ。

沈黙を続けているのはポンソンビー子爵だけだった。

二、三分してからドーラが立ちあがったので、アグネスもそれに続いた。

「そろそろお暇しなくては、レディ・ダーリー」ドーラは言った。「お招きいただいてありがとうございました。楽しかったです」

「ええ、ほんとに楽しかったわ」アグネスも同意した。「ありがとう、ソフィア」

ポンソンビー卿がいまもドアのそばに堅苦しい姿勢で立っていることに、アグネスは気がついた。

「よろしければ、ご自宅までエスコートさせてください」スタンブルック公爵が言った。

ドーラが驚きの表情で公爵を見た。「長時間お歩きになったあとですのに？」

「宴席の最後に出るデザートのようなものです。そして、デザートこそつねに最高の美味と言えましょう」

しかし、公爵の目にはいたずらっぽい輝きが浮かんでいるだけで、戯れの口説き文句を口にしようという様子はまったくなかった。公爵という身分の高さに恐れをなしていたドーラも、つい笑ってしまった。

「ぼくもお供します、ジョージ」ポンソンビー子爵がいつもの物憂げな口調で言った。ため息交じりに言っているかに思われるほどだった。

当然ながら、歩きはじめた四人は二組に分かれることになり、公爵が屋敷を出る前からドーラに腕を差しだしていたため、アグネスはポンソンビー子爵の腕に手をかけるしかなかった。

「こんな必要はなかったのに」沈黙が一分ほど続いたあとで、アグネスは言った。ドーラと公爵が話に夢中になってどんどん歩いていくので、すでにかなり距離が開いていた。

「不作法な人ですね、キ、キーピング夫人」ポンソンビー子爵が言った。

ええ、そのとおり。でも、こういうことを我慢しなくてすむほうがありがたい。

「ま、また、出かけたんですか？」彼が訊いた。

どういう意味かを、いや、どこのことを言っているのかを、アグネスが尋ねる必要はなかった。

「いいえ。家で絵を描いていました。肌寒いお天気だったので」

この人は？　また野原へ出かけたの？　しかし、彼に質問しようとは思わなかった。

二人は無言で歩きつづけた。アグネスのほうから沈黙を破る気はなかったし、彼も同じ気持ちのようだった――だが、屋敷の門が見えてきたあたりで変化が起きた。公爵とドーラはすでに村の通りに出ていた。

ポンソンビー子爵が急に足を止めたため、アグネスもやむなく横で立ち止まるしかなかった。子爵は何やら考えこむ様子で、少し前方の地面を見つめていたが、やがて首をまわしてアグネスのほうを見た。

「あの……キーピング夫人」いきなり言った。「きみはぼくと結婚したほうがいい」

衝撃のあまり、アグネスは頭のなかが真っ白になった。思わず視線を返し、珍しく真剣だった彼の顔が、まぶたを物憂げに伏せて口元に嘲りを浮かべたおなじみの表情に戻っていくのを見つめるうちに、ようやく思考力がよみがえった。まるで彼が顔に仮面をつけなおしたかのようだった。

「ぼくとしたことが、ぶ、不粋なやり方をしてしまった。せめて片膝を突くべきだった。そして、表情に思いをこめるべきだった。感情豊かな顔になっていただろうか？」

「ポンソンビー卿」アグネスは愚かな質問をした。「いま、わたしに結婚の申込みをなさったの？」

「なんとも不粋なやり方だった」おおげさに身をすくめて、彼は言った。「こちらの気持ちをはっきり、し、示さなかった。ゆ、許してほしい。そう、ぼくは、け、結婚してほしいと頼んだ。いや、頼んだのではなく、命じたようなものだ。とんでもないことをしてしまった。ぼくぐらいの年齢の男はそんな、ぶ、不器用なまねを、し、してはならないのに。ぼくと、け、結婚してくれませんか、キーピング夫人」

言葉につかえる回数がいつも以上に多かった。

アグネスはポンソンビー子爵の腕から手をはずし、このとき初めて、彼の青ざめた顔と目の下のくまに気がついた。二日ほど眠れぬ夜を過ごしたような顔だ。

「でも、なぜ？」アグネスは尋ねた。

「きみがなぜぼくと、け、結婚するのか？」彼が片方の眉を上げた。「それはぼくが、ハ、ハンサムで、魅力的で、爵位を持っていて、か、金持ちで、きみがぼくに、ひ、惹かれているからなのでは？」

アグネスは舌打ちをした。「あなたはなぜわたしと結婚したいの？」

彼は唇をすぼめた。目が彼女を嘲笑していた。

「きみが貞淑な女性なので、ベッドを共にするには結婚するしかないからだ」

アグネスは頬がカッと熱くなるのを感じた。

「なんて馬鹿なことをおっしゃるの」

「きみが貞淑な女性だということ？　それとも、ぼくがきみとベッドを共にしたがってること？」

アグネスは両手を握りあわせると、口まで持っていき、足元の地面を凝視した。

「どういうつもり？」顔を上げて彼のほうを向き、そちらに視線を据えた。「待って、そんな目でわたしを見てごまかそうとしてもだめよ。ふざけた返事もやめてちょうだい。たとえば、わたしと……ベッドを共にしたいなんていう返事はね。何かの冗談みたいな調子で求婚して、次に急いで逃げだして、嘲笑と冷笑の仮面の陰に隠れてしまうのもやめてほしいわ。侮辱よ。あなた、わたしを侮辱する気だったの？　いまもそうなの？」

彼は青くなっていた。

「きみを侮辱するつもりはなかった」こわばった口調で言った。「ポ、ポンソンビー子爵夫人という、ち、地位を、さ、差しだされたのを、きみが侮辱ととったのなら、ど、どうか、ゆ、許してもらいたい、マ、マダム」

「もうっ」アグネスは叫んだ。「どうしようもない人ね。わたしの言葉を故意に誤解したりして」

しかし、彼はかつて陸軍士官だったころのように、直立不動で立っていた。ブーツを履いた足をわずかに開き、手を背中で組み、目を軽く伏せ、唇を真一文字にして。見知らぬ人間のように見えた。

「結婚したいと言われたことを侮辱だとは思っていません。理由を言ってもらえないのが侮辱なの。どうしてわたしと結婚しようなんてお思いになったの？　わたしは二六歳の未亡人、高貴な生まれではないし、財産もない。美貌に恵まれているわけでもない。あなたはわたしのことをほとんど知らず、わたしもあなたのことを知らない。この前お会いしたとき、どんな女性にも求婚するつもりはないって、あなたはきっぱりおっしゃった。それなのに、一週間もわたしに会おうとしなかったあとで、今日になって突然、求婚の言葉を口になさった。いいえ、求婚の言葉らしきものと言うべきかしら――〝きみはぼくと結婚したほうがいい〟ですって？」

彼の姿勢からほんの少し緊張が消えた。

「ス、スピーチの下書きをして、それを、あ、暗記すべきだった」彼がそう言って、まばゆい魅力にあふれた笑顔になったので、アグネスは思わずあとずさりしそうになった。「もっとも、ぼくの、き、記憶力は、あ、頭に衝撃を受けて以来、嘆かわしい状態なのだが。暗記しても忘れてしまったかもしれない。求婚するつもりだったことまで、わ、忘れていたかもしれない」

アグネスは一歩もひかなかった。

「今夜、あなたの記憶に確実に残るのは、今日の午後の悲惨な運命から無事に逃れられたということでしょうね」

ポンソンビー子爵は首を軽くかしげた。

「ひ、悲惨な運命というのはきみのことかい、キーピング夫人？」

ああ、この人の魅力に屈してはならない。

「わたしたちがどこへ消えたのかと、姉と公爵さまが心配していることでしょう」

ポンソンビー卿が腕を差しだしたので、アグネスはわずかに躊躇してから、その腕に手をかけた。

「不思議でならないのよ」村の通りに出ながら、アグネスは言った。「わたしと結婚しようなんて考えが、いったいいつ浮かんだの？」

彼の顔に嘲りの色がはっきりと戻ってきた。

「たぶん、ぼくが生まれたときだろうな。た、たぶん、さ、最初に息を吸いこんだとき、きみの存在が、き、きみと出会う運命が、そこにあったのだろう」

アグネスは思わず笑いだした。

「おおげさなやつだと思ってるようだね」

「そのとおりよ」

「ミ、ミドルベリーに戻って、さっき言った、し、下書きをすることにしよう——忘れていなければ。無韻詩の形にしてもいい。明日の、あ、朝、きみを訪問することを、ゆ、許してもらえるかな。もし、ぼくが覚えていれば」

ドーラとスタンブルック公爵が庭の門の外に立ち、二人のほうを見ていた。通りに人影はなかったが、アグネスが推測するに、おそらく何軒かの家のカーテンの陰に、何人もの村人が身を隠して、こちらをじっと見ていることだろう。それに腹を立てることはできない。なにしろ、ミドルベリー・パークに客たちが到着した日、彼女と姉も同じことをしたのだから。

「ええ、どうぞ」アグネスは答えた。それ以上のことを言う時間はなかった。

紳士たちがお辞儀をして去っていき、ドーラがアグネスの先に立ってコテージに入った。

「家まで送ってくださるなんて、ほんとに親切な方たちね」ドーラがボンネットをはずし、家政婦に笑顔で渡しながら言うと、家政婦はお茶をお持ちしましょうかと尋ねた。「いえ、せっかくだけど、ヘンリー夫人。さっきいただいたところなの。あ、でも、アグネスがほしいと言ったらお願いね」

アグネスは首を横にふり、今度は彼女のほうが先に居間に入っていった。

「帰ってくるあいだ、公爵さまがずっと話しかけてくださったのよ」ドーラが言った。「わたしのことを、会話をする価値のある相手だと思ってらっしゃるみたいに」

「あら、公爵さまへの恐怖は消えたみたいね」

「ええ、たぶん。もっとも、いまも恐れおののいてはいるけど。まるで王さまにお目にかかったみたいに、頭がくらくらしてしまうの。あの子爵さま、あなたに礼儀正しい態度をとってくれたでしょうね？　若い男性はどうも信用できないわ。あの人は放蕩者だし。ハンサムで魅力的な放蕩者」

「ああいう人の言葉は本気にしないことね」アグネスは軽い口調で言った。「それから、本気にしてないことを、向こうにもわからせなきゃ」

「あの貴婦人たち、感じのいい方ばかりだと思わない？　とっても楽しかったわ、アグネス。あなたは？」

「楽しかったわ」アグネスはきっぱり答えた。「それから、ソフィアの挿絵がどんどん上達してるみたい」

「物語のほうもおもしろくなってるわね」ドーラも同意した。

今日の訪問について二人はとりとめもなくおしゃべりを続け、そのあいだ、アグネスはクッションを胸に抱えたまま、姉に見咎《みとが》められることなく自分の部屋にこっそり戻れればいいのにと思っていた。

あれはいったいどういう意味だったの？　あの人がわたしと結婚しようなんて思うわけがない。だったら、なぜ結婚してほしいなどと？　わたしだって、あの人と結婚したいとは思わない。そんな気にはなれない。あくまでも想像の世界だけのこと。

でも、あの人が去ったあと、わたしはどうやって生きていけばいいのだろう？　あの人がろくに考えもせずに求婚の言葉を口走ったのは間違いない。でも、もしかしたら結婚できたかもしれないと思いながら、生きていくことになるの？

あの人も何を血迷ったのだろう？

明日、訪ねてくると言っていたけど、本当に来るかしら。もし覚えていれば、という条件付きだった。あの人は何を言うつもり？　わたしは何を言えばいいの？

ああ、このハートが破れるのをどうやって止めればいいの？

8

村の通りを歩くあいだ、ジョージもフラヴィアンも無言だった。屋敷の門をくぐったあとで、ジョージがためらうことなく馬車道を離れ、木々のあいだを歩きはじめた。フラヴィアンもあとに続いたが、ぶつぶつ言いどおしだった。

「午後からずいぶん、あ、歩いたのに、屋敷に戻るのに遠まわりしなきゃ、い、いけないんですか？」と、文句を言った。

ジョージがようやく返事をしたのは、木々がややまばらになって、二人並んで歩けるようになってからだった。

「話をする気はあるかね？」

「なんの話です？」

「おやおや」ジョージは言った。「きみが話している相手は誰なのかを思いだしてもらいたいね、フラヴィアン」

スタンブルック公爵ジョージ・クラブだ。スペインで頭を強打したために、周囲を傷つけ破壊したいという強迫観念以外のすべてを失ってしまい、わけのわからないことを口走るようになった暴力的な危険人物を、コーンウォールからはるばるロンドンまで迎えに来てくれた人。それから三年のあいだ、主な患者六人のそれぞれに対して、時間と労力のすべてを自分のために費やしてくれている、という印象を与えつづけた人。フラヴィアンがペンダリス館に到着してほどなく、焦る必要はない、時間はいくらでもある、胸の思いを打ち明ける気になったらいつでも聴いてあげよう、だが、暴力は不要なうえに無意味でもある、わたしはありのままのきみを大切に思っているのだから、と言ってくれた人。忍耐心とすぐれた腕を備えた医者を見つけてくれた人。その医者がついにフラヴィアンから言葉をひきだし、気分を楽にしたうえで単語をつなぎあわせてちゃんとした文章にするコツを教え、パニックに襲われて暴力をふるうかわりに頭痛と記憶の欠落に対処する手助けをしてくれた。

六人の仲間のことをおそらく本人たちよりよく理解しているのがジョージだ。そう思うと、ときとして落ち着かない気分にさせられる。同時に、無限の安堵感にも包まれる。

しかし、ジョージのことは誰が理解しているだろう？　戦死した一人息子と、自らの手で命を絶った妻を持つ彼を、誰が慰め、励ましてきただろう？　彼を苦しめているのは、やむことのない悪夢だけだろうか？

「て、手紙」木立を出て湖のほうへ歩きだしたとき、フラヴィアンは唐突に言った。「あんなもの、発明されなければ、よ、よかったのに」

「ご家族からかね？」ジョージが訊いた。

「マリアンからまた手紙が来たんです。ヴェ、ヴェルマに会いにファージングズ館へ行くことをぼくに、し、知らせるだけでは充分じゃなかったらしい。今度の手紙には、訪問したときのことが書かれていました。そして、は、母からも手紙が来て、そ、その同じ訪問のことを知らせてきました」

「再会をみんなで喜びあったわけだね？」

「家族全員、昔からヴェルマのことが、だ、大の、お、お気に入りだったんです」フラヴィアンは言った。「いつだって、愛らしさそのもののような人だった。だから、みんな、ぼくが彼女に辛く、あ、当たったと思っていた。仕方のないことだとあきらめてはくれましたが。辛く当たったのは事実です。あなたにグラスの中身をぶちまけたように、ヴェルマの顔にぶちまけたこともありました。グラスの中身は、ワ、ワインでした。おまけに、そのときは命中してしまった」

「きみはひどく具合が悪かったのだから」

「ぼくとの婚約を、は、破棄して、レンと結婚しようと決めたヴェルマを、みんなが、し、支持しました。あの二人にとって、い、いいことだと思ったようです。レンは昔からぼくの大親友で、ぼくのために、り、立派な選択をしたというわけです。ロマンティックな、ひ、悲劇だと、誰もが考えました。シェイクスピアがまだ生きていて、それを、ぎ、戯曲にできればよかったのに、残念なことです。あのときは誰もがヴェルマに同情して涙に暮れ、やがて、ぼくが荒れ狂って自宅の客間を破壊し尽くしたため、あなたのもとへ、と、特別の使者を、お、送ることになったのです」

「きみはひどく具合が悪かった」ジョージはふたたび言った。「きみのために何をすればいいのか、きみをどう扱えばいいのか、ご家族にはわからなかったのだ、フラヴィアン。きみを見捨てたのではない。わたしが絶望的な患者を受け入れているという噂を聞き、わたしのもとに迎えの人をよこしたのだ。ご家族はわたしのもとで奇跡が起きることを願っていた。きみを見捨てたのではない。だが、この話は二人で前に何度もしているね」

そうだった。そして、フラヴィアンは確かにそうだと信じるようになっていた――ある程度までは。

「家族はぼくに、し、信じさせようとしました。ヴェ、ヴェルマがぼくを愛していることを――いつまでも、変わることなく。レンと、け、結婚したあとでさえ。レンもそれを知っていて、彼女の気持ちを尊重し、レン自身もぼくを、あ、愛していたことを。な、なんだか不愉快だ。そう思いませんか？　は、吐き気がしませんか？　そして、真実ではないに、き、決まっている。真実ではないよう、ね、願いたい」

「レディ・ヘイゼルタインがきみの母上と姉上にそう言ったんだね？　ヘイゼルタイン夫妻がつねに優しい気持ちをきみに寄せていたと知れば、きみの心も癒されるだろうと、みんなが思ったのかもしれない」

二人はボート小屋のそばを通り過ぎるところだった。フラヴィアンが小屋の側壁にこぶしを叩きつけたため、大砲のような音が響き、木片が飛び散った。彼自身も驚き、ジョージは思わず飛びあがった。

「くそっ」フラヴィアンは叫んだ。「誰も何もわかってくれないのか?」

「いまも彼女を愛しているのかね?」そのあとに続いた静寂のなかで、ジョージが静かに尋ねた。彼の口調はつねに穏やかだ。感情に流されて声を荒らげることはけっしてない。

フラヴィアンは手の脇に刺さったトゲを抜き、小さく膨らんだ血の玉にハンカチを押しあてた。

「ついさっき、キーピング夫人に結婚を申しこみました」

ジョージがまさかと言いたげな叫びを上げることはなかった。彼を狼狽させるのは、はっきり言って無理なことだ。

「届いた手紙のせいかね?」

「ぼくが彼女と結婚、し、したいからです」

「で、向こうは承知したのか?」

「い、いずれ。今日はバラの花を用意するのも、片膝を突くのも、わ、忘れてしまった。しかも、感動的な求婚のセリフを、よ、用意するのを忘れていたし」

二人は湖畔をゆっくり歩いた。

「去年の秋、ヴィンスが開いた、し、収穫祝いの舞踏会で彼女と踊ったんです」フラヴィアンは説明した。「そして、あそこで彼女と何回か出会いました」フラヴィアンは湖の向こう側にある木立のほうを顎で示した。「野原があって、いまは、す、水仙の花盛りです。キーピング夫人はそれを絵に描こうとしていた。そこで彼女に出会ったのです」

「そして、きみが彼女に惹かれたのは、レディ・ヘイゼルタインとまったく違うタイプだから？」ジョージが訊いた。

フラヴィアンは足を止め、湖のほうを見渡し、それから目を閉じた。

「一緒にいると心が安らぐんです」

こんなことを言うつもりはなかった。なぜアグネス・キーピングに惹かれるのか、自分でもよくわからなかった。具体的なことしか考えていなかった――彼女とベッドに入りたいということしか。だが、その思いもよく理解できなかった。性的な欲望を満たすために彼がふだん相手にしている女性たちとはまったく違うタイプだ。彼女を見た者が真っ先に受ける印象は、色っぽさではない。

それにしても、なぜ、彼女といると心が安らぐなどと言ったのだろう？　女性が安らぎをもたらすなどとは、フラヴィアンは信じていない。まるっきり信じられない。現世に安らぎなどありえないし、来世にはあると信じていいのかどうかもわからない。

彼女に求婚するなんて愚の骨頂だった。

ジョージが彼の横に立った。わずかに距離を置き、沈黙している。いつ口を開くべきか、閉じておくべきかを、つねに心得ている人だ。何がいまの彼を作りあげたのだろう？　昔からこういう人だったのだろうか？　それとも、過去の苦悩が影響しているのか？

フラヴィアンは笑いだし、そのとげとげしい響きに耳を傾けた。

「彼女のほうは、ぼくといても、や、安らぎなど、け、けっして感じないでしょう。断わるよう、あなたから彼女に、け、警告しておいてください、ジョージ」

「向こうがすでに断わったのではないかね？」

「次に求婚したときに、という意味です」フラヴィアンは説明した。「バラの花を差しだし、片膝を突き、華麗な言葉を用意して。明日」

「いい人だと思う」ジョージは言った。「ミス・デビンズも。虚飾とは無縁の女性たちで、非の打ちどころのない人生を送っている」

「不条理なことですね」フラヴィアンは言った。「女性に生まれるというのは」

「そう言ってもいいだろう」ジョージも同意した。「だが、われわれ男性よりすぐれたことをなしとげ、すぐれたところへ到達するものだ。運命を受け入れて、そのなかで最良の道を進もうとする。次にどこへ行くべきか、何をすべきかという迷いのなかでわれわれのようにあがくことが、女性はあまりないようだ」

〝われわれ〟――ジョージはそう言った。〝きみ〟ではなく。しかし、ジョージはあがいた経験などないはずだ。そうだろう？　スタンブルック公爵として生きるという運命を喜んで受け入れない者がどこにいるだろう？　ついでに言うなら、ポンソンビー子爵として生きるという運命も。

「彼女を愛しているのかね？」ジョージが訊いた。先ほどヴェルマについて尋ねたときと同じ言葉だ。

「愛」フラヴィアンは短い笑い声を上げた。「愛とはなんですか、ジョージ。いえ、返事はいりません。ぼくだって、愛の意味もわからないような朴念仁ではないつもりです。しかし、ロ、ロマンティックな愛とはなんでしょう？　ぼくはかつて愛に身を焦がしたものでした。しかし、さ、幸いにも、その感情から抜けだすことができました。本当は彼女を愛していなかったということでしょうか？　〝事情が変わればおのれも変わるような愛、そんな愛は愛ではない〟い、いったいどこで耳にしたのだろう？　詩の一節でしょうか？　正確に引用できたでしょうか？　誰が書いたのだろう？　いくら考えてもわからないときは、シェイクスピアだと言っておけばいい。合ってますか？」

「シェイクスピアのソネットのひとつだ」ジョージは言った。「わたしは〝キーピング夫人に恋をしたのかね？〟と訊いたのではないぞ」

「〝彼女を愛しているのか〟という質問でしたね」フラヴィアンは湖に背を向け、屋敷に戻る小道のほうへ行った。去年、ヴィンセントの妻がこの小道を造らせ、夫がいつでも好きなときに一人で湖まで歩けるよう、道に沿って手すりをつけた。「レディ・ダーリーのことなら愛していますす」

ジョージはくすっと笑った。「あの人のことは愛さずにいるほうがむずかしい。われわれの大切なヴィンセントの人生を楽にするために、あの人が工夫したさまざまなことを目にすれば――そして、ヴィンセントをどれだけ幸せにしてくれたかを見れば」

フラヴィアンは手すりに片手をかけたまま立ち止まった。

「ぼくはキーピング夫人の人生を、ら、楽にし、幸せにしてあげたいと願うぐらい、彼女を愛しているでしょうか？　もしそうなら、その愛の証として、二度と彼女に、きゅ、求婚しては、な、ならないと思います」

「フラヴィアン」ジョージの手が彼の肩に伸びて強くつかんだ。「きみは愛する物と人をすべて破壊してきたわけではない。仲間を愛しているじゃないか——ベンとヒューゴ、ラルフとヴィンセント、イモジェンとわたしを。仲間を傷つけたことは一度もないし、これからもけっしてないだろう。きみのおかげでわれわれの人生は豊かになり、われわれの胸にきみへの愛が芽生えたのだぞ」

フラヴィアンは顔を背けたまま、しきりにまばたきをした。

「だけど、あなたたちの誰とも、け、結婚したいとは思いません」

ジョージはふたたび彼の肩を強くつかみ、それから手を離した。

「結婚してほしいと言われたところで、わたしも断わるだろう」


その夜、午前二時ごろにアグネスは思った——泣きながら寝てしまったと言う人がいるが、嘘に決まっている、と。鼻詰まりがひどくて、口で息をするしかなかった。目は充血して腫れぼったくなっている。唇も腫れ、乾いてひび割れている。もう最悪。とうてい眠れそうになかった。

そんな自分にうんざりしていた。

あの腹立たしい男に〝はい〟と答えるか、もしくは……揺らめくろうそくの光のなかで、化粧台の鏡に映った自分の姿をじっと見ながら、アグネスは考えた。鏡のなかの自分は、まるで万聖節の前夜に墓場をさまよう亡霊のようだ。〝はい〟と答えるか――明日、彼が訪ねてきて、もう一度求婚されたら――もしくは〝いいえ〟と答えるか……。

簡単な選択のように思える。

あんなろくでもない放蕩者のために涙に暮れるなんて、わたしったらどうしてしまったの？　でも、萎《しお》れてしまった未亡人に――いいえ、とにかく萎れつつある未亡人に――向かって、放蕩者が求婚の言葉を口走ることなんてありえない。また、放蕩者が睡眠不足のせいで青ざめた顔をし、目の下にくまを作って、午後の散策をすることもありえない。いえ！　いえ、違う。あるかもしれない。でも、今日の彼が――昨日の彼も――青い顔をしていた理由はそれではない。どういう結果になるかわからないまま求婚することへの不安からでもない。

わたしが手近な木にのぼろうと考えたことがないのと同じく、彼も求婚する気などなかったに決まっている。

わたしったら、どうして泣いてるの？　どうして眠れないの？　アグネスは鼻をグスンといわせたが、たいした成果はなかった。不眠にも、鼻詰まりにも、治療法はひとつしかない。お茶を飲めば胃が落ち着き、詰まった鼻も通る。気分も楽になる。いつもの自分に戻れるはずだ。

もしあの人が眠れないまま、わたしのために涙を流しているとしたら、それこそ驚きだ。だったら、ゆうべ、そしてたぶんその前の晩も、彼が眠れずにいた原因はなんだったの？

もちろん、わたしではない。原因がなんであれ、誰であれ、アグネスは嫉妬の疼きを感じ、自己嫌悪の目で鏡のなかの自分を見つめた。

台所であらためて火をおこすのは楽なことではなかった。音を立てないようにしてやかんに水を入れ、カップと受け皿を食器棚から出すのは、さらに大変だった。背後のドアをきっちり閉めておいたが、音を立てそうな作業をすべて終えたそのとき、やはりドアが開いた。

寝間着の上に暖かなショールをかけたドーラが台所に入ってきてドアを閉めた。もちろん、ドーラに決まっている。家政婦のヘンリー夫人は、いったん寝入ったら、地震が起きても目をさますことはない。

「眠れなかったの」アグネスは弁解しながら、忙しそうに火の具合を見ていた。まるで、やかんの湯を沸騰させるには火を巧みにおだてる必要があるかのように。「お姉さんを起こさないように気をつけたんだけど」

「ここしばらく元気がなかったのは、絵のことで悩んでたせいじゃないんでしょ？」ドーラはそう言いながら、食器棚に手を伸ばしてカップと受け皿をもうひと組とり、ティーポットを覗いて、アグネスがすでに茶葉を入れたかどうかを確かめた。

鼻をグスンといわせたアグネスは、片方の鼻孔でふたたび呼吸できるようになったことを知った――ほんの少しだけ。

「結婚してほしいって、あの人に言われたの。いえ、正確に言うと〝ぼくと結婚したほうがいい〟って」

ドーラは誰のことかとは尋ねなかった。

「いつも思ってたのよ」かわりに、残念そうな口調で言った。「わたしが誰かから結婚してほしいと言われたら、喜びの涙を流すだろうって。でも、あなたの涙は、喜びの涙ではなさそうね」

「あの人、本気で言ったんじゃないんですもの」

「だったら、とても愚かな青年だわ。あなたが〝ええ〟と答えたかもしれないのに。でも、たぶん、〝ええ〟とは言わなかったのね？」

「言えるわけないわ。向こうが本気じゃないことはわかってるのよ」

やかんの湯が沸騰しはじめた。ドーラはポットに湯を注ぎ、茶葉が開くのを待った。

「でも、向こうが本気だったら、求婚に応じる気だったの？　あなた、彼のことを知ってるの、アグネス？　収穫祝いの舞踏会で踊り、音楽の夕べのときに一〇分ほど二人で姿を消し、今日は家まで送ってもらった。それだけのことでしょ」

じゃ、ドーラはハープとピアノフォルテを演奏したあの夜、わたしが姿を消したことに気づいてたのね。ほかにも気づいた人はいたのかしら。おそらく、全員が。

「ある朝、お屋敷の庭へ水仙を描きに出かけたとき、あの人と偶然会ったの」アグネスは説明した。「音楽の夕べより前のことだったわ。そして、別の日にもそこでばったり顔を合わせたの」

アグネスはお茶を注いだ。彼にキスされたことは言わなかった。ドーラが愕然とするだろう。それに……。

「ロマンティックな舞台装置ね」ドーラは言った。「あの人に恋をしたの、アグネス？　きっとそうね。でなきゃ、こんなとんでもない時間に、いまみたいな顔でここに下りてくるわけがないもの」

アグネスはふたたびグスンといって、それから洟をかんだ。どうにかまともに呼吸できるようになった。

「ウィリアムがいなくて寂しいの」

ドーラが手を伸ばし、アグネスの手を軽く叩いた。

「ウィリアムはどっしりと落ち着いた人だった。でも――こんなことを言ってはなんだけど――とうていロマンティックなタイプじゃなかったわ、アグネス。あなたが結婚したとき、わたし、なんだか心配だったのよ。だって、もっといい人と結婚できるはずだとずっと思ってたから。あら、言葉の選び方がよくなかったわね。〝もっといい人〟だなんて。ウィリアムほどいい人はいなかったのに。彼の魂が安らかでありますように。でもね、いつも思ってたの――あなたは陽光と、笑いと、そして……ああ、ロマンスのために生まれてきたような子だって。あなたはわたしの大切な妹。年老いてしぼんでいくわたしも、あなたがいれば生き生きと人生を送れそうな気がする。冗談で言ってるんじゃないのよ。ポンソンビー子爵は貴族で、ハンサムで、それから……どう言えばいいのかしら。魅力的な人ね。そして、謎めいている。よく動くあの眉の奥に何が潜んでいるのか気になるわ。そして……危険でもある。

いえ、あの子爵をそういう目で見るのは、独身を通してきたわたしが神経過敏なだけかもしれないけど」

「ううん」お茶に砂糖を入れてかき混ぜながら、アグネスは言った。「確かに危険な人よ。とにかく、彼に恋をするような愚かな人間の心の安らぎにとっては」

「恋をしてしまったの？」

「ええ」アグネスは正直に答えた。「でも、結婚は考えてないわ。身の程知らずですもの」

ドーラはため息をついた。

「わたしはあなたに助言できるような立場じゃないわ、アグネス。経験がないから。恋の経験が一度もない。でも、あなたには幸せになってほしいの。あなたを愛している。わたしはこの世の誰よりもあなたのことを愛してるの」

「また泣き崩れそうだからやめて」アグネスはそう言って、ティーカップを口元へ持っていき、湯気を吸いこんだ。ドーラが一度も恋を経験せず、三八歳の現在まで独身を通してきたのは、アグネスにも責任の一端がある。いや、責任は言いすぎかもしれないが、少なくとも、原因にはなっている。しかし、いまここでそのことをよくよく考えるわけにはいかない。またしても涙にむせんでしまう。母親のことや、何年も前に母親がしたことは、どうしても考える気になれないし、ドーラとのあいだでその話題が出ることはけっしてなかった。

「一緒に来て」ドーラは火傷《やけど》しそうに熱いお茶を飲むと、空になったカップを置いた。先に立って居間に入り、そのままピアノフォルテの前まで行った。「何か弾いてあげる」

幼かったアグネスが昼寝をいやがり、そのあとでむずがったり、ふくれたりすると、ドーラがよくピアノフォルテを弾いてくれたものだった。いつも音楽で妹を寝かしつけることができた。

アグネスはソファにすわり、クッションに頭をもたせかけた。

あの人は何が原因で眠れなかったの？

何を悩んでいるのか知らないけど、悩みを解消する方法はわたしとの結婚だと、あの人が唐突に考えたのはなぜ？

アグネスが知っているのは、彼が世間に対して見せている、退屈しきった男の物憂げな嘲りの仮面だけで、その奥にときたま鋭い光が見えることがある。あの人の魂に多少なりとも近づくには、何層もの仮面をはぎとらなくてはいけないの？　そこまでできる者がいる？いずれ結婚しようと決めている女にも、そこまでさせるのかしら。

仮面の奥を探ろうとする無分別な女は、途中で自分を見失ってしまうのでは？

とろとろと眠りかけている自分に気がつき、目をあけて、ドーラが弾いている曲の最後の部分に耳を傾けた。二人ともそろそろベッドに戻らなくては。明日の朝、わたしはどんな顔になっているだろう？

毎年恒例の集まりもあと一週間足らずとなった。考えただけで憂鬱になる。ヴィンセントが朝食のあとでみんなを彼の農場へ案内する計画を立てていた。レディ・ハーパーも子羊や家畜の赤ちゃんが見たくて同行することにした。レディ・ダーリーはミス・デビンズのピアノフォルテのレッスンが入っているし、赤ちゃんの世話もあるので、屋敷に残ることにした。レディ・トレンサムは、ゆうべは農場見学に熱意を示していたのに、まだベッドのなかだった。吐き気がするのでしばらく眠るとのことだった。

朝食の席でヒューゴが吐き気のことを報告した。照れくさそうな表情と、得意げな表情が入り混じっていた。

「少し前から、朝はこういう状態のことが多かった。今日まではなんとか我慢していたのだが。いや、体調不良とか、そういうことではない。まったく違う。ただ……そのう……」

ヒューゴは両手をこすりあわせ、壁ぎわのテーブルに並んだ数々の料理に目を向けて、たとえ妻が食欲不振でも彼自身の食欲はまったく衰えていないことを証明した。

「では、お祝いを言わせてもらうべきかな、ヒューゴ？」ジョージが尋ねた。

「わたしから聞いたということはご内密に」ヒューゴはいささか焦った口調で言った。「グウェンドレンが誰にも知られたくないと言うんです。騒がれるのがいやなようで。あるいは、困惑されるのも」

「ぼくには何も聞こえなかった」ベンが言った。「銀器というのは騒々しいものだね、ヴィンス。食卓の会話が消えてしまい、どんな話が出たのかさっぱりわからなくなる。なんの話をしてたんだ、ヒューゴ？　もしくは、しようとしてたんだい？」

「わたしも銀のナイフやフォーク類の騒々しさには気がついてたわ」イモジェンが言った。

「でも、すごく重大な話なら、聞き逃しはしないと思うけど」

フラヴィアンは仲間と出かけるのをやめにした。手紙を書かなくてはいけないので、とみんなに言ったところで、前にもこの口実を使ったことを思いだした。やれやれ、世界でいちばん熱心に手紙を書く男だと、みんなに思われてしまいそうだ。

馬車道がよく見える客間の窓辺に一人で身を潜め、ミス・デビンズがかたつむりのような速度で屋敷に向かって歩いてくるのを見守った。いや、きびきびした、文句のつけようのないペースであることは間違いないのだが。窓の下に見える石段に彼女が姿を消すと、玄関ホールから音楽室まで行くのにかかる時間を見計らってから、フラヴィアンは一階に下り、あらかじめ玄関に置いておいたコートと帽子と手袋をとり、玄関の番をしていた従僕に愛想よくうなずいてみせ、それから外階段を下りて、格調高いパルテール庭園を通り抜けた。

今日もまた空に雲ひとつ出ていない一日だった。滞在中、こういう日が何日もあって幸運だった。風もほとんど吹いていない。色とりどりのチューリップが咲き誇っている。例年より開花が早いようだ。だが、アグネス・キーピングの魂を揺さぶることはないだろう。きちんと並んで整然と咲いている。

整然と。

フラヴィアンは求婚のセリフの下書きをしていなかった。頭のなかで考えることもしなかった。とりかかろうと思うたびに、恐怖に襲われて胸の思いが四散し、戻ってこなくなる。きっと、ありもしない隠れ場所を探しているのだろう。

バラの花束も用意していなかった。この季節には、バラは手に入らない。チューリップは求婚にふさわしくない。それに、植木バサミを手にして花壇に入っていったりしたら、屋敷で働く庭師たちから疑いの目を向けられるかもしれない。また、水仙など持っていこうものなら、野原で咲いたままにしておくほうがいい、とキーピング夫人から言われるに決まっている。

そこで、フラヴィアンは何も持たず、何も考えないまま、コテージの前に到着した。玄関をノックし、逃げだすにはもう手遅れかと思った。そう、手遅れだった。幼い息子の手をひき、空いたほうの手に大きな籠を持った女性が、道路の反対側を通りかかった。興味津々の視線をよこし、彼に見られていることに気づくと、ぎこちなく膝を折って挨拶した。

とにかく、アグネスには訪問すると言ってあるのだ。

玄関があいたので、フラヴィアンは家政婦のために礼儀正しい微笑を浮かべた。ところが、玄関に立っていたのはキーピング夫人その人だった。

「まあ」彼女の頬を染めた色がさらに濃くなった。

帽子をとり、お辞儀をして、フラヴィアンは言った。「ぼくの姿を、み、見ただけで、く、口が利けなくなったと思ってもいいのだろうか、キーピング夫人」

「ドーラはお屋敷にお邪魔しています。それから、ヘンリー夫人は肉屋へ出かけました」

「では、大きな悪い狼《おおかみ》にとっては、ぜ、絶好の機会というわけだね」

キーピング夫人は憤慨の表情で彼を見た。しかし、いま家にいるのは自分一人であることを玄関先で男に告げたりして、彼女には自衛本能というものがないのだろうか？

「だったら、家に、は、入るわけにはいかない」フラヴィアンは言った。「き、近所の人たちがいっせいに、き、気絶して、そのあとで意識をとりもどし、もっと、と、遠くの村人たちに淫らなニュースを知らせるために、い、急いで駆けだすだろうから。マントと、ボ、ボンネットをとってきて、ぼくと散歩に出かけよう。いずれにしろ、こんな天気のいい日に家のなかで、す、過ごすのはもったいない」

「自分の意見を押しつけるのではなく、相手に頼むということを、あなたはなさらない人なの？」彼女が眉をひそめて訊いた。しかし、フラヴィアンが片方の眉を上げただけで、彼女の肩の力が抜け、ため息をついた。「ドーラがミドルベリーへ出かけたことをご存じだったのね」

「知っていた」フラヴィアンは認めた。「ただ、おたくの家政婦が肉屋へ行ったことまでは知らなかった。家政婦がもしここにいたら、きみは留守だとぼくに言っていただろうか？」

キーピング夫人は雄弁な視線を彼に向け、首をかすかに横にふった。手のかかる子供を相手にしているかのようだった。

「出かける支度をしてきます」

彼女のこの様子からすると、ぼくが訪ねてきて求婚の新たなセリフを口にするのを、息を潜めてびくびくしながら待っていたのではなさそうだ。ぼくは彼女のそんな姿を期待していたのだろうか？

9

二人で村の通りを戻り、門のところで曲がってミドルベリー・パークへ向かった。彼女もわずかではあるが彼と言葉を交わした。たぶん、沈黙よりそのほうがいいと思ったのだろう。

ところが、フラヴィアンが彼女を連れて馬車道を離れ、木々のあいだを歩きはじめると、二人は沈黙に陥った。もちろん、森のなかに直進できる道はないが、フラヴィアンは斜めの方角をめざして進んでいった。昨日、ジョージと一緒に歩いたときのように森を抜けると、そこは湖のすぐそばだった。彼女が問いかけるようにフラヴィアンを見た。レバノン杉の並木道まで歩き、さらにその向こうへ行くものと思っていたに違いない。

「あの島まで行ったことはある？」フラヴィアンはそちらの方角へうなずいてみせた。

「いえ、一度もないわ」

フラヴィアンは彼女を連れてボート小屋へ向かった。

数分後、二人はボートに乗っていた。彼がオールを漕ぎ、彼女は水面を眺めていたが、やがて彼にまっすぐ視線を向けた。顔色が悪い――フラヴィアンは思った。頬がややこけていて、体調を崩しているか、よく眠れなかったかのようだ。おそらく、眠れなかったのだろう。

彼のほうも世間ずれした人間のつもりだったのに、昨日の求婚でとんでもない醜態をさらしてしまった。求婚することが自分でわかっていれば、もう少しなんとかできただろうに。

フラヴィアンは何か言いたかった。彼女のほうも何か言いたそうな様子だった。しかし、どちらも沈黙していた。二人とも、異性というのは違う服装をしているだけの存在ではないことを悟ったばかりの、恥ずかしがり屋の学童のようだった。彼女は島のほうへ視線を移し、彼はふりむいて小さな桟橋に衝突しないように気をつけた。一人でボートを桟橋につないでから、彼女に手を貸して降ろしてやり、物見遊山に出かけてきたかのように、彼女を連れて小さな作りものの神殿を覗きに行った。

愛らしい神殿で、みごとな彫刻を施した椅子と、祭壇と、ロザリオがあり、ステンドグラスの窓がついていた。

「昔の子爵夫人のために建てられたものだそうよ」キーピング夫人が言った。「カトリック教徒だったんですって。ここにすわって静かに瞑想《めいそう》する姿が目に見えるようだわ」

「ロザリオのビーズを指のあいだで敬虔《けいけん》にまさぐるわけだね、たぶん。自分でボートを漕いで、き、きたのかな？　違うだろうな。おそらく、たくましくて好色な従僕を、つ、連れてきたんだ」

「愛人という意味ね」しかし、彼女は低く笑い、フラヴィアンの横を通って外に戻ってしまった。「ロマンティックな雰囲気をどうして台なしにする人なの、ポンソンビー卿」

「きみが〝ロマンティック〟をどう、て、定義するかで、返事は変わってくる」

「たぶんそうでしょうね」キーピング夫人がふりむいて彼を見た。「ほかの人たちはどこへ？」

「の、農場を歩きまわったり、馬で走りまわったりしている。レディ・ダーリーとレディ・トレンサムは、や、屋敷に残っている」

「どうして一緒にいらっしゃらなかったの？　あなたもご自分の家屋敷と農場をお持ちでしょ。きっと興味深く見学できたでしょうに。それに、みなさん、仲のいいお友達で、これは特別な集まりじゃありませんか。一緒にいらっしゃればよかったのに」

「それよりもきみに、あ、会いたかった。きみを訪ねると、や、約束しただろ」

彼女が神殿の裏手へまわったので、フラヴィアンもついていった。そこには草むらが広がり、水辺に向かってゆるやかに傾斜していた。完全に隔絶された世界だった。屋敷のほうからは、神殿が邪魔になってこの草むらを見ることができない。あと三つの方角から詮索好きな目が光っているとしても、湖の岸まで木々が茂り、枝を垂らして、草むらを隠してくれている。

草むらを途中まで下りたところで、彼女が足を止めた。

「なぜ？」と訊いた。

フラヴィアンは神殿に背を向けて立ち、腕組みをした。

「ぼくは昨日、し、史上もっとも不手際と言ってもよさそうな、きゅ、求婚をしてしまった。名誉挽回《ばんかい》のために、や、やってきたんだ」

彼女がふりむいてフラヴィアンを見た。

「なぜ？」

男が求婚すると、女というのはみんな、その理由を尋ねるのだろうか？　しかし、いまのぼくは自分で自分をこんな状況に追いこんでしまったのだ。愚か者。求婚をぐずぐずひきのばしていた自分の責任だ。いまさら、絵のように優雅な姿で彼女の前に片膝を突き、空っぽの頭から美辞麗句をひっぱりだすことなどできはしない。とにかく、ズボンの膝が草で汚れてしまう。

それにしても、なぜ彼女と結婚しようなどと思ったのだろう？　ひと晩かけて理由を突き止めようとしたが、すぐに雑念が入りこみ、その件以外のあらゆる事柄のほうへ思考がそれてしまった。負傷する以前から、こんなに集中力のない人間だったのだろうか？　どうにも思いだせない。何かを思いだすのも昔から苦手だったのだろうか？

軽く伏せたまぶたの下から彼女を見つめると、向こうは眉を上げ、手をウェストのところで握りあわせて、彼の返事を待っていた。絵のような姿。健全で……安らぎを与えてくれる姿。なんてことを！　最後のふたつは彼女に言わないほうがいい。

彼女の姿を喩えるなら、まるで虹の先端のよう。いや――そのイメージはそぐわない。虹の先端にあるという黄金の壺とは似ても似つかない人だ。俗悪すぎる。悪趣味なイメージだ。言うなれば、誰もが憧れているのに、あと少しのところで手が届かない夢のような人。だが、もしかしたら手が届くかもしれない。真摯に願うなら……。

フラヴィアンは小声で悪態をつくと、帽子を草むらに放り投げ、続いて手袋も投げ捨てて、大股で彼女に近づいた。彼女の二の腕を両手でつかんで抱き寄せた。

「こうすることも、日夜を問わず好きなときにこれ以上の行為に及ぶこともできる。きみと結婚したいと思ったことに、それ以外の理由があるだろうか？」声をひそめて言うと、開いた唇を激しく重ねた。

押しのけられるものと思っていた。そのときは黙ってひきさがるつもりだった。自分にこんな権利はない……押しのけられて当然だ。ところが、どういうわけか、彼女は手袋に包まれた手を上へすべらせ、彼の顔をはさんで、優しいキスに変えた。

フラヴィアンは顔を少しひいて目を閉じ、ボンネットのつばの陰になった彼女の額に自分の額をつけた。いくらがんばったところで、こんな恥さらしな発言をすることも、こんなに彼女を侮辱することも、できはしなかっただろう。結婚を望んでいるのはセックスのため、それ以外の理由はない、と彼女に言ってしまった。乱暴に抱き寄せ、〝技巧〟という言葉など聞いたこともない粗野な男子生徒のごとくキスをした。

「すわりましょう」ため息をついて彼女が言い、彼から手を離すと、草の上にすわってから、手袋をはずして脇に置いた。

フラヴィアンもとなりにすわり、両腕で膝を抱えこんで、湖の対岸に見える木立をじっと眺めた。

「ポンソンビー卿」彼女が言った。「わたしのことを何もご存じないでしょ」

「だったら、話してほしい」

「ええと、基本的な事柄はご存じね。そこにつけ足すことはあまりないわ。波乱万丈の人生を送ってきた人間ではないし。父方も母方もちゃんとした家柄だけど、貴族の血が流れているという話は聞いたことがない。平民なの。ウィリアム・キーピングとの結婚生活は五年間続いたわ」

「例の退屈な男だね」

アグネスはフラヴィアンに怒りをぶつけた。

「会ったこともないくせに」と叫んだ。「たとえ知りあいだったとしても、ウィリアムのことを馬鹿にするなんて許せない。わたしは彼が恋しいの。恋しくてたまらない。ここにぽっかり穴があいてるのよ」片手で軽く胸のあたりを叩いた。

「すまない」フラヴィアンは言った。やはり夫への情熱があったのかもしれない。

「父が再婚した相手も隣人の一人だった。父が親しくしていたお友達の未亡人。わたしは二人の結婚を喜んだし、いまもその気持ちに変わりはないわ。ただ、父の再婚をきっかけに、自分も早く結婚して出ていきたいと思うようになったの。姉のドーラはすでに家を出ていたし、わが家の雰囲気も以前に比べて変わってしまったから。こっちで暮らすようになってからは、何か役に立てることがあれば、村や教会の活動に関わるようにしてきたわ。本を読み、絵を描き、繕いものや刺繍をしている。亡くなった夫の遺産が少しあるので、それで生活している。暮らしていくには充分なの。ソフィア——レディ・ダーリー——がわたしの親友。子爵夫人という立派な肩書きじゃなくて、彼女の人間性に惹かれたの。わたし、野心なんて持ったことがなかったわ。いまもそうよ。自分がどこかの子爵さまと結婚する姿を想像しても、興奮で胸がときめくようなことはないわ。いまのままで申し分なく幸せだから」

フラヴィアンはこの最後の言葉を微笑ましく思った。

「そ、それは嘘だと思う、キーピング夫人」

彼女はむっとした顔になった。

「話してほしいとおっしゃるから、お話ししたのよ。話題にできるようなことはほとんどないけど。でも、話したところで、あなたにわたしを知ってもらうことはできないわ。事実というのは、その人の人間性のごく一部を語っているに過ぎないもの」

「きみは、も、申し分なく幸せではないはずだ。申し分のない幸せなどというのは、た、たぶん、ほんの一瞬のことだと思う。それに、きみは以前、満ち足りた人生では、な、ないことを自分で認めている。も、もしかしたら、い、いずれ結婚して子供ができるかもしれない、ときみは言った。せ、せつなさのこもった声だった。だが、この界隈に求婚してくれそうな人がいるかどうか、きみには、わ、わからなかった。ぼくはこうして求婚してるんだよ」

「なぜ？」彼女はフラヴィアンに向かって眉をひそめた。「どんな女性でも手に入れられる人なのに。身分が高く裕福な貴婦人を。しかも、美貌を備えた人を」

「きみも美しい」

「ええ、そうね」驚いたことに彼女はそう答え、顎をつんと上げた。頬がうっすら染まっていた。「でも、あなたのような男性を惹きつける美しさではないわ、ポンソンビー卿」

やはり、ぼくのことを遊び人扱いする気だ。

フラヴィアンは微笑し、物憂げに彼女を見つめた。

「きみの〝なぜ〟に対する、せ、正解はあるのだろうか？　ぼくが正解を出したら、賞品が、も、もらえるのかな？」

彼女はゆっくりと首を横にふった。「あなたとの結婚なんて考えられないわ」

「なぜ？」今度はフラヴィアンが尋ねる番だった。「ぼ、ぼくのせいで眠れなかったんじゃないのかい？」

「いえ、そんな――」アグネスが言いかけたが、フラヴィアンは彼女のうなじに片手を当て、強引に身を寄せた。

「嘘つき」

唇を重ね、それから顔を上げた。彼女が彼の目を見つめかえした。しかし、遮られた言葉を続けようとはしなかった。フラヴィアンは彼女の顎の下で結ばれていたリボンをほどき、草むらに置かれた彼女の手袋の上へボンネットを放った。

そして、もう一度キスをしてから、自分のコートのボタンをはずし、彼女のマントの襟をゆるめた。マントの下の温かな肌に手をすべらせ、自分のコートで彼女を包んで抱き寄せた。

ときとして、裸身以上に官能的なものがあるものだ、と思った。

口のなかへ舌を差し入れ、片手で彼女の頭をしっかり支えてから、反対の手で片方の乳房をなでた。乳房は小さめで、ひきしまっていて、コルセットで持ちあげられていた。肉感的ではない。ただ……完璧なすばらしさだ。

彼女の片手が彼の頬を包んだ瞬間、フラヴィアンは何センチか顔を離した。彼女の目に涙がきらめいていた。

「や、やめてほしければ――」フラヴィアンは言いかけた。

「いいえ」軽く開いた唇が斜めに彼の唇をふさいだ。

アグネスはやがて草むらに仰向けに横たわり、フラヴィアンがそこに半分のしかかるようにして、肘で自分の身体を支えながら両手を乳房にあてがい、彼女の脚のあいだに自分の脚を割りこませた。彼女の頬に、こめかみに、目に、耳に唇を這わせ、やがて唇の上に戻った。硬くなったものを押しつけた。

フラヴィアンはさらに身体を重ねて、両手を彼女の両脇に移し、下にすべりこませてヒップを包んだ。何枚かの衣類に隔てられたまま、覆いかぶさった身体を密着させ、揺らした。服を脱がせたいと思った。彼女の熱い部分を自分の手で探り、そこに自分自身で触れて、奥まで強引に入りたくなった。女の身体を自分のものにしたかった。

そうすれば安全になれる。

妙なことを考えるものだ――この異質な思いが頭に浮かんだのは、これが初めてではなかった。

〝安全になれる〟

誰から？

そして、何から?

フラヴィアンは彼女の肩と首のあいだのくぼみに顔を預け、自分の心臓の鼓動が正常になるよう念じた。

「ぼ、ぼくを止めてくれないか?」ようやく顔を上げ、彼女を見下ろして、フラヴィアンは頼んだ。「止めようと、お、思わなかったのか?」

こんな訊き方をするのは卑怯《ひきよう》かもしれない。しかし、彼女に止める気があったとは、フラヴィアンには思えなかった。

のしかかっていた身体をずらして、彼女の傍らに横たわり、片方の手の甲で目を覆った。できるかぎり深く静かな呼吸を心がけ、ようやく肉体の興奮を静めることができた。

「ぼくが、は、初めて女を知ったのは一六のときだった。以来、女なしで過ごしたことは、ペンダリス館での三年間を除いて一度もなかった。だが、自分のことを放蕩者だとは、お、思っていない。そして、み、自らの意思で厳粛に誓ったことは、名誉にかけて守るべきだと固く信じている。結婚の誓いも含めて」

彼女が身体を起こし、両腕で膝を抱えた。うなじのシニョンの髪がひと筋ほつれてマントの背に垂れた。艶やかな髪で、軽く波打っている。フラヴィアンは片手を上げ、指の背をその髪にすべらせた。なめらかで絹のようだ。彼女の肩がこわばったが、彼から逃れようとはしなかった。

「わたしのことを知らないくせにって、いましがた、あなたを非難したけど、わたしもあなたのことを知らない。そうよね？　いろいろ推測はしたわ。でも、それが当たっているとはかぎらない。ただ、のんきな嘲笑という仮面の陰にあなたが身を隠していることだけはわかるわ」

「ほう。しかし、ひとつお尋ねしたいが、キーピング夫人、ぼくのことを知りたいと、お、思っているのかい？　それとも、穏やかで、清廉潔白で、申し分なく幸せではないけれど不幸とも言いきれないここでの暮らしを、誰にも邪魔されずに、つ、続けていきたいと願っているのかな？　ぼくという男は深入りすると、き、危険かもしれない」

アグネスは立ちあがり、水辺まで行った。だが、それでもまだ充分に離れた気がしなかった。岸に沿って歩きつづけ、やがて道が右のほうへカーブしている地点まで来た。そこにたたずんで、西側の岸のほうと、枝を垂らした木々を見るともなく眺めた。彼が追ってこなかったことに感謝した。

あの人はわたしに覆いかぶさった。一分か二分ほど、わたしはあの人の重みのすべてを受け止め、草むらに押しつけられた。腿のあいだにあの人が身体を割りこませた。あの人の感触が伝わってきて……。

わたしたちの行為を阻んだのは衣類だけだった。

わたしはあの人がほしかった。単に恋する人と一緒にいたいという思いではなかった。単にキスを求める気持ちではなかった。彼がほしくてたまらなかった。

ウィリアムを求めたことは一度もなかった。それでよかったのだろう。夫婦の営みというものがあまりなかったから。結婚して一年ほどは週一回と決まっていたが、やがて、あいだが空くようになり、最後の二年間は一度もないままだった。夫に求められればけっして拒まなかったし、営みをいやがることも、ひどく不快だと思うこともなかった。しかし、夫の求めがなくなると、なんとなくほっとして、自由になった気がした。ただ、できれば子供がほしかった。とはいえ、二人のあいだの友情と愛情が、そして、夫婦の絆で結ばれているという心地よい感覚が消えることはなかった。夫はよく、アグネスをどれほど好ましく思っているかを口にし、それはアグネスにもすなおに信じられた。彼のほうも好ましい夫だった。ただ、アグネスが自分に正直になるなら、ドーラが家を出ていき、父親が新しい妻をもらい、その妻の母親と妹も近々同居する可能性が高かったため（現実にそうなったのだが）実家に居辛くなり、それだけの理由から結婚したに過ぎなかった。

彼女がポンソンビー子爵を求める気持ちは、夫には一度も感じたことがないものだった。乳房に、内腿に芽生えたせつない疼きを、いまも感じることができた。そんな自分が怖くなった。〝怖い〟という言葉が極端すぎるなら、少なくとも心が乱れていた。しかし、さほど極端とも言えないだろう。情熱が、恋にのめりこむのが怖いのだから。

ふと母親のことに思いが向いたが、きっぱりと払いのけた。母親のことが頭に浮かびそうになると、いつもそうしている。

湖畔の道を歩いて島をひとまわりすると、やがて、湖の対岸に屋敷が見えてきた。少し前方にボートがつないであり、そばの桟橋に彼がすわっていた。片膝を立て、片方の腕をその膝にまわしていて、くつろいだ幸せな姿を絵に描いたようだった。というか、そんな印象を受けた。近づくアグネスを彼がじっと見ていた。

〝自らの意思で厳粛に誓ったことは、名誉にかけて守るべきだと固く信じている。結婚の誓いも含めて〟

去年の秋、彼に恋をして、今年の春もふたたび彼に恋をしたことを考えれば、結婚しようと言われたら天にものぼる心地になるはずだ。誓いに対する彼の思いを知ったいまではとくに。なぜ有頂天になれないの？　なぜためらうの？

〝ぼくという男は深入りすると、危険かもしれない〟

アグネスもそう感じていた。ただし、怒り狂って暴力をふるった過去を彼自身が認め、眠たげな外見の奥に封じこめられたエネルギーを彼女が感じていたのは事実としても、肉体的な危険を恐れているのではなかった。怒りの爆発は、戦地で負った重傷のせいで彼が意思の疎通を図れなくなっていた時期に起きたものだ。その段階はすでに過ぎている。いまは言葉が少しつかえるだけで、たまにそれがふだんよりひどくなることもあるが、苛立ちのあまり暴力をふるうようなことはない。しかし――アグネスが恐れているのは、彼のなかに秘められた危険だった。

彼は情熱の権化であり、アグネスは人生においてほかの何よりも情熱を恐れている。暴力は情熱から生まれる。情熱は人を殺す。肉体は無事だとしても、魂が死んでしまうのは間違いない。人生で最大の価値を持つのは魂だというのに。また、情熱は愛をも殺す。このふたつは、奇妙な皮肉だが、相容れないものだ。ただ、ポンソンビー子爵が相手だと、ふたつを分けて考えるのは不可能だ。純粋に彼を愛しつつ、無垢《むく》な身体のままでいることはできない。すべてを捧げるしかない。そうなれば……。

だめ！

アグネスが近づいていくと、彼が立ちあがった。片手に彼女のボンネットを持っていた。物憂げな表情でアグネスの目を見つめてボンネットを優しくかぶせ、彼女が腕を両脇に垂らしたまま子供のようにじっと立っていると、左耳の下あたりでリボンを蝶結《ちょうむす》びにしてくれた。アグネスはそのあいだ、彼の目を見つめかえしていた。

〝ぼくを止めてくれないか？　止めようと思わなかったのか？〟

あのとき、彼のほうから強引に返事を迫ろうとはしなかったので、アグネスは何も答えなかった――卑怯だった。彼を止めようとは思わなかったの？　その気があったのかどうか、自分でもよくわからない。いや、おそらく止める気はなかっただろう。彼が身を離したとき、失望で心が重く沈んだ。なぜやめてしまったの？　放蕩者ならそんなことはしないはずなのに。

コートのポケットからアグネスの手袋がとりだされ、彼の片手にのせられた。彼が手袋の片方をとって彼女の手にはめた。反対側も同じようにした。アグネスはかすかな笑みを浮かべた。

「貴婦人に仕える優秀なメイドになれそうね」

物憂げなまぶたの下から、彼がアグネスの目を鋭く見つめた。

「きっとなれる。いまのはぼくの働きぶりを前もって少し披露しただけだ」

「あなたを雇うお金がないわ」アグネスは低く笑った。

「おやおや。だが、給金を現金で払ってもらうつもりはない。きみならぼくが要求するものを充分に支払える。たっぷりと。多すぎるぐらい」

アグネスの膝から力が抜けそうになった。島のこちら側の空気は、反対側に比べてきっと薄いに違いない。

彼の唇の両端が持ちあがって、いつものいたずらっぽい笑みが浮かんだ。片手を差しだしてボートに乗りこむ彼女を支えた。

向こう岸に着き、彼の手に支えられてボートを降りたアグネスは、屋敷のほうから湖に向かってゆっくり歩いてくるソフィアとレディ・トレンサムの姿に気づいた。ソフィアは温かい毛布でくるんだ赤ちゃんを抱いていた。

ソフィアにどう思われるかしら。

しかし、どう思っているにせよ、ソフィアは笑顔で二人に声をかけてきた。

「島まで行ってきたのね。戸外で過ごすにはうってつけの朝だわ。そう思わない？」

ソフィアはレディ・トレンサムと一緒にそばまで来ると、アグネスに探るような視線をよこした。ポンソンビー子爵はボート小屋でボートを片づけていた。

頬が赤らむのをなんとかできればいいのに！

「一度も行ったことがなかったから」アグネスは言った。「あの小さな神殿、予想以上にすてきね。ステンドグラスのおかげで、神殿に射しこむ光がまるで魔法みたい。いえ、神秘的と言ったほうがいいかしら」

「二週間前に、サー・ベネディクトがサマンサとわたしをボートにのせて、島まで連れてってくださったわ」レディ・トレンサムが言った。「あなたのご意見にわたしも賛成よ、キーピング夫人。あのステンドグラスはわが家の庭園を造るときの参考にできそうだわ」

「ドーラはもう帰りました？」アグネスは尋ねた。

「わたしを褒めて、それと同じぐらい叱りつけたあとでね」ソフィアは笑った。「先週練習した曲を、奇跡的に音符をひとつも間違えずに弾けたけど、指の動きがぎくしゃくしてるんですって。お姉さんが生徒に向ける非難としては最悪の部類よ。お姉さんにそう言われると落ちこんでしまう。今回はわたしが悪いんだから仕方ないけど。練習しなきゃいけないのに、さぼってばかりだったの」

ソフィアは毛布の端をそっとめくり、息子の寝顔に笑みを向けた。

「コーヒーも飲まずに急いでお帰りになったわ」ソフィアは話を続けた。「それでね、グウェンとわたしもコーヒーは省略して外に出かけることにしたの。お日さまの光がとても魅力的だったから」

ポンソンビー子爵がボート小屋から出てきたので、すべての目がそちらを向いた。

島からボートで戻るあいだ、二人は言葉を交わすこともなかった。彼の関心がすっかり失せてしまったのか、それとも、あらためて求婚するつもりでいるのか、アグネスにはわからなかった。残された時間はあと一週間もない。

滞在客全員がミドルベリー・パークを去った日に自分がどんな気持ちになるかが、不意に想像できた。胃が鉛の錘をつけられたみたいに靴底あたりまで沈みこみ、そのあとに吐き気とパニックに近いものが残された。

ポンソンビー子爵が微笑した。

「やはり、手紙を書く、き、気分になれなかったのです。みんなと、で、出かけるにはもう遅すぎたし、屋敷のなかには誰の姿もなく、残っているのは数人の、じゅ、従僕だけ。喜んで、か、会話の相手をしてくれそうな様子ではなかった。キーピング夫人がぼくを、あ、哀れんでくれないかと思い、む、村まで出かけたところ、哀れに思ってもらえました」

「屋敷に戻って一緒にコーヒーを飲みましょう」ソフィアがそう言ってアグネスに笑いかけた。

「でも、外に出てきたばかりでしょ」アグネスは反対した。

「ううん、そうじゃないのよ」レディ・トレンサムが言った。「パルテール庭園を通り抜けてこちらに来たの」

「戻りましょうよ」ソフィアが言った。

いまのアグネスは社交的にふるまう気にはとうていなれなかったが、コテージに戻ることにも魅力を感じなかった。ドーラがすでに帰宅していて、妹がどこへ行っていたかを知りたがるだろう。たとえ短い説明をしただけでドーラから逃げだし、自分の部屋にひっこんだとしても、またしても自分の思いと向きあわなくてはならない。当分のあいだ、辛い時間になるだろう。

「ありがとう」アグネスは言った。

「おやおや、困ったな」ポンソンビー子爵が言った。「レディが三人、差しだせる腕は二本しかない」

ソフィアが笑いだした。

「生後二カ月にもならない赤ちゃんがどうして一トンもの重さになるのか、わたしにはわからないけど、トマスがまさにそうなのよ。はい、子爵さま、トマスを抱いて屋敷まで運んでね。わたしたち三人はエスコートなしでちゃんと帰れますから」

ポンソンビー子爵はおどけ半分に驚愕の表情をしてみせた。毛布に包まれた赤ちゃんを受けとり――ソフィアが有無を言わせずにそうさせたのだ――落とすのを恐れるかのように、そっと抱いた。

レディ・トレンサムがアグネスと腕を組み、ポンソンビー子爵は赤ちゃんの顔を見下ろした。

「よし、ぼ、坊や。レ、レディたちに邪魔者扱いされたときは、男どうしで結束して、馬や、競馬や、ボクシングの試合や、ええと……とにかく、興味のあることを話題にしよう。ほら、目をあけてごらん――パパと同じ、あ、青い目だね。腹を割って話をしよう。ふ、二人だけで。話の、と、途中で居眠りするのは失礼だぞ」

ソフィアがふたたび笑いだし、アグネスは泣きたくなった。男性が赤ちゃんを抱いてまじめに話しかける姿ほど胸を打つ光景はない。たとえその男性の子供ではなく、自ら望んで抱いたわけでもなく、友達の子供を抱くよりもどこかよそへ逃げだしたほうがいい、とたぶん思っているとしても。

ポンソンビー子爵は曲げた肘で赤ちゃんをしっかり支え、小道はレディ三人に譲ることにして、芝生の上を歩き去った。

「アグネス」ソフィアが声をひそめた。「あの人、あなたにお熱なの？　もしそうなら、なんて分別のある人かしら」

「正直に白状すると、わたしはあの人のことが大好きよ」レディ・トレンサムが言った。「もっとも、全員のことが大好きだけど。みなさん、ヒューゴの仲良しなんだし、一人一人が大きな苦悩を経験してきたんですもの」

アグネスはレディ・トレンサムの不自由な脚のことを考えた。一時的な症状ではなさそうだ。そちらに気をとられたため、朝の出来事が頭から消え去った。いや、ほぼ消え去ったと言うべきか。

あの人はいまもわたしと結婚する気でいる――たぶん。

今日もキスされた。しかも、ただのキスでは終わらなかった。

でも、好きだという言葉は一度も出なかった。あの人自身の言葉を借りるなら、〝ベッドを共に〟と言っただけだ。

「あなたの絵をまだ一度も拝見していませんわ、キーピング夫人」レディ・トレンサムが言った。「こちらに来て二週間以上になるのに。わたしがここを離れる前に村へ出かけることがあったら、何点か見せていただけないかしら。すばらしい才能をお持ちだと、ソフィアから聞いています」

ポンソンビー子爵は彼女たちより先に屋敷に帰り着き、玄関前の外階段にすわりこんでいた。赤ちゃんを膝にのせ、その顔を道のほうに向けて、広げた片手で頭を支えている。いまも話しかけていた。

アグネスは唾をのみこんだ。喉の奥にこみあげてきた涙をこらえたのがごまかせたのならいいけれど。

10

アグネスは貴婦人たちと一緒に昼間用の居間で三〇分ほど腰を下ろし、コーヒーとおしゃべりを楽しんだ。ポンソンビー子爵は赤ちゃんを子供部屋へ連れていった。部屋までの行き方は知っているし、トマス坊やを乳母の手に無事に渡すまで放りだしたりしない、とソフィアに誓ったうえで。

子爵が居間のほうに顔を出すことはもうないだろうとアグネスは思ったが、彼女が席を立って暇を告げようとした矢先に戻ってきた。

「おお、ちょうどよかった。ご自宅までお送りしましょう、キーピング夫人」

「いえ、それには及びません」アグネスはきっぱりと言った。「ソフィアに会うため、ミドルベリーにはしょっちゅう来ていますから。メイドやエスコートが必要だなんて思ったこともありません」

一人になって考える時間がほしかった。

「しかし、お、狼が森を出てあなたに飛びかかってきたら、素手で、げ、撃退する人間が必要です。すなわち、このぼくが」

レディ・トレンサムが笑った。「わたしの胸を熱くさせる英雄ね」そう言うと、芝居がかったしぐさで片手をさっと胸に当てた。

「それに、森は狼でいっぱいよ」ソフィアが続けた。「もちろん、猪《いのしし》もいるし」

アグネスが貴婦人二人に順々に非難の目を向けると、ソフィアは軽く首をかしげ、ふたたび探るように彼女を見た。

ポンソンビー子爵が自宅まで送ることになった。二人で屋敷を出るなり、アグネスは背中で堅苦しく手を組み、子爵は少し離れて横を歩きながら、どうでもいいような話題ばかり選んで愛想よくしゃべりつづけた。

「狼はいない」屋敷の門が近くなると、そう言った。「い、猪もいない。文明化されたこの時代に、大切な、レ、レディをどうやって感激させればいいのだろう？　み、みごとな豪勇を発揮して、レディを、い、命の危険から救いだし、き、気絶しかけたレディをその力強くたくましい腕に、だ、抱きあげることもできないのなら」

〝大切なレディ〟？

彼は足を止めていた――昨日、〝きみはぼくと結婚したほうがいい〟とアグネスに言ったのとまさに同じ場所だった。

アグネスは彼に微笑した。

「輝く鎧《よろい》を着けた騎士になるおつもり？　価値ある男の代名詞とも言うべき、その陳腐な表現がお好きなの？」

そこでふと思った。深紅の上着に真っ白なズボン、赤い飾り帯、脇に揺れるサーベルという、士官の軍服に身を包んだこの人の姿は、うっとりするほど颯爽《さっそう》としていたに違いない。

「囚われの姫君になりたいとは、お、思わないのかな？」彼が嘲るように片方の眉を上げた。

「なんと、つ、つまらない人だろう、キーピング夫人」

「男性が英雄になるのに竜退治をする必要はないわ」

「狼退治も？　猪退治も？　だったら何をすればいい？」

アグネスには答えられなかった。何が男性を英雄にするのだろう？

「立ち去ればいいのかな？」彼が自分の質問に自分で低く答えた。「それが男性のすべきことなのか？」

アグネスはほんの一瞬、眉をひそめたが、何も答えなかった。

二人のあいだにしばし沈黙が広がり、やがて彼がアグネスの二の腕をきつくつかんで馬車道を離れ、木立に何歩か入っていった。太い木の幹にアグネスをもたれさせてから、彼女の顔の左右の樹皮に自分の両手を押しつけた。二人の顔はわずか数センチしか離れていなかった。

「舞踏会で、そして水仙の野原で目にしたものに、ぼくは心を奪われた。そして、どうしても――きみを、べ、ベッドに誘いたくなった。魅惑的な女性に出会えば、自然にそう思うものだ。しかし、ぼくはまだきみとベッドを共にしていない。どちらもその気になっていて、い、一度ならず機会があったというのに。ぼくにしては珍しいことだ、アグネス・キーピング。だから、ぼくを助けてほしい。いや、違う。ぼくが求めているのは助けではない。ぼくの人生にきみを迎えたい。そ、そのための方法はひとつしかない。きみは、あ、遊びで男に身を任せるような人ではないし、たとえきみに、そ、その気があっても、ぼくには応じる気はない。かわりに、け、結婚を申しこみたい。爵位と、先祖代々の大きな屋敷と領地、そ、それからロンドンの邸宅、財産、社交界での、ち、地位、生涯にわたる安定した暮らしも添えて。だが、そうした、ぶ、物質的なことはきみにとって、な、なんの意味もなさそうだ。ほかに何を差しだせばいいだろう……情熱とか？　それなら差しだせる。きみがこれまで知らなかったような生き生きした日々を作りだすことができる。子供だって、つ、作れる——たぶん。だけど……だけど、ぼくを、きょ、拒絶したほうが賢明だろうな。ぼくは、き、危険なほど不安定な男だから。危険に決まっている。ついこのあいだ、誰にも、きゅ、求婚するつもりはないと言ったのに、いまこうしてきみに求婚している。ど、どういうつもりでそんなことを言ったのか、自分でもわからないが、い、いまの求婚は本気だ。ぼくと送る人生は楽じゃないと思うよ、アグネス」

「わたしと送る人生もね」こわばって思いどおりに動こうとしない口で、アグネスは言った。「わたしはあなたが望むものを差しだせないわ、子爵さま。そして、あなたもわたしが望むものを差しだせない。あなたは情熱の大きな波で夢中にさせることのできる相手を求めている。人生のなかで解決する必要がまだ残っているものをすべて忘れ去り、すべて無視できるように。それがなんなのかは知らないけど。わたしが求めているのは、物静かで、まじめで、信頼できる相手なのよ」

「きみの人生のなかで解決する必要があるものをすべて無視できるように？」彼が尋ねた。

「それがなんなのかは知らないが」

アグネスは急にかさかさに乾いてしまった唇をなめた。

木々と帽子のつばの陰になって一段と鮮やかな緑色を帯びた目で、彼がじっとアグネスを見た。

「きみはぼくを誤解している。そして、きみ自身を誤解している。ノ、ノーとは言わないでほしい。イエスと言うのが無理なら、せめて、ノーとだけは言わないでほしい。それは決定的な言葉だ。ノーと言われたあとでまた求婚したりしたら、しつこい男だと思われてしまう。ここを去ったあと、ぼくは、に、二度と戻ってこない。きみは、え、永遠にぼくから自由になれる。だが、いまはまだ離れていない。きみがどうしてもノーと言いたいなら、ぼくがここを去るときにしてくれ。それまではだめだ。や、約束してくれるね？」

アグネスはノーと言いたくなかった。そんな気にはとてもなれない。しかし、イエスと言うこともできなかった。単純な質問なのに、その答えはどうしてイエスでもノーでもないのだろう？

〝ここを去ったあと、ぼくは二度と戻ってこない。きみは永遠にぼくから自由になれる〟

永遠というのが、突然、恐ろしく長い時間に思われた。心のなかに動揺が広がった。

「約束するわ」アグネスは蚊の鳴くような声で言った。

彼は両手を脇に下ろし、ほんの一瞬アグネスに背中を向けたが、やがて向きなおって腕を差しだした。彼女を連れて馬車道に戻り、二人は無言でコテージまでの道を歩いた。

ドーラが花壇の草とりをしていた。

ポンソンビー子爵はたちまち魅力を全開にした。すばらしい庭だと褒め称え、ダーリー卿のバイオリンとハープをどうにか聴けるレベルまでひきあげてくれたことに、感謝の言葉を雨あられと浴びせた。

「ぼくは動物が大好きなんです、ミス・デビンズ。タブや近所の猫たちが苦痛の叫びを上げるのを耳にしたら、ぼくの心臓ははりさけてしまいます」

ポンソンビー子爵はたちまちミス・デビンズを笑わせていた。帰るときには、二人に優雅にお辞儀をし、まじめな考えごとなど生まれてから一度もしたことがないような態度で、のんびりと歩き去った。

ドーラが眉を上げてアグネスを見ていた。

「けさはみなさん、ダーリー子爵の案内で農場見学にいらしたけど、あの方だけお屋敷に残ったのよ」アグネスは説明した。「手紙を何通か書くために。でも、それに飽きてしまって、ここを訪ねてらして、一緒に散歩に行こうっておっしゃったの」

「それで？」

「ボートを漕いで島へ連れてってくださったわ。神殿のなかがすてきなのよ、ドーラ。想像もしなかった。南向きの窓がステンドグラスになってて、光が射しこむと、万華鏡みたいな色彩が広がるの。そのあと、ボートで岸に戻ると、ソフィアがレディ・トレンサムと一緒にお屋敷のほうから歩いてくるところで、コーヒーを飲んでいくように言われたの。お姉さんは急いで帰ってしまったからって」

「草とりが待ってたから」ドーラは言った。「あらためて求婚されたの、アグネス？」

「みなさんがこちらに滞在するのはあと一週間足らず。あの方がおっしゃったわ――ここを去ったあとは二度と戻ってこないって。永遠に。でも、永遠って長い時間ね。しかも、ダーリー卿はあの方の大切なお友達」

「あらためて求婚されたのね」ドーラは自分で自分の質問に答え、静かにつぶやいた。向きを変えて庭仕事の道具を集めた。「どうして迷うの、アグネス？　あの人に恋をしてるんでしょ。あなたにとってまたとない良縁よ。あの人にとっても」

「お姉さんが一人ぼっちになってしまう」

ドーラが肩越しにふりかえった。

「わたしは立派な大人よ。あなたが来る前だって、何年もここで一人暮らしをしていたのよ。どうして迷うの？　お母さんのことがあるから？」

アグネスの膝から力が抜けそうになった――一日のうちにこれで二度目だ。姉妹のあいだで母の話が出たことは、これまで一度もなかった。

「まさか」アグネスは言った。「お母さんのことなんて、わたしが気にするわけないでしょ」

ドーラは向きなおろうとしないまま、アグネスを見つめつづけた。

「わたしのことは気にしなくていいのよ、アグネス。自分でいまの生き方を選んだの。これがわたしの人生よ。望んでいたとおりの人生を築いて幸せに暮らしているの。あなたが来る前も幸せだったし、来てからも幸せだった。もしあなたが出ていく道を選んだとしても、わたしは幸せに暮らしていける。あなたにはあなたの人生がある。わたしの人生を生きることはできないのよ——そして、お母さんの人生を生きる必要もない。もし、あの人を愛しているのなら……」

しかし、ドーラは最後まで言わずに黙りこみ、首を横にふってから草とりに戻った。アグネスは姉の目に涙が浮かんでいるのかもしれないと思った。

「コーヒーをご馳走になるかわりに、まっすぐ帰ってくれればよかった」アグネスは言った。

「わたしがとる草があまり残ってないじゃない」

「じゃ、明日あらためて見てごらんなさい」ドーラが言った。「いえ、今日の午後遅くでもいいわ。この世界にけっして不足しないもののひとつが雑草よ」

その夜はイモジェンが話をする番だった。めったにあることではない。自分の思考と感情をいつもみごとに自制できる女性だから。いや、ほぼいつもと言うべきか。彼女のことを〈サバイバーズ・クラブ〉のメンバーほど深くは知らない者なら、大理石のような冷たい外見が心にまで及んでいると思いこむことだろう。そのメンバーにすら、最近のイモジェンは心の内をあまり見せなくなっていて、六人の仲間への尽きることなき愛情と、できるだけみんなの支えになろうという揺るぎない熱意を示すにとどまっている。彼女の心の傷はすっかり癒えたのだと思えれば、仲間もほっとできるだろうが、そんな誤解をする者は一人もいない。一人一人が負った傷のなかで、イモジェンの傷がいちばん深く、簡単には癒えそうもない。いつまでたっても。

「けさ、あんな醜態を見せてしまったのが恥ずかしくてならないわ」

「長時間農場を歩きまわって、ずっと立ちどおしだったせいだと、誰もが思っていた」ヒューゴが彼女を安心させた。「誰だってか弱い貴婦人を愛するものだ」

「わたしには合わないイメージね」イモジェンは言ったが、それでも安堵した様子だった。けさ、荘園の管理人から何かについての説明を聞こうとして、猟場の番人小屋の外で一同が足を止めたとき、イモジェンが気を失って地面に倒れたため、何人かが椅子と水をとりに走り、ヒューゴが彼女を抱きあげ、ラルフがハンカチで彼女の顔に風を送るという騒動があったのだ。

「小屋の扉があけっぱなしになっていたの」イモジェンは説明した。「あれなら誰でも入りこめるわ。子供たちだって……」

「しかし、猟場の番人がそばにいたじゃないか」ベンが言った。

「それに、番人が小屋を離れるときは、かならず扉に錠をかけていく」ヴィンセントがつけくわえた。「錠のひとつは扉の上部につけてあり、子供の手はぜったいに届かない。安全については、ぼくが口うるさく言ってるんだ。みんなが心得ている」

「わかってるわ、ヴィンセント」イモジェンは言った。「ごめんなさいね。ここで働いてるのが無責任な人たちじゃないことはよくわかってる。なぜ気を失ったりしたのか、自分でも理解できない。銃は日常的に目にしてるのに。目を背けないようにしてきたわ。猟に出かけたことだってある。ジョージに三回連れてってもらって、そのうち一回は、自分で引金をひいたのよ」

イモジェンは身を震わせ、両手で顔を覆った。

「けさ、あの何挺《なんちょう》かの銃を目にしたの」さらに話を続けた。「銃の向こうには誰もいないのに、突然、銃口がわたしの顔のほうを向いているのに気づいた。わたしが手を伸ばして銃をつかみ、引金をひくのを待ってたんだわ」

イモジェンが空気を求めてあえいだので、フラヴィアンが背後にまわって彼女のうなじを片手で支え、横にすわったヴィンセントが彼女の膝を探りあてて軽く叩いた。

「永遠に忘れることができないの？　わたしたちの誰一人、永遠に忘れることができないの？」

「そうだな、無理だと思う」ジョージが言った。感情を交えない冷静な声だった。「だが、彼に愛されていたことも、きみは永遠に忘れないだろう、イモジェン」

「ディッキーのこと？　ええ、愛されてたわ」

「あるいは、きみが彼を愛していたことも」

「わたしが？」イモジェンがうなだれたので、フラヴィアンは両手で彼女の肩を軽くさすり、ヴィンセントは彼女の膝を優しく叩いた。「わたしの愛情の示し方は変だったわ」

「そんなことはない」ヴィンセントが言った。「愛情を示すなら、あれが最高の方法だったんだ、イモジェン」

イモジェンは窒息しそうな声を上げたが、やがて自制心をとりもどし、手を下ろして、いつもの冷静な表情に戻った。

そう、このなかの誰一人として、忘れることは永遠にできないだろう。

ぼくもそうだ――フラヴィアンは思った。思いだすこともできない事柄がたくさんあるなかで、そんなふうに考えるのも妙なことだが。ただ、どうしても忘れられないことがひとつある。あの二人の仕打ちだ。

二人を許すときが果たして来るのだろうか？

「明日、夜明けと同時に出かけることにした」フラヴィアンは唐突に言った。「二、三日留守にするが、かならず、も、戻ってくる」

みんなが驚いて彼を見た。フラヴィアンは午後からずっと考えていたのだが、この瞬間まで決心がつかないままだった。このところ、突然の衝動に人生を支配されているような気がする。

「二、三日留守にするっていうのかい、フラヴ？」ヴィンセントが訊いた。「みんなで一緒に過ごせる最後の週なのに？」

「急用ができたんだ」フラヴィアンは言った。「かならず戻ってくる」

全員が彼をじっと見ていた。ヴィンセントまでが。何も見ていないその視線はわずか数センチそれているだけだった。しかし、当然されるであろう質問は誰からも出なかった。もちろん、出るはずがない。よけいな干渉はしない主義だ。彼も進んで答えようとはしなかった。

「遠くまで行くのなら、フラヴ」ラルフが言った。「ぼくの二輪馬車を使うといい。ただ、馬を交換できる宿に着いたら、ぼくの二頭をかならずそこで休ませてやってくれ。帰りにまた連れてくればいいから」

「ロンドンなんだ」フラヴィアンは言った。「助かるよ、ラルフ。使わせてもらう」

「夜明けと同時に出発するとしたら」ジョージが言った。「みんな、そろそろベッドに入ったほうがいい。真夜中をずいぶん過ぎてしまった」

〝だが、いまはまだ離れていない。きみがどうしてもノーと言いたいなら、ぼくがここを去るときにしてくれ。それまではだめだ。約束してくれるね?〟

そこでアグネスは約束した。その約束を守るのはとても簡単なことだった。どうしてノーと言えるだろう?――答えが〝イエス〟でも同じことだが。なにしろ、返事をする機会がないのだから。四日前からポンソンビー子爵の顔を一度も見ていないし、屋敷の客たちの滞在期間は終わりに近づいている。彼が言っていた――ここを去ったあとは二度と戻ってこない、と。

とにかく、彼はもう去ってしまったのも同然だから、わたしも早く忘れることにしよう。

日々がのろのろと過ぎていくなかで、アグネスは思った——わたしがもし、冷静に自分を抑える躾を受けて育った女性でなかったら、きっと周囲の物を手当たり次第に投げ散らかしていただろう。できれば、粉々に砕ける物を。

アグネスは病人を見舞う教会の当番リストにドーラと共に名前をのせていて、今週は二人の番に当たっていた。もっとも、それ以外のときも、病弱な人々や高齢の人々を放りっぱなしにしているわけではないが、今週は正式な当番だった。お見舞いに出かけるとき、ドーラはいつも小型のハープを持参して、心を癒す調べを奏でることにしている。また、ときには子供たちを喜ばせたり、老人が爪先で床を叩いたりできるよう、快活な曲を演奏することもある。アグネスはこういうときのために描きためてある野の花の水彩画を持っていき、病人のそばの炉棚やテーブルに立てかけ、置いてくることにしている。

おかげで気が紛れるのがありがたかった。お見舞いにまわることで日々が早く過ぎていくし、起きているあいだ、玄関にノックが響くのを待ちつづけなくてもいい。日にちを数えるのをやめて、以前の生活に戻り、ふたたび心の平安を得られるときを、アグネスは心待ちにしていた。

ただ、希望が消えてしまったら、心の平安はなかなか得られないのではないかと思うと不安だった。そして、自分がまだ希望を抱いていることに気づいて身を震わせた。

五日目になり、アグネスとドーラがお見舞いから帰宅したあとすぐに、レディ・ハーパーがレディ・トレンサムと一緒に訪ねてきた。アグネスの絵を見せてほしいとレディ・トレンサムが前々から頼んでいたのだ。二人はアグネスが感激するほど熱心にすべての絵を鑑賞し、とても気に入った様子だった。ただし、お茶を飲んでいく暇はなかった。訪ねてきたのはソフィアに伝言を頼まれたからで、このあともう一軒、ハリソン夫妻のところに寄らなくてはならないという。ソフィアが今夜、自分の友人とダーリー子爵の友人を招き、みんなでカード遊びとおしゃべりと軽い食事を楽しみたいとのことだった。

「どうか、お二人で来るっておっしゃってね」ドーラからアグネスへ視線を移して、レディ・トレンサムが言った。「今日が終わったら、わたしたち、あと一日しかミドルベリー・パークにいられないんですもの。時間がたつのはあっというまね。でも、夢のような日々だったわ。そうでしょ、サマンサ」

「ほんとにうれしかったわ」レディ・ハーパーが言った。「夫と仲間の方々のような強い絆で結ばれた友情をこの目で見ることができて。でも、ポンソンビー卿が出かけたりなさらなければよかったのに」

アグネスの心臓と胃が靴のところまで急降下した。落ちていく途中で、このふたつが衝突したような気がした。

「もういらっしゃらないの？」ドーラが訊いた。

「ええ。戻ってくるってほかの人たちに約束してましたけど」レディ・ハーパーが言った。「ポンソンビー卿が欠けてしまって、みなさん、寂しいみたい。しかも、なんの説明もなかったのよ。困った方ね」

レディ・トレンサムの視線がアグネスに据えられていた。「戻ってくると約束なさったんだから、かならず戻ってらっしゃるわ。それに、ベリック伯爵の二輪馬車と馬を借りてらしたのよ。返さなくてはとお思いになるはずだわ。今夜、来てくださるわね？　ミス・デビンズも、キーピング夫人も。こうお伝えするようソフィアに頼まれたのよ――〝いいえ〟という返事は受けつけません。七時に馬車を迎えにやります、って」

「でしたら、お招きに感謝して〝はい〟とお答えするしかありませんね」ドーラが笑いながら言った。「でも、馬車をよこしてくださる必要はありません。楽に歩ける距離ですから」

レディ・ハーパーが笑った。「きっとそうお答えになるだろうと言われてきました。それに対する返事も、ダーリー卿からじきじきに預かっています。〝あなた方が馬車の横を歩こうと、なかに乗ろうと、とにかく馬車を迎えにやります〟そう申しあげるように言われております」

「じゃ、仕方がありませんわね。馬車の横を歩くなんてみっともないから」ドーラはふたたび笑った。

あの人は行ってしまった。何も言わずに。

戻ってくると約束して。馬車を借りていったのなら、戻らなくてはならないだろう。でも、残された滞在期間はあと一日だけ。

ドーラと二人で貴婦人たちに別れの手をふったあと、アグネスは向きを変え、階段を駆けあがって自分の部屋に戻った。ポンソンビー卿の話はしたくなかった。どんな話もしたくなかった。ベッドにもぐりこんで、ベッドカバーを頭の上までひきあげ、身体を丸めて一生そのままでいたかった。

化粧台の鏡に映った自分の姿にちらっと目をやり、見たくもないその姿に向かってうなずきながら、アグネスは思った——二六歳になる生真面目でお上品な未亡人が、しかも、永遠の不幸が待っているだけだという理由から条件のいい縁談を断わるほど聡明な女性が、こんなふうにふるまうなんて、ご立派としか言いようがないわね。

では、いまは不幸じゃないというの？

それに、まだ断わってはいない。そうでしょう？　あの人が去るときまでノーとは言わないって約束したんだもの。

あの人は行ってしまった。でも、今回は戻ってくると言っている。いかにもポンソンビー卿らしい。わたしは愚かな女……。

でも、少なくとも、今夜のために身支度をするときは、心臓をドキドキさせずにすむ。お屋敷には、あの人はいないのだから。三着のイブニングドレスからどれを選んで着ようかというきわめて重大な問題以外のことで、頭を悩ませる必要はなさそうだ。緑色のドレスはやめておこう。じゃ、ブルーか薄紫？　どっちにする？

鏡のなかの自分にちらっと笑みを向け、それから顔を背けた。

11

疲労が積み重なると、骨の髄まで疲れていても眠気を感じなくなることがある。

夜の遅い時間に馬車を走らせ、イングルブルックの村を通り抜けたときのフラヴィアンが、まさにそうだった。コテージを見てみたが、明かりはついていなかった。アグネスも姉もすでにベッドに入ったに違いない。フラヴィアン自身は、最後に眠ったのがいつのことか思いだせなかった。行きも帰りも同じ宿に部屋をとり、ベッドに横になったのは間違いないが。ブーツを脱ぎながら、従者がいればいいのにと思ったことは覚えている。

本当なら、厩へ直行し、彼の――いや、ラルフの――二輪馬車の手入れをヴィンセントの馬番たちに任せて、自分の部屋に上がり、従者を呼ばずにベッドに倒れこむべきだった。従者はたぶん、思いもよらず五日間の休暇を与えられて、いまもへそを曲げていることだろう。

屋敷が近くなったとき、客間の窓にまばゆい明かりが見えた。もちろん、意外なことではない。外はすでに暗くなっているが、深夜というほど遅い時間ではなかった。

厩の外に、見慣れない小型の馬車が二台止まっていた。ほう、来客か。まっすぐベッドに向かうべき理由がまたひとつ増えた。仲間とその夫人たちの前に出るときでも、もちろん、服を着替え、顔と手を洗い、髭を剃らなくてはならないが、相手が来客となればさらに念入りな身支度が必要だ。そして微笑を湛え、社交的にふるまわなくてはならない。笑顔になれるかどうかもわからないのに。そこまでの努力は無理な気がした。

ただ、眠ることもできそうになかった。神経がたかぶっていて、おもちゃの独楽《こま》のようにきりきりまわりだしそうだった。ミドルベリーが近くなるにつれて、ロンドンまで出かけたことがひどく愚かに思われてきた。いったい何にとりつかれてしまったのか？　しかし、いまさらその疑問について考えても手遅れだった。ロンドンへ出かけ、そして戻ってきた。それがもし時間の無駄に終わるとしても、いまの自分にできることは何もない。

玄関ホールで番をしている従僕にうなずきかけ、彼の従者を呼んでくるよう言いつけた。顔と手を洗い、髭を剃り、社交の場に少しだけ顔を出せば、ほどよく疲れて、今夜はよく眠れるだろう。

それにしても客は誰だろう、とフラヴィアンはいぶかしんだ。

一時間半たって、片眼鏡を手に、ゆったりした足どりで客間に入っていったとき、誰が来ているのかがわかった。火の前にヴィンセントがすわり、そばにイモジェンと、ヴィンセントの隣人で特別に親しい友であるハリソン氏がいた。ジョージが暖炉の脇に立ち、片方の肘を炉棚に預けていた。ハリソン氏の妻はカードテーブルについている。牧師も一緒だ。別のカードテーブルには牧師夫人とミス・デビンズ。ベンとその夫人、ラルフ、レディ・トレンサムがそのふたつのテーブルに分かれてすわっている。レディ・ダーリーが牧師のテーブルに二人分の飲みものを運んできた。ヒューゴは妻の背後に立っているが、傍らのキーピング夫人と話をしていた。

キーピング夫人が着ているのは、とてもおとなしい、地味と言ってもいいようなブルーのドレスで、お世辞にも流行の装いとは言えないものだった。色がやや褪せているようにフラヴィアンには思われた。髪もきっちりとまとめてあり、ひと筋ほつれているとか、男性の想像を刺激するスタイルにしているといったことはなかった。

凛《りん》とした美しい姿だった。

彼がロンドンにいたのは短時間だったが、それでも周囲のレディたちを意識して眺めてみた。真に美しい女性もいれば、着るものや、その着方で自分を美しく見せたり、少なくとも魅力的に見せたりしている女性もいた。誰を見ても、彼の心は動かなかった。

自分でもひどく意外だった。

キーピング夫人と一瞬だけ目が合ったが、次の瞬間、レディ・ダーリーが彼の姿に気づき、ジョージとイモジェンも同時に気がついた。

「フラヴィアン！」

「ポンソンビー卿！」

「帰ってきたのね、フラヴィアン」イモジェンが言い、両手を差しのべてやってきた。頬を差しだしてキスを受け、彼のほうはリボンで手首に結びつけた片眼鏡を落としてイモジェンの両手を握りしめた。

「ラルフの二輪馬車を返さなきゃ、い、いけなかったから。でないと、この先一〇年はラルフの、う、恨みを買うことになってしまう。お、怒りっぽいやつだから」

「その場合は、かわりにきみの馬車をもらっておいただろう、フラヴ」手にしたカードから視線を上げて、ラルフが言った。「馬車の座席があんなに豪華ですわり心地がいいなんて、ふつうはありえない」

「飲みものと、何か食べるものをお持ちしましょうね」全員がフラヴィアンに挨拶をしたあとで、レディ・ダーリーが言った――一人か二人、挨拶しなかった者もいたが。「寒くない？　もっと火のそばへいらして」

フラヴィアンはヴィンセントの肩を強くつかみ、仲間のところに戻れてこんなにうれしいことはないと言った。ジョージやハリソン氏と短く言葉を交わし、ヒューゴと一分か二分ほど話をし、それからキーピング夫人のそばに立った。彼女はすでに場所を変え、自分が参加しているかのごとく熱心に、姉の肩越しにゲームの様子を覗きこんでいる最中だった。

彼に気づかないふりをしていた。フラヴィアンが近づいたときに全身の筋肉が目に見えてこわばったりしなければ、その芝居には説得力があっただろう。

「寒いなんてとんでもない」フラヴィアンは誰にともなく言った。もっとも、近くにいる者は一人を除いて全員、カードゲームに没頭していたのだが。「暑すぎるぐらいだ。暑くて、ゆ、茹《ゆ》だってしまう」

同意する者も、反論する者もいなかった。

「それに、すでに、く、暗くなっている」フラヴィアンは執拗に続けた。「まだ、さ、三月だというのに、寒い夜ではなく、か、風もまったくない。テラスを散策するのにぴったりだ。暖かなマントをはおっていればという、じょ、条件つきだが」

それに答えたのはミス・デビンズだった。ふりむいて彼に目をやり、次に妹を見た。

「わたしのマントを着ていくといいわ、アグネス。あなたのより暖かいから」

そう言うと、自分のカードに注意を戻した。

キーピング夫人はしばらくのあいだ無反応だった。やがて彼のほうを向いた。

「わかりました。数分ぐらいなら。ここはほんとに暑すぎるわ」

そして向きを変え、彼の先に立って部屋を出ていこうとした。フラヴィアンは彼女のためにドアをあけようと、機敏に行動に移らなくてはならなかった。

またやってしまった。心の準備もできないうちに、あるいは、麗しき求婚のセリフを用意することも、バラの蕾《つぼみ》かそれにかわる三月の花を集めることもしないうちに、衝動的に行動してしまった。しかも、睡眠不足で頭が朦朧《もうろう》としたままで。自分は永遠に学習できない人間なのだろうか?

〝そのとおり〟という返事が来そうな気がした。

姉のマントをとってきてほしいと彼女が従僕に頼み、それを待つあいだ、彼女とフラヴィアンは手を触れることも、おたがいの目を見ることもなく、並んで立っていた。フラヴィアンは従僕の手からマントを受けとって彼女の肩にかけたが、彼がボタンに触れる前に、彼女がきっぱりした態度で自らマントのボタンをかけた。

従僕が二人の先まわりをして、開いた玄関ドアを押さえていた。

フラヴィアンは〈サバイバーズ・クラブ〉の仲間と、夫人たちと、訪問客の全員が客間の窓辺に並んで立ち、上から二人をじっと見ていたりしないように願った。外は真昼のような明るさだ。ほぼ満月に近く、これまでに誕生した星々のすべてが澄んだ空からきらめきを放っていた。

しかし、大丈夫、窓から覗いている者は一人もいなかった。なにしろ、みんな、育ちがよすぎる。ただし、二人の雰囲気を察して、彼なりの、もしくは彼女なりの結論を出していない者は、きっと一人もいないはずだ。

フラヴィアンが屋敷の東翼に沿って造られたテラスのほうを示しても、キーピング夫人は両手をマントの内側にしまいこんだままだった。


ポンソンビー子爵が非の打ちどころのない、ため息が出るほど魅力的な姿で客間に入ってきたとき、アグネスの頭にあったのは、薄紫のドレスで来ればよかったという思いだけだった。ブルーのほうが好みに合っているが、薄紫に比べると地味だ。

人間ってときどき、なんて雑然としたくだらないことを考えてしまうのだろう。彼が部屋に入ってきた瞬間、わたしの世界がひっくりかえってしまったというのに。

「ぼくがいなくて、さ、寂しかった？」

「寂しかったかですって?」アグネスは驚きの声を上げたが、いかにもわざとらしかった。どんな舞台に立っても、きっと野次を浴びて退場させられるだろう。腐ったトマトまで投げつけられるかもしれない。「今日、ほかの方から話を聞くまで、あなたがよそへいらしたことも知らなかったわ。どうして寂しく思ったりするの?」

「確かにそうだね」ポンソンビー子爵は愛想よく言った。「ぼくは、う、うぬぼれが強くてね、きっと寂しいだろうと思ってたんだ」

「寂しがってたのはお仲間のみなさんじゃないかしら、ポンソンビー卿。〈サバイバーズ・クラブ〉の年に一度のこの集まりは七人の方々にとって、何日かふらっとよそへ出かけて一人で束の間の楽しみに浸るよりも大切なものだと思ってましたけど」

「きみ、怒ってるんだね」

「仲間の方々にかわって。しかも、ようやく戻ってきたのに、あなたはみなさんと一緒に過ごそうともしない。かわりに、わたしを連れて外に出てしまった」

「きみもその、つ、束の間の楽しみのひとつかもしれない」ポンソンビー卿はため息をついた。「黙って五日も姿を消して、どこかよそで遊んでらしたのだから」

「わたしが相手では、たいして楽しめないでしょうけど」アグネスはそっけなく言った。

「じゃ、きみもぼくの遊び相手というわけかい、アグネス?」

「あなたの留守の原因になった人たちと同じにしないで。それから、あなたの前では、わたしはキーピング夫人なのよ」

「もちろんそうさ」彼が言いかえした。「ぼくにとって、きみは、キ、キーピング夫人だ。同時にアグネスでもある。そして、きみこそ、ぼくの留守の原因になった人なんだ」

アグネスの鼻孔が膨らんだ。そして、足どりが重くなった。これまではすさまじい勢いで歩いていたというのに。あと数歩でテラスを通り抜け、東翼の端を過ぎ、自然歩道の東側へ続く芝生を横切っていただろう。だが、どこの自然歩道であろうが、ポンソンビー子爵と一緒に歩くつもりはなかった。

「わたしを避けるのはむずかしいことではないわ、子爵さま。来る日も来る日も四六時中、あなたを待ち伏せしてるわけじゃないんだし。はっきり言って、するつもりもありません。わたしと会わないようにするために、あなたが五日もよそへ出かける必要はなかったのよ」

「日数を数えてたんだね？」物憂げな、少々退屈そうな感じの声だった。

「ポンソンビー卿」アグネスは完全に足を止めて彼のほうを向いた。憤慨の表情に彼が気づいてくれるよう願った。「うぬぼれの強い人ね。わたしにも暮らしがあるのよ。忙しすぎて——楽しいことばかりで——あなたのことを考えてる暇なんてなかったわ。あなたがいなくなったことにも気づかなかったほどよ」

彼は月に背中を向けていた。それでも、その顔に不意に笑みが浮かんだのがアグネスにも見えた。あわてて一歩あとずさり、さらに一歩下がると、背後に塀があって、それ以上下がることができなくなった。彼がそばに来た。

「きみを、お、怒らせることができるなんて知らなかった」柔らかな声で彼は言った。「怒った顔がすてきだ」

彼がうつむいて顔を近づけたので、アグネスはキスされるのだと思った。期待のなかで軽く目を閉じたほどだった。

「だが、ぼくはどうしても出かける必要があった」彼の声は低いささやきと息遣いだけになっていた。「戻ってくるために」

「留守のあいだにわたしが優しい気持ちになると思ったから？」アグネスは眉を上げた。

「そうなのかい？」彼が尋ねた。「五日前よりいまのほうが、ぼくに対してもっと優しい気持ちになってるのかな、アグネス・キーピング？」

身体の温もりが伝わってくるぐらい近くに男性が立っていて、こちらが一センチでも顔を近づければ唇が重なりそうなときに、然るべき怒りのこもった声を上げるのはむずかしいことだ。

「〝もっと優しい〟なんて言うと、わたしが最初から優しい気持ちを持ってたように聞こえますけど」

「そうだっただろ？」

この人は放蕩者で、遊び人で、口説き上手。それは最初からわかっていた。ドーラったらどうしてこの人の味方をして、わたしのマントより暖かいなどと言って自分のマントを差しだしたの？　さっと立ちあがり、〝妹を部屋から一歩でも連れだすことは許しません〟と、言ってくれればよかったのに。

アグネスは壁につけていた手を離し、彼の胸に押しつけた。

「どうして姿を消したの？」と尋ねた。「それに、姿を消しておきながら、なぜ戻ってきたの？」

「ぼくが出ていったのは、また戻ってくるためだったんだ」彼はそう言って、アグネスの手の甲をてのひらで覆った。「どんな結婚式が好みだい、アグネス？　教会に、け、結婚予告を出し、時間を充分にとって、これまで知りあった人々と、きみの、そ、曾祖父母の代までさかのぼる身内をすべて招待して、盛大な式を挙げることにする？　それとも、もっとひっそりした、内輪だけの式のほうがいいかな？」

またしても膝から力が抜け、アグネスは乾いた唇をなめた。

「せ、盛大なほうにするのなら」彼は顔をわずかにうしろにひいて、アグネスの顔をじっと見た。まぶたを物憂げに伏せているが、その下の目は鋭い。「挙式の場所を決めるのが、め、面倒だ。ハノーヴァー広場の聖ジョージ教会が、た、たぶん、いちばん賢明な選択だろう。あそこなら貴族社会の半数を招待できるし、その、は、半分以上はロンドンにタウンハウスを所有しているか、もしくは、知りあいが所有していて、残り半分はいいホテルを、み、見つけるのになんの苦労もないだろうから。ほかの場所にする場合は——たとえば、きみの、ち、父上のご自宅とか、ぼくの家とか、この村などだったら——参列者全員をどこに泊めるかを考えるだけで、ひどい、ず、頭痛が始まるだろう。もし、う、内輪のほうにするのなら——」

「もうっ、やめて」アグネスは叫び、乱暴に手をひっこめた。「式を挙げる気はありません。だから、わたしの好みがどちらだろうと関係ないわ」

彼は指の背を彼女の顎に軽くすべらせ、反対側の頬を手で包んだ。

「この、い、五日間、ひたすら二輪馬車を走らせていたので、感動的な求婚のセリフを考える暇がなかった。ついでに言うなら、感動的でないセリフすら思いつかなかった。だけど、きみが、ほ、ほしいということだけはわかっている。そう、ベッドのなかで。だが、それだけではない。ぼくの人生にきみが必要なんだ。それと、た、頼むから、いつもの質問はやめてくれ。〝どうして？〟という質問に答えるのは、この世でいちばん、む、むずかしいことなんだ。結婚してほしい。すると言ってくれ」

突然、イエスと言いたくてたまらないときにノーと答えるのは愚かな気がした。

「怖い」アグネスは言った。

「ぼくのことが？　最悪の状態のときでも、ぼくが人に肉体的な危害を与えることは、け、けっしてない。せ、せいぜい、誰かの顔にグラスのワインをぶちまけるぐらいだ。ときどき、怒りにわれを、わ、忘れることがあって、かつてのぼくよりもそれが多いけれど、長くは続かない。ただの〝空騒ぎ〟さ——あれっ、これも、だ、誰かからの引用かな？　ぼくがきみをどなりつけたときには、きみも、じ、自由に、どなりかえしてくれ。きみに手を上げることはけっしてしない。それだけは間違いなく約束できる」

「自分のことなの」アグネスは彼の上着のいちばん上のボタンに視線を据え、自分の頬を無意識のうちに彼のてのひらに寄せて言った。「自分のことが怖いの」

彼がアグネスの目を奥までじっと見つめた。暗いなかでもそれがわかるのを、アグネスは不思議に思った。

「今夜だって、わたしは怒ってたわ。いまも怒りは消えていない。自分では予想もしていなかったけど、怒りがこみあげてきたの。あなたはわたしの感情を弄んでいる。たぶん、故意にではないでしょうけど。わたしに近づき、話をし、キスをし、そして――何日も知らん顔でいて、また最初からのくりかえし。五日前に〝ノー〟とは言わないことをわたしに約束させておきながら、そのあとであなたが姿を消したため、わたしはイエスともノーとも言えなくなってしまった。どこかへ出かけるなんて、あなたはひとことも言ってくれなかった。もちろん、必要ないわよね。わたしにはそれを求める権利もない。あなたと結婚したらこういう人生が待っているのを、垣間見たような気がするわ。ただし、もっとひどいことになるでしょうね。わたしが知っているこれまでの人生は、五年間の結婚生活も含めてめちゃくちゃにされ、自分がどこにいるのかもわからなくなってしまう。そういう不安定な生き方には耐えられないの」

「情熱を怖がってるのかい？」

「理性の歯止めがきかないんですもの」アグネスは叫んだ。「利己的だし。傷つけるし――自分自身は傷つかなくても、人を傷つけてしまう。わたし、不安定なものは嫌いなの。あなたにどうなられるのもいや。自分があなたにどなりかえすのはもっといや。耐えられない。こんなことはもう耐えられない」

彼の顔がふたたび近づいた。

「過去に何かが起きて、きみを傷つけたのかい？」

アグネスは目を丸くした。「何も起きてないわ。それが問題なの」

いや、違う。問題はそれではない。

「きみはぼくを、ほ、ほしがってる。ぼくがきみをほしがってるのと同じぐらいに」

彼の目に新たな炎が燃えあがった。

「怖い」アグネスはふたたび言った。しかし、彼女自身の耳にすら、虚しい抵抗としか聞こえなかった。

彼の唇が夜の冷えこみのなかでも熱を帯びたまま、アグネスの唇に重なった。彼女の腕がフラヴィアンのうなじにかかり、彼の腕がアグネスのウェストを抱き、アグネスが彼にもたれかかった。いや、向こうが抱き寄せたのかもしれない。このさい、どちらでもいい。ここでアグネスははっきり悟った――ああ、いくら怖くても、この人を失うわけにはいかない。目隠しをされたまま崖の縁から飛び下りるようなものだ。

彼は愛というものにひとことも触れなかった。でも、それはウィリアムも同じだった。結局のところ、愛とはなんだろう？　アグネスは愛を信じたことも、求めたこともなかった。

彼が顔を上げた。

「明日、結婚しよう。あさってにするつもりだったが、それはきみに会えるのが明日の朝だと思ってたからだ。しかも、牧師が屋敷に来ている。今夜のうちに牧師と相談できる。明日の朝、結婚できるんだよ、アグネス。それとも、聖ジョージ教会で盛大に式を挙げるほうがいいかな？　きみとぼくの身内全員に参列してもらって」

アグネスは彼の肩に手をかけたままで笑いだした。しかし、楽しくて笑ったのではなかった。これほどの恐怖を感じたのは生まれて初めてだった。永遠に後悔しかねないことを自分がしようとしているのではないか、という恐怖。

「結婚予告という小さな問題がありますけど」アグネスは言った。

彼がニヤッと笑いかけた。

「特別許可証を使えばいい。二階のぼくの部屋へ行けば、ベッドの横のテーブルに、お、置いてある。それをもらいに、ロ、ロンドンへ行ってたんだ。ただし、もっと近くで入手できたんじゃないかって途中で気がついた。グロスターでも大丈夫だったかもしれない。こういうことには、あまり、く、詳しくないんだ。まあ、いいさ。顔見知りの誰にも会わずにすんだし。いや、おじだけは別で、ぼくがおじに気づいたときには、もう避けるわけにいかなかった。だが、いい人なんだ。ぼくに会ったことは内緒にしてほしいと頼んだら、おじはグラスを掲げて、〝おたく、どちらさまですか？〟と訊いてきた」

アグネスは彼の言葉をろくに聞いていなかった。

「特別許可証をもらうためにロンドンへいらしてたの？」アグネスは尋ねた。彼の口からそうはっきり聞かされたというのに。「教会に結婚予告を出さなくても、わたしと結婚できるように？　明日？」

「〝すべてやってしまったことになるなら、早くやってしまうにかぎる〟」

アグネスは一瞬言葉を失って、彼をじっと見た。

「マクベスが暗殺のことを語る場面ね。あなたの引用には最初の部分が抜けてるわ――〝すべてやってしまったことになるなら〟の前に〝やってしまえば〟をつけなきゃ。これがあるかないかで、意味が大きく変わるのよ」

「きみはぼくに困った影響を与える人だ、アグネス。ぼくはつい、し、詩を引用してしまう。それも間違ったものを。だが――〝早くやってしまうにかぎる〟の部分は支持したい」

「あなたが考えなおす前に？」アグネスは彼に訊いた。「それとも、わたしが考えなおす前かしら」

「きみのそばで、や、安らぎたいからだ」

アグネスは驚いて彼を見た。

「きみと、あ、愛を、か、交わしたいからだ」彼はつけくわえた。「け、結婚しないかぎり、愛は交わせない。なぜなら、きみは、て、貞淑な女性だし、ぼくは、て、貞淑な女性を誘惑しない主義だから」

でも、この人は〝きみのそばで安らぎたい〟と言った。

でも、わたしのほうは、彼のそばでは安らげないと思っている。

「ポンソンビー卿――」

「フラヴィアンだ」彼はアグネスの言葉を遮った。「こ、こんな馬鹿げた名前を息子に押しつける両親はどこにもいないだろうが、それが、うちの親がぼくに、し、したことで、ぼくは生涯それを背負っていかなくてはならない。ぼくはフラヴィアンだ」

　アグネスは息をのんだ。

「フラヴィアン」

「きみの声で呼ばれると、そう、わ、悪い響きじゃないな。もう一度言ってみて」

「フラヴィアン」自分でも意外だったが、アグネスは笑いだした。「あなたにぴったりの名前だわ」

　彼は渋い顔をした。

「その続きも言ってくれ。きみはぼくの名前を呼んだ。その、あ、あとに続くものがあるはずだ。それを言ってくれ」

　アグネスは忘れてしまっていた。二人でいれば安らげるかどうか、というようなことだった。でも——安らぎ？　どういう意味？

　明日。その気になれば、明日結婚できる。

「うちの父も、兄も、はるばるロンドンまで出ていくのは億劫《おっくう》だと思うわ。しかも、わたしは再婚ですもの。あなたには身内がたくさんいらっしゃるの？」

「膨大な人数だ。聖ジョージ教会にみんなを詰めこんだら、たとえ教会を二軒使っても、立見席しか残らないだろうな」

　今度はアグネスが渋い顔をする番だった。

「でも、みなさん、どうおっしゃるかしら」

彼はアグネスに腕をまわしたまま、頭をのけぞらせ——月に向かって吠《ほ》えた。彼の口から飛びだした勝利の雄叫びを表現するのに、これ以外の言葉はなかった。

「おや、そこまで心配してくれるのかい？　ぼくの、け、結婚に口出しする興奮と苦悩を失ったせいで、な、七〇六〇人全員が大いにへそを曲げることだろう。明日にしないか、アグネス？　準備が整ったら。遅くともあさってはどうだい？　イエスと言ってくれ。イエスと」

アグネスはいまだに理解できなかった。なぜわたしなの？　誰とも結婚するつもりはないと言った人が、あれからそんなに時間がたっていないのに、どうして一八〇度の方針転換をしたの？　ポンソンビー子爵のような人から見て、わたしにどんな魅力があるというの？

〝きみのそばで安らぎたいからだ〟

いったいどういう意味なの？

アグネスはフラヴィアンのうなじにふたたび手をすべらせ、彼のほうへ顔を上げた。

「じゃ、イエス」憤慨しつつ答えた。「ノーという返事は認めてくれない。そうでしょ？　だったら、イエスよ。イエス、フラヴィアン」

彼の唇がもう一度彼女の唇に重ねられた。

12

フラヴィアンはひな菊のように新鮮な気分だった。というか、そういう間抜けな比喩がぴったりだった。真夜中にベッドに入り、八時に目をさました。従者がわざと大きな音を立てて化粧室で動きまわっていたからだ。

やがて、フラヴィアンは今日が自分の婚礼の日だったと思いだした。

夢を見ることも、何かに眠りを妨げられることもなく、朝まで熟睡できた。

そうか、今日はぼくの婚礼の日だ。

ゆうべはあれからアグネス・キーピングと一緒に客間に戻ったが、二人が出ていったことや戻ってきたことをことさら見咎める者は一人もいなかった。フラヴィアンはついに咳払《せきばら》いをした。たちまち室内が静まりかえった。そこで、キーピング夫人がつい先ほど結婚の申込みを光栄にも受け入れてくれた、という報告をした。そう、確かに、そういうもったいぶった表現を使ってしまった。しかし、言わんとすることはみんなに伝わった。

あとでふりかえってみると、全員そろって得意げな笑みを浮かべたような印象だった。ただし、そのひそやかな反応はたちまち、騒がしい声や、背中を叩く手や、握手や、抱擁にとってかわられ、涙まで登場した。ミス・デビンズは妹のために涙を流し、レディ・ダーリーも涙ぐんでいた。さらにはジョージまでが。といっても、じっさいにアグネスのために涙を流すことはなかったが、フラヴィアンの肩を脱臼させそうな力でつかんだ瞬間、その目は涙を疑われても仕方がないほど潤んでいた。

フラヴィアンはさらに続けて、ジョーンズ牧師がこのような直前の頼みに応じて式をとりおこなってくれるなら、明日の午前中に挙式したいと発表した。

「明日の午前中？」ミス・デビンズとヒューゴが異口同音に言った。

牧師はにこやかにうなずき、教会での結婚予告という小さな問題を考えなくてはならないことを、ポンソンビー卿に注意した。

「と、特別許可証があれば大丈夫ですね」フラヴィアンは言った。「一通持っています。それを持ってロンドンから、も、戻ってきたばかりです」

「おいおい、この悪党め」ラルフが言った。「ぼくの二輪馬車を使ったのは、そのためだったのか？」

そして、ふたたび騒がしい声が上がり、みんながフラヴィアンの背中を叩いた。レディ・ダーリーが部屋を飛びだして料理番と家政婦を捜しに行き、しばらくすると駆け戻ってきて、新郎新婦が誰にも邪魔されずに贅沢《ぜいたく》な新婚初夜を迎えられるよう、東翼にある賓客用の寝室を明日の夜のために用意させることを、人々に告げた。アグネスを花婿の手に渡す役は自分がひきうけよう、とジョージが言ってくれたが、アグネスは感謝したあとで、女性がその役を務めることが教会法で禁じられていないのなら、できれば姉に頼みたいと言った。そして、フラヴィアンはヴィンセントに花婿の付き添い人を頼んだ。ヴィンセントはうれしそうに微笑して、「頼む相手を間違っているような気もするが」と答えた。

しばらくすると、訪ねてきた客たちがアグネス・キーピングも含めてすべて帰っていき、時刻は真夜中近くになった。フラヴィアンは酒も飲んでいないのに酔った気分になり、おまけにひどく疲れていたため、自分の部屋に戻ろうとしても脚が言うことを聞かず、ジョージとラルフが部屋のドアまで付き添ってくれなければ、とうていそこまでたどり着ける状態ではなかった。従者が部屋で待ち受けていて、夜会服のまま寝たりされては困るとがみがみ言わなければ、服を脱ぐこともできなかっただろう。

しかし、それから一一時間近くたったいま、フラヴィアンはひな菊のように新鮮な気分で村の教会の祭壇の前に立ち、花嫁の到着を待っていた。彼の仲間と夫人たちは背後の信者席にすわり、牧師夫人とハリソン夫妻は通路を隔てて反対側の信者席にすわっている。

ヴィンセントは自分が指輪を落とすのではないかと心配していた。フラヴィアンが忘れずに買ってきた指輪だ。サイズはおおよその見当をつけるしかなかったが。その指輪を落としたら、もう見つけられないかもしれない。

「だが、ぼくが何よりもやってみたいのは」フラヴィアンは友の手を軽く叩いた。「自分の、この、婚礼の日に、白い膝丈ズボンと、く、靴下で、田舎の教会の石の床を、は、這いまわることなんだ」

「ぼくを元気づけようとしてるのかい？」ヴィンセントは訊いた。「ちょっと待って――ふつうは、付き添い人が花婿の緊張を和らげようとするものだ。逆じゃないだろ」

「花婿というのは、き、緊張する、も、ものなのか？」フラヴィアンは尋ねた。「警告はやめてくれ。でないと、自分の緊張に気づいてしまうかも、し、しれない」

しかし、緊張してはいなかった――いや、背後の扉のところにいきなり母親が現われる光景を想像していたのが、緊張の証拠だったのかもしれない。母親が実物の二倍の大きさになり、ふだんの長さの二倍もある人差し指を彼に突きつけて、ただちに式をやめるよう命じる光景を。

ぼくが感じているのは……幸せだろうか？　幸せがどういう感じのものなのか、フラヴィアンにはわからなかったし、自分が幸せを望んでいるのかどうかもわからなかった。幸せがあるところには、同時に不幸もあるからだ。光にはかならず影がつきまとう。人生における厄介な法則のひとつだ。

いまは彼女がそばに来ることだけを願っていた。アグネス。彼女を妻にしたかった。彼女の夫になりたかった。彼女と結婚すれば安らぎが得られる、という思いをふり払うことが、いまだにできずにいた。そして、それがどういう意味かを、いまだにつかめないままだった。

人生には分析しないほうがいいものもある。

ぼくの従者は天才であり、驚嘆すべき人物だ――フラヴィアンは思った。〈サバイバーズ・クラブ〉の集まりで田舎へ三週間出かけるだけなのに、いったいどういうわけで、膝丈ズボンを、しかも純白のものを荷物に入れてくる気になったのだろう？

　こうしたとりとめもない思いを幸いにも断ち切るかのように、教会のうしろのほうでかすかなざわめきが起き、豪華な式服をまとった牧師が堂々たる足どりで通路をやってきた。花嫁が到着し、もうじき式が始まる合図だ。

　アグネスはモスグリーンのふだん用のドレスを着て手提げを持ち、去年買ったばかりの麦わら帽子をかぶった。もちろん、婚礼衣装を新たに買いそろえる時間などなかった。それで構わなかった。いや、そのほうがよかった。ドレスを買ったり仕立てたりする時間があれば、考える時間もできることになる。

　いまのところ、考えることが自分にとっての最大の敵だとアグネスは思っていた。いや、長い目で見たら、何も考えていないことが将来の敵になるかもしれない。自分がどんな運命に向かって踏みだしたのか、まったくわからない。

　わたしったら、いったい何を血迷ってしまったの？

　いいえ、考えるのはよそう。ゆうべ、イエスと答えた。ノーとは言えない状況だったから。いまさら気が変わったと言っても遅すぎる。

　それに、ノーと答えれば、彼は次の日に仲間とこの地を去り、二度と戻ってこない。そんなことは耐えられない。心臓がはりさけてしまう。馬鹿げたおおげさな言い方だが、そうなるに決まっている……。

賓客用の寝室……。

いえ、考えるのはよそう。

ドアに軽いノックが響き、ドーラが部屋に入ってきた。

「いまにも目がさめるんじゃないかとずっと思ってたわ。夢だったのか、って」ドーラは言った。「でも、夢じゃなくてよかった。ほんとにおめでとう。きっと幸せになれるわ。いい青年ですもの。ただ、あの左眉だけはどうしても信用できない。困ったものね」

「ドーラ」アグネスは両手を胸の前できつく握りあわせた。「辛くてならないの。お姉さんを置いていくことが」

「そんなふうに考えてはだめよ。あなたがいつか再婚するのは当然のことだったんですもの。一生あなたがここにいてくれるなんて、思ったこともなかったわ。わたしが望むのはあなたの幸せだけ。いつだって、この世の誰よりもあなたを愛してきたのよ。父も兄も甥や姪もいるのに、こんなことを言うなんて、みんなに悪いわね。でも、あなたは昔からずっと、妹というより娘のような存在だったの。わたしが一七のとき、あなたはわずか五歳だったんですもの」

あのとき、二人きりで家に残されたのだ。もちろん父親はいたが、母親が家を出たあと、父親は自分の殻に閉じこもってしまい、二人の人生には存在しないも同然の人になっていた。兄のオリヴァーはすでにケンブリッジの学生だった。

「ドーラ」アグネスはためらった。これまで一度も質問したことがなかったし、今後も一生しないつもりだった。もちろん、今日のような日にすべき質問ではない。しかし、口を突いて出てしまった。「わたしたち、ほんとの姉妹なの？」

ドーラは妹にじっと視線を返した。目は虚ろな洞窟のようで、唇は軽く開いていた。

「あの……」アグネスは言った。「ほんとに同じ両親から生まれた姉妹なの？」

父親も、オリヴァーも、ドーラも、浅黒い肌と茶色の目をしている。母親もそうだった。しかし、アグネスは違う。上の二人よりずっと遅く生まれた。でも、小さな問題だ。アグネスが人生の半分ほどのあいだ考えないようにしてきたこととは別の説明が、いくつでもつけられるはずだ。容貌の特徴というものは世代を飛び越えて受け継がれることもある。

「もしそうでないとしても」ドーラは言った。「わたしは何も知らないのよ。あなたが生まれたとき、わたしはまだ一二歳だった。それに、知りたいと思ったこともなかったし」

では、ドーラも疑ってはいたのだ。

「知りたいとは思わないわ」ドーラは強い口調で言った。「あなたは本当の妹なのよ、アグネス。大切な妹。何が――何があっても――それだけは変わらないわ」

「お姉さんはわたしのために大きな犠牲を払ってくれた」アグネスは言った。

ドーラは一八歳になったらロンドンで社交界デビューをすることになっていて、それを夢に見ていた。五歳だったアグネスは姉の希望と興奮をわがことのように感じ、大人になった姉を見てうっとりするほど愛らしいと思い、きっとハンサムな結婚相手が見つかると信じていた。ところが、母親の突然の家出でドーラの夢はすべて消えてしまい、アグネスの世話をし、育て、可愛がり、父親のために家庭を切り盛りしていくため、家に残るしかなくなった。それ以後、うっとりするほど愛らしい乙女ではなくなってしまった。

「わたしが犠牲を払ったと言うけど」ドーラはアグネスに言った。「それは自分から進んでしたことなのよ、アグネス。自分で選んだことなの。ミリセントおばさまがわたしを預かると言ってくださったけどね。ハロゲートに呼んで、わたしの夫を見つけるおつもりだったの。でも、わたしは家に残ろうと決めた。お父さんの再婚がきっかけでこちらに越すことを決めたのと同じように。これがわたしの人生なのよ、アグネス。自分で選んだ人生を歩んできたし、今後もそれは変わらない。あなたはわたしに恩なんて感じなくていいのよ。わかった？　そんな必要はないのよ。もし、恩があると思うのなら、わたしの願いを聞いてちょうだい。ウィリアムとの結婚では得られなかったものを、わたしのために手に入れてほしいの——あ、もちろん、ウィリアムは性格のいい立派な人だったけど。幸せになってちょうだい、アグネス。わたしが願うのはそれだけ。そして、あくまでもお願いであって、要求じゃありませんからね。あなたの犠牲になったつもりはまったくないわ。わたしはつねに自分のしたいことをしてきただけ」

アグネスはぎこちなく息をのんだ。

「それから、断固として禁じます」ドーラは妙に震える声で言った。「涙を流すことを。そろそろ教会へ出かける時間だし、ポンソンビー卿があなたをひと目見て、わたしに教会まで無理やりひきずってこられたんだと思いこんだりしたら、あなたもいやでしょ」

アグネスは笑いだし、それから上唇を噛《か》んだ。

「お姉さんを愛してる」

「はい、そこまで」ドーラは指を一本立て、アグネスに向かってふった。「感傷的になるなんて、あなたらしくないわ、アグネス。でも、今日は婚礼の日だから、大目に見てあげる。さあ、行きましょう。遅刻したら大変だわ」

遅刻はせずにすんだ。二人が教会に入ったのは一一時ちょうどだった。外に馬車が三台止まっていて、なかの一台は花で豪華に飾られていた。村人たちも集まっていた。噂が広がったに違いない。ただ、誰が広めたのか、アグネスには見当もつかなかった。村の噂というのは、どうやら、風に乗って広がっていくようだ。人々はアグネスに会釈や微笑をよこし、当分その場にとどまるつもりのようだった。

やがて姉と二人で教会に入ると、そこも華やかに飾られているのが目に入った。古い石材とお香とろうそくのなじみ深い匂いが、春の花々の香りと混ざりあっていた。今日が自分の婚礼の日であることを、いま初めて実感したような気がした。二度目の結婚。今日、最初の結婚を永遠に置き去りにし、ウィリアムの名字を捨てて、新しい夫に嫁ぐ。

ポンソンビー子爵に。

フラヴィアンに。

そこで一瞬、パニックを起こしそうになった。フラヴィアンの名字はなんなの？　夫となる人の名字も知らないなんて。あと数分でそれが自分の名字になるのに、まだ知らずにいる。

ドーラが彼女の手を強く握って微笑みかけ、二人は手をとりあって一緒に通路を歩いていった。

彼が祭壇の前に立ってアグネスを待っていた。純白の膝丈ズボンに麻のクラヴァット、鈍い金色のチョッキ、身体にぴったり合った焦げ茶の燕尾服《えんびふく》という、古風で格調高い正式の装いだった。高い窓のひとつから射しこむ光を受けて、彼の髪が金色に輝いていた。お伽噺に出てくる王子さまのようにハンサムだ。

愚かな、愚かな感想ね。

フラヴィアンはゆうべ、自分が費用を負担して村の宿屋で披露宴を開き、ロンドンへ向かう途中でどこかに一泊するだけで、自分も花嫁も満足だと言って、レディ・ダーリーを説得しようとした。レディ・ダーリーは小柄な女性で、ほっそりしていて、見た目は少女とほとんど変わらない。しかし、彼女がいったん心を決めたら、決心を翻させることは誰にもできない。そして、ゆうべはフラヴィアンがこの件を持ちだす前から、レディ・ダーリーはすでに心を決めていた。

披露宴はミドルベリーでおこない、賓客用の続き部屋を用意させる、とフラヴィアンに言った。一〇〇年ほど前に皇太子ご夫妻の行啓を賜ることになったため、それに合わせて家具調度をそろえたという。ご夫妻がじっさいにお越しになったかどうかは記録に残っていないが、贅を尽くした部屋々々はいまも残っている。

そういうわけで、式が終わり、結婚証明書に署名したあとで、一同はミドルベリー・パークに戻ることになった。みんなが外に出ると、教会の鐘が鳴り響き、太陽は雲間から顔を覗かせたばかりで、村人の小さな群れが歓声を上げ、拍手をし、照れくさそうに祝いの言葉を叫んだ。そして、いまいましいことに、ラルフとヒューゴがうれしそうな笑みを顔に張りつけ、てのひらにあふれんばかりの花びらを用意して待っていて、花びらはほどなくアグネスとフラヴィアンの頭上に降りそそぐことになった。二人の乗る馬車がすでに重量一トン半を超える花で飾り立てられていることに全財産の半分を賭けてもいい、とフラヴィアンは思った。

首をまわしてアグネスを見た。知りあってまだ三週間、そして、半年ほど前に二回踊っただけの相手なのに、一緒にいるとくつろげるし……とても安心できる。これ以上ぴったりの言葉が浮かんでこない。彼女は頬を上気させ、目を輝かせていて、くつろげる相手だ。フラヴィアンの胸に満足感が湧きあがった。知りあったばかりの相手なのに〝くつろげる〟というのも矛盾した表現だが。

「信じられないわ」笑いながらアグネスが言った。

ほかの人々も二人のあとから外に出てきて、またしても騒々しい声を上げ、背中を叩いたり、握手をしたり、抱きあったり、キスをしたりしはじめた。そして、通りのほうでは村人たちが笑顔を見せていた。

「では、アグネス」フラヴィアンはようやく彼女の手をとった。「そろそろ、い、行こうか」

彼女に手を貸して馬車に乗せ、そのあいだ、ジョージが従僕のような態度で扉を支えていたが、二人が乗りこむと扉を閉めて御者に合図を送った。フラヴィアンは野次馬連中をがっかりさせずにすむよう、身をかがめて花嫁にキスをした。

次の瞬間、二人は飛びあがって身を離した。馬車が進みはじめるのと同時に、うしろに結びつけられた品々が、紛れもなき古い深鍋や平鍋の集まりと思われる音を立てたのだ。少なくとも古いものであってくれるよう、フラヴィアンは願った。

「腰を抜かすところだったわ」ひどく驚いた表情でアグネスが言った。

フラヴィアンはニッと笑った。「ぼくも、きょ、去年、三人の仲間に同じことをしたからな。あいつらに、こ、こんな目にあわされても文句は言えない」

そして、騒々しい音のなかで彼女の目を見つめると、彼女も見つめかえした。

「レディ・ポンソンビー」フラヴィアンは言った。

現実のこととは思えなかった。彼が求婚し、彼女が承諾し、二人が結婚したことが、いまだに信じられなかった。

母がどう言うだろう？　そして、マリアンは？

「後悔してない？」馬車が村の通りから屋敷の馬車道へ曲がり、木々のあいだを走りはじめたときに、フラヴィアンは尋ねた。

「後悔しようにももう手遅れよ。それにしても騒々しい音ね。耳が聞こえなくなりそう」

そう、後悔しようにももう手遅れだ。あるいは、熟慮のうえで計画を立てようとしても遅すぎる。ああ、ぼくは彼女をほとんど知らないし、彼女もぼくをほとんど知らない。ぼくは昔からこんなに衝動的な人間だったのだろうか？　思いだせない。

フラヴィアンはアグネスの片手を両手で握りしめ、物憂げな目で彼女を見た。身ぎれいで、つんとしていて、愛らしい。昼間用の服のなかでいちばん上等と思われるドレスを着ている。上品だし、色がよく似合っている。同時に、地味で、流行遅れで、新しいものではなさそうだ。背筋をぴんと伸ばし、膝をぴったりつけ、足をそろえてすわっている——いつもの姿勢だ。物静かで慎み深い女性という印象。

もし一カ月前に、まったく魅力を感じないのはどんなタイプの女性かと質問されたら、フラヴィアンはたぶん、アグネス・キーピングの特徴を薄気味悪いほど正確に述べていたことだろう。まさにそのタイプの女性と以前に出会い、踊ったことなどすっかり忘れて。ただ、半年ほど前の舞踏会のときも、二度目のダンスを申しこんだ——しかもワルツを——そんな必要はなかったのに。そして、彼女のことを魅惑的だと思った。

アグネス・キーピングは——いや、アグネス・アーノットは——魅惑とは無縁の雰囲気なのに。なぜ魅惑を感じるのだろう？

彼女のどこに惹かれるのだろう？

フラヴィアンは彼女の手を唇に持っていき、手袋に包まれたその手にキスをした。

ぼくの妻。

ソフィアがとても満足そうな表情を浮かべ、ダーリー卿もうれしくてたまらないという笑顔を見せていなければ、アグネスはこの夫妻に厄介をかけていることを心苦しく思ったことだろう。

ソフィアはゆうべ、〈サバイバーズ・クラブ〉の滞在最後の日に結婚しようと考える者がいなかったとしても、すべての客に午餐を出すのは日課なのだし、客が数人増えたところでなんの変わりもない、と言っていたが、教会から戻った一同を待ち受けていたのが通常の午餐とかけ離れたものであることは明らかだった。

花々とリボンとろうそくに飾られたダイニングルームで結婚を祝うご馳走がふるまわれた。ケーキまであった。それも砂糖衣に包まれたケーキだ。ゆうべからけさまでのわずかな時間で、さまざまな料理をこしらえると同時に、ケーキまで焼いてデコレーションするなどという芸当を料理番がどのようにやってのけたのか、アグネスには想像もつかなかった。きっと、誰も一睡もしていないのだろう。台所に下りて料理番にじかに賞賛の言葉を贈ってもいいだろうかとソフィアに尋ねたかったが、自分が行けば、ただでさえ目がまわりそうに忙しい台所をよけい混乱させるだけだと気がついた。かわりに、ソフィアに伝言を頼んだ。

豪華な料理がふるまわれ、拍手喝采とにぎやかな笑い声のなかでスピーチや乾杯がおこなわれた。

ケーキ入刀の儀式もあった。

なごやかな歓談が始まっても、誰もテーブルを離れようとせず、アグネスは今日が〈サバイバーズ・クラブ〉の集まりの最終日だったことを思いだし、メンバーの一人の結婚式という邪魔が入らなくても、みんながおたがいに名残りを惜しみ、少々感傷的になっていることに気づいた。といっても、ほかの人々を無視して七人だけで話しこむようなことはけっしてなかった。育ちがよすぎて、そんなことはできるはずもない。ハリソン夫妻も、ジョーンズ牧師夫妻も話の輪に誘いこまれた。ドーラは静かに微笑するだけだったが、右側にすわったトレンサム卿が話し相手になってくれた。

やがて、午後も遅くなると、牧師夫妻が席を立って暇乞いをし、ハリソン夫妻もそれに倣い、馬車で家まで送ろうとドーラに言ってくれた。

気がつくと、不意に全員が玄関ホールへ移っていた。ハリソン夫人と牧師夫人がアグネスを抱きしめ、ポンソンビー子爵夫人になったからにはもう手の届かない人ね、と笑いながら彼女に言った。

ドーラはフラヴィアンに片手を差しだし、かわりに抱擁を受けた。次にアグネスの前に立ち、左右の手を妹の肘に置いた。

「幸せになるのよ」ほかの誰にも聞こえないように小さな声で言った。「忘れないで、わたしの望みはそれだけ。あなたの幸せだけを願ってきたの」そして、アグネスの頬にキスをしてから、朝から一度も絶やすことのなかった笑みを湛えたまま、一歩下がった。「明日の朝、あなたが旅立つときに会いましょう」

「ええ」それ以上何か言いたくても、声が出せるかどうかアグネスには自信がなかった。しかし、ドーラを固く抱きしめた。ウィリアムと結婚したときはこんな思いをしなかったのに、と不思議に思った。あのときは幸せを期待していなかったから？　だったら、いまのわたしは幸せを期待してるの？　どういう意味？　ウィリアムと結婚しても幸せにはなれないと思ってたの？　満ち足りた人生はもちろん期待していて、それを見つけだした。そのほうが幸せより価値がある。そうじゃない？　満ち足りた日々はずっと続くもので、人生を築くための堅実な土台になる。「かならず泊まりに来てね。いいでしょ？」

「招待されなくても行くわ」ドーラは約束し、身体を離した。「あなたがある朝、目をさましたら、玄関前でわたしが野宿をしているので、哀れに思って家に入れてくれる。そのあと、わたしは出ていくことを断固として拒否しつづける」

ドーラは笑っていた。

でも、どこへ招待すればいいの？　アグネスはまたしてもパニックを起こしそうになった。自宅がどこにあるのかも、わたしは知らない。アーノットという名字になったこと以外、何も知らない。わたしはポンソンビー子爵夫人アグネス・アーノット。他人の名前のような気がする。

やがて、みんながいなくなった。牧師の馬車はすでにテラスをがたごとと進み、パルテール庭園を縁どる道に曲がろうとしていた。スタンブルック公爵がドーラに手を貸してハリソン氏の馬車に乗せ、ハリソン氏がそのあとから乗りこんで扉を閉めると、その馬車も動きだした。

ドーラはもはやアグネスのものではなくなったコテージへ帰っていった。アグネスのトランクとカバンはすでに荷造りがすんでいる。ゆうべ数時間かけて荷物を詰め、今夜と明朝のために必要な品々はまとめて一個のカバンに入れてある。明日の朝、荷物が馬車に積みこまれたら、アグネスはイングルブルックの住人ではなくなってしまう。ふたたびドーラに会えるのはいつのことかわからない。

フラヴィアンがアグネスの手を自分の腕にかけさせ、彼女の顔を覗きこんでいた。空いたほうの手に白い大きなハンカチを握っていた。

「ぜったいにきみを、こ、後悔させないよう努力する」声を低くして言った。「や、約束する、アグネス」

たまっていた涙が頬にこぼれ落ち、アグネスは彼からハンカチを受けとって涙を拭いた。

「後悔はしてないわ。ドーラにさよならを言ったのが悲しいだけなの。自分の家を離れるのは辛いものだわ。たとえ、一年ほどしか住まなかった家でも。おまけに、新しい家がどこにあるのかも知らない。けさ、教会に着いたときは、自分の名字が何になるのかも知らなかったのよ」

「アーノット？　わざと言わなかったんだ。ぼくに不利になるかもしれないと思って。アグネス・アーノットという響きを、きみがいやがるかもしれないから」

アグネスはハンカチをたたみ、手を出した彼に渡した。

「ときどき、ほんとにくだらないことを考える人ね」

フラヴィアンは微笑した。アグネスがこれまで一度も見たことのなかった新しい表情だった。目尻にしわが刻まれ、嘲笑は影も形もなかった。彼がほかに何か言おうとしているのをアグネスは察したが、気が変わったようだった。腕にかけた彼女の手を軽く叩き、二人で屋敷のなかに戻っていっただけだった。

ああ、どうしよう……この人がわたしの夫。

13

賓客を泊めるための続き部屋は、賓客用の客間がふたつ並んだ階の上にあった。控えめに言っても、かなりの広さだ。フラヴィアンが見たところ、その気になれば、二人でかくれんぼをすることもできそうだった。寝室がふたつあり、そのあいだに化粧室がふたつ並んでいる。どの部屋も広々としていて、皇太子夫妻が泊まるにふさわしく、お供の侍女や侍従が待機するためのスペースも充分にある。また、豪華な居間も用意され、これもやはり広々としていて、いま述べた人々に加えて大人数の客を迎えても充分に余裕がありそうだった。

どの部屋も丹念に掃除されて光り輝いていた。サイドボードの上は半分以上がワインと蒸留酒とグラスに占領されていた。あちこちのテーブルに、果物とナッツとボンボンをのせた銀やクリスタルガラスの皿が置いてある。別のサイドボードには、ケーキとビスケットを並べた蓋つきの皿が置かれ、トレイにお茶とコーヒーの両方が用意されている。新郎新婦が屋敷に到着したすぐあとでここに運ばれたのだ。そして、「九時に夜食をお持ちいたします」と、お仕着せ姿の召使いがお辞儀をして二人に告げた。いまから二時間後ということだ。

「でも、今夜はお友達のみなさんとお過ごしになりたいでしょ」脚と肘掛けと背もたれの部分が金箔仕上げになった、途方もなく大きくていかにもすわり心地のよさそうな、クッションが四つ置かれた椅子のひとつに身を沈めてから、アグネスはフラヴィアンに言った。「一緒にいられる最後の夜ですもの」

「そして、偶然ながら」両手を背中で組み、足をわずかに開いた姿勢で彼女の前に立って、フラヴィアンは言った。「ぼくの、は、花嫁と過ごす最初の夜でもある。ぼくがきみより仲間のほうを選んだりしたら、ベンの、つ、杖で、あ、頭を叩かれかねない」

アグネスはいまもモスグリーンのドレスのままだった。いまもつんとすました愛らしい家庭教師のようだった。先ほどテラスで〝ときどき、ほんとにくだらないことを考える人ね〟と彼女に言われたとき、もう少しでそう言いそうになった。しかし、〝つんとすました〟のところで彼女が気を悪くして、〝愛らしい〟の部分には気づかないかもしれない、と思った。女性とはそういうものだ。

「それに、き、きみだって、ぼくが仲間のほうを選んだら、す、素手でぼくの頭を殴りつけるかもしれない」フラヴィアンは続けて言った。「きみたちみんなでくじ引きをすることになりかねない」

「わたし、そんな――」アグネスが言いかけた。

「それに、たとえ一瞬でも、きみをここに残して仲間のところへ、と、飛んでいこうなどという、お、愚かなことを考えたら、ぼくが自分で自分を殴りつけるだろう。ぼくたちみんなでくじ引きをしなくては。だが、ぼくも、ぼくの頭も無事だと思うよ。な、仲間との会話と、し、新婚の床を秤《はかり》にかけたら、勝負にならないからね」

フラヴィアンが予想したとおり、彼女の頬が、そして、首筋とドレスの襟元からわずかに覗いた胸までが、不意に赤く染まった。唇をきつく結んだ姿のせいで、家庭教師のような印象がさらに強まった。しかし、彼女は視線をそらそうとはしなかった。

「そんなふうに見下ろさないでもらいたいわ。眠そうに見せかけてるけど、ほんとは違うってことが、わたしにはわかってるのよ」

フラヴィアンは彼女にゆっくりと笑いかけた。「確かに、ね、眠くはない。とにかく、いまのところは」

彼女の横に腰を下ろしたが、少なくとも五〇センチは間隔が空いていることに気づいた。先代のダーリー子爵夫人はいったいどこでこのように巨大な椅子を見つけてきたのだろう？椅子の重量はたぶん一トン半ぐらい、詰めあってすわるのを気にしない痩せた人々なら、二〇人ぐらい並んですわれそうだ。だが、それだけ巨大な椅子が置いてあっても、室内は少しも窮屈な感じがしない。

フラヴィアンは彼女の片手をとって包みこんだ。

「いまから九時まで何をしよう？」彼女に尋ねた。「ここにすわって、礼儀正しい、た、他人どうしみたいに、か、会話をする？　それとも、ベッドに入る？」

彼女は鼻から息を吸い、口から吐いた。「まだ暗くなってないわ」

この言葉から多くのことがわかる。最初の結婚のときは、ほどほどの闇のなかで夫婦の営みがおこなわれたわけだ。そうだろう？　だが、退屈なウィリアムのことなど、フラヴィアンは考えたくなかった。

「家はどこなの？」アグネスが尋ねた。

どうやら、他人どうしの会話のほうを選んだようだ。

「キャンドルベリー・アベイといって、サセックス州にある。屋敷の古い部分は、昔は、ほ、本当に修道院《アベイ》だった。しかし、部屋から部屋へ行くのに、す、隙間風のひどい回廊を通る必要はないし、さ、殺風景な石造りの独居坊で眠る必要もない。ぼくが田舎の本邸に帰ることはあまりない——いや、じつのところ、まったくない。ロ、ロンドンにアーノット邸という屋敷があるからね」

「どうして？」お決まりの質問だ。「どうしてキャンドルベリー・アベイに帰ろうとしないの？」

フラヴィアンは肩をすくめ、屋敷が広すぎて男一人で住むには寂しすぎる、と答えようとした。しかし、アグネスは妻だ。結婚した男をめぐるわずかばかりの単純な事実を話しておくべきだろう。

「いまも、あそこはデイヴィッドの屋敷だとしか思えない。ぼくの兄だ。兄は屋敷を隅々まで愛していて、その歴史にも詳しかった。手に入る文献のすべてに、な、何度も目を通していた。あらゆる、か、絵画のあらゆる、タ、タッチを知っていた。昔の修道院だった部分の石壁と敷石のひとつひとつを知っていた。あたりに漂う、や、安らぎを、し、神聖さを知っていた。霊魂や亡霊を呼びだしたいと、兄はいつも願っていたが、あそこに存在する霊魂は、あ、兄のものだけだ。というか、ぼくはそう想像している。兄は二五歳のときにあの屋敷で亡くなった。ぼくと四歳違いだった。ぼくの前に子爵位を継いだのだが、兄が一八の年に父が亡くなる以前からすでに、兄が天寿を全うできそうにないことは誰の目にも明らかだった。昔から虚弱体質で、ぼくが一三歳になったときには、すでに兄より一〇センチ、い、以上背が高かったし、肘と膝だけが目立つ、ひょ、ひょろ長い少年だったのに、体重も兄よりずっとあった。兄が、は、肺結核だったことは誰もが知っていた。ただ、ぼくに聞こえるところでその話が出たことは一度もなかった。しかし、六〇〇人もいるおじのうちの二人がぼくたちの後見人に指名されていて、ぼくはその二人から、し、子爵の位を継ぐ準備を、し、しっかりさせられていた。その点は、え、遠慮なく進められた。じょ、如才なくとか、ひそかにといった配慮はまったくなかった。デイヴィッドも気がついていた。どうして気づかずにいられるだろう？　だが、口をはさむことなく、せ、静観していた。とにかく、ぼくが兄の跡継ぎだったのだから。たとえ兄が頑健な人だったとしても、け、結婚して息子ができるまでは、このぼくが跡継ぎなのだ。やがて、ぼくはついに、た、耐えられなくなった。一八のとき、周囲の意向に逆らって、大学へ行くことを、きょ、拒否した。かわりに、ぐ、軍隊に入りたいと主張し、兄がぼくのために軍職を購入してくれた。兄はすでに成年に達していて、公式にぼくの後見人となっていたのだ」

そう。これがわずかばかりの単純な事実というわけだ。多少歪曲してはいるが。軍隊に入ろうとした本当の理由も、兄がそれを認めた本当の理由も、まだ話していない。

しかし、彼女が尋ねたのは、なぜキャンドルベリーに帰ろうとしないのかということだった。それにもまだ答えていない。

「兄は周囲の予想よりも長く生きることができた」フラヴィアンはさらに話を続けた。「しかし、ぼくが軍に入った三年後、兄に死期が迫っていたので、ぼくは休暇をとってイベリア半島から帰国した。そのまま屋敷にとどまるものと誰もが思っていた。自分でもそのつもりだった。新たな責任に直面していた。ただ、兄の命が、き、消えようとしているときに、ほかのことを考えている余裕などなかった。ぼくの、あ、兄なんだ」

フラヴィアンは言葉を切り、唾をのみこんだ。彼女はいっさい言葉をはさもうとしなかった。

「ところが、ぼくは兄のそばを離れてしまった。半島に、も、戻らなくてはならず、たとえ兄が危篤であろうと、とにかく戻ろうと決めたのだ。じっさいには、本来の予定より四日も早く家を出てロンドンへ行き、せ、盛大な舞踏会を楽しんだ。ぼくが船で国を離れた翌日、兄が亡くなった。二週間後に知らせが届いたが、ぼくは帰国しなかった。帰って、な、何になる？　兄は逝ってしまい、最期のときにぼくは兄のそばにいなかった。それに、ぼくのものとなった爵位も、その他すべてのものも、ほ、ほしくなんかなかった。キャンドルベリー・アベイも、ほ、ほしくは、な、なかった。だから半島にとどまったが、やがて、頭に弾丸を受け、落馬したため、兄が亡くなっても帰らなかったぼくが、ついに帰国することになった。帰ってきた――いや、は、運ばれてきた――ただし、ありがたいことに、キャンドルベリーではなくロンドンに」

フラヴィアンは非難の言葉を待ち受けた。どうしてお兄さまのそばを離れたの？　舞踏会に出るために？　どうして半島に戻ってしまったの？　亡くなった知らせを受けたあと、どうして軍職を売って帰国しなかったの？　こうした質問に答えることはできる。もっとも、自分でも納得できない答えになるだろう。質問に心を向けただけで、割れるような頭痛に襲われ、ひどいパニックに陥りそうになる。こぶしを固めて命なき物たちに襲いかかるという危険な状態になる。まるで、それらを粉々に砕いてしまえば、頭のなかの霧が晴れ、過去の出来事がはっきりし、これまでの卑劣な行為がすべて許されるかのように。

しかし、アグネスは何も尋ねなかった。いつもの〝どうして？〟という質問すら出なかった。かわりに彼の両手を握りしめた。

「胸が痛むわ。ああ、大変だったのね。どんなに辛かったでしょう。ドーラのことでそんな運命に直面するとしても、いまのわたしには想像することしかできないけど。いえ、想像もしたくない。でも、わたしもやっぱり逃げだして、混雑した華やかなパーティを楽しむことですべてを忘れようとしたかもしれない。それが救いになるとは思わないけど、あなたが舞踏会に出た気持ちは理解できるわ。そして、ご実家にとどまることができなかった気持ちも。でも、あなたはお兄さまを忘れることができない。死に目に会えなかったから。そして、自分自身を許すこともできずにいる」

アグネスは彼の手を放して立ちあがった。「冷めないうちにお茶かコーヒーを注ぎましょうね。それとも、サイドボードに用意してあるもののほうがいい？」

「お茶を」フラヴィアンは言った。「頼む」

彼のためにお茶を注ぎ、受け皿にビスケットを二枚のせるという穏やかで家庭的なことをする彼女を、フラヴィアンはじっと見守った。これが日常の光景になっていくのだろうと思った。妻とお茶を飲むという単純なことが。もしかしたら、ついに安らぎが得られるかもしれない。

そして、赦しも。彼女には赦しを与える力はないが、それでも彼の心を癒してくれた。ただ、肝心な部分をフラヴィアンはすべて伏せている。じっさいはもっとひどい状況だった。

「ほかのご家族のことを話して」自分のカップと受け皿を手にして彼のとなりにすわりながら、アグネスは微笑した。「おじさまが六〇〇人も？」

「母がいる。それから、姉のマリアン。結婚してレディ・シールズになった。夫はオズワルド。シールズ卿だ。甥が二人と姪が一人。おじと、おばと、い、いとこの数は、こ、この前数えたときは六〇〇〇人だった――ぼく、六〇〇人って言ったのかい？　ここを離れたらまず、ロ、ロンドンへ行き、そのうち何人かをきみに紹介しよう。ロンドンではほかにもあれこれ用がある。キャ、キャンドルベリーへ行くのは復活祭のころがいいかな。母がそちらにいるし、あ、姉も家族を連れて来ているはずだ。ぼくから母に手紙を書いて、ぼくたちが行くことを、し、知らせておくよ」

本当なら、アグネスを連れてキャンドルベリーへ直行すべきだ、とフラヴィアンは思った。彼女のために山のような買物をする必要があるが、それは復活祭がすむまで延ばしても構わない。社交シーズンに合わせて、フラヴィアンの一族も貴族社会の人々と一緒にロンドンに出るのだから。しかも、アグネスはシーズン中ずっとロンドンで過ごさなくてはならない。厄介なことだ。ポンソンビー子爵夫人として貴族社会にお披露目をし、たぶん、宮廷に伺候することにもなるだろう。現実が儀礼的なしきたりという形をとって、こんなに早く、こんなに頻繁に人生に入りこんでくるのを、人はときとして煩わしく思うものだ。

特別許可証を入手するために飛びだしていき、彼女と結婚するために大急ぎで戻ったときのフラヴィアンは、現実のことなど考えていなかった。

彼女がティーカップを唇に持っていった。その手がかすかに震えているように、フラヴィアンには思われた。

「お母さまも、お姉さまも、あなたを見てびっくりなさるでしょうね。おまけに、わたしが一緒なんですもの。ポンソンビー子爵の花嫁にはふさわしくない女が」

彼女の想像以上にびっくりするだろう。彼女の人柄には関係なく、気に入らない嫁だと思うに決まっている。ヴェルマではないという、それだけの理由で。もっと率直に話しておくべきだったが、いまとなっては遅すぎる――とにかく、彼女がぼくとの結婚を考えなおすには遅すぎる。しかし、キャンドルベリーへ行くまでに、いくつかの点について説明しておかなくてはならない。ひと騒動起きるに決まっている場所へ何も知らない彼女を連れていくなど、まともな人間のすることではない。

だが、説明はあとにしよう。ぼくに関する話はこれでもう充分だ。

「馬鹿だな。ところで、きみの父上はどうなんだい？　ぼくが求婚のさいに父上の了承を得ず、自己紹介もしないまま急いできみと結婚したことに立腹されるのではないだろうか？　父上のほうへもぼくから手紙を出しておかなくては」

「きっと喜んでくれるわ。けさ、父と兄に宛てて手紙を書いたのよ。驚くでしょうけど、喜んでくれるのは間違いないわ。玉の輿に乗ったと思うでしょう」

「ぼくを、み、見もせずに？」

「あなたを見たら、父たちが考えを変えるかもしれないわね」自分の冗談にアグネスは目を輝かせた。

「母上はいつ亡くなられたんだい？」

「わたしが子供のころ――」しかし、アグネスは黙りこみ、慎重そのものの手つきでカップを受け皿に戻すと、身を乗りだしてトレイにカチャンと置いた。「いえ、亡くなったわけではないの。わたしの知るかぎりでは、いまも生きてるわ」

フラヴィアンが驚きの目をみはるあいだに、彼女がふたたび横に来てすわり、膝の上で指を広げて、指の甲を丹念に調べはじめた。

待ってくれ。彼女の父親は再婚した。そうだろう？

「母はわたしが五歳のときに出ていったの。それからほどなく、父が議会に請願書を出して離婚が成立したそうよ。わたしは子供だったから、それについては何も知らないけど。知ってるのは、母が出かけたきり帰ってこないので悲しくてたまらず、毎晩母を恋しがって泣きつづけ、ときには昼間も泣いていたということだけ。でも、ドーラがそばにいてくれた。結局は、ロンドンで社交界にデビューして結婚相手にめぐりあうという夢をあきらめて、家に残ってくれたの。その点では、わたし、ほんとに幸せだったわ。ドーラのことがいつも世界でいちばん好きだった——あ、母のことは別だけど——そして、よそへ行くよりわたしと一緒にいるほうがずっと幸せだって、ドーラが何度もくりかえし言ってくれたから、わたしもそれを信じるようになったの。子供って無邪気なものね。父が再婚し、その一年後にわたしがウィリアムと結婚するまで、ドーラは実家に残っていた。わたし、結婚のときに初めて知ったんだけど、かつてはドーラとわたしのためにかなりの持参金が用意してあったんですって。でも、父の離婚のときにその大半が使われてしまい、わずかに残ったお金はほぼすべて、ドーラがイングルブルックで自活できるようになるまでの生活費に消えてしまったそうなの。持参金もないわたしをもらってくれる男性なんて多くないわ。でも、ウィリアムは、自分が結婚したいのはこのわたしであって、わたしのお金ではないって、いつも言ってくれたの」

おやおや！　こちらがじっくり耳を傾ければ、あるいは、相手を説得して話をひきだせば、誰もが語るべき話を持っているということだろうか？

「そして、わが家の醜聞にもかかわらず、ウィリアムはわたしをもらってくれたの」自分の手の甲を見つめたまま、アグネスは話を続けた。「もちろん、そのことは彼も知ってたわ。昔から隣人どうしだったから」

「その後どうなったんだい？」フラヴィアンは尋ねた。「母上のことだけど」

アグネスは肩をすくめ、しばらくのあいだ、すくめた姿勢のままでいた。「母のことはけっして話題にのぼらなかった。わたしに聞こえるところではとくに。それでも、もちろん、召使いや近所の子たちのおしゃべりから、断片的なことは耳に入ってきたわ。母は愛人と結婚したそうよ。相手が誰なのかは知らない。ただ、確かなことはわからないけど、その人とは駆け落ちするしばらく前から愛人関係にあったみたい。母の記憶が少しだけあるわ。肌の浅黒いきれいな人で、生命力にあふれていた。笑って、踊って、わたしを抱きあげて高い高いをしてくれるの。わたしは怖がって悲鳴を上げ、それから、もっとやってとせがんだものだった。わたしの印象では、母はきれいな人だった。母親というのは、幼い子供の目にはつねに美人に見えるのかもしれないわね。それほど若い年齢ではなかったはずよ。わたしが生まれたとき、兄のオリヴァーは一四歳になってたから」

「母上のことを、し、知りたい気持ちはあるかい？」

アグネスはついに、彼に向かって眉を上げた。

「いいえ。そんな気持ちは露ほどもないわ。母の相手がどんな人だったのか、いえ、どんな人なのかは知らないし、知りたいとも思わない。母がどんな人かも知らないし、生きてるかどうかさえわからない。名前を聞いても、顔を見ても、わたしは気づかないでしょうね。気づきたくもないけど。母はわたしだけでなくドーラまで捨てたのよ。そのせいで、わたしよりドーラのほうがずっと悲惨な思いをすることになった。ええ、母のことなんて知りたくない。ただ、あなたに言っておきたいことがあるの——昨日のうちに言っておくべきだった」

フラヴィアンは自分のカップと受け皿を置き、ふたたび彼女の片手を握った。予想どおり、その手は冷えきっていた。何を聞かされるのか、だいたい見当はついた。

「よくわからないの。父がわたしの本当の父なのかどうか」

彼女の目は無表情で、声には抑揚がなく、母親のことなど知りたくないという彼女の言葉が、フラヴィアンはどうにも信じられなかった。ああ、冷静で、物静かで、几帳面で、安らぎを与えてくれるアグネスは、物心ついたときから、胸の内に大きな苦悩を抱えて生きてきたのだ。

「本当の父親ではないと誰かに言われたのかい？」

「ううん」

「兄上や姉上とは違う扱いを父上から受けたことは？」

「ないわ。でも、わたし、父とも、ドーラとも、オリヴァーとも似てないの。母親とも」

「たぶん、おばさんか、おじさんか、祖父母に似てるんだろう。父上に似ていなくとも、きみの、ち、父親であることには変わりがない。生まれも、そ、育ちも、誰が父親かなどという小さな問題につねに左右されるわけではない」

アグネスは彼から顔を背けた。

「あなたが結婚した相手は婚外子《バスタード》かもしれないのよ」

彼女がこれほど真剣な表情でなかったら、フラヴィアンは思わず噴きだしていただろう。

「き、きみのほうが、ろ、ろくでなし《バスタード》と結婚したんだ、と言う連中が出てくるかもしれない」

そう言うと、フラヴィアンは笑みを浮かべ、彼女の手を唇に持っていった。「結局、ぼくにもきみの、ウ、ウィリアムと共通点があったわけだ、アグネス。きみのことを、ろ、ろくに知りもしないのに、この午前中に結婚したのは、きみを妻にしたかったからだ。たとえきみが婚外子を一〇人合わせたほどの存在であろうと、ぼくはやはりきみが、ほ、ほしい。きみ、婚外子を一〇人合わせたような人かい？　なんだかすごい人って感じだね」

二人を隔てるソファのクッションが超特大であるにもかかわらず、彼が顔を近づけてきて、アグネスはやがて彼と真正面から目を合わせることになった。そして……笑いだした。

「くだらないことばかり言うのね」

そこでフラヴィアンはアグネスと唇を重ねた。彼女の片手が彼にすがりつき、重ねられた唇が震え、やがて彼を押し戻したので、彼はアグネスの肩に片方の腕をまわした。

この人もぼくと同じく、心に大きな傷を負って生きてきたのだ、と思った。

二人は夜食が運ばれてくるまでさらに一時間、そして、食事のあいだも、会話を続けることができた。これまでよりずっとくつろいだやりとりになった。料理を運んできた二人の従僕が、居間の中央のテーブルに糊のきいた白いクロスをかけ、最高級の磁器と銀器とクリスタルのグラスとダーリー卿が選んだワインを並べて、食事の用意を整えた。銀の燭台に立てた二本のろうそくに火をつけた。うっとりするほどロマンティックな食卓ができあがった。

フラヴィアンは彼の母親と、姉と、姉の夫と子供たちのことをさらに詳しく語った。子供時代の兄と彼自身にまつわる逸話をいくつか披露した。彼が自分より小柄で虚弱な兄を崇拝していたことが、これまでになく鮮明に伝わってきた。イートン校で学んだ日々について語り——兄には自宅で家庭教師がついていた——騎兵連隊にいた当時のことも少し話した。ただし、戦闘そのものには触れなかった。アグネスのほうは、兄とその妻子のことを話した。父親の再婚相手の話もした。アグネスはその人に最初から好意を持っていたし、いまも好きだが、ひとつ屋根の下で一緒に暮らしていくのは大きな試練だった。また、ドーラも登場する子供時代の出来事をいくつか話した。

アグネスがあることに気づいて愕然としたのは、食事も終わり近くになり、フラヴィアンがワイングラスを手にして椅子にゆったりともたれていたときだった。

「まあ、迂闊だったわ。晩餐のための着替えを忘れてしまった」

「ぼくもだ」フラヴィアンはそう言って、テーブルの上に覗いている彼女のドレスの一部に物憂げな視線を走らせた。

「あら、でも、あなたの服装は立派ですもの」アグネスは指摘した。「それなのに、わたしはただのふだん着」

「これは晩餐じゃなかったんだよ、アグネス。や、夜食だった」

「でも、やっぱり着替えるべきだったわ。ほんとにごめんなさい」

青か、薄紫か、緑色のドレスに。いえ、緑色はだめ。祝祭気分が強すぎる。婚礼の夜ではあるけど。ああ、いまに緑色のドレスを見るのにつくづくうんざりしそう。ブルーのドレスと薄紫のドレスを見るのにも。

フラヴィアンはじっと考えこみながらしばらく彼女を見つめたが、やがて、グラスを置いて立ちあがった。テーブルの縁をまわり、彼女のために片手を差しだした。アグネスは時刻がすでに一〇時を過ぎていることと、自分がいまだに処女であるかのごとく怯えていることを意識した。

でも、処女も同然だ。ずいぶん長いあいだ……。

ナプキンをテーブルに置き、彼の手に自分の手を預けて席を立った。彼がアグネスの手を唇に持っていった。

「じゃ、今度こそ着替えておいで。寝間着に。ぼくは呼鈴を鳴らして皿を片づけさせ、従者を呼ぶことにする。きみ、メイドはいないよね？」

「ええ、もちろん。必要ありませんもの」

「それでもやはり、や、雇い入れたほうがいい。ロンドンに着いたらすぐに。新しい服を買いそろえるのはもちろんだが」

「いえ、そんな必要は――」アグネスは言おうとした。

「ロ、ロンドンに着いたら、最初に必要となるものだ。メイドも、服も。きみは、も、もはや、イングルブルック村に住むキーピング夫人ではない。キャンドルベリー、ア、アベイのポンソンビー子爵夫人だ。それにふさわしい服をそろえなくては」

そこまで考えが至らなかったのは迂闊だった――もはやウィリアムが遺してくれたわずか

なお金で暮らす必要はなく、いまの自分は裕福な貴族と結婚した身で、みすぼらしい妻は夫の恥になるということに。もっとも、手持ちの服がみすぼらしいわけではない。真新しくも、数が豊富でもなく、けっして流行の装いでもないというだけのことだ。

「あなたは大金持ちなの？」アグネスは彼に尋ねた。

ああ、この人の資産総額も知らずに結婚したのかと思うと、自分でも呆れてしまう。

「今夜ではなく、ゆうべのうちにその質問をすることを、お、思いつくべきだったな」フラヴィアンはため息交じりの声を出し、まぶたを軽く伏せた。「きみが、け、結婚した相手は、ひょっとすると無一文か、オリンポス山にも負けないほど、う、うずたかく借金を積みあげている男かもしれないぞ。だが、安心してくれ。ロンドンで子爵家の財産管理を担当している、お、男はいまだにやめていないし、ぼくの顔を見たとたんヒステリーの、ほ、発作を起こすこともない。あるいは、贅沢が過ぎるとぼくを叱りつけたことも、近い将来、さ、債務者監獄行きが待っていると警告したこともない。また、しょ、荘園管理人の報告書はいつだって、健全なる、く、黒字になっている。すてきなドレスを何枚か仕立てたところで、ぼくが、び、貧乏になる心配はない。もっとも、そこにボンネットをいくつか足したら、一カ月ほどのあいだ、二人でお茶のかわりに水を飲むことになるかもしれないが」フラヴィアンは微笑し、さらに続けた。「金のかかる悪癖はないから、あ、安心してくれ。賭け事をするときは——頻繁にやるわけではない——一〇〇ポンド近く負けるとすぐに、お、怖気づいてやめてしまい、て、手にしたカードを投げだして、一緒にゲームをしていた連中から嘲笑交じりの苛立ちをぶつけられることになる。それから、馬というのは、戦闘のときは別として、気まぐれな生き物だ。馬に金を、か、賭けたことは一度もない」

「つまり、返事はイエスということ？」

「そうだ。金目当てでぼくと、け、結婚したと言ってきみを非難することはできそうもないな。喧嘩《けんか》のときに使える武器を、きみはぼくから、う、奪ってしまった」

「わたしはあなたの爵位目当てで結婚したのよ」

フラヴィアンは彼女に物憂げな笑みを見せた。

「ゆうべはよく、ね、眠れたかい？」

「家に帰ったのが遅かったでしょ」アグネスは彼に警戒の目を向けた。「それから荷造りをしなきゃいけなかった。ようやく横になったあとは、ぐっすり眠ったわ」

途中で何度も目がさめたのと、夢にうなされたのを別にすれば。

「今夜はあまり、ね、眠れないぞ。そして、ぼくは夜の時間を必要以上に短くしたくない。さあ、着替えておいで」

なんですって？　一〇時を過ぎたばかりなのに。終わってから二人で眠る時間は充分にある……そう、終わってから。わたしが眠れるとすれば。日常からかけ離れた今日の出来事の数々に、まだ神経がたかぶっているかもしれない。もうじき起きる出来事も含めて。

朝になったら二人で旅立つ。ロンドンへ。

アグネスは背中に彼の視線を感じながら、彼女の化粧室へ向かった。

彼の予想に寸分違わず、地味な寝間着だった。安物ではない。彼女の衣類はすべてそうだ。また、新品でもない。彼女の衣類はすべてそうだ。そして、もちろん、男の想像や欲情をかき立てるために作られたものでもなかった。

ところが、フラヴィアンはその両方をかき立てられた。寝間着は彼女の首から手首と足首までをすべて覆っていた。その奥に隠されたものを想像し、欲情を催す以外に、何が残されているだろう？

髪はひとつにまとめてきちんと三つ編みにし、背中に垂らしてあった。頭頂部と左右の髪がきれいになでつけてある。彼女は寝室の窓辺に立っていた。窓の外には見るべきものなどないはずなのに。窓は丘と自然歩道に面しているだけで、しかも、今夜は月の光も弱い。彼女がふりむいてこちらを見た。表情がすべて消えている。火刑の場へ赴く殉教者のようだ。いや、火あぶりにされたのは魔女だっただろうか？　魔女《ウィッチ》にもなれそうなほど魅力的《ビウィッチング》だ。経験豊かな高級娼婦に見習わせたいほどだ。

フラヴィアンは先ほどドアをノックして、彼女の返事を待った。いま、背後のドアを閉めてから寝室に入っていった。

「こんな豪華な寝室を見たことがあるかい？　ま、窓が東向きでなくて助かった。朝が来たら、き、金箔仕上げの部分に太陽が反射して、目がくらんでしまう」

「皇太子ご夫妻はほんとにお泊まりになったのかしら。もしお出ましではなかったのなら、きっと、とんでもない無駄遣いだとみんなが思ったことでしょうね」

「こ、今夜、ぼくたちが存分に使うとしよう。そうすれば、この部屋に注ぎこまれた費用は、小銭に至るまで無駄ではなかったことになる」

従者が荷物のどこからか寝間着をひっぱりだしてくれて助かった――フラヴィアンは思った。たぶん、純白の膝丈ズボンが入っていたのと同じ奥の片隅で見つけたのだろう。ガウンの下は裸だと知ったら、彼女がおろおろするかもしれない。

「ど、どれぐらいかかったんだい、三つ編みにするのに？」フラヴィアンは尋ねた。

「二分ぐらい？」よくわからないという口調で、アグネスは答えた。「三分？」

「ぼくが一分でほどけるかどうかやってみよう」

一分以上かかった。背後にまわるかわりに、前に立ったままほどこうとしたのと、彼女の目についい見とれてしまうせいだった。グレイを帯びた青い目で、ろうそくの光を受けてかすかに煙ったように見える。目を縁どるまつげは先端がわずかにカールしていて、髪よりも濃い色合いだ。やがて、彼女の唇に注意を奪われた。バラの小さな蕾に喩えられることはけっしてなさそうな唇で、フラヴィアンはそのことに感謝した。ふっくらと大きな唇を見ると、思わずキスしたくなる。また、彼女の髪か、肌か、彼女自身の香りにも魅せられた。言葉では表現できない香りで、香水壜から生まれたものではない。石鹸だけから生まれたものでもなさそうだ。壜に詰めて売りだせば大儲けできそうな香りだが、フラヴィアンはとても利己的な性格なので、他人と香りを分かちあう気はなかった。それに、彼女がそばにいるのに、なぜ香りを壜詰めにしなくてはならない？

彼女の唇の先端にもフラヴィアンは魅せられた。舌先がゆっくり時間をかけて唇を湿らせている。もっとも、彼の股間を硬くさせるつもりなどないことは明白だ。

だが、とにかく、硬くなっていた。

アグネスは社交界デビューをしていない。そのために残してあったお金を父親が離婚のときに使ってしまったからだ。もしデビューしていたら、女の手練手管を身に着けていただろうか？　彼女がそうしたものと無縁だったことが、フラヴィアンにはうれしかった。手練手管ではなく、自然に出るしぐさのほうが、彼の好みに合っている。手練手管という言葉には意図的なニュアンスがあるからだ。

修道女と結婚したようなものだった。もっとも、最初の結婚で彼女がどんな技巧を身に着けたかはまだわからない。だが、喜んで賭けてもいいが……いや、やめておこう。賭けをするには相手が必要だ。

彼女がなんの技巧も持っていないことを願った。

妙なことを考えるものだ。これまでは女と単に身体を重ねるだけでなく、技巧を求めて莫《ばく》大《だい》な金を払ってきたというのに。

彼が三つ編みをほどき、髪が肩に広がったあとの彼女は、もう修道女のようには見えなかった。髪はほぼウェストまであった。この長さは流行遅れだ。

「黒髪でもないし、金髪でもないのよ。ありふれた茶色なの」

「黒髪や金髪のきみは、す、好きになれない。この色の髪をしたきみが好きなんだ」

「まあ、お世辞がお上手ね」

髪をほどいた彼女は、少なくとも五歳は若く見えた。もっとも、彼女が何歳だろうと、フラヴィアンは少しも気にならないが。

キスをし、絹のようになめらかで豊かな髪のなかに片手の指を這わせ、唇を奪うあいだに、ほっそりした彼女の全身を反対の手で抱き寄せた。彼女の唇は濡れ、熱く火照っていた。彼女がフラヴィアンの肩にすがりついた。これまでの抱擁にはなかった緊張がその身体に感じられる。たぶん、今夜はくちづけが中断しないことを知っているからだろう。

「久しぶりなの」彼が顔を上げると、わずかに息を切らし、いささか申しわけなさそうに、アグネスが言った。

「どれぐらい？」フラヴィアンは訊いた。

「そうね、五年か六年ぶりかしら」

やがて、アグネスは頬を染め、唇を噛んだ。フラヴィアンは、いまの言葉をあとで彼女が思いだしたときにも、きっと同じ反応を示すだろうと思った。以前の彼女の話だと、夫を亡くして三年になるということだった。いったいどんな結婚生活を送っていたことやら。ウィリアム・キーピングというのはどういう男だったのか？　五年間の結婚生活のうち、最後の二、三年は病身だったのだろうか？

しかし、フラヴィアンはウィリアム・キーピング本人にも、彼の性生活にも、まったく興味がなかった。ウィリアム・キーピングの未亡人にすら興味はなかった。
自分の妻がほしくて全身が燃えていた。
「ベッドに入る時間だ」と言った。

14

二人は眠らなかった。けだるい疲労を感じるたびに一時間ほどまどろむだけだった。目ざめているあいだ、何度も何度も愛を交わした。

アグネスは心のなかでそれを〝愛の行為〟と呼んでいたが、二人のあいだに起きたことは、そのロマンティックな言葉から生まれるイメージよりもはるかに生々しく、官能的であることに気づいていた。

ベッドに横たわりもしないうちに、フラヴィアンが彼女の寝間着を脱がせ、自分も脱ぎ、ろうそくがいまも燃えていることを彼女が注意したにもかかわらず、彼は火を消そうとしなかった。化粧台の枝付き燭台にろうそくが四本、鏡がそれを八本に増やし、ベッドの左右のテーブルにもそれぞれ一本ずつのっている。

「だけど、きみの姿を、み、見ていたいんだ」彼は言いかえした。「それから、ぼくがきみにすることと、きみがぼくにしてくれることも」

ベッドがまた巨大だった。八人の大人が並んでゆったり寝られるだけの幅があるに違いない。二人は一夜を過ごすあいだにベッドのスペースを隅々まで使ったが、毛布はほとんど使わなかった。まだ三月で、外はたぶん冷えこんでいるにもかかわらず。

二人とも肌寒さに気づかなかった。おたがいを毛布のかわりにし、おたがいの熱で身体を温めた。

それは冷めることのない熱源だった。

アグネスは自分たちの裸身と、燃えつづけるろうそくと、使われていない毛布にショックを受けた。アグネスの全身に、それこそ秘めた部分まで含めて彼が熱い視線を這わせ、彼の手、指、爪、口、舌、歯が彼女の肌をなで、くすぐり、つねり、ひっかき、なめ、息を吹きかけ、噛んで、無数の愛撫《あいぶ》を続け、それに刺激された自分が熱に浮かされたように彼を求めていることにも、アグネスはショックを受けた。しかし、わずかな性体験しかなかったものの、けっして処女ではない。初心な乙女ではない。男を知らない乙女だったころから、自分ではほとんど気づかないまま、欲望を抑えてきた。フラヴィアンが欲望を分かちあおうとしているのが明らかなこの瞬間、それを抑えなくてはならない理由はもうどこにもなかった。横になって彼の愛撫を受けるだけの状態も長く続きはしなかった。これまで知らなかったことや、夢に見るだけで自分では経験したこともない愛撫を男性のためにしたり、共に楽しんだりできるのは、信じられないほど刺激的でうっとりするひとときだった。

愛を交わすというのは、短時間だけこっそり肌をまさぐり、毛布と闇に隠れて下半身を結合させ、終わったとたん急いで身体を離し、小声でひそかにおやすみの挨拶をし、そのあと別々の部屋で眠るという意味ではないことを、アグネスは知った。そう、まったく違っていた。最初は熱く激しい官能の渦のなかでおたがいの愛撫に身を委ね、それがずいぶん長く続き、やがて三〇分ほどたったと思われるころ、彼が入ってきた。長く硬いものに貫かれて、アグネスは息が止まりかけ、何も考えられなくなってしまった。そのあとも彼は急ごうとしなかった。ゆっくりと丹念に愛撫を続け、深くたくましい律動をくりかえすうちに、アグネスのヒップと身体の奥の筋肉も同じリズムを刻むようになり、二人は腕と脚をからめあって一緒に動きはじめた。どちらも汗で肌が熱く濡れ、激しい行為で呼吸が乱れていた。

ついに彼がアグネスの顔のそばで大きく息を吐き、彼女を深く貫いたまま動きを止め、体内に熱いものが迸《ほとばし》るのをアグネスが感じた瞬間、彼女の胸に湧きあがったのは、義務が終わった、あと一週間は解放される、という思いではなかった。世界を揺るがす大波の頂上に押しあげられ、その向こうに広がる静かな海へ落下していくような感覚だった。世界の終わりが訪れ、永遠が始まる――落下のあとの数分間はそんなふうに感じられ、やがて、呼吸が正常に戻り、心臓の激しい鼓動が静まり、彼の温かな重みで自分の身体がマットレスに押しつけられていることに気づいた。二人の身体はいまも結ばれたままで、夫と妻になったことがしみじみと実感された。

本当なら、恥ずかしさや、戸惑いや、はしたなさを感じるべきだった。しかし、彼が身体を離して彼女の傍らに横になり、ろうそくの光が揺れるなかで、なかば閉じた緑色の目を彼女にじっと向けたときも、そうした思いはまったく湧いてこなかった。終わってしまった、彼は自分の寝室へ去り、次にこんな経験ができるのは何日かたってから、たぶん、一週間後ぐらいだろう――そう思うと、アグネスは悲しいだけだった。

しかし、フラヴィアンは去ろうとしなかった。彼女のうなじの下に片方の腕をすべりこませ、反対の腕をウェストにまわして抱き寄せたので、アグネスは彼の心臓の規則正しい鼓動を子守唄のように聞きながら、汗に濡れた熱い彼の身体に温められ、汗と麝香《じゃこう》が混ざりあった匂いに癒されて、とろとろと眠りに落ちていった。その匂いはまさに男っぽさの極致だった。

フラヴィアンそのものだった。

消えることのない深い愛を感じた。

信じられないことに六回も愛を交わし、やがて、日の光のなかでアグネスが目をさますと、彼がベッドのそばに立ち、彼女を上から見つめながら、ガウンの袖に腕を通しているところだった。裸に近い姿がうっとりするほどすてきだった。ただ、アグネスが夜のあいだに目にし、指で触れたとおり、全身に戦争の傷跡が残っていた。古いサーベルの傷が無数の畝を作り、右肩の近くに古い銃創があって、しわしわの傷跡になっている。傷を負った時点では、その多くが命にかかわるものだったに違いない。

だが、傷跡も彼の美しさを損なってはいなかった。髪も肌も金色で、ハンサムで、強靭で、男らしさにあふれたその姿は、信じられないほど美しかった。

「ね、眠り姫を起こしてしまったね。申しわけない、レディ・ポンソンビー。だが、仲間の連中が出発する前に、顔を、だ、出しておかないと、これから、い、一生からかわれることになる。それに、ぼくたちも午前中に出発しなくては」

彼は身をかがめて、唇を開いて長くゆっくりとキスを続け、彼女が唇を重ねたままため息をつくと、片方の眉を上げて、世界が始まったときにきみがエデンの園に迷いこんでいたら、イヴの影が薄くなっていただろう、と言って、化粧室のひとつに姿を消した。背後のドアを閉めた。

夜のあいだの愛の行為は、彼女が下になったり、上になったりして、ゆっくりと、だが同時に熱烈な勢いでおこなわれた。二人が並んで身を横たえ、彼女が彼のヒップに片脚をからめ、顔を見つめあいながら、じれったいほどゆっくりと進められることもあった。フラヴィアンはそのたびに、自分と同じ喜びを彼女も得られるように気を配ってくれた。それがまた驚くほど上手で、愛の技巧に誇りを持っているという感じだった。

六時半。炉棚に置いてあるきらびやかな装飾の時計を見て、アグネスは時刻を知った。裸身に朝のひんやりした空気を感じ、ベッドの端から脚を下ろしてすわった瞬間、あることを悟った。正確に言うと、ふたつのことを。ひとつは、結婚の……実感が湧いてきたことだった。身体じゅうに痛みが走り、奥深い部分がひりひり疼いていた。脚がふらついた。うっとりする気分だった。

それと同時に、ゆうべのことは彼にとって愛とはなんの関係もなく、恋愛感情にも無縁であることを悟った。夫が妻と結婚に対して果たすべき義務とは無関係だった。婚礼の儀式を完成させるという意味合いすらなかった。彼にとっては、喜びを与え、与えられることでしかなかったのだ。

彼を喜ばせることができたとわかって、アグネスはほっとしていた。そう、確かに喜ばせることができた。それは間違いない。同じように、彼からも喜びを与えられた。もちろん、これはきわめて控えめな言い方だ。また、彼にとっては喜びがすべてで、この先もずっとそうだろうと気づいた瞬間、少しだけ心が冷えた。もちろん、彼が自分に好意を持ち、おそらく愛しさも感じているだろうことは信じている。つねに男っぽさを生々しく感じさせる人だが、少なくとも当分は妻に忠実だろうということも信じている。

しかし、夫婦の営みとは彼にとって純粋に悦楽のためであることを、いつも頭に置いておかなくてはならない。愛があるなどと勘違いしてはならない。また、二人の関係のほかの面に愛を見つけようとしてもならない。ハートが破れる危険を冒すことだけは避けなければ。

ああ、でも、わたしにとっても悦楽だった。予想もしなかった……。

そろそろ着替えをすませ、旅立ちの準備をしなくては。

旅立ち。

家と、ドーラと、わずか一年のあいだに慣れ親しみ、心地よさを感じるようになっていたすべてのものに別れを告げなくてはならない。いまも彼のことはほとんど知らないのに、そんな人と結婚するなんて、どうかしていたに違いない。ただ、後悔はなかった。用心深く生きてきた時期が長すぎた。生まれてからずっとそうだった。

立ちあがると、脚のふらつきも、乳房や身体の奥のひりひりする感覚も甘美に思われ、けっして後悔することがないように願った。ついに――そう、ついに――子供を授かるかもしれない。もしかしたら、何人も。そんな大きな夢を抱いてもいいの？

でも、わたしはまだ二六歳。夢はほかの人々のもので、自分には無縁だなんて、どうしていつも思いこまなくてはならないの？


二人は七時半になる前に、屋敷の西翼にあるダイニングルームに入った。それでも、朝食の席についたのは二人が最後だった。

「どうしたんだ？」二人を見て、ラルフが言った。「眠れなかったのかい、フラヴ？」

「そのとおり」フラヴィアンはため息交じりに答えながら、片眼鏡を目元まで持ちあげ、ラルフの皿に山と積まれたキドニーに不快そうな視線を向けた。「きみはぐっすり眠ったんだろうね？」

「八時半にお部屋のほうへ朝食を運ぶよう指示しておいたのよ」レディ・ダーリーが言った。「でも、ここで一緒に食事ができるなんてすてき。アグネス、わたしのとなりの席に来て。さよならを言うのは大嫌いなのに、けさは何度も言うことになりそう。でも、しばらくは言わないわ。ここで一緒におしゃべりしましょう。あなたがいなくなったら、寂しくてたまらないでしょうね」

アグネスの頬がピンクに染まっているのをフラヴィアンは目にした。たぶん、初夜のあとの恥じらいだろう。彼女が人の目を気にするのももっともだ――男としての満足感に存分に浸りつつ、フラヴィアンは思った。きちんと整った身なりだが、それでも、心ゆくまで男に身を委ねたことが見てとれる。

フラヴィアンがゆうべのような官能の一夜を楽しんだことは、これまで一度もなかった。思っていたとおり、いや、予想をはるかに超えて、彼女はまさに性の情熱が詰めこまれ、点火されるのを待っている火薬の樽《たる》だった。そして、彼が点火をおこない、そこから生まれた火花の波に乗って、めくるめく一夜を過ごしたのだ。

今夜も、明日の夜も、毎晩のように――そして、二人が望むなら昼間も毎日のように――一生涯、思いのままに彼女を抱くことができる。ひょっとすると、負傷して以来、充分な性生活がなかっただけのことかもしれないが。長らく遠ざかっていた彼女と同じく、彼自身も飢えていただけかもしれない。飢餓のあとのご馳走を満腹になるまで楽しみ――それから、どんな未来が待っているかを考えることにしよう。

もしかしたら、生涯にわたって宴が続くかもしれない。先のことが誰にわかるだろう？

フラヴィアンはジョージとイモジェンのあいだに腰を下ろし、仲間と過ごす三週間が終わり、しかも、ロンドンへの無謀な往復と婚礼と新婚初夜で最後の週をほぼつぶしてしまったことを、心から残念に思った。

「社交シーズンのあいだはロンドンですか、ジョージ」フラヴィアンは尋ねた。

「貴族院という形の義務に呼ばれているからね」ジョージが答えた。「そう、少なくともしばらくはあちらに滞在する予定だ」

「じゃ、きみは、イモジェン？」

イモジェンは去年、ヒューゴの結婚式とそのすぐあとに続いたヴィンセントの結婚式に出るため、珍しくもロンドンに姿を見せた。

「行くつもりはないわ。コーンウォールの自宅で過ごす予定なの」イモジェンは彼の片手に手を置き、てのひらを包んで握りしめた。「あなたが幸せを見つけたことを心からうれしく思ってるわ、フラヴィアン。そして、ヒューゴとベンとヴィンセントのことも。一年以内に次々と結婚ですものね。めまいがしそう。あとはラルフが誰か見つけてくれるのを待つだけね」

「そして、きみもだ、イモジェン」フラヴィアンは言った。「それから、ジョ、ジョージも」

「わたしのように年老いた犬が新しい芸を覚えるのは大変だ」ジョージが微笑した。「かわりに、友人たちの幸せを喜ぶとしよう。それから、わたしの甥の幸せも。ジュリアンは結婚して以来、わたしとの距離が近くなった。放蕩三昧だった若いころからは誰にも想像できなかったほど、あの甥はまっとうな生き方をするようになった」

「公爵は何歳になられました？」フラヴィアンは尋ねた。「よ、よぼよぼになっていたなんて、気がつきませんでした」

「四七だ」ジョージは言った。「結婚したときはまだ若造で、息子が生まれたときも若造のままだった。はるか昔のことだ」

そうだったのか。きっと本当の話だろう。フラヴィアンはこれまで、年齢の計算などしたこともなかった。結婚したとき、ジョージはわずか一七か一八だったに違いない。とても若かったのだ。

イモジェンの注意は空っぽになった彼女の皿に向いていた。

「わたしのロマンスなんて期待しないで、フラヴィアン。恋が芽生えるはずはないんだから。もう二度と。そんな気はないのよ」

彼女はすでに手をひっこめていたが、フラヴィアンはふたたびその手をとり、唇に持っていった。

「人生がいずれきみに微笑みかけてくれるだろう、イモジェン」

「すでに微笑みかけてくれたわ」イモジェンはフラヴィアンの目をじっと見つめ、めったに浮かべたことのない微笑を彼に向けた。「世界で最高にすばらしい仲間が六人もいるんですもの。しかもハンサムな男性ばかり。これ以上何を望めばいいの？　たとえ、ほかのレディに恋をして結婚するという困った傾向を男たちが示すとしても」

フラヴィアンは微笑を返し、テーブル越しにアグネスの視線をとらえた。彼女はいまも頬を染め、情熱の一夜を過ごしたことが窺える。フラヴィアンが片方のまぶたを閉じてゆっくりとウィンクすると、アグネスはさらに赤くなり、かすかな笑みを浮かべてから、レディ・ダーリーとレディ・トレンサムに注意を戻した。

フラヴィアンはまたしても彼女がほしくなり、無意識のうちに、イングランドの道路を揺れながら走る馬車の密閉された空間で愛を交わすのはどんな感じだろう、と考えていた。窮屈で、不安定で、危険で、えも言われぬ悦楽に浸れそうな気がした。この思いつきをあとで試してみることにしよう。

しかし、いまはすべての者が席を立とうとしていた。仲間に別れを告げ、ミドルベリー・パークを去るときが来たのだ。一年でいちばん憂鬱な日。ただ、今年は一人ぼっちで去るのではない。今年は共に旅立つ妻がいる。

キャンドルベリー・アベイに帰る勇気をふりしぼったら、母親と顔を合わせなくてはならない。そして、マリアンと。

そして、ヴェルマと。

キドニーを食べなくてよかったと思った。ただでさえ、胃に軽いむかつきを覚えているのだから。


馬車と馬と馬番がごったがえし、人々の声と笑いが飛びかい——そして、涙が流れるなかで、誰もがいちどきに出発した。誰もが抱きあい、抱擁が長く続いた。アグネスもそこに含まれていた。

前日の抱擁とは異なるものだった。昨日の彼女は花嫁で、人はつねに花嫁を抱きしめるものだ。感情のこもらない抱擁と言ってもいいだろう。

今日の彼女は抱擁を受け、自分からも抱擁を返した。〈サバイバーズ・クラブ〉とその伴侶からなるグループの一員になったのだから。

アグネスはけっして感情をたかぶらせるタイプではなかった。とにかく、幼い子供のころからそうだった。人に手を触れることはなく、たまに挨拶の握手をする程度だった。人を抱きしめることも、人に抱きしめられることもめったになかった。ふだんからそういう触れあいを避けていた。最初の結婚のときも、肉体の結びつきを避けたいと思ったものだ。ただし、心のなかでそう願っただけで、態度には出さなかった。回数が次第に減っていき、ついになくなったときには、ほっとしたものだった。

ゆうべは強烈な肉体の情熱に翻弄され、けさはけさで、ソフィア以外はほとんど知らない人々なのに、抱擁を返していた。そして、絆を、胸の温まる思いを、理性や良識とは相容れない優しさを感じていた。

たぶん生まれて初めてのことだろうが、生きる喜びを全身で感じていた。ああ、そして、恋に夢中だった。当然のことだ。ただ、頭を、あるいは、心をそれだけでいっぱいにするつもりはなかった。わたしはフラヴィアンの妻、いまはそれで満足しよう。

馬車が屋敷を離れて花が咲き乱れるパルテール庭園の縁をまわり、トピアリー庭園にはさまれた馬車道に出て、木立と門のほうへ向かうあいだに、アグネスは彼の手の甲に指をつけた。彼はアグネスの両手をとって優しく握りしめた。ただ、彼女に視線を向けることも、言葉をかけることもなかった。あの七人のグループを結びつけている絆を完全に理解するのは不可能だ、とアグネスは悟った。ただ、家族の絆より深いものであることは確かだった。

しかし、別れの挨拶をすべき人がまだ残っていた。

コテージの外の庭にドーラが立ち、通り過ぎる何台もの馬車を見ていた。それぞれの馬車が速度を落とすたびに、ドーラは笑みを浮かべて片手を上げ、開いた窓越しに別れの言葉を交わした。フラヴィアンの馬車が停止して、御者が御者台から降り、ステップを下ろしたときも、ドーラは微笑していた。フラヴィアンが外に出て、アグネスに手を貸して馬車から降ろすと、アグネスはコテージの門をあいだにはさんでドーラに抱きしめられた。しばらくのあいだ、二人とも無言だった。

「きれいよ、アグネス」身体を離したあとでドーラが言った。これまでさんざん着てきた旅行服とボンネット姿の妹にかける言葉としては奇妙だった。しかし、ドーラはさらに熱をこめてくりかえした。「ほんとにきれい」

「ぼくも、き、きれいでしょうか、ミス・デビンズ」ため息交じりの物憂げな声で、フラヴィアンが言った。

ドーラは彼に非難の目を向けた。

「ええ、そうね。でも、あなたはいつだって美男だわ。ただ、少しも信用できない人だけど。それから、わたしのことはドーラと呼んでちょうだい。だって、あなたの義理の姉になったんですもの。フラヴィアン」

フラヴィアンはにっこり笑うと、門をあけ、ドーラを固く抱きしめた。

「アグネスを、だ、大事に、し、します、ドーラ。や、約束します」

「その言葉を信じるわ」

やがて、アグネスがもう一度姉を抱きしめ、フラヴィアンの手を借りて馬車のなかに戻り、扉がカチャッと決定的な音を立てて閉まり、御者が彼女のトランクとその他数個のカバンを荷物室に積みこみ、しばらくすると、上等のスプリングに支えられた馬車が軽く揺れて動きだした。アグネスは窓に身を寄せ、片手を上げた。背筋をぴんと伸ばした姉の笑顔が見えなくなるまでじっと見守り、見えなくなってもまだ手を上げたままだった。

「あそこで暮らしたのは一年足らずだけど、胸がひきさかれるような気がするわ」新婚の夫にこんなことを言うなんて、たぶん、あまり褒められたことではないだろう。

「きみが背後に置いていくのは、きみの、お、お姉さんなんだよ、アグネス。村ではない。そして、ドーラはきみのお姉さんというより、やはり、は、母親なんだね。ただ、これからも好きなだけ会えるさ。ぼくたちがキャンドルベリー・アベイに住むようになったら、お姉さんに、と、泊まりに来てもらおう。す、好きなだけ泊まってもらえばいい。お姉さんが、の、望むなら、え、永遠に滞在してくれてもいい。だが、ぼくが思うに、自立した生活のほうが、お、お好きだろうな。でも、す、好きなだけお姉さんに会えるようにするからね」

アグネスは馬車の座席にもたれ、顔を背けていたが、フラヴィアンは彼女の肩に腕をまわして抱き寄せ、やがて、アグネスの頭を自分の肩にもたれさせた。彼女の顎の下で結ばれていたリボンをほどき、ボンネットを自分の帽子と一緒に向かいの座席に放り投げた。

「別れを告げるのは、この、せ、世界でいちばん辛いことだ。ぼくにはけっしてさよならを言わないでくれ、アグネス」

これが——アグネスは思った——これがこの人の本音だと思ってもいいのね。ところが、彼はたちまちその印象を台無しにしてしまった。

「さっきから、か、考えてたんだ」おなじみのため息交じりの声で、フラヴィアンは言った。「馬車のなかで行為に及ぶのは果たして可能か、不可能か。どこまで、た、堪能できるのか、それとも、不満のなかで終わるのか」

この人、わたしの返事を期待してるの？　いえ、違うようね。

「もちろん、み、見られたくはないが、乗合馬車と、す、すれ違ったときにそっらの乗客がどんな顔をするかを想像すると、少しばかり官能を、し、刺激される。もっとも、ま、窓には分厚いカーテンがかかっている。馬車が、よ、横揺れや縦揺れを始めるかもしれないが、ふ、ふつうの道路を走っているときのように、御者はほとんど気づかないはずだ。今日の午後にでも試してみよう。き、きっと、一〇人分の広さのベッドを、こ、ころげまわるのに匹敵する快楽が得られると思う」

「あなたの頭には快楽のことしかないの？」

「ふむ……」フラヴィアンはしばらく考えこんだ。「じゅ、重労働について考えることもたまにある。肉体を酷使して汗をかき、空気を求めてあえぐような労働だ。また、ときには、爆発を、お、抑えるときの苦痛に近い感覚について考えることもある。メインのショーが始まる前に破裂してしまう爆竹や、自制心というものを、み、耳にしたことがない男子生徒のようになっては困るからね。ときには、夫婦の、ち、契りを結ぶのは夜まで待つほうが礼儀に適っていると思うこともある。昼間にそのようなことをするのは下品だ、と妻が考えるかもしれないから。ただし、朝の五時半に、妻が、い、いやがる素振りを見せず、じょ、上品か下品かを気にすることもないなら、話は別だが」

笑いをこらえようとして、アグネスの肩が震えた。ああ、笑ってはいけない。この人をいい気にさせてはいけない。しかし、アグネスの肩を抱いている彼には、笑いのせいか、マラリア熱のせいかはわかるに違いない。アグネスは笑うまいとする努力を放棄した。

「あなたったら、冗談ばっかり」噴きだしながら、アグネスは言った。

「違う！」フラヴィアンは彼女の顔を覗きこむことができるよう、肩をすぼめた。アグネスの予想どおり、まぶたが物憂げに伏せられていた。「自分では、た、たぶん、世界でもっとも愛の技巧に長けた男だと思っていた」

「あら、わたしにわかるはずがないでしょ？　でも、そう断言してもよさそうね」

彼の目が急に大きくなり、顔に笑いがあふれた。アグネスの胸がズキンと疼いた。

「実行する勇気はないでしょ」アグネスは言った。「昼間からここでそんなことをする勇気なんて」

フラヴィアンはふたたび座席にもたれて頭を傾け、彼女の頭のてっぺんに頬をつけた。アグネスはそこで気がついた。彼がくだらない冗談ばかり言っていたのは、ドーラとの別れの辛さを忘れさせ、たぶん彼自身も仲間との別れの辛さを忘れるためだったのだ。

「アグネス」何分かたったとき、フラヴィアンが呼んだ。彼女が眠気を催し、彼もおそらく眠りこんだだろうと思っていたときだった。「自分が惨めな敗者になるかもしれないと一瞬でも思ったときは、けっして夫に挑戦的な言葉を投げてはならない」

まあ、この人ったら本気ね。淫らで、非常識で、はしたないことなのに……。

アグネスは彼の肩にもたれたまま微笑しただけで、返事はしなかった。


フラヴィアンは一週間ほど前にマリアンに手紙を出した。いつロンドンに到着する予定かを書いておいた。しかし、復活祭にキャンドルベリー・アベイに帰るつもりでいることと、妻を一緒に連れていくことは書かなかった。書けるわけがない。その時点ではまだ、自分が結婚しようとは夢にも思っていなかったのだから。

旅の最初の夜を過ごした宿屋で、母に宛てて手紙を書いた。あらかじめ知らせておくのが正々堂々としたやり方だと思ったのだ。特別許可証を手に入れて式を挙げたこと、花嫁はアグネス・キーピングといって、夫のウィリアム・キーピング氏に先立たれた女性であり、父親はランカシャー州に住むウォルター・デビンズ氏であることを、母に知らせた。ミドルベリー・パークのダーリー子爵夫人の親友だということも、わざわざ書いておいた。妻としばらくロンドンに滞在するが、復活祭にはキャンドルベリー・アベイへ連れていくつもりだと書いた。

母は喜ばないだろう。しかも、それは相当に控えめな表現だ。だが、式を挙げた以上、母にはもう口出しできないし、一日か二日ほど落ち着いて考える時間があれば、わかってくれるだろう。そして、現実主義と礼儀作法を優先させるはずだ。アグネスを母に紹介するころには、母もとりあえず優雅にふるまい、きわめて礼儀正しい態度をとれるようになっているだろう。そうするしかないではないか。アグネスがキャンドルベリー・アベイの新たな女主人になるのだから。

その現実に気づいたとたん、フラヴィアンは愕然とした。長い歳月が流れたのだ。兄のデイヴィッドは一族の歴史のなかでいっそう過去の人物となった。母もそうだ。いまの母は先代ポンソンビー子爵夫人になってしまった。

旅が始まって三日目の午後遅く、グローヴナー広場に面したアーノット邸の外で馬車がゆっくり止まった。彼の予想よりわずかに一時間ほど遅い到着だった。

御者が馬車の扉をあけてステップを下ろしたあとも、フラヴィアンはしばらく動こうとしなかった。あと何日か旅を続けられたら、とても幸福だっただろう。何も考えずに楽しくハネムーンを過ごしたあとだけに、人生の次の段階へ急いで移ろうという気にはなれなかった。

衝動的に結婚したことを、フラヴィアンは一瞬たりとも後悔していなかった。愛の行為はこれまでの人生で最高だった。毎晩のように心地よいベッドで経験したことも、馬車のなかで三回にわたって経験したことも。率直に言うと、とくに馬車のなかでのひとときが。彼の予想どおり、ひどくやりにくくて、窮屈で、落ち着かないものの、くらくらするほどの快感だった。

アグネスがそれを認めるはずはない。行為の前も、あとも、そのたびに抵抗したのだから。しかし、天下の公道を走る馬車のなかで抱かれたときの熱い喜びを押し隠すことはできなかった。

これがアグネスの魅力のひとつだった。人前では上品な貴婦人だ。どんなときでも、つんとすました家庭教師で通りそうだ。ところが、彼と二人きりになると、熱く燃える自由な情熱のかたまりに変身する。二人がひとつになるときは、まわりに湯気が立つほどだ。

どれだけ彼女を抱いても飽き足らず、充分に堪能したと思える日が果たして来るのだろうかとフラヴィアンは疑問に思った。

しかし、ハネムーンは——三日間の旅をハネムーンと呼べるのなら——いずれ終わる。そして二人はいま、ロンドンにある彼の屋敷の外に来ていた。屋敷の玄関があいていたので、馬車を降り、未来へ向かって歩みだすしかなくなった。せめてもの救いは、彼女をまずここに連れてきたことだった。あと二、三日は水入らずで過ごせる。慣れ親しんだ屋敷に妻という新たな存在を迎えるのだと思うと、新鮮な魅力を感じた。

執事が堅苦しい態度で頭を下げ、フラヴィアンの帰宅を歓迎し、アグネスにちらっと警戒の視線を向けた。

「ぼくの妻、ポンソンビー子爵夫人だ、ビッグズ」フラヴィアンは言った。

ビッグズはさらに堅苦しい警戒気味の態度でふたたび頭を下げ、アグネスも会釈を返した。

「ビッグズさん」アグネスは言った。

「お初にお目にかかります」

そこで大砲が轟《とどろ》き、フラヴィアンの足元に砲弾が飛んできて、顔の前で炸裂した。というか、そのように感じられた。

「奥方さまが、つ、つまり、母上さまが二階の客間におられます、旦那さま」ビッグズが言った。「ご到着をお待ちです」さらに何か続けたそうに見えたが、考えなおしたらしく、歯の鳴る音が聞こえそうな勢いで口を閉じた。

母が？　ここにいる？　ぼくを待っている？　そして、母がここにいるのなら、ほぼ間違いなくマリアンも一緒だろう。結局、キャンドルベリー・アベイに滞在するのをやめたわけだ。しかし、ぼくの手紙を読んで急いでこちらに来た、などということがあるだろうか？　手紙を書いたのはわずか二日前の夜だ。それとも……二人はまだ何も知らないのか？

十中八九、あとのほうだ、とフラヴィアンは気がついた。ビッグズは明らかに何も知らない様子だ。雇い主が何かを知れば、召使いたちもかならず知るし、召使いが最初に知る場合もけっこう多い。

まずいことになった！　フラヴィアンは愕然として、しばらく目を閉じた。一瞬、まわれ右をし、アグネスをひきずって卑怯にも逃げだそうかと考えた。だが、かわりに彼女のほうを向いて腕を差しだした。彼が衝撃を受けているのと同様に、彼女も青ざめていた。

「二階へ行って、は、母に、あ、会ってくれ」自分の笑顔が自信たっぷりに見えるよう願いつつ、フラヴィアンは言った。「さっさと、お、終わらせてしまおう」

アグネスの手を自分の腕にかけさせ、ビッグズのこわばった無表情な背中のあとについて二人で階段をのぼった。アグネスにとっても、母にとっても、ひどくまずい展開だ。しかし、どうすればいい？　いたずらを見つかった幼い腕白坊主のような気持ちになるのはやめよう、と固く決心した。ぼくは一族の家長だ。誰と結婚しようと、いつ、どんな形で結婚しようと、ぼくの自由だ。

客間にいるのが母親一人だとは、フラヴィアンも思っていなかった。マリアンも来ていて、おそらく夫のシールズ卿も一緒だろうと思い、覚悟を決めた。まさにフラヴィアンの予想どおりで――三人が顔をそろえていた。

そして、サー・ウィンストンとレディ・フルームも。

そして、夫妻の娘のヴェルマも。

15

フラヴィアンの母親がなんと、ロンドンに来ていて、しかもこの屋敷にいることを知らされたとたん、旅の一日を終えてぐったり疲れ、アーノット邸というのが大きな堂々たる広場の片側に建つ広壮な豪邸だと知って、いささか気後れしていたアグネスは、完全に怖気づいてしまった。階段のいちばん下の段に足をのせたとき、もう少しで彼の腕から手を離し、客間へ行くのは一人でどうぞ、と言いそうになった。わたしはそのあいだに……どこへ行けばいいの？

部屋にはまだ案内してもらっていないし、彼の部屋がどこにあるのかもわからない。まわれ右をして黙って逃げだすわけにもいかない。それに……そう、それに、フラヴィアンの母親と顔を合わせるという試練にはいずれ直面するしかない。ただ、いまこの瞬間だとは思っていなかっただけのこと。何日か余裕があるだろう、たぶん、一週間ぐらいあとだろう、その前に手紙のやりとりがあるはずだ、と思っていた。母親がロンドンに出てくる前にフラヴィアンの手紙が届いていたとは、どうにも考えにくい。つまり、母親は何も知らないということだ。

考えただけでぞっとした。

二人で階段をのぼると、執事が背の高い両開きドアをあけているところだった。アグネスはここが客間なのだと思いつつ、フラヴィアンの腕に手をかけたまま部屋に入っていった――そして、室内に複数の人がいるのを知って恐怖に襲われた。正確に言うと、全部で六人だった。

フラヴィアンの腕から手を離し、ドアのすぐ内側で足を止めた。背後のドアを執事が閉めようとしているところだった。そのあいだに、フラヴィアンが何歩か前に出た。

貴婦人が四人いて、そのうち三人は椅子にすわり、あとの一人は火がはぜている暖炉の片側に立っていた。それから、紳士が二人。年配のほうは暖炉の反対側に立ち、若いほうは貴婦人の一人がすわっている椅子の背後に立っていた。

全員が流行の装いに身を包み、近寄りがたい雰囲気で、そして……しかし、アグネスがそれ以外の印象を胸に刻みつける時間はなかった。ドアにいちばん近い椅子にすわっていた貴婦人が立ちあがり、喜びに顔を輝かせた……それとも、安堵？

「フラヴィアン。ようやく帰ってきたのね」

貴婦人はフラヴィアンに頬を寄せ、彼の耳のそばで軽くキスの音を立てた。母親に違いない。そういう年代だし、フラヴィアンにはこの女性に似たところがある。

「きっと一日か二日、出発を遅らせたに違いないって、みんなで思ってたところだったのよ、フラヴィアン」若いほうの女性が言って、同じく立ちあがり、急いで進みでてフラヴィアンの頰にキスをした。「誰にも連絡をくれずに。いかにもあなたらしいやり方だわ。でも、よりによって今日到着するなんて、ほんとに困った人ね」

この女性も身内なのか、よく似ていた。彼の姉に違いない。

あと二人の貴婦人のうち、暖炉のそばに立っていた女性が彼のほうへ急いで二、三歩進むと、抑えきれない感情に目を潤ませ、両手を胸の前で握りしめたまま、足を止めた。年はたぶんアグネスと同じぐらい、いや、もう少し上だろうか。うっとりするほどきれいな人だ。背丈は中ぐらいだが、やや低め、ほっそりしていて、スタイルがよく、繊細な美しい顔立ちで、つぶらな瞳は青く、髪はみごとな金色だ。

「フラヴィアン」甘く柔らかな声で、その人はささやいた。「帰ってきたのね」

彼が初めて口を開いた。

「ヴェルマ」

ここでいっきに騒ぎになった。もちろん、アグネスが誰にも気づかれずにいるのは無理だった。残念ながら、目に見えない存在ではない。誰もが同じときに彼女に気づいた様子だった。フラヴィアンの母親と姉がアグネスのほうへ顔を向け、呆然たる表情になった。金髪の令嬢――ヴェルマ――はその場に立ち尽くしていた。暖炉の反対側に立った紳士が片眼鏡を目まで持ちあげた。

フラヴィアンがふりむいて、アグネスのほうへ片手を差しだした。馬車に乗っていた数分前に比べると、彼の顔はひどく青ざめている。

「妻のアグネスをみなさんに紹介させていただきたい」にこりともせずにアグネスの目を見つめてから、ほかの人々のほうを向いて、フラヴィアンは言った。「ぼくの母の、せ、先代ポンソンビー子爵夫人、姉のマリアン。いまはレディ・シールズだ」それから、残りの人々を順番に紹介していった。「シールズ卿オズワルド、レディ・フルーム、サー・ウィンストン・フルーム、それから、ヘイゼルタイン伯爵未亡人。フルームご夫妻の、れ、令嬢だ」

サー・ウィンストンが娘のほうへ一歩近づいた。レディ・フルームも立ちあがり、若き貴婦人を守ろうとするかのように近づいた。何から守ろうとしてるの？　ヘイゼルタイン伯爵の未亡人を。

一瞬の――いや、永遠の――沈黙が流れた。

最初に反応したのはレディ・シールズだった。

「あなたの妻ですって、フラヴィアン？」衝撃と不快感の混じった表情でアグネスを見た。

「あなたの妻？」

フラヴィアンの母親は真珠の首飾りを片手で握りしめていた。「どういうことなの、フラヴィアン？」息子の顔に視線を据えて、消え入りそうな声で尋ねた。「結婚したというの？　みんなへの当てつけね。そうでしょう？　ああ、予想しておくべきだった。昔から親に逆ってばかりの子だった。あなたのお兄さんが亡くなる前からずっとそうだった。無責任にも戦争へ行ってしまい、怪我をし、分別をなくし、暴力をふるうようになる前から、あなたはいつもそうだったわね。あなたを預かってくれたあのお屋敷から、ぜったいに出てはいけなかったのよ。でも、こんな……こんなことって……ああ、いくらなんでもひどすぎる」

「義母上《ははうえ》」シールズ卿が鋭い声で言い、妻がすわっている椅子のへりを大股でまわって、崩れるように元の椅子にすわりこむ義理の母親の二の腕を支えた。眉をひそめてそちらへ身をかがめた。

フラヴィアンの指がアグネスの手をきつく握りしめていたため、アグネスは指が圧迫されて痛いほどだった。しかし、彼を見上げたとき、嘲笑を浮かべて物憂げな目でこの場面を眺めていることを知っても、驚きはしなかった。

〝みんなへの当てつけね。そうでしょう？〟

「また急なことだったな、ポンソンビー」サー・ウィンストン・フルームが言った。冷たく高慢そうな声だった。アグネスのことは頭から無視していた。「母上の繊細さにもっと心を砕いてもよかっただろうに」

「結婚したというの、フラヴィアン？」レディ・ヘイゼルタインが言った。その顔に浮かんだ微笑は髪の色と同じぐらい淡くて、まるで亡霊のようだった。「でも、なんてすてきな驚きかしら。おめでとうを言わせてね。そして、あなたにも、レディ・ポンソンビー。どうぞお幸せに」

レディ・ヘイゼルタインは部屋を横切ってやってくると、アグネスをじっと見て、右手を差しだした。ほんの一瞬、力なく握手を交わしたその手は、氷のように冷たかった。

「ありがとうございます」アグネスは微笑を返した。

「わたくし、一年間の夫の喪がちょうど明けたところですの」レディ・ヘイゼルタインは言った。「父と母から、社交シーズンが始まる前にロンドンへ行こうと強く言われましたのよ。新しい服をゆっくり誂えるために。もっとも、わたくし自身はとうてい喪服を脱ぐ気になれませんでしたが。レディ・ポンソンビーも早めにこちらにいらしてて――あら、失礼、先代のレディ・ポンソンビーのことですけど――マリアンとシールズ卿もご一緒に。今日は、わたくしども一家を午後のお茶に招いてくださったんです。ポンソンビー卿が帰ってらっしゃるというので、わたくしも伺いました。何年ぶりかの再会ですもの。近所で育った幼なじみで、いつもいちばんの仲良しでしたのよ」

彼女は真っ青になりつつも、品のいい微笑を絶やさなかった。

「きみが夫に、さ、先立たれたと聞いて、む、胸を痛めていた、レディ・ヘイゼルタイン」フラヴィアンが言った。「お悔みの手紙を、か、書くべきだった」

「でも、あなたって、昔から筆不精な人だったから」彼女はそう言って、フラヴィアンに笑顔を見せた。

「レディ・ポンソンビー」レディ・フルームが言った。話しかけた相手はフラヴィアンの母親だった。「そろそろお暇しなくては。ご家族水入らずのひとときを過ごして、息子さんのうれしい知らせを喜び、できたばかりのお嫁さんと仲良くなってくださいね。お茶とおしゃべりを心ゆくまで楽しませていただきました、ポンソンビー卿。お幸せをお祈りいたします」

レディ・フルームは部屋を出るとき、アグネスに曖昧な笑顔を向けた。夫のほうはアグネスを完全に無視した。令嬢は今後アグネスともっと親しくさせてほしいという気持ちを伝えた。

一家の背後でドアが閉まったが、三人の存在がいまも部屋に大きくのしかかっているように感じられた。何かありそうだわ——アグネスは思った。ぜったいに何かある。〝フラヴィアン〟——レディ・ヘイゼルタインがにこやかな歓迎の表情を浮かべて言った。〝ヴェルマ〟——それに答えて彼が言った。

ヴェルマ。

しかし、二人は近所で育ったのだ。友達として。幼なじみがファーストネームを呼びあっただけのことだ。

しかしながら、それについて考えこんでいる時間はなかった。義理の母親と、義理の姉と、その夫がまだ部屋にいる。そして、フラヴィアンの知らせに大きな衝撃を受けている。

〝昔から親に逆らってばかりの子だった。あなたのお兄さんが亡くなる前からずっとそうだった。無責任にも戦争へ行ってしまい、怪我をし、分別をなくし、暴力をふるうようになる前から、あなたはいつもそうだったわね。あなたを預かってくれたあのお屋敷から、ぜったいに出てはいけなかったのよ。でも、こんな……こんなことって……ああ、いくらなんでもひどすぎる〟

〝あのお屋敷〟とはたぶん、コーンウォール州にあるスタンブルック公爵の本邸、ペンダリス館のことだろう。

ていた。

〝……みんなへの当てつけね。そうでしょう？〟

フラヴィアンの母親はいくらか冷静さをとりもどしていた。背筋を伸ばして椅子にすわっていた。

「じゃ、ほんとに結婚したのね、フラヴィアン」姉が言った。「お母さまの言うとおりだわ。もちろん、みんなへの当てつけだったのよ。いかにもあなたのやりそうなことね。まあ、その結果を背負って生きていくのはあなただけど。アグネス、気を悪くなさらないでね。ショックが大きすぎて、礼儀作法をすっかり忘れてしまいました。それにしても、弟とはいったいどこで？　出会ってからどれぐらいになるの？　そして、あなたはどういう方なの？　あなたをお見かけしたことは、これまで一度もなかったように思いますけど」

別に意外でもなんでもないわよね――できたばかりの義理の妹の頭から爪先まで視線を走らせながら、彼女の表情がそう言っているように見えた。

「去年の秋にミドルベリー・パークで初めてお目にかかりました」アグネスは説明した。「そして、一カ月前にふたたびお会いしたのです。特別許可証を手に入れて、そちらの村で四日前に結婚しました」

義理の姉の最後の質問に答える機会は与えられなかった。フラヴィアンがアグネスの手を放し、彼女の背中のくびれに自分の手をしっかりあてがった。

「こ、こっちに来てすわってくれ、アグネス。ひ、火のそばにすわるといい。よ、呼鈴の紐《ひも》をひいてくれないかな、オズワルド。ビッグズがうっかりしているといけないから、お茶のトレイを、あ、新たに持ってくるよう命じてほしい。復活祭までは、みんな、キャンドルベリーにいるものと思っていた。あちらへ手紙を、だ、出したんだ」

「わたしたちへの利口な当てつけのつもりかもしれないけど、フラヴィアン」彼の言葉が聞こえなかったかのように、母親が言った。「当然、あなた自身も苦しむことになるのよ。いかにもあなたのやりそうなことね。でも、マリアンも言ったように、その結果いちばん苦しまなくてはならないのはあなたなのよ。ちょうど、あなたのお兄さんが亡くなったあとで軍職を売却するのを拒んだときのように。あのとき、あなたが自分の義務を果たしていたら、その後の人生がどれほど大きく変わったことか。アグネス。あなたはどういう方なの？　うちの息子のおかげで子爵夫人という身分になる前は、いったいどういう方だったの？」

アグネスの最大の悪夢よりさらにひどい展開になってきた。しかし、みんながショックを受けたのだから仕方がない、と思うことにした。最初の計画どおりに進んでいれば、初めての顔合わせもこれほど悲惨なことにはならずにすんだだろう。フラヴィアンの家族が田舎の屋敷にとどまっていて、彼の手紙を読み、アグネスと会うまでに数日の余裕があったなら、そして、アグネスのほうも旅立つ前に手紙を書くチャンスがあったなら、少なくともおたがいに心の準備をし、むきだしの嫌悪を礼儀作法の陰に隠す時間を多少は持てただろう。

「わたしはアグネス・デビンズといって、ランカシャーで生まれました」アグネスは説明した。「父は紳士階級の人間です。一八歳のとき、近所に住む男性で大地主のウィリアム・キーピングと結婚しましたが、その夫は三年前に亡くなりました。シュロプシャーで牧師をしている兄のところにしばらく身を寄せ、その後、未婚の姉と暮らすためにグロスターシャーのイングルブルックという村に越しました。その村の近くにミドルベリー・パークというお屋敷があるのです」

「デビンズ？　キーピング？　どちらも聞いたことのない名前ね」フラヴィアンの母親は見るからに苛立った様子で息子の妻を見てぼやいた。

「わたしの父も、亡くなった夫も、貴族社会とは縁のない者たちでした」アグネスは言った。「また、ロンドンや上流階級の保養地へ出かけることにもまったく興味がありませんでした」

ただ、ドーラが一八歳になった年に、母が愛人と駆け落ちしていなかったら、父はロンドンに来ていただろう。でも、たとえ来たとしても、社交界のトップに君臨する人々と親しくなることはなかったはずだ。

「紳士階級といっても、裕福な方々ではなかったようね」フラヴィアンの姉がしばらく前にやったように、母親もアグネスの全身に視線を走らせた。

「わたしが富に憧れたことは一度もありません」アグネスは言った。

フラヴィアンの母親の目がさっとアグネスに向いた。「それなのに、あなたはうちの息子と結婚した。玉の輿だということが、よくわかってらしたのね」

「アグネスは、ふ、分別をなくした男と、け、結婚してくれたんだ、母さん。それは母さんにもわかるだろ。アグネスには、な、なんらかの、め、名誉の、く、勲章を授与しなくては」フラヴィアンは退屈そうな声で言った。ただ、言葉を絞りだすのがいつも以上に大変そうだった。「た、玉の、こ、輿に、の、乗ったのはむしろぼくのほうだ。よ、喜んでぼくを、う、受け入れてくれる人を、み、見つけたんだ。ここで顔を、あ、合わせる前に、母さんに手紙を、よ、読んでもらうチャンスがなくて、ざ、残念だけど、ロンドンのぼくの屋敷に、く、来ることを、母さんはひとことも知らせてくれなかった。いまではアグネスがここの、お、女主人なんだ。ああ、お茶の、ト、トレイがようやく来た」

「だしぬけにこんな思いがけない報告をされて、われわれ全員、それをフラヴィアンの無謀さのせいにした」シールズ卿がそう言って、アグネスに笑顔を見せた。「悪いのはわれわれのほうだ。衝動的にロンドンに来てしまい、わが義理の弟の帰宅が予定されている日に、勝手に客を招いたりしたのだから。アグネス、夫の身内に冷たく迎えられることになってしまったね。心からお詫びしたい。わたしとしては、きみがお父上に予告もなくフラヴィアンをひきあわせたら、そのときもフラヴィアンが同じように冷たく迎えられることを願うのみだ。あのトレイ、きみの前に置こうか?」

トレイはフラヴィアンの母親の前に運ばれて、母親がすでにティーポットに手を伸ばしているところだった。

「いえ、気をお遣いにならないで」アグネスは片手を上げて止めた。「お茶を注いでいただくほうが楽ですわ」

「きっと、ひどくお疲れでしょうね、アグネス」レディ・シールズが彼女にお茶を運んできて言った。「馬車の旅って、順調なときでも、退屈で疲れるものですもの」

アグネスは旅のことをせつなく思いかえした。あのときからすでに、その旅が彼女の昔の人生と新たな人生をつなぐ橋のようなものだとわかっていて、過去にも未来にも属さないその時間にすがりついていた。長旅の退屈さを紛らそうとして二人で三回おこなったことに、ちらっと思いを馳《は》せた。〝退屈を紛らそう〟というのが、とにかく、フラヴィアンの口実だった。

あの橋にすがりついたのは、やはり正解だった。

〝もちろん、みんなへの当てつけだったのよ。いかにもあなたのやりそうなことね。まあ、その結果を背負って生きていくのはあなただけど〟

〝わたしたちへの利口な当てつけのつもりかもしれないけど、フラヴィアン、当然、あなた自身も苦しむことになるのよ。いかにもあなたのやりそうなことね。でも、マリアンも言ったように、その結果いちばん苦しまなくてはならないのはあなたなのよ……〟

そして、すべてのことが、とてもしとやかで美しいヴェルマと、つまり、ヘイゼルタイン伯爵の未亡人と、なんらかの形で関係している。一年間の夫の喪が明けた人。フラヴィアンが手紙を書こうとしなかった相手。本当は書かなくてはならない理由があったのだろうか？

「ありがとうございます、レディ・シールズ」アグネスはお茶のお礼を言った。

「あら、マリアンって呼んでくれなきゃ。いいでしょ？」レディ・シールズが言った。「姉妹になったんですもの。姉妹なんて言うと、とっても不思議な気がするわ。あなたの結婚式から締めだされてしまったけど、そのほうがよかったのかもしれない。フラヴィアンに〝うるさい干渉〟だって言われるに決まってるから。ねえ、お式の様子を話してちょうだい。ひとつ残らず。それから、あなたは黙ってお茶を飲んでて、フラヴィアン。そういうことを説明する場合、男の人は文章ひとつで片づけてしまって、なんの説明にもならないんだから」

フラヴィアンはすでに暖炉の反対側の椅子を選び、そこにすわってアグネスのほうを見ていた。いつものように、かすかな嘲笑を含んだ眠そうな表情を顔に張りつけている。それが自信のなさと傷つきやすさを隠すための仮面であることに、彼の母と姉は気づいているだろうか、とアグネスは疑問に思った。

結婚式とミドルベリー・パークでの披露宴の様子を語った。そして、彼が〝みんなへの当てつけで〟結婚したというのはどういう意味だろうと首をかしげた。

しばらくのちに、妻を連れて階段をのぼりながらフラヴィアンは思った——自分の責任で何かをしようとした経験のないことが問題なのだ。一度もその経験がない。彼がまだ少年で、父親の死後にデイヴィッドが爵位を継ぎ、その爵位がそう遠くない将来にフラヴィアンのものとなる日に備えて、みんなが彼に準備をさせようとしていたときは、とにかく目立たないようにしてきた。もちろん、デイヴィッドの縁談が進められていて、跡継ぎの誕生へのかすかな期待もあったが、フラヴィアンが一八歳になり、みんなが彼の縁談を考えるようになると、そのかすかな期待は消えてしまった。

そうしたことに関わりを持つのを、フラヴィアンはきっぱりと拒絶した。

彼の寝室のとなりにもうひとつの寝室がすでに用意されているのを、アグネスを連れてそこに入ったときに知って、フラヴィアンはほっとした。誰が命じたわけでもない。もちろん、彼自身もそこまで気がまわらなかった。本当は彼が命じるべきだった。しかし、召使いというものはたいてい、気を利かせて動いてくれるものだ。寝室の向こう側にある化粧室のドアが開いていて、若いメイドの姿が見えた。彼の妻のカバンから荷物をとりだしていた。脚を折ってお辞儀をし、「奥方さま付きのメイドが到着するまで、わたしがお世話をするよう申しつかっています」と言った。

「ありがとう」アグネスが言い、フラヴィアンはメイドに軽くうなずいて、それからドアを閉めた。

アグネスのほうを向いた。「す、すまなかった」客間を出て以来二人のあいだに続いていた沈黙を破って、彼は言った。

「そんな……わたしのほうこそ謝らなきゃ」あわててアグネスが言った。「最悪の展開になってしまって、お母さまとお姉さまは大きなショックを受けてらした。でも、あなたの責任じゃないのよ、フラヴィアン」

彼女のブラシ類が化粧台にすでに置かれていた。アグネスはそちらに近づき、ブラシを並べなおした。

「そもそもの原因は、ぼくが、け、けっして自分を主張しなかったことにある。ポンソンビー子爵となって何年もたつのに、い、一度もその地位にふさわしい行動をとろうとしなかった。もし、ぼくがそうしていたら、みんなも今日のような態度はとらなかっただろう。す、おした。
「すまない」
　アグネスは二本の燭台を彼女の好みに合わせて化粧台の両端に置き、次に同じ側に置きな
「そのうち数年は、あなた、具合が悪かったのよ」
　そこはモスグリーンとクリーム色で統一された感じのいい部屋で、彼の部屋に使われてい
る濃いワイン色のブロケードやベルベットとはずいぶん違っていた。愛の行為をいちばん楽
しめるのはこの部屋になりそうだ、とフラヴィアンは思った。
　それにしても、ヴェルマがいたなんて！　時空のゆがみのなかを歩いていくような気がし
た。七年の歳月が消え去り、まるで何も起こらなかったかのように、ふたたび彼女が姿を見
せた。だが、彼から逃げていくのではなく、近づいてきて、悲しみと苦悩のなかで泣き崩れ
るかわりに、にこやかな笑みを浮かべた。昔と少しも変わらない美しさだった。
　フラヴィアンは握ったこぶしの端で額をさすった。頭痛が始まりかけていた。
「ヴェルマって誰なの？」アグネスが訊いた。まるで彼の思考の流れを読みとったかのよう
だ。ふりむいて彼を見ていた。
「ヘイゼルタイン伯爵夫人のこと？」フラヴィアンは渋い顔をした。
「最初、あの人のことをヴェルマって呼んだでしょ。そして、向こうはあなたをフラヴィア
ンと呼んだ」
　フラヴィアンはため息をついた。

「き、近所どうしだったからね。彼女がそう言ってただろ。ファージングズ館はキャンドルベリーから一〇キロほどのところにある。家族ぐるみで昔から親しくしてきた」

アグネスは化粧台の前の詰め物をしたベンチにすわり、両手を膝に重ねて彼と向かいあった。

「ヴェルマは、ぼくの兄の、デ、デイヴィッドと結婚するはずだった。彼女が一八に、な、なったら、婚約する予定になっていた。兄が彼女に、む、夢中だったんだ。ところが、その時期になったら、兄は婚約を、こ、拒みはじめた。は、肺結核を患っていて、回復の見込みのないことが、すでにはっきりしていた。跡継ぎをもうけることはできるし、ひょっとしたらさらにもう一人作ることだって、で、できるだろう、とみんなが言って聞かせたが、兄は、こ、拒むだけだった。ぜ、ぜったいに婚約しようとしなかった。そして、心を、い、痛めていた」

「まあ」アグネスは低くつぶやいた。「ヴェルマはお兄さまを愛していたの?」

「自分の、ぎ、義務は、す、すなおに果たしただろう」

「でも、愛してはいなかったのね?」

「うん」

「お気の毒なお兄さま」アグネスはフラヴィアンを見た。「あなたもお兄さまのために心を痛めたの?」

フラヴィアンは落ち着かない様子で窓辺に歩み寄り、窓枠を指で軽く叩いた。となりにある彼の寝室と同じく、この部屋の窓も広場に面していて、広場の中央には手入れの行き届いた庭がある。頭痛はまだ続いていた。何かが頭の隅をかすめ、頭痛がさらにひどくなった。

「ぼくは兄に頼みこんで軍職を購入してもらい、連隊に入るために家を出た」

無関係な話に移ったかと思われた。だが、そうではなかった。デイヴィッドが婚約を拒んでいる以上、彼自身もヴェルマとは婚約できないと思った。辛い状況から抜けだす方法はひとつしかなかった――だから家を出た。

頭痛がひどくなり、頭が割れそうだった。

「それで、ヴェルマは？」アグネスは訊いた。

「数年、た、たってから、ヘイゼルタイン伯爵と結婚した。伯爵は去年亡くなった。娘が一人いる。というか、そ、そう聞いている。ただ、息子はいない。彼女にとっては、し、失望の種だったに違いない」

レンも失望しただろうか、とフラヴィアンは考えた。失望したに決まっている。なぜこんな疑問を持ったりしたのだ？　このひどい頭痛のせいだ。

「お兄さまはヴェルマが結婚する前に亡くなられたの？」

「うん」フラヴィアンは彼女に背中を向けたままだった。

「あなたはきっと、お兄さまのためにほっとしたでしょうね」

「うん」彼女はまだ真実の半分も知らない。そして、彼にはそれを話す元気も意思もなかった。

アグネスがそばに来て傍らに立ったことに、フラヴィアンは気がついた。彼女の肩に腕をまわし、そちらを向いて抱き寄せた。彼女の頭のてっぺんに額をつけた。一日の旅を終えたあと、彼女はまだ着替えておらず、顔や手を洗ってもいなかった。二人ともそうだった。しかし、彼は慣れ親しんだあの石鹸の香りを吸いこみ、さらに強く抱きしめた。

「ここは窓のすぐそばよ」アグネスが言った。

フラヴィアンは片手を伸ばしてカーテンを乱暴に閉めた。そして、唇を開いて熱烈なキスに移り、彼女から得られる安らぎにすがろうとした。

「この、か、会話の続きは、あちらの、べ、ベッドでやろう」唇を重ねたままで、彼は言った。

「まだ日が高いのに？」

「馬車のなかでは、とても、た、楽しんだじゃないか」彼は指摘した。

「メイドが」アグネスは化粧室のほうへちらっと目を向けた。

「雇い主のいる部屋に召使いが勝手に入ってくることはない」フラヴィアンは彼女に言って聞かせた。

アグネスの服を脱がせる手間も、自分で服を脱ぐ手間もかけなかった。ベッドに押し倒し、スカートをウエストまでめくりあげ、自分のズボンの前のボタンをはずすと、いきなり覆いかぶさり、腿のあいだに割って入っていっきに貫いた。まるで、熱く潤んだ彼女の身体の奥でなんらかの救済を見つけることに、彼の命がかかっているかのようだった。耳のなかで血流が轟音《ごうおん》を立てるのを聞きながら激しい律動をくりかえし、欲望を解き放った。何秒かたってから、自分の荒い息遣いが聞こえた。

アグネスの上から身体をずらし、片方の腕で目を覆った。頭痛はまだ消えない。

「ほ、ほんとに、す、すまない」

「どうして？」

アグネスは横向きになり、彼の胸の上で片手を広げた。

「い、痛くなかったかい？」

「ううん。ねえ、フラヴィアン、お兄さまが亡くなったのにあなただけが生きていることで自分を責めるのは、もうやめたほうがいいわ」

彼女は半分もわかっていない。しかし、フラヴィアンは目を覆っていた腕をどけて彼女を見つめた。物憂げな笑みを浮かべた。「いまの、よ、よかったかい？ ぎ、技巧はあまり使わなかったけど」

「じゃ、馬車のなかでは技巧を使ったわけ？」尋ねるアグネスの頰がピンクに染まった。

フラヴィアンは片方の眉を上げた。「ああいう離れ業に必要な技巧というものが、きみにはわかっていない」

「あら、わかってるつもりよ。わたしもその場にいたんですもの」

「おや」目を細め、彼女の唇をじっと見て、フラヴィアンは言った。「あれはきみだったのか？」

そして、身体を横向きにすると、ふたたびキスを始めた。今度はゆっくりと、技巧を駆使し、彼女を喜ばせることを第一に考えて。ヴェルマは何を感じていたのだろうと気になった。彼が最初に客間に入っていったとき、彼女の目には胸の思いがあふれていたに違いない。

そして、この自分は何を感じているのだろう？

自分が選んだ妻のそばにいると安らげる。頭痛が遠くへ去りつつあった。
「アグネス」フラヴィアンはささやきかけ、満足の吐息をついた。

16

以後、アグネスの人生は想像もつかなかったほど大きく変わった。

初めて顔を合わせたその日、晩餐の時刻が来るころには、フラヴィアンの母親も最悪の衝撃から立ちなおり、会話の中心になった。それは別にむずかしいことではなかった。なぜなら、マリアンとシールズ卿はすでに自分たちのタウンハウスに戻り、フラヴィアンは眠そうな表情を顔に張りつけ、アグネスはまだ心が乱れていて社交的な会話をリードできる状態ではなかったからだ。

「今年は復活祭の時期が遅くて本当に助かったわ」フラヴィアンの母親は言った。「貴族階級の人々が大挙してロンドンに押し寄せ、社交シーズンが本格的に始まるまでに、まだ二週間ほどあるから、とにかく、そのあいだに衣装をそろえることにしましょう」母親は先ほどアグネスの薄紫のイブニングドレスにちらっと目をやり、苦々しげな表情を浮かべたのだった。

「あなたも子爵夫人にふさわしい装いを心がけなくては」フラヴィアンの母親は遠慮会釈もなく言った。明日、専属の仕立屋《モディースト》を屋敷に呼び、数日以内に美容師も呼ぶという。そうすれば、人前に出る準備が整う前のアグネスをうるさ型の連中に見せなくてもすむとのこと。

そこでフラヴィアンが割って入った。

「うるさ型の、れ、連中が、いまのままのアグネスに文句をつけるなら、絞首刑にでもなるがいい。それから、明日、ぼ、ぼくがアグネスをボンド通りへ連れていく。あそこなら一流の仕立屋が見つかるはずだ」

「誰が一流か、あなたにわかるの？」母親が言った。「それから、最新の流行とか、新しく登場した生地や縁飾りのこともわかるというの？　いいこと、フラヴィアン、そういうことはわたしに任せなさい。あなたの子爵夫人が野暮ったく見えたら困るでしょ」

「そんなことには、な、なりっこない」フラヴィアンはそう言いながら、身を傾けて、従僕にワインのおかわりを注いでもらった。

「今度は、わざと愚かなまねをしようという魂胆ね、フラヴィアン」

口をはさむべきときが来た。アグネスは自分が生命なき物体としてこの母子の口論の種になっているような気がしはじめていた。

「ボンド通りでも、そのほかの場所でも、有名な仕立屋がいるところならどこへでも喜んでまいります。明日、お二人とも一緒にいらしてはどうでしょう？　フラヴィアン、あなたにエスコートしてもらえれば心強いし、お義母《かあ》さまもきっと同じお気持ちだと思うわ。それから、ご助言と専門的なご意見がいただければ助かります」

フラヴィアンは唇をすぼめ、グラスを上げて彼女に無言の乾杯をした。彼の母親はため息をついた。

「お義母さまと呼んでくれたほうがいいわ、アグネス。だって、わたしはあなたの姑なのよ。じゃ、明日の朝ね。マダム・マルタンのサロンへ行きましょう。顧客のなかには少なくとも公爵夫人が一人いるはずよ」

物憂げに伏せたまぶたの奥でフラヴィアンの目がきらめいたが、意見を述べるのは差し控えたようだ。母親が譲歩しているのがわかったに違いない。

「楽しみにしております、お義母さま」アグネスは言った。

先代子爵未亡人はさらに続けて言った。「宮廷へ拝謁に上がらなくてはならないし、もちろん、社交界にデビューする必要もあるわ。いまのあなたは無名の存在ですもの。社交シーズンに入ったらすぐ、アーノット邸で大々的な舞踏会を催すことにしましょう。でも、その前に、あなたを連れて、名門のお宅をあちこち訪問しなくては。そして、舞踏会がすんだら、一流のパーティや、夜会や、朝食会や、音楽会に頻繁に顔を出し、劇場やオペラハウスやヴォクソール・ガーデンズへも出かけなくてはいけないわ。それから、公園を散歩したり、馬車で走ったりするの。いちばんいいのは、上流階級の人々でにぎわう午後のハイドパークね」

そして、フラヴィアンに言った。

「子爵夫人という身分にふさわしくない女性と結婚したため、人前に出さないようにしている、などと世間の人に思われたら、あなたもいやでしょ」

フラヴィアンはローストビーフの皿の上でナイフとフォークを交差させたまま、しばらく考えこみ、それからワイングラスの脚を手にしてようやく答えた。「人の疑惑を、う、打ち消したいという思いが自分にあるのかどうか、よくわからないんだ、母さん。世間の連中には、好きなように信じさせておけばいい。たとえそういうばかげた噂でも」

母親は舌打ちをした。

「あなたの困ったところはね、フラヴィアン」声を尖《とが》らせた。「何も気にかけない点なの。自分の責任も、他人に与える苦痛も、気にかけようとしない。でも、気にかけるのを避けて通ることは、もう許されないのよ。あなたは衝動的にアグネスと結婚した。紳士階級の家に生まれたものの、上流社会とはなんのつきあいもなく、結婚によって足を踏み入れた社交界での経験は何もない。あなたが気にかけてあげなくては。アグネスのために。わたしやマリアンのためではなく、あなた自身のためでもないのよ」

ローストビーフにふたたびナイフを入れたとき、彼の顔には嘲笑が浮かんでいた。

「うん、大丈夫だよ、母さん。ぼくはいつだって気にかけてきた」

「わたしたち、式のあとでまっすぐロンドンに来たんです、お義母さま」アグネスが言った。「新しい身分に何が必要かを、わたしが少しでも学べるようにって。ご一家の方々がわたしたちの結婚を知る暇も、その事実を受け入れる暇もないうちに、こちらにいらしていたことを知って、わたしもさっきは狼狽しましたが、いまでは、かえってよかったと思っています。お義母さまと、できれば、お義姉さまにも力を貸していただければ、フラヴィアン一人に助けてもらうより、新たな人生に慣れるのがいろいろと楽になるはずです。今後のわたしにふさわしいこと、必要なことを、すべて喜んで覚えるつもりでおります」

　アグネスはこれが媚《こ》びへつらいに聞こえないよう願った。じっさい、いま口にしているのは正直な気持ちだった。結婚前は、フラヴィアンの妻になると同時に、子爵夫人という身分になるという事実について、ろくに考えもしなかった。もっとも、正直なところ、何事についてもろくに考えずに結婚してしまったのだが。

　フラヴィアンは眠そうな目で彼女に笑いかけた。母親はきびしい視線をよこした。そこには賞賛の兆しが芽生えているように思われた。

　そして、怒濤の人生が始まった。アグネスのこれまでの経験からかけ離れたものだったので、別世界へ連れていかれたのも同然だった。

　一日目の午前中の大半と午後のすべてを、ボンド通りにある〈マダム・マルタンのサロン〉で過ごすことになった。マルタンというフランスふうの発音だが、しきりと手をひらひらさせながら強烈なフランス語訛りで話すこの小柄な仕立屋《プティ・モディースト》は、おそらく、店から数キロ以内の場所で生まれ育ったものと思われる。アグネスはこの店で、ありとあらゆる機会に備えて、めまいがしそうなほど膨大な数の衣装を仕立てることになった。何冊ものスタイルブック、何種類もの生地、さまざまな縁飾りとボタンとリボンとサッシュベルトを見せられ、最後には、水をたっぷり含んで長い時間がたった海綿になったような気がしてきた。

　フラヴィアンが店までエスコートしてくれたが、店でずっと一緒にいたのは母親で、彼のほうは一〇分ほどたつと、どこへ行くとも言わずに姿を消してしまい、五時間以上戻ってこなかった。五時間！　それでも、アグネスと母親は彼と一緒に店を出られる状態ではなかった。提案と助言をおこなうのは母親で、嫁とは根本的に好みが違っていることがほどなく明らかになったものの、時間がたつにつれて、母親がどんどん自分の意見を押し通すようになった。しかし、生まれたときから貴族社会で暮らしてきた貴婦人と、顧客に公爵夫人が二人もいることを公言して憚《はばか》らない、ロンドンの流行をリードする仕立屋の一人の専門的な意見に、どうしてアグネスが逆らえるだろう？

本来なら興奮でわくわくするだろうが、アグネスはひどく困惑し、憂鬱になるばかりだった。いや、単に疲れはてただけかもしれない。

自分のために注ぎこまれる金額のことを考えるのはあきらめた。二日目はとくにそうだった。この日はフラヴィアンの母親とマリアンに連れられてボンド通りとオックスフォード通りの店をまわり、ボンネットと扇子、手提げと日傘、ストッキングと下着、香水とオーデコロンと気付け薬入れ、室内履きとブーツ、その他さまざまな品を買い求めた。そのすべてが、上流階級の女性に最低限必要とされるものだった。

なにしろ、フラヴィアンと結婚したという単純な事実によって、アグネスも上流社会の一員になったのだから。でも——アグネスは自分に問いかけた——いまのわたしが上流社会の人間だとしたら、二度目の結婚をする前のわたしはなんだったの？　〝上流社会の〟という言葉には反対語があるの？　あるとしたら、気の滅入りそうな言葉でしょうね。

この日、ぐったり疲れて暗い気分で帰宅したアグネスは、子爵夫人付きのメイドに応募してきた三人が家政婦の部屋で彼女の帰りを待っていることを、執事から告げられた。アグネスは生まれて初めて、自分にメイドが必要であることを理解した。また、一時的に彼女の身のまわりの世話を命じられたメイドのパメラには、子爵夫人付きのメイドに格上げされるにふさわしい能力も野心もないことが、すでにわかっていた。でも、いますぐ応募者の面接をしなきゃいけないの？　たぶん、そうね。ほかの誰かに選択を任せたくないのなら。

「居間のほうへ一人ずつよこしてちょうだい、ビッグズさん」執事にボンネットと手袋を渡しながらアグネスは言い、姑が孫の顔を見るためにマリアンの屋敷に立ち寄ったことにほっとした。アグネスは疲労困憊《こんぱい》を口実にして、一緒に行くのを辞退していた。

一人目の応募者は断わることにした。フラヴィアンの母親と親しくしているレディ・なんとかという人からのすばらしい推薦状があったものの、〝奥方さま〟と呼びかける口調がひどく偉そうだったので、アグネスは自分が半分に縮んでしまったような気にさせられた。二人目も雇う気になれなかった。面接のあいだずっと洟をすすり、単調な鼻声で受け答えを続けたが、風邪をひいたのかと尋ねられると否定した。その質問に驚いているようにさえ見えた。

三人目の応募者は斡旋《あっせん》所の紹介でやってきた、ほっそりタイプの、いや、どちらかと言えば痩せこけた少女で、マデラインだとアグネスに自己紹介をした。

「でも、奥さまさえ構わなければ、マディと呼んでもらったほうがいいです。メイドの名前がマデラインなんて、ちょっと偉そうですもの。そうでしょ？　父が全部の子に大層な名前をつけたんです。いつも言ってました——うちには立派なものが何もないかもしれんが、少なくとも、みんなの名前だけは立派だ、って」

「まあ、楽しい考え方ね、マデライン」アグネスは言った。

マデラインは面接のための質問を待たなかった。自分からどんどんしゃべりはじめた。

「みんなの話だと、奥さまは明日、髪をお切りになる予定だとか」"みんな"というのは家政婦のことだろうとアグネスは推測した。「見た感じでは、すごく長そうですね。髪の形をしばらく整えておられなかったのなら、切るのはいいことだと思います。でも、あまり切りすぎないようにしてください。髪を縮らせたりカールしたりするだけで、とってもおしゃれな感じになるレディたちもいらっしゃいますが、奥さまだったら、それ以上にすてきになります。あら、訊かれもしないのに、勝手にこんなこと申しあげてすみません。エレガントな雰囲気になされば、行く先々で注目の的になるはずです」

「じゃ、あなたがエレガントな髪形に結ってくれる？」アグネスは尋ねた。足が疼いているにもかかわらず、くつろいだ気分になってきた。

「ええ、できますとも、奥さま」少女はきっぱりと言った。「あたしは下に来てるあの女の人みたいに気どったタイプじゃないですけどね。あの人、自分は腕がいいから公爵夫人の着付けを頼まれることもある、なんて言うんですよ」あら、お義母さまの衣装係のフィンチリーさんも家政婦の部屋に来ていたのね、とアグネスは思った。「うちには姉妹が六人いて、母さんもいて、あたし、みんなの髪を結うのが何よりも好きなんです。しかも、みんな、顔立ちが違うんですよ。そこが大事なんです。そうでしょう？　単純にほかの人と同じ形にするんじゃなくて、顔とスタイルと年齢と髪質に合わせた形に結いあげることが」

「あなたを雇うことになったら、マデライン」アグネスは言った。「髪を結うだけじゃなくて、ほかにもたくさん仕事があるのよ」

「昨日はずっと、仕立屋さんにいらしたんでしょ。それから、今日はほかのお店をまわって、ドレスに合わせる品をあれこれお買いになった。ここに着いたとき、そう聞かされました」

「あら、どうしましょう。ずいぶん待たされたの、マデライン？　ごめんなさいね」

少女は呆然たる表情になり、それから陽気に笑いだした。

「奥さま、いい方ですね。あたしにはわかります。どうりで、階下にいたとき、さっきの女の人が軽蔑したような口調になって、奥さまは田舎の出だから何もわかってない、なんて言ってたんだわ。奥さまが人の口車に乗せられて、フリルやひだ飾りがたっぷりのデザインを選んだりなさってないよう願いたいです」

アグネスは口車に乗せられたかもしれないと心配になった。ただし、正直なところ、どういうデザインに同意したのか、まったく覚えていないのだが。

「そういうのは避けたほうがいいの？　正直に言うと、自分がフリルの似合うタイプだと思ったことは、これまで一度もなかったわ」

「そうね、似合わないです」少女は言った。

「でも、貴族の社会では、地味な格好は許されないみたい」アグネスは悲しげな笑みを浮かべた。

　マデラインはふたたび呆然たる表情になった。

「地味？　奥さまが？　ぴったりの服を着て、ぴったりの髪形になされば、紳士のみなさんはもういちころです。だけど、やたらと髪を縮らせたり、やたらとフリルで飾ったりしてはだめです。エレガントに見せなくては。年とった女性のまねはやめましょう。奥さま、おいくつですか？」

「二六歳よ」

　アグネスは噴きださないようにするのがひと苦労だった。

「思ったとおりだわ」マデラインは言った。「あたしより一〇歳上。でも、まだまだ年寄りじゃない。ただし、もう若い女の子でもないのに、まわりの人はきっと、お金持ちで名門の結婚相手を見つけるためにもうじきこの街に集まってくる女の子たちと同じような格好を、奥さまにさせようとするんでしょうね。もしあたしが奥さまの衣装係になったら、何を着ればいいかをお教えします。似合わないものはけっして着せません。あら、こんな好き勝手なことばかり言ってちゃいけませんね。お屋敷へ行くだけ時間の無駄だ、台所の下働きとして雇ってもらえるだけでめっけものだってみんなに言われてきたのに。あたし、しゃべりすぎでしょうか？　何かを強く願うと、つい、おしゃべりになってしまうんです」

「そして、いまのあなたが願ってるのは、わたしの衣装係になることなのね」アグネスは笑顔で少女に言った。「それから、わたしの髪を結うこと」

「はい、そうです」マデラインは不意に目をみはり、心配そうな表情になった。「奥さまにお会いして、さらにその思いが強くなりました。すてきな方ですもの。あ、いわゆる可憐なタイプではないけど、奥さまには将来性があります。この言葉、すてきだと思いません？あたし、二、三週間前に覚えたばっかりで、使うのにぴったりのチャンスを待ってたんです」

「では、マデライン、明日あなたの荷物をここに運びこんで、ポンソンビー子爵夫人の衣装係というあなたの立場にふさわしい身支度をしてちょうだい。台所の下働きはさせません。床磨きなんて、あなたの才能の無駄遣いだわ。わたしが仕事の指示を出します。それから、明後日、ボンド通りにあるマダム・マルタンのお店へ一緒に行ってちょうだい。仕立てを頼んだドレスについて、あれこれ注文をつけてきたんだけど、いくつか変更したい点が出てきたの。あなたがそれを着るのを許可してくれなかったら、仕立てて届けてもらっても無駄になるだけでしょ？」

「届ってくださるんですか？」マデラインは自分の耳が信じられないという表情だった。

「ええ、あなたに決めたわ」アグネスは微笑した。「あなたをがっかりさせないようにするわね」

マデラインがあわてて立ちあがったので、アグネスは一瞬の驚きのなかで、少女が抱きついてくるのかと思った。だが、少女はかわりに胸の前で両手を固く握りあわせ、膝を折ってお辞儀をした。

「けっして後悔させません、奥さま。ええ、そうですとも。見ててください。社交界の花形にして差しあげます。ああ、母さんと妹たちに報告するのが待ちきれない。ぜったい信じてくれないわ」

アグネスは翌日、髪を五センチだけ切ってもらった。先端を切りそろえる程度のことだった。連れていかれた美容院はジョンストン氏という美容師の店で、氏は不満そうだった。フラヴィアンの母親も同じだった。しかし、その夜、彼女の寝室にやってきたフラヴィアンは、髪を背中に垂らした彼女の姿を褒めた。

「さっきの、ば、晩餐の席では、毛を刈りこまれた子羊を、め、目にするものと思っていた。だけど、かわりに、艶やかでエレガントな、な、長い髪のアグネスがそこにいた。美容師がその髪形に、し、してくれたのかい？」

「美容院では切りそろえてもらっただけなの。結ってくれたのはマデライン。雇い入れたばかりのメイドよ」

「真新しいお仕着せに身を包んだ、あの小柄な細い子かい？　あのお仕着せ、パリパリに糊がきいてて、なかに人が入ってなくても直立できそうだったぞ。この寝室のドアの前であの子とすれ違ったとき、渋い顔で見られてしまった。ぼくにはきみの足の小さな爪にキスする値打ちもないと思ってるような顔だった」

「あらあら。あの子、わたしのことが好きみたい。髪を長いままにしておいて、若く愛らしく見せるかわりに優雅さをめざすよう、説得されたわ。わたしには将来性があって、そんなに年寄りじゃないけど、あの子より一〇歳上だから、どっちつかずの微妙な年齢なんですって。でも、今年社交界にデビューする若い子たちと競いあうのは、やはり慎んだほうがよさそうね」

「すると、あのメイドは見かけによらず、て、手強い相手なんだね？　とくに、た、単なる夫にとっては。今度あの子に会ったら、け、謙虚な表情を心がけるとしよう。ぼくに渋い顔を向けるのをやめて、きみの部屋に、か、通うのを許してくれるかもしれない」

アグネスが笑いだすと、フラヴィアンは彼女の髪を指にからめ、うなじを抱いてひきよせた。

「マ、マデラインに感謝だ」アグネスの口元で彼は言った。「給金を弾むとしよう。きみの、な、長い髪が好きだよ、アグネス。それに、きみはすでにエレガントだ。きみと、き、競いあうのはやめるよう、若い、お、女の子たちに助言しなくては」

「馬鹿ね」アグネスはまた笑いだした。

そのあとは情熱に身を委ねた。

彼に愛撫されるときは――そして、彼女からも彼を愛撫するときは、叶うはずがない夢の数々を信じることができた。愛の行為はつねに二人でおこなうものだった。妻も夫を愛撫していいなんて、誰が思っただろう？

そしてなぜ、夢というだけで、叶うはずがないとあきらめてしまうのだろう？　夢もときには実現するのではないだろうか？

アグネスは予定どおり、翌日の午前中にふたたびマダム・マルタンの店へ出かけた。フラヴィアンの母親は、三日連続で買物に精を出したあとなので、朝の遅い時間か昼下がりまでベッドで休むことにすると言った。おかげで、マデラインだけを連れて屋敷を出るのは簡単だった。マデラインは彼女の横を控えめに——そして誇らしげに——歩いていた。フラヴィアンは朝食がすむと出かけてしまった。男の娯楽に耽《ふけ》るためで、あちこちのクラブや、ボクシングとフェンシングのサロンや、タッターソールの馬市場などをまわるのだろう。

アグネスが二日前に仕立屋でおこなった大量の注文に、今日はさまざまな修正が加えられた。大部分は小さなものだったが、大きな修正もいくつかあった。舞踏会用のドレス一着と、散歩服一着のデザインが没にされ、もっとシンプルで古典的なものに変更された。ひだ飾りは冷酷に捨て去られ、繊細な刺繍とレースとスカラップ模様の縁どりに替えられた。最初のうち、マダム・マルタンはマデラインを胡散《う さん》臭そうに見て、〝奥方さま〟には先代の子爵夫人と一緒に出なおしていただき、変更部分についてご相談いただくほうがいいかと存じますが、と言葉巧みに勧めていたが、やがて、このメイドに敬意に似た視線を向けるようになった。

「昨日、義理の姉に言われたのよ」サロンをあとにしながら、アグネスは言った。「フッカム図書館の会員になったほうがいいって。自宅の図書室にある本を見てみたけど、ものすごく古くて、内容が無味乾燥なものばかり。説教集や道徳的な話が中心なの」

きっと、昔の子爵夫人が購入したものだろう。

「あの、ひとつ質問させてください、奥さま」マデラインが嫌悪の声で言った。「説教集より楽しい本が見つからないなら、わざわざ文字を習う意味がどこにあるんです？　週に一回ずつ教会へ出かけて、硬い信者席にすわり、説教を聞かされるだけでうんざりなのに。それに、牧師さまのなかには、いつまでたっても説教をやめない人もいますしね」

図書館は苦もなく見つかり、会費を払ったアグネスは本棚のあいだをまわって幸せなひとときを過ごした。ここには詩集や小説や戯曲があり、一冊か二冊借りて帰るものを選ぶのにかなり悩みそうだった。もちろん、またいつでも出かけてきて、ほかの本と交換すればいい。図書館というのは、なんとすばらしい発明だろう。ここには豊かな知識と娯楽が詰まっている。

「レディ・ポンソンビー？」軽やかに甘く尋ねる声がした。「ええ、やっぱりそうだわ」

アグネスは驚いてそちらを向いた。わたしを知っている人などいないし、わたしが知っている人もいないはずなのに。

ああ。でも、そうね、知っている人がいた。

「レディ・ヘイゼルタイン」手袋に包まれた手が差しだされたので、アグネスはその手をとった。

レディ・ヘイゼルタインはブルーの濃淡を使った明るい色合いのドレスを着ていた。アグネスがすでに気づいたように、最新流行のデザインだ。金髪がきらきらと波打って額にかかり、耳からうなじへ流れる髪が、前縁の広いしゃれたボンネットの下に覗いている。青い目に笑みが浮かび、頬がほんのりピンクを帯び、歯は真珠のように真っ白で、顎にはなんとも愛らしいえくぼができている。美と気立てのよさを絵に描いたような人だ。

「お声をかけてくださってうれしいわ」アグネスは言った。「本に夢中になってて、お姿が目に入っていなかったの。申しわけありません。ご機嫌いかが？」

「とっても元気よ、おかげさまで」レディ・ヘイゼルタインは言った。「ここでお目にかかれて、さらに元気が出てきたわ。昨日フラヴィアンが訪ねてきたとき、あなたがご一緒じゃなかったので、がっかりしましたのよ」

アグネスは自分で選んだ二冊の本を胸に抱えて、どうにか微笑を保つことができた。「わたしも伺えなくて残念でした。義母《はは》とレディ・シールズに連れられて、三日連続で買物に出ていたものですから。あんなに多くの品が必要だとは思いもしませんでしたが、あの二人から、これはスタートに過ぎないと言われました」

レディ・ヘイゼルタインの目が身分の低い相手にちらっと向き、愉快そうな光を浮かべた。

「わたしもつい最近、喪服を脱いだばかりなの。野暮ったい格好をしたときの気持ちはよくわかるわ」

フラヴィアンは昨日、この伯爵夫人を訪ねた――おそらく、サー・ウィンストンとレディ・フルームも同席していただろう――わたしを連れずに、たった一人で。しかも、ゆうべ、今日は何をしていたのとわたしが尋ねたとき、ひとことも言ってくれなかった。

「ご主人を亡くされて、さぞお辛いことでしょう」アグネスは言った。「たとえ一年以上たっていても。喪服を脱いだからといって、すぐに悲しみが消えるわけではありませんものね」

「ありがとう」レディ・ヘイゼルタインの微笑に、かすかに憂鬱そうなものが混じった。「でも、わたしのために悲しんでくださる必要はないのよ。結婚生活の最後の二年間、ヘイゼルタインとは別居状態でしたから。おたがいの悲しみを癒すために、ろくに考えもせずに急いで結婚してしまい、両方がそれを後悔することになったのです。もっと気長に待って、あの人の――わたしの初恋の人で、生涯に一度だけ心から愛した人の――様子を見守るべきでした。でも、そうしなかった。いまとなってはもう遅すぎるわ」

アグネスはひどく落ち着かない気分になった。ほぼ見ず知らずの相手からこんな打ち明け話をされたら、どう答えればいいのだろう？

「さぞお辛いでしょうね」ふたたび言った。「じゃ、結局、深く愛してらしたのね？　ポンソンビー子爵を」

レディ・ヘイゼルタインの青い目が大きくなり、不意に、愕然たる表情が浮かんだ。手袋をはめた手をアグネスの袖にかけた。

「まあ、彼があなたに話してしまったの？　なんて手に負えない残酷な人かしら。でも、衝動的な行動が永遠の幸福をもたらすことはめったにないわ。彼があわてて行動する前に尋ねてくれれば、わたしも自分の経験からそう言ってあげられたのに。その結果を背負って生きていくしかないとなれば、とくに大変でしょうね。でも、もしかしたら、わたしのときほど無残な結果にはならないかもしれない。もしかしたら……ええ、すべてがいい方向へ進みますように。心からそう願っています」

レディ・ヘイゼルタインはふたたびアグネスの袖に手をかけて握りしめ、悲しげな同情のにじんだ優しい笑みを浮かべた。

アグネスはいま言われたことを自分が理解できたのかどうか、よくわからなかった。ただ、レディ・ヘイゼルタインが言葉のひとつひとつを吟味して、繊細な注意のもとで選んでいるという、奇妙な印象を受けた。

「大急ぎで戻るって母に言ってきましたのよ」手を脇に下ろして、レディ・ヘイゼルタインは言った。「ミネルヴァ・プレスから出たばかりの小説を借りたらすぐに、って。小説はお読みになります？　軽薄なお話ばかりだけど、わたしはもう中毒なのよ。母が馬車のなかで待ってるし、道路の半分をこれ以上ふさいでたら、ほかの馬車の御者たちをひどく怒らせることになってしまう。近いうちにまたお目にかかりましょう、レディ・ポンソンビー。これからご近所になるわけだし……いいお友達になれそうね」

「ええ」アグネスは本をさらに強く握りしめた。「わたしもそう願っています」

レディ・ヘイゼルタインが人込みをすり抜けて図書館の正面玄関へ向かい、受付デスクに寄って本を差しだすのを、アグネスは見送った。玄関を一歩入ったところにマデラインが立ったまま、興味深そうに周囲を見ている。

いったいどういうことだったの？

〝まあ、彼があなたに話してしまったの？　なんて手に負えない残酷な人かしら〟

その前はどんなことを？　アグネスは顔をしかめて思いだそうとした。

〝もっと気長に待って、あの人の――わたしの初恋の人で、生涯に一度だけ心から愛した人の――様子を見守るべきでした。でも、そうしなかった。いまとなってはもう遅すぎるわ〟

アグネスはそれがフラヴィアンの兄のことだと思いこんでいた。兄の花嫁にと望まれていた人だ。でも、気長に待ってその様子を見守ることは、レディ・ヘイゼルタインにはできなかったはず。彼女が伯爵と結婚したときには、フラヴィアンの兄はすでに亡き人だった。生前、ポンソンビー子爵という地位にあった。だが、いまはフラヴィアンが子爵だ。彼が爵位を継いだのは、ヘイゼルタイン伯爵と彼女が結婚する前だったはずだ。

〝生涯に一度だけ心から愛した人〟

〝いまとなってはもう遅すぎるわ〟

そして、フラヴィアンは昨日、わたしに黙って伯爵夫人を訪ねている。

でも、彼がフルーム家の人々を、もしくは、そこの令嬢を訪ねるのは、別に不自然なことではない。そうでしょ？　田舎の屋敷が近所どうしだし、たぶん、数日前のアーノット邸での再会が気まずいものだったことを詫びなくてはいけない、と思ったんだわ。

でも、わたし抜きで？

しかも、わたしに何も言わずに？

〝でも、衝動的な行動が永遠の幸福をもたらすことはめったにないわ。彼があわてて行動する前に尋ねてくれれば、わたしも自分の経験からそう言ってあげられたのに。その結果を背負って生きていくしかないとなれば、とくに大変でしょうね〟

衝動的な行動って、誰の行動？　どんな行動？　その結果というのは？

「すみません」丁重ではあるがかすかな苛立ちのにじむ声で、紳士が言った。

「あら」アグネスは同じ書棚の前に長いあいだ立ち尽くしていたことに気がついた。「大変失礼いたしました」

そして、どの本を選んだのかほとんど意識しないまま、受付デスクのほうへ行った。

17

フラヴィアンは確かに昨日の午後、ポートマン・プレースにあるサー・ウィンストン・フルームのタウンハウスを訪ねていた。なにしろ、サセックス州では隣人どうしで、この先、田舎の本邸で過ごすつもりなら——結婚した以上、いやでもそうせざるをえないが——そちらの社交の場で必然的に夫妻と顔を合わせることになる。先日の再会のときの気まずさを、できれば和らげておいたほうがいい。

そして、ヴェルマが実家に戻って暮らすつもりなら——先日の様子からすると、どうもそのようだが——このロンドンだけでなく、田舎のほうでも、彼女とふたたび顔を合わせることになる。永遠に避けて通ることはできない。亡くなったヘイゼルタインの屋敷はイングランド最北端のノーサンバーランド州にあり、ヴェルマと結婚したあとはそちらに住んでいたので、フラヴィアンが二人とばったり顔を合わせる恐れはほとんどなかったのだが。

レンが亡くなったのはまことに残念だ。

フラヴィアンと彼が出会ったのは、二人がイートン校の学生だったときだ。初めて会ったその日に殴りあいになり、おたがいの顔に黒あざを作った。罰として尻を鞭でぶたれ、以後、離れられない大親友になった。ノーサンバーランド州は遠すぎて短い休暇のたびにいちいち帰省できないため、学校が休みになると、レンはたいていキャンドルベリーに来ていた。二人とも同じときに軍職を購入し、同じ連隊に入った。フラヴィアンが負傷して故郷に送りかえされる半年前に、レンは軍職を売却した。おじが亡くなったため故郷に戻り、爵位を継いだのだ。一方、フラヴィアンのほうは子爵となっても故郷に戻ろうとしなかった。あとで考えてみると、爵位によって生じた新たな責任への反応が違っていたことが、二人のあいだの亀裂につながる最初の小さな先触れだったのかもしれない。

いまはもう会うことも叶わず、話をすることもできない。もう二度と……いや、そんなことをよくよく考えたところで仕方がない。二人は生の世界と死の世界に分かれてしまった。少なくともいまは。それだけのことだ。

フルーム家を訪ねたフラヴィアンは、再会のすぐあとに、しかも一人で訪問する本当の目的が、もう一度ヴェルマに会うことにあるのを、充分に意識していた。心にわだかまっている何かを整理し、複雑にからみあった重荷を背後に置いていきたかった。

その重荷のことに思いを向けると、かならず頭痛が始まるからだ。そして、どうにも説明のつかないパニックに襲われる。

何を整理すべきなのかは、自分でもよくわかっていなかった。ヴェルマが彼との婚約を破棄してレンと結婚した。そして、彼女が自由の身となったいまは、彼がすでに結婚している。二人を結びつけようとして、両方の家族が新たな作戦を練ったとしても、彼の身はもう安全だ。うかうかしていたら、その作戦に乗せられるところだった。そうでなければ、数日前にヴェルマと両親がアーノット邸で彼の帰りを待ち受けていたはずがないではないか。まるで、彼の婚約者と親友の結婚など、フラヴィアンと彼女の婚礼を先延ばしにする小さな障害に過ぎなかったかのように。

屋敷の客間に入り、にこやかな歓迎の表情を浮かべて近づいてくるヴェルマを見たとき、自分の胸をどんな思いがよぎったのか、いまもよくわからないままだった。だが、どんな思いを抱こうが関係ない。自分はすでにアグネスと結婚した身だ。しかし、母と姉から非難されたように、アグネスと結婚した本当の理由が、ヴェルマを、そして自分自身を罰することにあったとしたら？　もしそうなら、アグネスから、どれほどひどい男だと思われていることだろう。

なんらかの答えがほしかった。だから、フルーム家を訪問したのだ。一人で。

フラヴィアンが客間に通されたとき、そこには女性しかいなかった。レディ・フルームとヴェルマ、クレス夫人とミス・ホーキンズという姉妹、そして、フリルがひらひらしたよそ行きのドレスを客に見せびらかしている幼い少女。繊細な顔立ちに金髪の愛らしい子で、ヴェルマの幼いころにそっくりだし、レンのほうにも、心穏やかではいられないほどよく似ていた。

客の姉妹はすぐさま暇乞いをし、少女はポンソンビー子爵にお辞儀をするよう言われ、それから乳母に連れられて部屋を出ていった。そのあとでサー・ウィンストン・フルームがゆっくり姿を現わし、冷淡な態度でフラヴィアンに会釈をした。

急に会話がぎこちなくなり、二、三分のあいだ、少女のことが話題の中心になった。「レ、レンのことで。手紙を、か、書くべきだった。書かなかったことを、す、すまないと思っている」

「お、お悔みを言わせてほしい」フラヴィアンはヴェルマに向かって言った。

これは数日前にすでに言ったのでは？

ヴェルマは目に涙をためたまま、フラヴィアンに笑みを向けた。「息をひきとるときまで、レンの心はあなたへの思いでいっぱいだったわ、フラヴィアン。あの人はどうしても自分を許すことができなかった。あのときは正しいことをしたつもりだったのよ。二人ともそれがあなたの望んでいることだと思い、うちの両親も賛成し、さらにはあなたのお母さまも同意してくださった。まさか、あなたが……だって、お医者さまも回復の望みはないと言ったんですもの。でも、レンは結婚した瞬間から息をひきとるときまで、惨めに落ちこんだままだった。あなたを裏切ったと思いこんでいたの。どうにか円満に暮らしてはいたけど、あなたが回復しはじめたという噂を聞いて……そう、後悔したわ――二人とも。そして、あなたのために喜んだ。レンはとてもうれしそうだった。わたしもうれしかった。でも……わたしたちは悲劇的な過ちを犯してしまったの」

フラヴィアンは彼女の声がどんなに柔らかくて甘いかを忘れていた。昔からそうだったように、彼の五感をその声が包みこんだ。

レンから手紙が届いたことは一度もなかった。たぶん、レンが亡くなったあとのフラヴィアンがそうだったように、レンも便箋にペンを走らせることができなかったのだろう。あの結婚に関して、この友にどこまで責任があったのだろうと考えた瞬間、心の目がまばたきを始め——ときどき、こういう困った癖が出るのだが——やがて閉じてしまった。片方の眉の上に刺すような痛みが走った。

「自分を責めてはだめよ、ヴェルマ」レースで縁どりされたハンカチを目に当てて涙を拭う娘に、レディ・フルームが言った。

「死の床でレンが最期に強く望んだのは」ハンカチを下ろして、ヴェルマは言った。「あなたがわたしを許してくれることだったわ、フラヴィアン。そして、あなたとわたしが……」

ヴェルマは柔らかな下唇を噛んだ。

「ゆ、許さなきゃいけないことなんて、ぼくには、な、何もない」フラヴィアンは言った。

「まあ」ヴェルマはため息をついた。「でも、明らかにあるでしょ。でなきゃ、あなたがあんな残酷な仕打ちをするはずがないもの。ほんとに残酷だわ。しかも、たぶん、苦しむのはわたしだけじゃないのよ。お気の毒なレディ・ポンソンビー。いったいどういう方なの？」

「ランカシャーに住む、デ、デビンズ氏とかいう人の娘だ。そして、同じ州に住むキーピング氏という人と結婚し、未亡人になった。そして、いまはぼくの妻だ」

「そうだったの……」ヴェルマはふたたび微笑して、ハンカチをしまった。「あの方の幸せをお祈りするわ、フラヴィアン。そして、あなたの幸せを。たぶん、恨むべきでしょうけど、わたしにそんな資格はないわ。かつてあなたをひどく傷つけたんですもの。そんなつもりはなかったのに」

サー・ウィンストンは窓辺に立っていた。部屋に背中を向け、うしろで手を組み、姿勢がこわばっていた。

「きっと幸せな未来が待っているわ、ポンソンビー卿」レディ・フルームが言った。「すっかり回復なさったうえに、奥さまをおもらいになったのだから」

フラヴィアンは昔からレディ・フルームが好きだった。一緒にいてくつろげる気立てのいい人で、サー・ウィンストンはそこに惹かれて彼女と結婚した。まあ、表向きはそういうことになっているが、じつは、賭博好きが災いしてふところ具合がつねに最悪の状態にあったのを、彼女の父親の財産が救ってくれたのだ。

「ありがとうございます」フラヴィアンは言った。

窓辺に立っていたサー・ウィンストンがふりむき、フラヴィアンに視線を据えたが、黙ったままだった。わが一家と娘への無礼を許すつもりはない――彼の表情がそう言っているようだった。

フラヴィアンはこの訪問で暗雲が一掃されたのか、それとも、事態が悪化したのか、よくわからないまま暇を告げた。しかし、予想よりいい結果になった。ヴェルマは失望させられたことを露骨に口にしたが、威厳ある態度を崩さず、アグネスに対して寛大な気持ちを持っているようだった。たぶん、キャンドルベリー・アベイとファージングズ館のあいだに平和が訪れることだろう。

あとは、アグネスが買物の一日から戻っていることを期待しつつ家に帰り、すべてを打ち明けるだけだ。胸にしまっていたことをすべて打ち明け、アグネスと結婚したのは自分の希望だったからだということを、彼女に充分にわかってもらうのだ。だが、母親とマリアンの性格からすれば、アグネスもまだ戻っていないだろう。屋敷に帰り、床の上を行きつ戻りつしながら三人の帰宅を待つなどというのは、考えただけで耐えられない。

そこで、気の合う仲間と一時間か二時間ほど過ごそうと思い、〈ホワイツ〉へ向かった。晩餐の着替えに間に合うよう屋敷に戻ったときには、気が変わっていた。アグネスにすべてを打ち明けるのはどう考えても間違っている。いきなり結婚を申しこみ、特別許可証を手に入れるために衝動的にロンドンへ向かったのは、ヴェルマへの恨みを晴らしたいという思いとは無関係だったことを、どうすればアグネスにわかってもらえるだろう？　自分の動機がなんだったのか、自分自身にもわからないというのに。

フラヴィアンがぜったいに避けたいのは、アグネスを傷つけることだった。

それだけはなんとしても避けたかった。

結局、この日の午後をどう過ごしたかを、アグネスにはひとことも話さずに終わってしまった。隣人であるフルーム一家を訪問したことも。

アグネスが図書館から屋敷に戻ると、マダム・マルタンのサロンで買ったドレスのうちの二着が届いていた。どちらも既製品のイブニングドレスで、わずかな直しが必要なだけだった。幸い、マデラインの厳格な水準に達していた。

「これで世界と向かいあう準備ができたわね。まだまだ充分とは言えないけど」姑が言った。「今夜、晩餐がすんだら、フラヴィアンのエスコートで劇場へ出かけましょう。ロンドンに戻っている貴族の数はまだそれほど多くないから、もちろん、身分の高い人々で劇場が混みあうようなことはないけど、今夜が第一歩よ。たぶん、賢明な第一歩と言っていいでしょうね。社交界デビューのための舞踏会で萎縮するかわりに、少しずつ社交界になじんでいけるから」

アグネスのほうは、ベッドにもぐりこみ、周囲のカーテンをぴったり閉めてしまいたい気分だった。でも、それは無理な相談なので、自宅で夫と姑だけを相手に夜の時間を過ごすより、外出するほうがまだましだと思われた。

レディ・ヘイゼルタインの可憐な顔を頭から追い払うことが、アグネスにはどうしてもできなかった。また、〝生涯に一度だけ心から愛した人の様子を見守るべきでした〟とアグネスに言ったときの甘い軽やかな声も。

晩餐の席でのアグネスは口数が少なく、フラヴィアンと姑に会話を委ねていた。馬車のなかでも、劇場でも黙りがちだった。幸い、芝居を見ていればよかった――それも熱心に。ただ、あとから芝居の内容を語るのは、たぶん無理だっただろう。また、幕間には人々に紹介され、挨拶し、言葉を交わさなくてはならなかった――マリアンとシールズ卿、それから、姑とフラヴィアンの知りあいが何人か。

心が晴れないのが残念だわ――今夜、アグネスは何度かそう思った。本当なら、初めての観劇や、周囲の豪華さや、芝居のすばらしさに感激し、新しいすてきなイブニングドレスをまとい、エレガントな髪形がよく似合っていることを知った喜びに浸っていただろうに。

でも、今夜は記憶にあるなかで最悪の夜のひとつだった。

芝居から戻ったあと、アグネスは自分の寝室の窓辺に立ち、広場を見下ろしながらフラヴィアンを待った。よその屋敷のいくつかにまだ明かりが灯っていた。となりの屋敷の外に馬車が止まった。人々の声と笑い声がかすかに聞こえた。

やがて、人々の声がやみ、馬車が走り去り、ほとんどの明かりが消え、アグネスはずいぶん長いあいだ窓辺に立っていたことに気づいた。身震いし、かなり冷えこんできたことを知った。寝間着の上にガウンをはおっていなかった。

化粧室へガウンをとりに行った。戻ってからベッドに目をやった。フラヴィアンは自分の部屋で寝てしまったの？　結婚してから初めて別々に寝ることになるの？　結婚したのはわずか一週間前のことなのに？

まだ寝室に来てもいないんじゃないかしら。彼の足音を聞いた覚えがない。

化粧台の上で炎を上げているろうそくをとり、階下に戻った。客間のほうにはいなかった。図書室にいた。暖炉で小さく燃える火だけが部屋を照らしていた。

アグネスが入っていくと、フラヴィアンは顔を上げ、物憂げな笑みを浮かべた。

「眠り姫が、ゆ、夢のなかで歩いてるのかい？」

アグネスは燭台を炉棚に置き、しばらく火を見下ろした。身体が冷えきっていたことに、いま初めて気がついた。

「ヘイゼルタイン伯爵夫人のことを話して」

「そうか」フラヴィアンは低く言った。「きみが気にしてるかなと、お、思っていた」

アグネスは向きを変えて彼を見た。クラヴァットを投げ捨て、シャツの襟元を広げて、椅子にだらしなくもたれている。金色の髪は指でくしゃくしゃにしすぎた感じだ。空《から》になったグラスが横のテーブルに置いてあったが、酔っているようには見えなかった。

「今日の午後、フッカム図書館でお会いしたのよ」

「ほう」

「昨日、あの方に会いにいらしたそうね」

「彼女と、サー・ウィンストンと、レディ・フルームに会いに行ったんだ」

アグネスは彼の言葉をさらに待ったが、それで終わりだった。

「あの方、不幸な結婚をなさったそうね。こうおっしゃってたわ――〝もっと気長に待って、わたしの初恋の人で、生涯に一度だけ心から愛した人の様子を見守るべきでした〟って。あの方の言葉よ。わたしはあなたのお兄さまのことだと思った。お兄さまのことをずっと愛してらしたんだと思ったの」

「そうか」ふたたびフラヴィアンは言った。

「それしか言えないの？」

フラヴィアンは大きく息を吸うと、長いあいだ息を止め、それから細く吐きだした。「ヴェルマは災いの種をまこうとしてるんだ。そうなるんじゃないかと心配だった」

アグネスはガウンの前をしっかり合わせると、彼から少し離れた椅子にすわった。ろうそくの揺らめく光と暖炉で消えかけている光を受けて、彼の表情はまるで悪魔のようだった。椅子の背に頭をもたせかけていた。

「ぼくたちは一緒に大きくなり、どちらも一五になったとき、ね、熱烈な恋に、お、落ちた。ぼくが夏休みで帰省したときだった。しかし、おたがい、ひ、悲劇の主人公みたいな気分だった。彼女が以前から、デ、デイヴィッドの花嫁にと望まれていたからだ。兄はすでに一九歳で、彼女への恋に、く、苦しんでいた。なぜ苦しんでいたかというと、痩せっぽちで、す、少しばかり発育不足で、たくましいタイプじゃなかったのに、彼女のほうはすでに、び、美少女だったから。だが、彼女は自分の義務を心得ていたし、ぼくは兄を愛していた。ヴェ、ヴェルマも、ぼくも、結ばれない恋だとあきらめて別れることにした。以後は、おたがいに近づかないようにした。だけど、デイヴィッドは感づいていた。彼女が一八になり、ようやく正式に、こ、婚約する時期が来たとき、誰もが驚いたことに、兄は婚約するのを、こ、拒んだ。彼女を自由の身にした。兄の胸ははりさけんばかりだった」

フラヴィアンは目を閉じ、苦悩の表情を浮かべて、思い出を消し去ろうとするかのように、固く握ったこぶしの脇で額をこすっていた。

アグネスは彼を凝視した。心臓が石に変わっていた。でも、石なら耐えがたい痛みを感じることはないはず。そうでしょ？

「すると、周囲はぼくと彼女の結婚を、の、望むようになった。ぼくが近いうちにポンソンビー子爵になるのは明らかだったからだ。はっきり言って、周囲にとっては大歓迎だった。誰もデイヴィッドの、ほ、翻意を促そうとは、し、しなかった。デイヴィッドが、な、亡くなるまで、ま、待とうともしなかった。ぼくも一八になっていた。結婚はまだ早いとしても、婚約できる年齢にはなっていた。だが、そんな気にはなれなかった。け、けっしてなれなかった。デイヴィッドに、た、頼んで、かわりに軍職を購入してもらい、戦争へ行った。自分では、け、気高い人間のつもりだったんだろうな」

そこまで話して、フラヴィアンは目をあけ、アグネスを見た。彼女が何も言わないので、低く笑ってふたたび目を閉じた。

「母から手紙が来るたびに、デイヴィッドが、す、衰弱していると書いてあった。ついに、もう、な、な、長くないのが明らかになったとき、ぼくは休暇をとり、兄に会うために帰国した。ほとんどの時間をキャンドルベリーで兄と一緒に過ごした。兄が亡くなるまで家にいるつもりだった。それは、お、覚えている。ヴェルマはロンドンへ行っていた。社交シーズンだったからね。やがて彼女が戻ってきた。デイヴィッドに会うためだったに違いない。ところが、彼女に再会して、ぼくは――」

フラヴィアンは苦悩の表情になり、ふたたび額をこすっていた。次にその同じこぶしを椅子の肘掛けに何度も叩きつけたが、ようやくやめて、広げたてのひらを肘掛けにのせた。

「思いだせない。どうしても思いだせないんだ。くそっ、アグネス、許してくれ。だが、当時のことをはっきりとは思いだせない。デイヴィッドは、し、死を前にしていて、ぼくも死んでしまいたかった。それなのに、突然ヴェルマへの恋心が再燃し、ぼくたちの婚約が発表され、ぼくが、は、半島に戻る前の日にロンドンで盛大な婚約祝いの舞踏会が催されることになった。母も姉も大喜びだった。フルーム家の人々も喜んでいたと思う――そう、デイヴィッドが亡くなる前に婚約発表をしたかったのだろう。それなら、喪が明けるまで延期せずにすむからね。ぼくもたぶん、そう望んだんだと思う。デイヴィッドのそばを離れるつもりは、な、なかったのに、結局はロンドンへ出かけ、自分の婚約祝いの舞踏会で踊り、その翌日、半島へ旅立った。ぼくが船に乗りこんだ、つ、次の日に、デイヴィッドが、な、亡くなった」

アグネスは片手で口を覆った。この話にはきっと、ほかにも何かあるに違いない。腑に落ちないことばかり。でも、この人は何も思いだせない。わたしがここに来たのは、この人を責めるため、惨めな真実をひきだすためだった。この人の記憶どおりのことが起きていたのなら、まさに惨めだ。

「知らせが届いたあとも、ぼくはイングランドに帰ろうとしなかった。半島にとどまった。ようやく帰ったのは、負傷して国に、は、運ばれたときだった。周囲のことは、い、意識のなかにあったが、話すことができず、まわりで何が起きているのか、まわりの、ひ、人々が何を言っているのか、よ、よく理解できなかった。ま、まともにものを考えることも、で、できなかった。ぼくは、き、危険人物だった。ぼ、暴力的だった。ジョージが訪ねてきて、ぼくを、あ、預かると言って、コ、コーンウォールへ連れていき、そこで、す、すばらしい医者を見つけてくれた。しかし、ぼくが屋敷を離れる、す、少し前にヴェルマがやってきて、翌日の朝刊にぼくらの、こ、婚約解消の知らせが出る予定になっている、そして、その、す、数日後に彼女とヘイゼルタインの婚約が発表される、と言った。ぼくの学校時代からの、し、親友だ。ヴェルマは、自分はいま悲嘆に暮れていて、彼も同じ気持ちだが、一緒になれば心が慰められるし、二人でずっとぼくを愛していくつもりだ、と言った」

まあ。

「彼女が何を、い、言っているかは理解できた。だが、ぼくは、は、話すことができなかった。し、しどろもどろのしゃべり方さえ無理だった。何か言おうとしても、わけのわからないうなり声しか出てこない。ぼくは二人を止めようと、ひ、必死になった。ヴェルマが、か、帰ったあとで、客間をめちゃくちゃに破壊した。レ、レンとどうしても話がしたかったが、レンは、き、来てくれなかった」

「あなたの親友だったのに」アグネスは言った。

「二人は、け、結婚した。不幸な結婚だったと彼女がきみに言ったのかい？」

「ご主人が亡くなる前の二年間は、実質的に別居状態だったそうよ」

フラヴィアンは嘲笑で口元をゆがめ、おもしろくもなさそうに笑った。

「いい気味だと思うべきだろうな」低い声で言った。「だが、レンが不憫だ」

「あの方が実家に戻ってらしたことは、あなたも知ってたの？」

「ミドルベリー・パークに滞在していたとき、姉が手紙で知らせてきた。そして、次には母が。二人とも、ヴェルマに会いに一刻も早くファージングズ館を訪ねたがっていた」

「両方の家族が、二人を結婚させるという昔の計画をよみがえらせようとしたのね」

「そうなんだ。ぜ、全員の希望だった」

「レディ・ヘイゼルタインもそう願った。だから、あなたはわたしと結婚した」

一瞬、アグネスの頭のなかでざわめきが起きたが、このまま気を失って真実に直面するのを避けたいという衝動を払いのけた。いずれ直面しなくてはならないことだ。

フラヴィアンは即座に否定しようとはしなかった。あるいは、肯定もしなかった。彼女のほうに顔を向け、まぶたを軽く伏せた目で見つめた。ただ、いつもの嘲笑の仮面は消えていた。

「きみと結婚したのは」ようやく言った。「それがぼくの、の、望みだったからだ」

アグネスはしばらく彼を見つめかえし、低く笑った。

「なんて心温まるお言葉かしら。あなたの望みだったの？　あなたがわたしと結婚したのは、レディ・ヘイゼルタインに、そして、彼女とあなたの親友の結婚を止めようとしなかったご家族に仕返しをするためだった。だから、地味で、退屈で、とるに足りない女を選んだ。いまやっとわかったわ。それぐらい、誰にだってわかるわよ。わたしにはとくによくわかるわ」

「きみは地味でも退屈でもない。とるに足りない女でもない、アグネス」

「おっしゃるとおりよ」アグネスは立ちあがり、ガウンをかきあわせた。「そんな女じゃないわ――ただ、あなたのお母さまと、お姉さまと、あなたが愛している女性と、その家族から見れば、そういう女なの。重要なのはその点だけ。そうでしょ？」

「アグネス——」彼が何か言おうとしたが、アグネスは片手を上げて止めた。

「すべての責めをあなたに負わせるつもりはないわ。わたしにも責められるべき点があるもの。あなたと結婚するなんて、ほんとにどうかしてたわ。あなたのことを何も知らないし、あなたもわたしのことを知らないのに。どうかしてるのはわかってたのに、とにかく結婚した。情熱に押し流されてしまった。あなたがほしかった。ついには、ほしいという気持ちがあればそれで充分だと、自分に言い聞かせた。そして、結婚したあとは、満ち足りた夫婦生活を送っていると自分に言い聞かせた。現実には肉体的な満足だけで、心や良識とは無関係だったのに。これじゃまるで——高級娼婦ね」

「高級娼婦は喜びなど感じないものだ。男を喜ばせるだけで手一杯だから。彼女たちの生活がかかってるんだ」

「じゃ、言い換えるわ。わたしは母と似たようなものね」アグネスは吐き捨てるように言った。彼の姿を見ずにすむよう、消えかけている暖炉のほうへふたたび顔を向けた。

「母上と違って、きみはまだ、ぼくを捨ててほかの誰かのもとへ走ったりしていない」

「情熱は人生を破壊する」アグネスは彼に言った。「究極の利己心だわ。それ以外のすべてのものを破壊してしまう。母は幼かったわたしを捨てて出ていった。いえ、もっと悪いわ。ドーラの希望と夢を永遠に破壊して出ていった。ドーラは一七歳で、美人で、夢と生気にあふれ、求婚されて結婚し、母親になることを楽しみにしてたのに。ところが、わたしの世話をするしかなくなった。幼い子供にとって生涯の教訓になることだわ。いえ、教訓にすべきだったのね。情熱に溺れることだけは、なんとしても避けなくてはならない。最初の結婚は賢明な選択だった。でも、あなたとの出会いでわたしの人生に初めて情熱が訪れたとき、わたしは、人のことも、それ以外のことも考えずに、それをつかんでしまった。生々しい肉体的な意味で、あなたがほしかったから。そのことであなたを責めるつもりはないわ。あなたの不誠実なところがいやなの」

「アグネス――」

「イングルブルックに帰ります。あなたにとっては、なんの変わりもないことでしょ。いずれにしろ、生涯わたしを妻とするわけで、みんなに仕返しをするにはそれで充分なはずよ。それに、わたしが死なないかぎり、あの方とは結婚できないのよ。わたしはドーラのところに帰ります。姉のそばを離れてはいけなかったんだわ。わたしにはもったいないほどいい姉なのに」

「アグネス――」

「やめて！」アグネスはふりむき、椅子にすわったままの彼を見下ろした。「わたしを説得して思いとどまらせようとするのはやめて。あなただって、よく考えたら――立ち止まって考えるときがあればという意味だけど――わたしを自分の人生から追いだすことができてよかったと思えるようになるわ。わたしの役目は終わったから、出ていきます。明日。それと、お気遣いは無用よ。乗合馬車を使いますから。切符を買うぐらいのお金は持ってるわ」

不意に、彼の顔が仮面に変わった――まぶたを伏せた物憂げな目、かすかにゆがんだ唇。

「アグネス、自分で望もうと望むまいと、きみは、じょ、情熱的な女だ。そして、自分で望もうと望むまいと、ぼくと、け、結婚している」

「情熱は抑制できるし、そうすべきだわ」

彼が嘲笑するように片方の眉を上げたので、アグネスは暖炉の前で膝を突いて丸くなり、思いきり泣きたくなった。もしくは、つかつかと彼に近づいて、頬を強烈に平手打ちするとか。

かつて彼を耐えきれないほど傷つけた女性への仕返しのために、わたしは結婚を申しこまれた。

でも、彼を愛してしまった女はどうすればいいの？

ねえ、どうすればいいの？

18

フラヴィアンが見たところ、妻のベッドには眠った形跡があった——いや、少なくとも、横になった形跡はあった。この前アグネスの寝室に入ったときに化粧台に並んでいた数々の品は、すべてなくなっていた。残っているのは、ろうそくが燃え尽きてしまった燭台がふたつだけだった。部屋はすっかり片づいていた。

わずかに開いた化粧室のドアから押し殺した泣き声が聞こえてこなかったら、アグネスはすでに出ていったのだと、フラヴィアンは思いこんでいたかもしれない。

ゆうべは結局、ベッドに入らなかった。真夜中過ぎに彼女が入ってきたときにすわっていた椅子にそのままもたれて、図書室で一夜を明かした。まんじりともしなかった。部屋が冷え冷えとしているのに気づいてはいたが、椅子から立って暖炉にふたたび火を入れようとも、コートをはおろうともしなかった。グラスにおかわりを注ぐこともなかった。酔えば憂鬱が深まるばかりで、軽くなりも消えもしないのが、経験からわかっていた。酒を飲んで浮かれ気分になることはあまりない。ときどき、陽気な酔っぱらいを羨ましく思うことがある。

夜会用のシャツがしわだらけになり、髪がひどく乱れ、髭を剃る必要があり、目はきっと充血し、あまり心地よいとは言えない匂いをふりまいているであろうことに気がついた。着替えに行って顔を洗う気にはなれなかった。それに、どうにか人前に出られる格好になるころには、彼女は去っているはずだ。

まだずいぶん早い時刻だが、おそらく、明るくなるのを待っているのだろう。

いくらがんばっても、人生をこれ以上ややこしくするのは無理というものだ。

化粧室のドアの前まで行き、もう少し広くあけてから肩をドアの枠にもたせかけた。アグネスは旅の身支度を終えていた。一個を除いてすべてのカバンに荷物が詰められ、蓋が閉めてあった。残る一個も蓋を閉めようとするところだった。しかし、すすり泣いているのはアグネスではなかった。痩せっぽちの小柄なメイドだった。

「マデライン」メイドが顔を上げてこちらの姿に気づいたので、フラヴィアンは声をかけた。

「ふ、二人だけにしてくれないか。頼む」

たぶん、たったいまクビを申しわたされたのだろう。メイドはもう必要ないと言われたのだ。かわいそうに。

「あんまりです。ひどいわ」涙をためた非難の目でフラヴィアンをにらみつけて、メイドは言った。

「マデライン」何がひどいのかを具体的に説明しようとするメイドを、アグネスが静かに、だが、きっぱりした声で止めた。「二人にしてちょうだい。出ていく前に、あなたに声をかけるから」

赤く泣きはらした目のせいでなんとも可愛くない顔になり、その目で彼をにらみつけたまま、メイドはドアのところに立つ彼の横を通り抜けた。

アグネスは蓋があいているカバンのいちばん上にブラシを入れ、蓋を閉めた。背筋を伸ばしてフラヴィアンを見た。青ざめた冷静な顔と虚ろな目で。

「気がついてた？」フラヴィアンは彼女に言った。「昨日が最初の結婚記念日だってこと。結婚一週間目の記念日」

「だから、元に戻って、その一週間をなかったことにして、別の道へ進めばいいと言うの？いえ、それは無理だわ。人は前へ進むことしかできないのよ」

「だけど、きみは戻ろうとしてるんじゃないのかい？」フラヴィアンは彼女に訊いた。「昔の暮らしに。そして、昔の場所に」

アグネスはどう答えようかと考えている様子だった。

「そうね。少し前までは、いつかまた結婚して、たぶん子供が一人か二人できて、以前と同じような満ち足りた結婚生活を送れるかもしれないという、かすかな希望を抱いてたわ。でも、希望は永遠に消えてしまった。その点は残念だけど、これでようやく、ああいう衝動的で悲劇的な決断をする以前に送っていた人生に戻ることができる。ドーラと一緒に暮らしていける。わたしが姉から安らぎを得るように、姉もきっとわたしから安らぎを得てくれるわ」

「お姉さんが、か、悲しむと思うが」フラヴィアンは言った。

アグネスは笑った。ただ、少しも楽しそうな声ではなかった。

「姉がいつも言ってたわ。よく動くあなたの左眉がどうも信用できないって。やはり信用できない人だったとわかっても、姉はぜんぜん驚かないでしょうね」

「ぼくに好意を持ってくれてると、お、思ってたのに」

アグネスは彼のほうを見て、ふたたび笑い声を上げた。フラヴィアンはシャツのボタンをせめて上までかけておけばよかったと思った。だらしなく見えるのはもちろんのこと、人生の敗残者のような気分が外見にも出ているに違いない。

「い、行かないでくれ」

アグネスは眉を上げた。両方の眉を。

「まだ、い、一週間だ、アグネス。とにかく、け、結婚したんだし、それはもう変えようがないから、す、少なくとも、け、結婚生活を始めたばかりの二人に、チャ、チャンスを、あ、与えるべきではないだろうか？」

フラヴィアンは不意に、ベンがかつて、杖を放りだし、何も考えず、つまずきも倒れもせずに仲間のところから歩き去りたいと思うことがよくある、と言っていたのを思いだした。フラヴィアンも、頭で考えたことを、言葉に詰まりもつかえもせずに、そのまま口にできたらと願うことがある。とくに、いまのようにひどく興奮したときには。

「でも、これは結婚じゃなかった。そうでしょう？　もちろん、二人を生涯にわたって結びつける儀式はあったし、夫婦の契りも結びはした。でも、それで結婚したことにはならないのよ。法律の上だけのことだわ。あなたがわたしと結婚したのは、何年か前にあなたを傷つけたレディ・ヘイゼルタインとそのご家族への、そして、あなたのご家族への当てつけだった。そして、わたしがあなたと結婚したのは――そうね、あなたに抱かれたかったから。これであなたは当てつけができたし、わたしは欲望を満たすことができたから、そろそろ故郷に帰ってもいいと思うの。あなただって止めるつもりはないでしょ？　夫の権力をふりかざして〝出ていくな〟と命じる気なんて、まさかないわよね？」

アグネスは顎をつんと上げ、口元をこわばらせた。

「ぼくはきみとの、け、結婚を、つ、続けたい。なぜなのかは、せ、説明できないし、きみに、で、でたらめだと思われそうな理由を、あ、挙げるつもりもない。だが、当てつけではなかったんだ、アグネス。少なくとも……その、こ、言葉は頭に浮かんだこともなかった。ぼくは、あ、安心、し、したかったんだ。どういう、い、意味なのか、自分でもわからないが、きみがぼくと結婚すると言ってくれたとき、安心できたし、し、式を終えて教会を出たときも安心できた。心が、や、安らいだ。女性が喜びそうな言葉では、な、なさそうだが、それが正直な気持ちなんだ。そして、ぼくが結婚、し、したかったのはきみで、どこの女でもよかったのではない。それに、きみだって、抱かれたいだけで結婚したのではない。ベッドを共にすることだけが目的なら、きみはぼくと、け、結婚しなかっただろう。〝抱かれたかったから〟なんて言ったら、自分を貶《おとし》めることになるぞ。きみはぼくを求めた。ぼくの肉体だけではない。ぼくという人間を求めたんだ、アグネス」

「あなたがどういう人なのかも、わたしは知らないのよ」

「しかし、ど、どうでもいい相手ではなかったはずだ。きみはぼくのことを、し、知りたいと思った。よく知るために、しょ、生涯を共にしたいと思った。それは単なる情欲ではない」

「だったら、わたしはよけい馬鹿だったわ。美しい肉体の奥には、知る価値のある人格なんて存在しなかったんですもの。そうでしょ？」

フラヴィアンはたじろぎ、息をのんだ。

「行かないでくれ。こ、後悔するぞ。ぼく自身も後悔する」

「あなたが後悔するのは、プライドが傷つくからでしょ」

「かもしれない」フラヴィアンは認めた。「そして、ぼくのすべてが傷つくからだ」

アグネスは彼を見つめた。石のような表情と虚ろな目で。

「あと一週間、ま、待ってくれ」フラヴィアンは懇願した。「一週間だけ時間をくれ。あと、な、七日、ここにいてほしい。それでも、や、やはりぼくと別れたいと言うなら、きみをキャンドルベリーへ、つ、連れていこう。みんなには、復活祭を祝うためにそちらへ、も、戻ると言って、そのあともきみはキャンドルベリーに、の、残ればいい。し、子爵夫人として社交界に顔を出すべきだと、い、言う連中がいるなら、勝手に言わせておこう。姉上と暮らしたいなら、そして、姉上もそう望むなら、キャンドルベリーに呼んで一緒に住めばいい。姉上が音楽を、お、教えたければ、生徒はいくらでも見つかるし、きみは一生かかっても、か、描ききれないほどの野の花に囲まれて暮らしていける。だけど、その前にまず、一週間だけぼくに時間を、あ、与えてほしい」

アグネスはさっきから動こうとせず、いまもじっとしたままだった。

「もしくは、どうしても、きょ、今日のうちに出発したいなら、いますぐキャンドルベリーへ、あ、案内させてくれ。きみが一緒にいたくないと言うなら、ぼくは、と、泊まらずにすぐ帰る。今後はきみが呼んでくれないかぎり、そちらにはけっして近づかない。アグネス？」

「いまもあの方を愛してるの？」

フラヴィアンは大きく息を吐きだし、ドアの枠に頭をもたせかけ、腕組みをして、視線を上に向けた。

「お、おかしなことに——なんとも筋の通らない話だから、おかしな気がするんだが——おかしなことに、彼女を愛していたかどうかもよく、わ、わからない。きみには正直な気持ちを伝えたい。これがただ一度のチャンスだと思うから。当然、彼女を愛していたはずだ。そうだろう？　ところが、どんな愛だったのか、どんな気持ちだったのか、お、思いだせないんだ。きみとこちらに着いた日にヴェルマと再会したとき、彼女を愛していたのか、嫌っていたのか、ぼくには、わ、わからなかった。昨日ヴェルマに会いに行ったときも、やはりわからなかった。愛していたのかもしれないと思った。そうでないことを願った。いまも願っている。ぼくの、の、望みは……きみとの結婚生活を続けることだ。きみのそばで安らぎを得たい。そんな自分勝手な考え方はないけどね。ぼくの望みは、望みは……きみを、し、幸せにしようと、つ、努めることだ、アグネス。誰かを、し、幸せにするのはすばらしいことだと思う。最高にすてきな気持ちになれると思う。その相手がきみだったら、とくに。

行かないでくれ。ぼくに、いや、ぼくたちにチャンスを与えてほしい」

彼が目を閉じ、アグネスの決断を待つあいだ、長い沈黙が続いた。夫として権力をふりかざすことはできるが、強引に従わせる気はなかった。アグネスがどうしても出ていくと言うなら、黙って行かせるつもりだった。

だが、困ったことに、もうヴェルマを愛してはいない、とアグネスに断言することができない。もしくは、かつて愛していたとも言えない。ペンダリス館の医者はなぜ、疑うことを知らない人々が暮らす世界へこのぼくを解き放ったのだろう。歩く危険人物と言ってもいいのに。

「辛くて耐えられないことだわ」低い声でアグネスが言った。「自分よりもほかの誰かを深く愛してしまった人に捨てられるというのは。辛くて、心が空っぽになって、自分を捨てるようなことは誰にも二度とさせるものかって思うようになるの」

フラヴィアンは一瞬戸惑ったが、やがて、アグネスは実の母親のことを言っているのだと気がついた。好きな男と一緒になるためにわが子を捨てた母親。

「ウィリアムと結婚して、安らぎと落ち着きを得ることができたわ」

「ぼくはウィリアムではない」

アグネスがふりむいて彼を見た。あいかわらず虚ろな目だったが、突然、意外にも目尻にしわが刻まれて笑い声が上がった。とても楽しそうな声だった。

「ええ、ウィリアムとは似ても似つかない人だわ」

「ここにいてくれ」フラヴィアンは懇願した。「ぼくのもとを去るかどうかは、あとで決めればいい、アグネス。そのときはもう、と、止めはしないが、ぼくがきみを捨てることはけっしてない。けっして。誓おう」

だが、フラヴィアンにはわかっていた――アグネスが恐れているのは、文字どおりに捨てられることではなく、心が離れてしまうこと、つまり、彼の愛がアグネスではなくヴェルマに向くことなのだ。フラヴィアンはわかっていた。愛する人という目でアグネスを見たことは一度もなかった。男女間のロマンティックな愛というものに、フラヴィアンはいつも少々辟易《へきえき》している。理由はわからない。だが、考えてみれば、ヒューゴはレディ・トレンサムを愛しているが、二人の甘い様子を見ていても、辟易させられることはまったくない。ヴィンセントとその妻、ベンとその妻についてもそうだ。どうしてぼくだけが違うのだろう？

アグネスがじっと彼を見つめかえしていた。笑みはすでに消えていた。

「一週間ね」ようやく言った。

フラヴィアンはふたたびドアの枠に頭をもたせかけ、一瞬だけ目を閉じた。「ありがとう」小さく言った。

「少し眠ったほうがいいわ、フラヴィアン。疲れはてた顔よ」

「新婚一週間目の妻から出ていくと言われ、一睡もできなくなるほど辛いことはない」

「あら、妻は出ていったりしないわ。とにかく、あと一週間は。でも、わたしがここにとどまるとしたら、まず、レディ・ヘイゼルタインとレディ・フルームを訪問したいんだけど。

できれば今日の午後にでも。二人とも家にいらっしゃるのなら」

フラヴィアンは眉をひそめた。「は、母と一緒に行くつもりかい？　それとも、ぼ、ぼくと？」

「どちらでもないわ」

フラヴィアンはあいかわらず眉をひそめたまま、旧約聖書に記された、ライオンの洞窟に入っていくダニエルの姿を思い浮かべた。フルーム家の屋敷をライオンの洞窟と見なすのも妙なことだが。

「世間体があるから、マデラインを連れていくわ。ここは田舎じゃないんですもの。貴族の女性が一人で出歩くのは、基本的にいけないことなんでしょ？」

「きわめてまずい」

「お二人が家にいらっしゃるといいんだけど。それに、来客中じゃないほうがいいわ。率直に話をする必要があるの」

フラヴィアンは勇敢な女性と結婚したのだと気がついた。ふだんは物静かで控えめなタイプなのに。このような訪問をするのは、信じられないほど気の重いことに違いない。

「少し眠ったほうがいいわ」

「了解」フラヴィアンはドアの枠から頭を離し、アグネスを彼女の寝室にエスコートした。自分の寝室に戻ってから、呼鈴で従者を呼んだ。

アグネスは、機嫌を直しておとなしくついてくるマデラインを横に従え、ポートマン・プレースをめざしてきびきびと歩き、目的の番地を捜しながら、レディ・ヘイゼルタインとその母親が在宅であるよう、そして、ほかの客に邪魔されずにすむよう、心から願っていた。それと同時に、理屈に合わないことだが、二人が留守だといいのにという強い思いもあった。

執事が「ご在宅かどうか存じませんが、見てまいります」と言った。ふだんのアグネスなら、立派な屋敷の執事たる者が、誰が在宅で誰が留守かを知らないなどと言うのを聞いておもしろがっただろうが、今日は両手の指を十字に交差させ、矛盾した願いごとをしただけだった。二人が家にいますように。二人が家にいませんように。

「あの執事ったら、奥さまを待たせておくあいだ、椅子を勧めてくれてもいいのに」マデラインが言った。「あんなにお高くとまってるくせに、礼儀知らずですよ」

アグネスは何も答えなかった。

貴婦人たちは在宅していた。ただし、アグネスは客間に通されたとたん、二人がよそ行きに着替えていることを知った。執事がアグネスの来訪を告げたとき、好奇心に駆られて部屋に通すことにしたに違いない。

二人とも流行の先端をいくエレガントな装いだった。アグネスはそうではなかった。朝のうちにマダム・マルタンのところから新しい衣装がさらに何着か届いていて、女主人が午後から出かける予定だと知ったマデラインは、外出着を一着出しておいた。しかし、いつもの自分らしい格好で出かけたいとアグネスが言うと、反論を控えた。鋭敏な視線を向け、元気よくうなずいてから、古いドレスを出してきた。もっとも、ブラシとアイロンをかけたばかりなので、少なくとも二年分は新しくなった感じだった。

「レディ・ポンソンビー、ようこそ」レディ・フルームが片手でアグネスに椅子を勧めながら、笑顔で言った。「でも、お義母さまはご一緒じゃありませんの？」

レディ・ヘイゼルタインが温かな歓迎の笑みを浮かべ、両手を差しだして、部屋の反対側から急ぎ足でやってきた。

「お訪ねくださるなんて、ほんとにお優しいのね。昨日、フッカム図書館でお目にかかったあとで、母に申しましたのよ。単なる隣人どうしにとどまらず、仲のいいお友達になりたいって。そうよね、お母さま。そしたら、翌日すぐに訪ねてきてくださった。でも、フラヴィアンを連れずに？」

アグネスが右手だけを差しだすと、レディ・ヘイゼルタインは握手をし、それから全員が椅子にすわった。

「一人で伺うことにしたのです」アグネスは言った。

貴婦人は二人とも期待に満ちた視線をよこした。

「きちんとお伝えしておこうと思いまして」アグネスは年上のほうのレディに向かって言った。「わたしがフラヴィアンの妻としていきなりロンドンにやってきたため、みなさまを困惑させてしまい、申しわけなく思っていることを。人さまを傷つけるつもりはけっしてありませんでした」

いずれにしろ、レディ・フルームは困惑の表情だった。

「確かに驚きましたわ。もちろん、先代のレディ・ポンソンビーとマリアンも驚いてらしたわね。ですから、早々にお暇しましたの。わたくしたちがあの客間にぐずぐずと居残ったら、ご一家の内輪のお話を邪魔することになりますもの。あわてて失礼してしまい、お気を悪くなさらなかったらいいのですが。両家のあいだに感情的なしこりを残すようなことは、けっしてしたくありません。隣人どうしですもの。わたくしたち二家族は昔からほんとに親しくしてきましたのよ」

心遣いの行き届いた返事で、アグネスはレディ・フルームにすなおに好意を持った。一瞬、微笑して話題を変え、ほどほどの時間を過ごしてから暇を告げようかという気になった。これ以上何も言わないのがいちばんいいことかもしれない。しかし、しぶしぶその考えを捨てた。率直に話をするために訪ねてきたのだ。いま話しておかなければ、永遠にできなくなる。今後顔を合わせるたびに、双方の傷がひそかに隠されたままで膿《う》みただれていくだろう。

実家ではずいぶん多くのことが隠されてきた。だから、自分の結婚生活で同じことが起きるのは避けたかった。

「両家の関係がこれまでと同じく良好に続いていくよう、わたしも願っております」アグネスは言った。「でも、まず、しこりを残すもとになりそうな事柄について話しあっておく必要があります。いまは亡きポンソンビー卿が――つまり、デイヴィッドのことですが――病弱ゆえに、両家で計画しておられた縁談を進めることはできないと判断なさったのは、みなさまにとって、そして、レディ・ヘイゼルタイン、あなたにとってとくにお辛いことだっただろうとお察しいたします。婚約が立ち消えになったときは、どうしようもなく悲しい思いをされたことでしょうね」

レディ・ヘイゼルタインの顔が少し青ざめた。

「わたしは昔からずっと、デイヴィッドのことが大好きで、彼と結婚して幸せにしてあげたいと思っていました。わたしの願いを聞き入れてはくれなかったけど。でも、デイヴィッドは愚かなまでに高潔な人で、わたしの願いを聞き入れてはくれなかった。こちらから泣いて頼んでもだめでした。わたしと結婚しようとはしなかったの。前途のある男性と、わたしが愛する男性と結婚するよう、強く勧めてくれたの。わたしはデイヴィッドのことが大好きだったのに」

真剣そのものの口調だった。

「あんなに誠実で優しい青年はいなかったわ」レディ・フルームが言った。「ヴェルマを深く愛してくれていたのは間違いないけど、死ぬ運命の男に彼女を縛りつけておくのは自分勝手だと本人が決めた以上、心変わりを促すことはできなかったの」

「二重に罰を受けたようなお気持ちだったでしょうね」アグネスは、今度はレディ・ヘイゼルタインに向かって話を続けた。「あなたがフラヴィアンに恋心を移し、盛大な舞踏会で彼との婚約を祝ったあと、フラヴィアンが半島で重傷を負ったときには」

レディ・ヘイゼルタインは唇を嚙み、憮然《ぶぜん》たる表情になった。

「彼からお聞きになったのね。でも、いずれ誰かからお聞きになるのは避けられないことだったわ。わたしたち、愛しあってたのよ、レディ・ポンソンビー。たとえフラヴィアンが否定しようと、わたしは否定しないわ。もっと申しあげてもいいぐらいよ。わたしはデイヴィッドのことが大好きで、結婚して彼を幸せにしてあげるのを何よりも望んでいたけど、わたしが本当に愛したのはフラヴィアンだった。彼もわたしを崇拝してくれた。デイヴィッドがわたしを自由にしてくれる何年も前から、わたしたちは叶わぬ恋をしていたの。ええ、デイヴィッドがわたしを自由にしてくれたのは、わたしたちが愛しあってることを知り、わたしたち二人を彼が大切に思ってくれたからなの。あんな誠実な人はいなかったわ」

「あなた……」レディ・フルームは咎めるような口調になった。「何もそんなことまで……」

「いいえ、お母さま」娘は言った。頬が赤く染まり、目がぎらついていた。「この方には真実を知ってもらわなきゃ。だって、こういう話題を出してきたのはこの方なんですもの。何もおっしゃらなければ、わたしはひとことも触れなかったと思うわ。故郷に送りかえされてきたとき、フラヴィアンはふつうの状態じゃなかったのよ、レディ・ポンソンビー。人の見分けも、物の見分けもつかなかった。すぐに暴力をふるおうとした。野獣とほとんど変わらなかったわ。お医者さまはわたしたち全員に、よくなる見込みはまったくない、いずれ病院に閉じこめるしかなくなるだろう、当人以外の誰も傷つけなくてすむように、とおっしゃった。わたしはどうすればよかったの？　戦死よりも悲惨だった。レナードもひどく動揺してたわ。世界でいちばん大切な親友ですもの。レナードはフラヴィアンが負傷する数カ月前に自分の軍職を売却していたため、フラヴィアンを置き去りにしたことで、自分を責めつづけていた。自分も戦場に残っていれば、悲劇を避けられたと言わんばかりに。レナードは悲しみのどん底だった。わたしもそうだった。だから、おたがいに慰めを求めあい、そして結婚したのよ。でも、わたしはけっしてレナードを愛していなかったし、それは向こうも同じだった。それどころか、憎みあうようになってたと思うの」

「ヴェルマ」彼女の母親がたしなめた。「そこまで言ってはいけないわ。レディ・ポンソンビーにお話しすべきことじゃないでしょ」

「フラヴィアンが回復の兆しを見せたりしなければ、わたしたちの結婚もどうにかうまくいってたでしょうね」母親の言葉など耳に入らなかったかのように、レディ・ヘイゼルタインは話を続けた。「でも、レナードは自分を許すことができず、わたしは……そうね、もう少し待てばよかったんだわ」

アグネスはわずかに胸を痛めた。昨日の図書館での印象は、わたしの誤解だったのかもしれない。レディ・ヘイゼルタインの言葉は計算されたもので、悪意すら感じられる、と思いこんでいた。

「ところが」レディ・ヘイゼルタインは言った。「ようやく償いができると思ったら、何年も前のわたしが不実で冷酷な人間だったかのように言われてしまった。そして、残酷な仕返しを受けることになった。そんなことが許されるとお思いになる？」

違う――アグネスは思った――違う、わたしの誤解ではなかった。

「ねえ」レディ・フルームはおろおろしていた。「レディ・ポンソンビーにはなんの責任もないことなのよ」

「苦々しくお思いになる気持ちはわかります、レディ・ヘイゼルタイン」アグネスは言った。「ただ、いまとなっては、もうどうにもならないことです。あなたとフラヴィアンは何年も前に愛しあってらした。でも、人は変わるものです。フラヴィアンは変わったし、おそらくあなたも変わったはず。あなたが失望から立ちなおれば、もはや過去に縛りつけられてはいないことに安堵なさるのではないでしょうか。フラヴィアンが先週わたしと結婚したのは、彼がそう望んだからで、わたしが彼と結婚したのも同じ理由からです。それは動かしようのない事実なのです」

「どうやら、人を愛した経験が一度もおありにならないようね」気の毒そうな甘い笑みを浮かべて、レディ・ヘイゼルタインは言った。「真実の愛はけっして消えないものだわ、レディ・ポンソンビー。そして、失望から立ちなおることもない。時間がたっても何も変わらないのよ」

アグネスはため息をついた。

「幸せになってください。将来のお幸せを心から祈っています。そして、両家が和気藹々と親しくつきあっていけるよう願っています。でも、夫が自分と結婚したのは、かつて愛した人に仕返しをしたいからにほかならなかった、などという思いを抱いて生きていくのは、わたしはまっぴらです。悲劇の恋物語の端役として見られるなんて、我慢がなりません。彼はこのわたしと結婚したのです、レディ・ヘイゼルタイン。わたしにとってそれ以上に重要なのは、わたしが彼と結婚し、彼を支えていることです。一人の人間として」

アグネスは話をするあいだに立ちあがり、帰り支度をするために手提げをとった。足元がひどく不安定に感じられたが、少なくとも声は震えていなかった。

あとの貴婦人たちも立ちあがった。

「レディ・ポンソンビー、どうかお幸せになってね」誠意のこもった声で、レディ・フルームが言った。「お訪ねくださったことに心からお礼を申しあげます。とても勇気のいることですし、たった一人でいらしたんですもの。ご近所になれるのが楽しみですわ」

「わたしからもお幸せをお祈りします」レディ・ヘイゼルタインが言った。「でも、レディ・ポンソンビー、大きな運に恵まれる必要がおありだわ」

アグネスは会釈をして暇を告げた。

マデラインをうしろに従え、最初は荒々しい足どりで家路についたが、何分かすると落ち着きをとりもどし、歩調をゆるめて貴婦人にふさわしい歩き方になった。わざわざ訪問したものの、自分がひどく動揺しただけで、ほかに大きな成果があったとは思えなかった。しかし、出かけていったことを後悔してはいなかった。意見の違いを徹底的に論じようとしない状況が、アグネスは大嫌いだった。ヘイゼルタイン伯爵夫人が敵意と恨みを抱いているなら――そうに違いないとアグネスは見ているが――そうしたものの存在と原因は表に出したほうがいい。

実家の母が出ていったときは、そのあと、誰も何も言わなかった。何ひとつ。けっして。ある日、五歳の子供が、美貌と生気と笑いにあふれた母親と一緒にいたと思ったら、次の日に母親は出ていき、二度と戻ってこなかった。なんの説明もなかった。アグネスは、以後何年かのあいだに耳にした会話の切れ端からわずかな事実をつかみ、つなぎあわせていくしかなかった。そういうことをじかに話してくれた人はいなかった。

だから、傷ついた心が、捨てられたという思いがくすぶりつづけていた。いずれにしろ、消えはしなかっただろうが、ここまで苦悩せずにすんだかもしれない。アグネスはずっとそう信じてきた。でも、もしかしたら、それは誤りだったのかもしれない。苦悩することに変わりはなかったのかもしれない。

本当なら、いまごろは乗合馬車に乗って、ドーラのいる故郷に向かっているはずだった。結婚してわずか一週間だというのに。どれほど外聞の悪いことだっただろう。だが、出ていくかわりに、もう一週間だけとどまることを承知した。そのあとはたぶん、イングルブルックではなく、キャンドルベリー・アベイへ行くことになるだろう。

もう一週間。結婚生活を修復するための時間。もしくは、結婚生活を終わらせて永遠の別居に移るための時間。しかし、別居するのは敗北のような気がして、アグネスの胸に不意に怒りが湧きあがった。

わたしなんか……ここで思いつける最悪の言葉は何かしら……フラヴィアンがかつて一人の美女を愛したというだけで、わずか二週間で結婚生活をあきらめるつもりなら、わたしなんか、くたばればいいんだわ。彼がわたしと結婚したことを知ると、その美女は冷静に威厳を保つかわりに悪意をぶつけてきた。あんな女なんか……ええ、あんな女なんか、わたしの二倍くたばればいい。

心が決まった！

フラヴィアンは結婚生活の修復を望んでいる。

ええ、わかった。わたしも望んでいる。ただの修復にとどまらず、理想の結婚生活にしてみせる。見ててちょうだい。

19

　フラヴィアンは睡眠をとらなかった。とろうともしなかった。一週間の猶予をもらった。七日間。そのうち一時間たりとも、睡眠不足を補うために使うつもりはなかった。ただ、困ったことに、アグネスをひきとめるために何をすればいいのかと考えてみても、昼も夜も愛を交わすこと以外、何も思いつけなかった。少なくとも、それなら得意だ。いや、二人とも得意だと言うべきか。

　しかしながら、セックスだけで彼女をひきとめられるとは思えなかった。しかも、今後七日のあいだ、もしくは七夜のあいだ、彼女のベッドに迎え入れてもらえるかどうかもわからない。そのうえ、セックスを堪能することでアグネスは逆に、彼のもとにとどまるのをやめようと決心するかもしれない。彼女には、落ち着いた生き方をしたいのなら人生から情熱を消し去るべきだ、という厄介な思いこみがある。すべて母親のせいだ。

　フラヴィアンは従者に風呂の支度をさせた。身体を洗い、清潔な服に着替え、髭剃りをすませると、いくらか気分がよくなった。いろいろと考えてみた。いまの彼に必要な手っとり早い解決法は何ひとつ浮かばなかったが、とりあえずできることが見つかった。図書室に戻って、机の前にすわり、手紙を二通書いた。手紙を書くのはもともと好きなほうではないが、どうしても必要なことだし、本当はもっと早く出しておくべきだった。アグネスの父親に直接会いに行くことはできない。そのためにはロンドンを離れなくてはならず、貴重な一週間を無駄にしてしまう。アグネスの兄に対しても同じことが言える。二人に手紙を書くのは礼儀として必要だった。いや、それだけではない。尋ねたいことがいくつかあり、せめて二人のうちのどちらかが、アグネスに隠していたことを自分には率直に打ち明けてくれるよう願った。

どうにか満足のいく手紙を書きあげ、封をして切手を貼り、執事に投函《とうかん》を頼んでから、〈ホワイツ〉へ出かけることにした。ひとつには、この日はアグネスに別の予定がいろいろ入っていて、彼を置いて出かけてしまったため、〈ホワイツ〉以外にどこへ行けばいいのかわからなかったからだ。しかし、もうひとつには、誰かを見つけてこっそり質問できないかという期待もあった。この自分にも何かできることがあるかもしれない。

クラブに来ていた紳士たちが次々と挨拶をよこした。貴族社会の半数がロンドンに出るのは復活祭が終わってからにするつもりで、いまも田舎にとどまっているが、それでもなお、フラヴィアンさえその気になれば、気の合う仲間とここで夕方まで過ごし、夜になっても腰を据えていられそうな雰囲気だった。ただ、仲間はほとんど彼と同年代なので、今日は役に立ちそうもない。だが、年配の会員たちとはあまり面識がないことに、読書室で腰を下ろして朝刊にほんのわずかな注意を向けつつ、フラヴィアンは気がついた。

やがて、彼のおじ二人といとこ一人が連れ立ってクラブに現われ、上機嫌で声をかけてくると、彼の背中を叩き、派手に握手をし、しゃべったり笑ったりしはじめた。当然ながら、いままで静かに新聞を読んでいた室内の連中から迷惑そうな顔を向けられた。

クウェンティンおじとジェームズおじは妻子をひきつれてロンドンに出てきたばかりだという。おじたちに言わせれば、家族を食べさせていく責任が彼らの肩にかかっているそうだ。今日ここに来ているいとこはデズモンドといって、ジェームズおじの長男であり、跡継ぎだが、ほぼ同年代の相手を見つけてうれしそうな笑顔になった。どちらのおじにも、あと一人ずつ子供がいるが、いずれも女の子で、現在一八歳になりちょうど結婚適齢期なので、山のような買物をするために早めにロンドンに出てくる必要があったわけだ。おばたちに言わせれば、買物はぜったいに必要とのこと。だが、おじたちに言わせれば、買物のせいでこれからの半世紀ほどはひどい貧乏暮らしを強いられることになるらしい。

フラヴィアンはおじたちを連れて喫茶室に移った。ここなら、新聞を読んでいる人々の非難を浴びることなく話ができる。

おじたちはフラヴィアンの結婚の噂を聞いたばかりで、二人とも、彼がようやくまともな行動に出たことを喜んでいると述べた。「もっとも、噂によれば、結婚相手はどこの誰ともわからぬ女性らしいが、もちろん、そんな問題は簡単に解決できる。さっさと社交界に紹介すればすむことだ。家内たちが大喜びで手伝ってくれるだろう」おじたちは好奇心ではちきれそうになっていた。「その幸運なレディは誰なんだね？　ええ？　それとも、幸運なのは花婿のほうかね？」

この二人のおじは双子だった。話をするときは、一人が口火を切ってもう一人があとを続けるという連係プレイなので、聞いているほうは二人のあいだでリズミカルに頭を動かすことになる。

おじたちが次々とよこす質問は、高笑いと共に終わりを告げた。

フラヴィアンはくつろいだ気分になり、身内と再会した喜びに浸った。アグネスは夫を亡くした女性で、ミドルベリー・パークの近くの村で未婚の姉と暮らしていて、彼はそのミドルベリー・パークに友人たちと三週間滞在していたのだと説明した。彼女と初めて出会ったのはその半年前なので、求婚も婚礼も人々が考えているような嵐のごとき展開ではなかったということも、慎重につけくわえておいた。

「なるほど。だけど、フラヴ」いとこのデズモンドが言った。「レディ・ポンソンビーをめぐって不穏な噂が立ってるみたいだぞ。きみの耳にも入ってるだろ？」

「えっ？」ジェームズおじが言った。

「どんな噂だ、デズ？」クウェンティンおじが尋ねた。

フラヴィアンは物問いたげな表情をするにとどめておいた。

「ゆうべ、レディ・マートンがささやかなパーティを開いたんだ」デズモンドは語りはじめた。

「ぼくはバイダルフとグリフィンにひきずっていかれた。なんとも退屈なパーティだったが、きみの結婚が大きな話題になっていて、しかもヘイゼルタイン伯爵夫人がロンドンに戻ってきた矢先のことだから、驚いている連中もけっこういた。彼女もゆうべのパーティに来ていたが、噂好きな連中も、彼女に聞こえるところでは何も言わないよう気をつけてたようだ。ついでに言っておくと、彼女、あいかわらず魅力的だな。もう会ったかい、フラヴ？」

「ふ、不穏な噂というのはなんのことだ？」フラヴィアンは尋ねた。

「レディ・ポンソンビーの母親というのが、とんでもない人だったらしい」デズモンドは言った。「好きな男と逃げて、夫は——デビンズといったかな？——妻に離婚を申しわたした。もしそれが事実なら、いや、たとえ事実でなくても、気をつけないとだめだぞ、フラヴ。妻が無名の存在というだけでも厄介なのに、まともな家庭の出身ではないなどと思われたら……」

デズモンドは途中で黙りこんだ。たぶん、フラヴィアンの表情に気づいたのだろう。

誰が知っていた？　フラヴィアンは記憶をたどった。誰が知っていた？　母にアグネスの身の上を話した。マリアンとオズワルドにも。アグネスの父親と亡くなった夫の名前を告げた。しかし、昔の醜聞にはひとことも触れなかった。その件は誰にも話していないし、アグネスも伏せているのは確かだ。彼女の父親が誰なのか、ほかの者にはいっさい話していない。

ただし、フルーム夫妻は別だ。ヴェルマも。

アグネスとはどういう人なのかと尋ねるヴェルマの声と、それに答える彼自身の声が聞こえるような気がした。

〝ランカシャーに住む、デビンズ氏とかいう人の娘だ〟

午前中にこのクラブに来た主な目的が、突然、最大の緊急事項のように思えてきた。考えてみれば、どちらのおじも、答えを見つけるのに役立ちそうな年代だ。二人とも田舎の本邸で過ごすのと同じぐらいの時間を、ロンドンや上流階級向けの保養地で過ごしてきたし、つねに情報とニュースとゴシップの宝庫だった。また、おじたちの知らないことでも、おばたちならよく知っているはずだ。

「ぼくの、つ、妻がまともな家庭の出身かどうかを、し、知りたいと言う者がいたら」フラヴィアンは言った。「ぼ、ぼくに直接、そう、た、尋ねるがいい」

デズモンドはたじろぎ、両方のてのひらをフラヴィアンに向けて突きだした。

「ぼくはただ、ゆうべのパーティでみんながひそひそ言っていたことを伝えただけだ、フラヴ。たいした内容ではないが、ゴシップの種にされれば、ほんの小さな火でも大きな炎になってしまうものだ」

そして、ヴェルマもゆうべのパーティに顔を出していた。

「その離婚の件ですが、お二人のどちらかの記憶に残っていないでしょうか？」フラヴィアンはおじたちに尋ねた。「ランカシャーに住むデビンズとかいう人です。二〇年ほど昔のことですが」

「離婚か」ジェームズおじが言った。「議会の裁定を仰いだという意味かね？　奥さんの実家の父上も思いきったことをしたものだ。莫大な金が必要だし、世間体も悪かったことだろう。子供たちにとっても酷《むご》いことだ。で、それが奥さんの母上というわけだね？　なんとも災難だったな、きみ。だが、わたしの記憶には残っていない。おまえはどうだ、クウェント？」

クウェンティンおじはテーブルに片肘を突き、爪で自分の歯を軽く叩いていた。

「セインズリーのやつが妻の不貞を理由に離婚したことは覚えている。濡れ衣であることは誰もが知っていたが」クウェンティンおじは言った。「妻は夫の三人の愛人と、夫が養育費を出している婚外子たちのことで、さんざん文句を言っていたのだ。あれは、ええと、一〇年から一五年ほど前のことだった。覚えてるかね、ジェームズ？」

「もうそんな昔になるか。うん、たぶんそうだろう。わたしが覚えているのは……」

デズモンドがフラヴィアンと憂鬱そうに視線を交わした。おじたちを急かすのは禁物だ。

「ハヴェルだ」不意にクウェンティンおじが言って、テーブルにてのひらを打ちつけたため、ジェームズおじのコーヒーが受け皿に少しこぼれた。「サー・エヴァラード・ハヴェル。あの笑顔のおかげで、みんなから〝美少年〟と呼ばれていた男だ。完璧にそろった真っ白な歯をしていた」

「ああ、思いだした」ジェームズおじは言った。「やつがにっこり笑っただけで、レディたちは卒倒したものだった」

「ふところ具合が苦しくなったものだから、田舎住まいを余儀なくされた」クウェンティンおじはさらに続けた。「よぼよぼのおじさんか誰かのところにころがりこんだ。全財産を遺してくれるかどうかは未知数だったが。おじさんにゴマをするつもりだったんだろう。確か、それがランカシャーだった。断言してもいい。神に見捨てられた土地のなかでも、よりによってランカシャーに閉じこめられることになるとは、あの男も気の毒に――わたしはそう思ったものだった」

「羨む者はいなかったな」ジェームズおじも同意した。

「誰かの妻と駆け落ちし、夫は妻を離縁して、ハヴェルは一ペニーももらえずに勘当された」クウェンティンおじがテーブルの向こうから得意そうにフラヴィアンを見た。「そいつだ。間違いない。夫の名字は思いだせないが、二〇年ほど前のことで、場所はランカシャーだった。そんな駆け落ちと離婚が二件もあったら、偶然が過ぎるというものだ」

「だけど、きみの奥さんは何も知らないのかい、フラヴ？」デズモンドが訊いた。

「その話題に触れたがらないんだ」フラヴィアンは椅子にすわりなおして言った。「母親の駆け落ち相手の名前すら知らない」

「だが、これからずっと〝何も知りません〟で通すわけにはいかない。そうだろう？」デズモンドは眉をひそめていた。「意地悪なおしゃべり女どもが詳しいことを探りだすのに、長くはかからないぞ、フラヴ。クウェントおじさんが覚えているなら、ほかの人たちも覚えているはずだ。レディ・ポンソンビーの立場が悪くなりかねない。それから、きみの立場も」

「わが一族はずいぶん大人数だ」ジェームズおじが言った。「おまえの母方の一族もそれに劣らずたくさんいる」

「そして、身内は団結するものだ」クウェンティンおじが言った。

「神よ、お助けを」デズモンドがつぶやいた。

「離婚後はどうなったんです？」フラヴィアンは訊いた。

「えっ？」ジェームズおじが言った。

「ハヴェルがまともな行動に出て、相手の女性と結婚した」クウェンティンおじが答えた。「花も恥じらう乙女ではなかったにせよ、美人だったようだ。わたしの記憶が正しければ、ハヴェルより年上だった。だが、貴族社会全体から排斥された」

「どちらか一人でも、まだ存命でしょうか？」フラヴィアンは訊いた。「どこに住んでいたのでしょう？　もしくは、いまどこに住んでいるのでしょう？」

クウェンティンおじはふたたび自分の歯を爪で叩き、ジェームズおじは片手で顎をこすった。

「知るわけがない」ジェームズおじは言った。「そっちはどうだ、クウェント？」

クウェンティンおじは首を横にふった。「だが、ジェンキンズに尋ねてみたらどうだ？　ピーター・ジェンキンズ。ハヴェルの遠い親戚に当たるはずだ。おたがいの親がまたいとことか、そんな関係だ。あいつなら知ってるかもしれん」

「祖父母だ」ジェームズおじが言った。「おたがいの祖父母がいとこどうしだ」

ピーター・ジェンキンズはこのときたまたま、〈ホワイツ〉で友人たちと晩餐の最中だった。フラヴィアンはジェンキンズが一人になるまで、一時間半も待たなくてはならなかった。

アグネスはぐったり疲れていた。もっとも、忙しい夜だったわけではない。それどころか、なかなか楽しかった。あまり派手でないデザインのイブニングドレスを着て、フラヴィアンと義母と一緒に晩餐をとり、食事のあとは三人で客間に腰を落ち着けた。アグネスがタティングレースに精を出すあいだに、義母は刺繍用の枠を手にとり、フラヴィアンはフィールディングの『ジョウゼフ・アンドルーズ』の一節を二人のために朗読した。この小説はサミュエル・リチャードソンの『パミラ、あるいは淑徳の報い』を喜劇調にしたパロディーで、アグネスは数年前に読んだが、さほど楽しめる作品ではなかった。

フラヴィアンの朗読はなかなか上手で、言葉につかえることもほとんどなかった。最後に本を閉じてそばのテーブルに置くと、頬杖を突き、レースを編むアグネスを見つめた。彼の顔に浮かんでいたのは、満ち足りた思いか、愛しさか、それとも、単なる疲れだったのか。ゆうべは結局、一睡もしなかったようだし、今日の午前中も仮眠をとったとは思えない。

明日の夜はシールズ卿の屋敷に招かれて、身内と友人だけの内輪のパーティに出席することになっている。フラヴィアンの話だと、親戚が何人かロンドンに到着し、アグネスに会いたがっているとのことだった。マリアンの招待状に書かれた〝パーティ〟という言葉を、アグネスはいささか警戒したが、フラヴィアンの母親が、社交シーズンには早い時期なので、パーティに顔を出す人はまだそれほど多くないと言ってくれた。いずれにしろ、フラヴィアンのもとにとどまるなら――いまはそのつもりだ――遅かれ早かれ、貴族社会の人々と顔を合わせなくてはならない。

パーティにもっともふさわしいイブニングドレスをマデラインに選んでもらうことにし

た。

いまは新しい寝間着を着ていた。マデラインが選んだものにしては、そう大胆で露出度の高いデザインではなかった。肩も、二の腕も、控えめな胸の谷間もほとんど覆われていて、薄手の麻で仕立ててあるが透け感はあまりない。ただ、身体にまとわりつく生地で、マデラインが言うには、それがアグネスのすらりとした姿をひきたてているとのことだ。

マデライン以外にこの寝間着姿を見てくれる者がいるのかどうか、アグネスにはわからなかった。けさ、結婚生活をあと一週間延ばすことに同意したものの、そのあいだどういう形で夫婦関係を続けていくかという話は出なかった。フラヴィアンが彼女の寝室に来るかどうかわからないし、今夜もゆうべと同じく、自分が彼を捜しに行くことになるのかどうかもわからない。彼が来なかった場合にという意味だが。

本当なら、彼が来るのを期待してはいけない。フラヴィアンへの怒りが渦巻いているのだから。それは思いきり喧嘩をすれば消える怒りではなく、修復不可能の怒りだった。彼に冷酷に利用され、情欲に突き動かされて自ら進んで犠牲者になってしまった、という思いから生まれた怒りだった。彼に恋をしたことも、もう関係ない。それどころか、落ち着いた生き方をしたい、感情や肉体の欲望に押し流されるのではなく、冷静な判断で行動したい、という気持ちがさらに強くなるだけだった。

しかし、今日一日のあいだにいろいろと考えた。そして、多くのことを思いだした。

アグネスがベッドの端に腰かけていたとき、彼がやってきた。ドアを軽く叩き、しばらく待ったが、アグネスの返事がなかったので、そのまま入ってきた。ガウン姿でドアのところに立った。ウェストでベルトがきっちり結んであり、金色の髪が軽く乱れた姿がとても魅力的だった。アグネスは胸の先端が硬くなるのを感じ、ろうそくの仄暗《ほのぐら》い光のなかで、寝間着の生地を透かしてその事実を彼に気づかれることのないよう願った。

「ぼくの頭に、し、室内履きを投げつけるつもりかい？」

「たぶん狙いがそれて、恥をかくだけでしょうね」

フラヴィアンは腕組みをし、小首をかしげた。

「これから七日間の結婚生活を送るわけだね？」フラヴィアンが訊いた。

「あら、でも、終わらせるのはそれほど簡単じゃないわ。結婚は永遠のものなのよ、フラヴィアン。あなたはわたしと結婚した。なぜ結婚したかは関係ない。結婚した以上、その誓いを守って生きていかなくてはならない。誓いを破ることは、わたしが許さないわ。そして、わたしはあなたと結婚した。なぜ結婚したかは関係ない。健やかなるときも病めるときも、わたしたちは夫婦なの。人が結婚するのにはさまざまな理由があるわ。問題はそんなことじゃないのよ。大事なのは、結婚してから何をするかということ。幸せな結婚にしましょうよ。二人で力を合わせて」

いやだわ、どこからこんな言葉が出てきたの？　心臓の鼓動がひどく大きく響き、ほかの音は何も聞こえなくなりそうだった。

フラヴィアンは身じろぎもせず、姿勢を変えてもいなかった。しかし、まぶたを半分ほど伏せ、唇の端をわずかに上げて、鋭い目でアグネスを見ていた。

「わかった」柔らかな声で言うと――彼女に近づいた。

そして、二人は愛を交わした――ためらいがちに、優しく、ゆっくりと。最後はむさぼるように激しく。終わったとき、アグネスは仰向けのまま、ベッドに斜めに横たわっていた。可憐なデザインの新しい寝間着はすでになく、フラヴィアンが覆いかぶさっていた。二人とも全身が火照り、汗に濡れ、ぐったりしていた。アグネスの脚は彼の左右に伸びていた。彼はいまもアグネスのなかに入ったままだ。深く規則正しい寝息を立てている。アグネスもうとうとしかけていた。フラヴィアンはじきに目をさまして、身体をどけ、詫びの言葉をつぶやくだろうが、アグネスは彼の重みを少しも不快に感じなかった。このままの姿勢で彼が朝まで眠りつづけても気にならなかっただろう。

いったん始めたらもう止められないことが世の中にはあるものだ、とアグネスは思った。情熱も止めようがない。フラヴィアンと結婚した大きな理由は、彼がほしかったからだ。しかし、新婚初夜に彼と結ばれたとき、ほしい気持ちは一時的に弱まっただけだった。じっさいには、まったく逆だった。もっとほしくなる一方だった。

彼と深く結ばれている――不思議な気がした。

しかし、人がどんな人生を選ぶにしても、それを情熱のせいにしてはならない。アグネスがウィリアムの妻だったころなら、フラヴィアンと出会っても彼の魅力に溺れることはなかっただろう。それは自分でも断言できる。熱く満たされて眠りに落ちようとしているときに、そんなことを考えるのも、やはり不思議な気がした。

「うーん」フラヴィアンがアグネスの耳元でつぶやいた。彼の息がかかって、耳がくすぐったかった。「ぼくに羽根布団のかわりは無理だな。す、すまない」

そう言うと身体を離し、アグネスの脇に横たわった。片方の腕を彼女の身体の下に差しこみ、頭から爪先までを密着させた。男性の肉体って、なんてすばらしい創造物かしら——アグネスはそう思いながら、彼にふたたび身体をすり寄せて全身の力を抜き、眠りに落ちていった。とにかく、この人の身体はすばらしい。


フラヴィアンは割れるような頭痛で目をさまし、周囲のものすべてに殴りかかりたいというすさまじい衝動に襲われた。身体を起こしてベッドを下り、床を手で探ってガウンを見つけだすと、腰のところでベルトを結んで、よろよろと窓まで行った。カーテンを大きくあけ、左右の窓枠をつかんでから、ガラスに額をつけた。

闇に近い戸外を凝視しながら呼吸の回数を数えた。両手にさらに力が入った。窓枠から手を離す勇気はまだなかった。離せば、こぶしを固めて周囲のものを殴りはじめるかもしれない。頭のなかで誰かが太鼓を叩いているような気がした。ただ、頭痛は徐々に消えつつあった。

なぜこんなことに……？

厄介な事態が近づいていることを思いだした。

そして、幸せと言ってもいい気分で眠りに落ちたことも。彼女が出ていくのを思いとどまり、結婚生活を立てなおそうと決心してくれた。二人で愛を確かめあい、幸せな気分になれた。

　厄介な事態が近づいているなかで。

　ヴェルマが企んだことだと、フラヴィアンはほぼ確信していた。彼女があちこち探ってまわり、金鉱を見つけだしたのだ。ただ、彼女の性格からはおよそ考えられない。優しさと光にあふれた女性なのに。

　頭のなかでふたたび太鼓が響きはじめた。

「フラヴィアン?」すぐうしろで声がした。「どうしたの?」

　アグネスを起こしてしまった。だが、くそっ、仕方のないことだ。窓枠をつかむ手にふたたび力が入り、フラヴィアンは目を閉じた。

「目がさめてしまったんだ。ベッドに、も、戻ってくれ。ぼくもすぐ行く」

　アグネスの手が背中に伸びてきて肩甲骨のあいだに触れるのを感じた。うなじのすぐ下あたりだ。一瞬、フラヴィアンは身をこわばらせた。やがて彼の頭のなかでドアが開き、そのせいで目がさめたのだと気がついた。記憶がどっとあふれでてきた――何年ものあいだ完全に封印されていたため、消えた部分があろうとはこれまで思いもしなかった記憶の数々が。

「ああ、神さま!」

「どうしたの?」ふたたびアグネスが尋ねた。「目がさめてそんなに動揺してるのはなぜ? 聞かせて。わたしはあなたの妻なのよ」

「彼女が企んで、嘘をついたんだ。そして、兄の心を傷つけた」

短い沈黙があった。

「レディ・ヘイゼルタインのこと？」

「ヴェルマのことだ。うん。その、は、始まりは、ぼくらが一五のときだった」

フラヴィアンは腕を下ろし、窓辺でふりむいた。アグネスは寝間着をもとどおりに着ていた。薄い布で仕立てた可憐な新しい寝間着。部屋が冷えこんでいた。フラヴィアンは彼女の化粧室へ大股で向かい、暗闇に近いなかでウールのショールを見つけだした。それを持って戻り、彼女の肩を包んでから、二人でベッドに戻った。ベッドの端に並んで腰かけて、彼女の手を片手で握った。反対の手でこぶしを作り、自分の額をさすった。

「記憶がまとめて抜け落ちていた。それが、よ、よみがえってぼくを起こし、また消えていく。ペンダリス館にいたころ、よくそういうことが、お、起きたものだった。でも、最近はあまり起きなくなっていた。記憶が残らず戻ったんだと、自分では思っていた」

「また何か思いだしたの？」アグネスはそう尋ねながら身体を軽くまわし、両手で彼の手をとった。

そう、思いだした。はっきりと。ふたたび消えてしまうことはなかった。

「あの年の夏、レンは――ぼくの学校時代の友達で、のちにヘイゼルタイン伯爵になったレナード・バートンは――いつもの年と違って、うちに、と、泊まりに来ていなかった。家のほうで何か催しがあったため、故郷のノーサンバーランドに帰らなきゃいけなかったんだ。どんな催しだったかは覚えていない。マリアンは社交界にデビューしたばかりで、は、母に連れられてどこかのハウスパーティに出かけていた。デイヴィッドは家のなかや周囲でほとんどの時間を過ごしていた。それ以外のことをするだけの元気がなかったんだ。だから、ぼくは一人で庭をうろついたり、乗馬や泳ぎや釣りに出かけたり、気の向くままにあれこれやっていた。なんでも、た、楽しめる子供だったから。実家で過ごすだけで楽しかった」

「そして、ファージングズ館にも出かけたの？」アグネスは尋ねた。

「いや、行っていないと思う。ヴェルマに会いに行ったのかという意味なら、答えはノーだ。それほど仲良しでもなかったし。幼かったころは別だけどね。ヴェルマは可愛い女の子だった」

フラヴィアンは前に伸ばした自分の素足にしかめっ面を向けた。

「だが、ヴェルマのほうがキャンドルベリーに来ていた。デイヴィッドに会いに来たのだと、いつも言っていた。彼女が一八になったら正式に婚約し、一九で、きょ、挙式という予定だった。ヴェルマがまだ、ゆ、揺りかごにいるときに、両家の親が決めたことだった。それに疑問を持つ者は誰もいなかった。だが、キャンドルベリーには来ないでほしかった。屋敷にいるのは、召使いたちを別にすれば、デイヴィッドとぼくの二人だけだし、ヴェルマは馬番もメイドも連れずにやってくる。しかも、毎回違う道を通ってくるんだ。屋敷に来る途中でぼくとばったり顔を合わせるという、不思議な特技があった」

「ただの偶然だったの？」

「ぼくはそう思っていた。出会ったとたん、ヴェルマは、ひ、ひどく驚いた顔になり、ぼくの邪魔をしたことをしきりに詫びたものだった。ところが、いつもそのままぼくと散歩をしたり、腰を下ろしたりするんだ。ときには、ぼくと過ごす時間が長すぎて、デイヴィッドに会いに屋敷まで行く暇がないこともあった。しかし、彼女が会いに行けば、デイヴィッドはすぐさま、メ、メイドを呼んで同席させ、帰りは馬番にファージングズ館まで送らせた。ヴェルマはぼくに、デイヴィッドのことが好きだし、あ、愛してもいる、早く一人前になって彼と、け、結婚し、身のまわりの世話をして、あ、あげたいと言っていた」

いまならフラヴィアンも思いだすことができる――馬でやってきたヴェルマとばったり出会ったときに、彼女がフラヴィアンを残してそのまま走り去ろうとしないため、最初の何回かは困惑したことを。だが、当時の彼は一五歳だった。しばらくすると……。

「やがて、ぼくは彼女の肌に触れ、キスをするようになった。だけど、終わると彼女が悲鳴を上げ、こんなことは二度としちゃいけない、デ、デイヴィッドのために、と言ったものだった。そして、ある日の午後、キスよりさらに進んでしまった。かなりのところまで。ただし……最後まではいかなかった。そして、その日ですべてが終わった。ヴェルマは泣いて、ぼくを愛していると、い、言った。ぼくは彼女に、ぼくも愛してるけど、もう終わったことだ、二度とこんなふうに会っては、い、いけないと答えた。ほ、本気だった。兄にそんな仕打ちはできなかった。兄が彼女を熱愛しているのはわかっていた。確か、そのあと一週間、ぼくは屋敷から一歩も出ずに過ごし、そのあとは、遊びに来てくれと、う、うるさく言っていた別の学友のところへ泊まりに行った。デイヴィッドを一人で、の、残していくことになったが、とにかく、ぼくは兄の目を見ることができなかった」

「そして、たったいま、そういうことをすべて思いだしたの?」アグネスが彼に訊いた。

フラヴィアンは顔をしかめた。あの夏、ヴェルマがキャンドルベリーに何度もやってきたのは、彼の母親と姉が屋敷を留守にしていて、デイヴィッドはほとんど外に出ることがなく、レンはノーサンバーランドの実家に帰っていたからだ。ヴェルマはフラヴィアンに会うのが目的で来ていたのだ。一五歳の少女から見れば、デイヴィッドにはほとんど魅力がなかったはずだ。もっとたくましい弟がいて、そう遠くない将来に、その弟がキャンドルベリー・アベイのポンソンビー子爵になる運命だったとすれば。

しかし、彼女のそうした狡猾さを非難してもいいものだろうか?

「いや、思いだしたのは、いま話したことと、その後三年間に、偶然と思われる出会いが何度かあって、ゆ、誘惑されたことなんだ。ヴェルマは可憐な乙女になっていたし、ぼくは、け、血気盛んな若者だった。しかし、兄と彼女の婚約の日が、ち、近づいていて、デ、デイヴィッドは幸せそうだった。もっとも、一度だけぼくに打ち明けたことがあった——両家の親が遠い昔に交わした約束に彼女を縛りつけておくのは、た、たぶん、利己的なことだと思う、と。だけど、二人で一緒にいるときのヴェルマはいつも、兄のことが、だ、大好きなように見えた」

「ほかにも何か思いだしたの、フラヴィアン?」

フラヴィアンは唾をのみ、さらにまたのみこんだ。アグネスが彼の手の甲を彼女の頬に押しつけていることに、フラヴィアンは気がついた。

「ヴェルマが一八になって、婚約披露パーティが計画され、ロンドンの新聞に婚約の知らせを出すことになったとき、デイヴィッドが突然、彼女との結婚を拒みはじめた。びょ、病弱で妻に理想の人生を与えることができない男と結婚するのでは、彼女が気の毒だ、社交シーズンをロンドンで過ごし、す、すばらしい結婚をしてもらいたい、というのだ。ヴェルマは慰めようがないほど落ちこみ、兄は悲しみに打ちひしがれた。こうしたことを、ぼくはすべて思いだした」

アグネスは彼の手の甲に唇をつけた。

「両家ではただちにかわりの案を考えた。まるでみんなが、あ、安堵し、新たな案を心から、か、歓迎しているかのようだった。つまり、ヴェルマがぼくと結婚することを。そのあとで、デ、デイヴィッドが、ぼ、ぼくと二人だけで、は、話をした」

フラヴィアンは身震いをすると立ちあがり、ふたたび窓辺へ行ってそこに立った。ガウンのポケットを見つけて両手を突っこんだ。

「ほ、本当なのかと、兄は尋ねた。そして、彼女を、あ、愛しているのかと尋ねた。それから、ぼくの恋を祝福したい、弟を愛する気持ちはこれからも変わらないと、い、言ってくれた。ただ、じょ、冗談っぽくつけくわえたけどね。自分にもっと元気があれば、夜明けの決闘を申しこんでも、よ、よかったのだが、と」

フラヴィアンはポケットのなかで手を広げ、それから閉じた。アグネスは無言だった。

「じつは、ヴェルマが兄に話をし、内密にと頼んでいたのだ。こんなふうに話したそうだ

——三年前からぼくと、じょ、情熱的に、あ、愛しあっていて、すでに、ふ、深い仲にあり、デイヴィッドと結婚したあとも二人が恋人であることには、か、変わりがない、とぼくに言われているが、嘘をつきつづけることは、で、できないと決心したのだ、と。愛した男と、け、結婚できるよう、自分を自由にしてほしい、と彼女は兄に、た、頼みこんだ」

アグネスが大きく息を吸うのがフラヴィアンの耳に届いた。

「お兄さまはヴェルマの言葉を信じたの？」

「彼女は愛らしくてすなおな子だ」フラヴィアンは言った。「まあ、兄もぼくもそう思っていた。それに、彼女の気持ちもわからないではない。親の決めた縁談に縛りつけられ、本人にはなんの発言権もなかったのだから。しかし、ヴェルマのしたことは……残酷だった。ひとこと正直に頼むだけで、兄は彼女を自由にしたはずだ」

アグネスの腕が背後からフラヴィアンの腰にまわされ、頬が彼の背中に押しつけられた。

「あなたからお兄さまにちゃんと説明したの？」

「し、したとも。すべてを話した。いま、きみに話したのと同じことを。ヴェルマとの結婚など、の、望んでいないことを、兄に、う、打ち明けた。すると兄は、両家がこの縁談をまとめようと決心している以上、ぼくに選択の余地はほとんどないし、ヴェルマはかならず自分の、お、思いどおりにするだろう、と言った。ぼくのために軍職を購入してほしいと、ぼくが、た、頼みこむと、兄は承知してくれた。ぼくは兄の相続人で、兵士として危険に身を投じたりしてはならなかったというのに。悪くすれば、ぼくが戦争に行っていつ帰国できるかわからない状態では、兄とはもう二度と会えないかもしれない」

「じゃ、あなた、ヴェルマを愛してはいなかったのね？」

「当時は一八だからな。まだまだ子供だった」

「向こうはあなたを愛してたの？」

「彼女の気持ちまではわからない。ただ、昔から上昇志向が強かった。子爵夫人になって、世界の半分が彼女の前にひざまずき、頭を下げ、彼女のどんな命令にも従うようになる日のことを、いつもあからさまに語っていた。あちらの父親は準男爵だが、とびぬけて裕福なわけではない。結婚相手を探しても、玉の輿は望めなかったかもしれない。だが、結果的には、伯爵と結婚することになった」

「あなたのお友達の？」

「レンだ。そう、ヘイゼルタイン」

しかし――フラヴィアンは思った――デイヴィッドが亡くなったあの年に休暇で帰省したとき、自分は間違いなく彼女に恋をしていた。そうだろう？　死の床にあった兄を置いて、フルーム家が二人のために開いてくれた婚約祝いの舞踏会に出るため、ロンドンへ飛んでいったのだ。しかし……。

自分の記憶にはまだ、思いもよらない場所に大きな欠落があるのかもしれないと気づいて、フラヴィアンは怖くなった。そして、休暇で帰省していたあの何週間かに疑いを抱きはじめた。自分があんな行動をとった理由が思いだせないという事実がひどく気にかかった。

アグネスのほうを向き、両腕で彼女を包んで、彼女の頭のてっぺんに片方の頬をつけた。

「すまない。夫とほかの女のあいだに何があったかなんて、新婚の妻が夜中に聞きたがるような話じゃないのは、よく、わ、わかっている」

「いまのは話の一部でしょ」アグネスは優しく言った。頭を傾けて彼の顔を覗きこんだ。彼女自身の顔は窓から射しこむ光にかすかに照らされていた。「すべてではない。そうね？何もかも思いだしたわけじゃないのね？」

彼の胃がかすかにざわついた。

「厄介なのは」彼女に笑顔を見せて言った。「消えた記憶の内容を誰かが説明してくれても、記憶が戻るとはかぎらないし、消えた記憶があることすら覚えていないこともある。ぼくの頭にはたぶん、いまもあらゆる種類の穴があいていると思う。ぼくは、ふ、不完全な人間だ、アグネス。きみは不完全な相手と結婚したんだ」

「人はみんな不完全よ」闇のなかなのに、フラヴィアンには彼女の歯のきらめきが見えた。彼女の声には笑みが含まれていた。「それが人間であることの証だと思うわ」

「だけど、お、大きな穴のあいたチーズみたいな頭を持つ人間が、足枷《あしかせ》もなしに自由に歩きまわれるなんて、ざらにあることじゃないんだよ。きみはチーズ頭の男と結婚してしまったんだ」

アグネスが笑いだした。驚いたことに、彼自身も笑っていた。

「すばらしい冒険だわ」

「よく言うよ」フラヴィアンは頭を低くして、鼻と鼻をこすりあわせた。ほんの一瞬、一昨日の夜にレディ・マートンのパーティの場でささやかれていた噂について、アグネスに警告しておくことも考えた。しかし、今夜は、劇的な場面はもうたくさんだった。「冷たい鼻だね」

「心は温かよ」アグネスは言いかえした。

「すまない。ほんとにすまない」

「わたしは平気よ。ベッドに戻って毛布をかけましょう。冷えこんでるから」

「ぼくなら、も、毛布よりいいものを差しだせる」

「自慢屋さん」

「毛布より効果的にきみを、あ、温めることができなかったら、どこかにネズミの穴を見つけて、い、一生のあいだ、そのなかで丸くなる必要がある」

「じゃ、ベッドに戻ってわたしを温めて」アグネスの声は優しい愛撫のようだった。

「はい、奥さま」

フラヴィアンはくらくらしそうな幸せを感じた。肩の重荷を下ろした気がした。ヴェルマを愛していなかったとわかって、どんなにほっとしたことか。

少なくとも……。

しかし、いまは妻と一緒にいるだけで心が安らぎ、幸せに浸ることができた。

20

フラヴィアンのおばの一人と女性のいとこ二人が、午前中にアグネスに会いに来た。三人は昨日の遅い時間にロンドンに到着するなり、アグネスの存在を知ったのだ。最後はみんなでアグネスを連れだし、フラヴィアンの母親も誘って、グリーン・パークを馬車で走ることになった。みんなというのは、彼の母の妹に当たるおばのディーディー――確かドリンダを縮めたものだとフラヴィアンは記憶している――と、いとこのドリスとクレメンタイン。この二人は三女と四女だ。いや、四女と五女だったか？　まあ、どちらでもいい。そのうちわかるだろう。とにかく、クレメンタインが末っ子で、これから社交界にデビューしようとしている。何分か一緒にいただけで、すぐに笑いころげる子であることがわかったが、考えてみれば、この年ごろの女の子はたいていそうだ。

アグネスもこの年齢のときは笑いころげていたのだろうか、いや、そうでないほうに全財産を賭けてもいい、とフラヴィアンは思った。彼女は一八の年にウィリアムと結婚している。もしウィリアム以上に退屈でロマンスから遠い人物がいるとしたら、フラヴィアンは噂を聞いただけで仰天するだろう。もちろん、本人を直接知っていたわけではなく、アグネスから彼の話をあれこれ聞いているわけでもない。しかし、だいたい見当はつく……。

フラヴィアンの推測が当たっているなら、彼女がキーピングと結婚したのは、父親の再婚で自宅に居辛くなったからだ。キーピングが安全な人物だったからだ。妙なことだ。今度はこのぼくが同じ理由で彼女と結婚したのだから。

五人のレディに手を貸して、幌《ほろ》を下ろした馬車に乗せ、窮屈に詰めあった五人が手をふって出発したあと、フラヴィアンはアーノット邸の玄関前にしばらく立っていた。家のなかに戻る前に考えこんだ。

身内というのはいいものだ。たとえ、その数が何百人にも膨れあがっているように思えるときがあり、父方も母方もほぼ全員が貴族社会でいちばん騒々しいおしゃべり好きな人々であっても。そう、とてもいいものだ。彼の一族は昔から団結力が強かった。一人一人のあいだではときに諍《いさか》いがあり、兄弟間でとくにその傾向が強いとはいえ、誰もが身内の味方をしてきた。

現在ロンドンに来ている一族の者は皆、今夜のマリアンのパーティに招かれているはずだ。そして、一人残らず顔を出すことだろう。ほかに誰が招かれているのか、フラヴィアンにはわからない。また、レディ・マートンのパーティでささやかれていた彼の妻に関するゴシップの小さな火が、大きな炎になっているかどうかもわからない。ただ、大きくなっているほうに賭けてもいいと思った。いずれにしろ、今夜その噂が出たときのために、準備をしておくつもりだった。

アグネスに警告するかどうかは、生まれて初めての貴族社会の催しを前にして緊張している彼女をよけいに緊張させることになりかねないので、いまだに決められなかった。

向きを変え、家のなかに戻った。

しばらくすると、外出の身支度をしてふたたび外に出た。二輪馬車と二頭の馬が馬番の手で玄関先にすでに用意されていた。フラヴィアンが馬車に乗りこみ、手綱を握ったあとで首を横にふると、馬番は驚きの表情を浮かべながらも、馬車の背後の部分に乗るのをやめた。フラヴィアンとしては、今日の訪問先は自分の召使いにも知られたくなかったのだ。いかに忠義者の召使いといえども、この世で最悪のゴシップ好きであることには変わりがない。

ケンジントンまで馬車を走らせ、ピーター・ジェンキンズがおおざっぱに説明してくれた、その家までの道順をたどった。ジェンキンズ自身が見たわけではないが、その家は木々が鬱《うっ》蒼《そう》と茂る森のなかにひっそりと建っているという。人が住んでいるのか、空き家なのか、ジェンキンズはまったく知らなかった。ずっと昔から親戚づきあいをいっさいしてこなかった男なのだ。サー・ハヴェルの住まいがケンジントンだろうと、はたまたティンブクトゥだろうと、自分の知ったことではない——気にしてもいない。彼の口調がそうほのめかしていた。

フラヴィアンはその家を見つけだした。いや、むしろ、木々が鬱蒼と茂る森を見つけだし、踏みならされた小道をたどって森の奥へ入っていったら家が見つかったのだ。予想していたより大きな家で、状態もよく、小さいながらも手入れの行き届いた色彩豊かな庭に囲まれていた。煙突からひと筋の細い煙が立ちのぼっていた。誰かが住んでいることだけは間違いない。

玄関ドアをノックすると、てかてか光る濃い色の古びた上着を着た年配の執事が出てきた。森で迷った旅人が文明世界に戻る道を訊きに来たのではないことを知って、あからさまに驚いた表情になった。訪問者を客間へ案内した。いささかみすぼらしい部屋ではあるが、掃除と整理整頓が行き届いている。執事は主人夫妻が在宅かどうかを確かめるために出ていった。歩調に合わせて右側のブーツがぎしぎし鳴ることに、フラヴィアンは気がついた。

五分もしないうちに、夫妻がそろって姿を見せた。二人とも執事に劣らず驚いた表情だった。不意の客を迎えることがめったにないのかもしれない。いや、そもそも、訪ねてくる客がいないのだろう。

サー・エヴァラード・ハヴェルは長身の男性で、髪の生え際が後退しているが、全体的にグレイがかった髪に茶色がいくらか交じっていた。顔も身体も肉付きがよく、顔のほうは血色もよくて、酒にずいぶん溺れてきたと思われる男の顔色だった。青い目は色が淡くて潤んでいた。ハンサムだったころの名残りはあるものの、きれいに年をとったという感じではない。

アグネスに似ているところはまったくなかった。

レディ・ハヴェルのほうが明らかに夫より年上だが、歳月は彼女に対してもっと優しかったようだ。六〇歳に近いはずなのに、いまもスタイルがいい。髪も豊かで、銀色がかったグレイに変わりつつある。顔にしわが刻まれていても、きりっとした美貌の持ち主だ。黒っぽい目が輝いている。フラヴィアンが推測するに、客を迎えたことがうれしいのだろう。もちろん、好奇心に駆られてもいるはずだ。

夫人のほうも、アグネスに似たところはなかった。その一方で、ミス・デビンズにはかなり似ていた。

「ようこそ……ポンソンビー子爵？」サー・ハヴェルはフラヴィアンが執事に渡しておいた名刺に、必要以上に長々と目を向けた。

フラヴィアンは軽く頭を下げた。「こ、光栄なことに、このたび、レディ・ハヴェルの義理の息子になりました」

夫人が目をみはり、両手の指を唇に押しあてた。

「一週間と少し前に、キーピング夫人と結婚したのです。アグネス・キーピング夫人と」

「アグネスと？」夫人は消え入りそうな声で言った。「あの子、キーピング家の兄弟の誰かと結婚したんですの？　まさか、ウィリアムじゃないでしょうね？　退屈なだけの青年で、アグネスとは年が違いすぎましたわ」

「ウィリアム・キーピング氏です、ええ」フラヴィアンは言った。

「でも、亡くなったのね？　そして、今度はあなたと結婚？　子爵という身分の人と？　まあ、ずいぶん運のいい子ね」

「ロザモンド」サー・ハヴェルが声をかけた。「すわったほうがいい」

彼女がすわったので、夫は身振りでフラヴィアンにも椅子を勧めた。

では、この人は家を飛びだしたあと、残された家族に何があったのか、まったく知らなかったのだ。

「では、ドーラは？」夫人は尋ねた。「あの子も良縁に恵まれたの？」

「一度も結婚していません」フラヴィアンは言った。

夫人は一瞬、目を閉じた。「ああ、不憫なドーラ。結婚して子供を持つことが夢だったのに――一七歳の女の子なら、みんなそうでしょ。きっと、アグネスの世話をするために家に残らなくてはと思ったのね。いえ、ウォルターがわたしを離縁することに決めたあと、あの子をもらってくれる男性が一人もいなかったのかもしれない。ウォルターの弁明を聞きたいものだわ」

過去の出来事をこんなふうに見るというのも、ずいぶん変わっている。しかし、理解できなくもなかった。自分を責めるより、誰かほかの人間を非難するほうが楽なものだ。

ハヴェルが二個のグラスにワインを注いだ。一個をフラヴィアンに渡し、もう一個のグラスのワインは自分で飲んだ。フラヴィアンは椅子の横の小さなテーブルに彼のグラスを置いた。

「では、オリヴァーは？」レディ・ハヴェルが訊いた。

「シュロプシャーで牧師をしています」フラヴィアンは答えた。「結婚して子供が三人います」

レディ・ハヴェルは下唇を噛んだ。「どういう用件でいらしたのでしょう、ポンソンビー卿？」

フラヴィアンは椅子にもたれてグラスに目を向けた。しかし、手にとるのはやめた。

「アグネスは、な、何も聞かされていませんでした。まだ五歳でしたから、ふ、触れずにいればそのうち忘れるだろう、と周囲が考えたのだと、お、思います。いまもほとんど、な、何も知りません。知りたいとも思っていません。あなたがどうしているのか、どこにいるのか、さらには、生きているのか、ど、どうかも知りたくないと言っています。しかし、あなたがアグネスの前から、ふ、不意に消えたことで、アグネスの人生は大きく変わってしまいました。以来、激しい感情を持つことを恐れて、自分の人生の、か、片隅にひっこんで生きてきました。ぼくの見た感じでは、二度と傷つきたくないからではなく、あなたに、さ、されたのと同じことを自分がほかの誰かにしてはならないという思いからでしょう」

「わたしがあの子にしたこと……」レディ・ハヴェルは低く言った。「そうね、確かにあの子を捨てました、ポンソンビー卿。わたしはあの夏、エヴァラードとの恋に夢中になり、ずいぶん多くの時間を二人で過ごしました。夫と子供三人を持つ身でありながら、そんな勝手なことをしてはいけなかったのです」

彼女は夫にちらっと目をやり、曖昧な笑みを向けた。

「気の毒なエヴァラード。地元の集まりの場で、ウォルターがわたしを公然と非難し、離縁するつもりだと断言したため、この人はわたしを守ろうとして、二人で逃げだすことにしたのです。わたしたちはその夜のうちに村を出ました。あとになってようやく、その夜、ウォルターがひどく飲んでいて、グラスをまともに持つこともできないのは誰の目にも明らかだった、と気がつきました。知らん顔でやりすごせばよかったんです。そうすれば、村の人たちも、そんな険悪な場面などなかったふりをしてくれたでしょう。でも、夫はわたしをのっぴきならない立場に追いこみ、わたしも同じく夫を追いこんでしまった。エヴァラードは気の毒なことに、板ばさみになったのです」

「それを後悔したことは一度もなかったよ、ロザモンド」サー・ハヴェルは優しく言った。

夫人は彼に笑顔を見せた。悲しげだが愛情のこもった笑みのように、フラヴィアンには思われた。

「わたしはウォルターにつくづく嫌気がさしていました。ただ、娘たちのことは可愛くてならなかったし、オリヴァーも大事な子でした。あの子たちのために、家に戻るべきだったのでしょうね。数日たってからでも、やはり戻るべきでした。誰もが見て見ぬふりをしてくれたでしょう。ウォルターが脅しを実行に移すことはなかったでしょう。いったん酔いがさめてしまえば。でも、数日たつと、わたしはエヴァラードから離れられなくなっていました。子供たちの幸せより自分の幸せをとったのです、ポンソンビー卿。アグネスがわたしとの関わりを頭から拒否するのも無理はありません。このご訪問はここだけのことにしておいてくださいます？」

「そうも、い、いきません。たぶん、アグネスに話すことになると思います。アグネスには知る権利があります。それを知ったうえでどうするかは、本人に任せますが」

何よりもまず、父親の実の子であることをアグネスに知らせておかなくては。実の子であることは間違いない。

「それに、ここしばらく、ぼくの妻に関して誰かが何かを探りだそうとしているのです。妻を傷つけることができそうな事柄を。その誰かはすでに、離婚の件をつかんでいます」

「そんな……」夫人が言った。

サー・ハヴェルは無言だった。

フラヴィアンが立ちあがると、サー・ハヴェルも席を立った。

「会ってくださってありがとうございました」フラヴィアンは部屋を横切ってレディ・ハヴェルの手をとった。一瞬ためらったのちに、その手を唇に持っていった。「こ、これで失礼します、マダム」

「ご機嫌よう、ポンソンビー卿」彼女の目が妙に潤んでいた。

サー・ハヴェルが玄関まで送ってくれた。

「人生とはけっして単純なものではない、ポンソンビー」玄関先に立ち、フラヴィアンが二輪馬車に乗りこんで手綱を握るのを見守りながら、サー・ハヴェルは言った。「ほんの一瞬の決断によって、それも衝動に駆られていきなり決める場合が多いが、以後の人生のすべてが大きく変わり、もとに戻れなくなってしまう」

それはけっして目からうろこが落ちるような独創的な考えではなかった。とはいうものの、まさに真理だ、とフラヴィアンは思った。自分が最近やったことを考えてみるがいい。

「こうして伺ったのは、事実を知りたかったからです」フラヴィアンは言った。「いつまでも頭を、な、悩ませているより、そのほうが、い、いいと思って。非難するために伺ったのではありません。では失礼します、サー・ハヴェル」

「ロザモンドはわが子を心から愛していた」サー・ハヴェルは言った。「この訪問のことをきみが報告するとき、レディ・ポンソンビーの心がそれで多少なりとも慰められればいいのだが。年上の娘と幼い娘の両方を心から愛していた」

しかし、その子たちのために自分の幸せを犠牲にしようとは考えなかったわけだ——フラヴィアンはそう思いながら、馬車を走らせて現実の世界に戻っていった。まるで、この一時間、そこから迷いでていたかのように。しかし、自分に人を批判する資格があるだろうか？母親がわが子を捨てるなど言語道断。それが根本的な真理とされている。女性がいったん結婚したら、自由と幸福を手にすることに夫が協力してくれなくても、自分一人でそれを追い求めることはぜったいに許されない。不公平で不条理なことだ。夫のデビンズは人前で妻を侮辱し、もっとひどい脅しまでかけたのだ。彼女がもし離婚を拒んで家庭に残り、わずかな幸せを与えてくれると思われた男性と別れていたら、どんな人生を歩むことになっていただろう？母親が家庭に残ったら、ドーラ・デビンズの人生はどんなふうになっていただろう？そして、アグネスの人生は？ひとつだけ確かなことがある。遠い昔にアグネスの母親が夫のもとにとどまっていたら、自分が彼女と出会うことはけっしてなかっただろう。

人生とはなんと数奇なものだろう。

フラヴィアンはいま、ここで聞いた話をどうすべきかで悩んでいた。アグネスに話す？何も知りたくないと彼女が強く言っていたのに？知らせずにおく？ほかの誰かが詳しい事情を探りだし、おおぜいの前で予告もなくアグネスにその話題をぶつけるかもしれない、という危惧さえなければ、知らせないほうを選びたいところだが……。

いや——自宅が近くなるあいだに、フラヴィアンは思った——結婚してからの一週間で学んだことがあるとすれば、それは、幸せな結婚生活を築きあげるチャンスをつかむためには夫と妻の両方が心を開いて正直になることが必要だ、ということだ。

それを学んだからには、やはり妻に話さなくてはならない。彼女の母親を見つけだし、会いに行ってきた、という事実だけでもいいから。

だが、妻に話すのはやはり気が重かった。

不意に、去年の秋に開かれた収穫祝いの舞踏会で、大切な友達が壁の花にならずにすむよう彼女と踊ってもらえないかという、レディ・ダーリーの頼みに応じたことを後悔した。夜食のあとで頼まれもしないのにダンスフロアに戻り、ワルツを踊って彼女に魅了されてしまったことも後悔した。そして、子作りの能力をヴィンスが世界に対して示すのを、あと半年ほど遅らせてくれればよかったのに、と思った。そうすれば、〈サバイバーズ・クラブ〉の集まりは例年のごとくペンダリス館で開かれていただろう。

しかし、こんなふうに思考の糸をたどっていったら、必然的に、愚かしい結論にたどり着くことになる。戦争で負傷しなければよかったのに。生まれてこなければよかったのに。そもそも両親が……。

やれやれ。

アグネスは新しいイブニングドレスに袖を通した——濃いローズピンクの絹に白いレースを重ねたものだ。裾が派手なスカラップになったスカートにピンクの絹の大きなリボンを飾るというデザインをやめて、小さなバラの蕾の飾りと控えめなスカラップに変えるようマダム・マルタンに頼んでおいたものの、マデラインが賞賛のうなずきをくれるまでは、これでよかったのかどうか不安だった。ドレスの胸があきすぎのような気もしたが、マデラインは彼女の懸念を笑い飛ばした。

「その程度じゃ、あきすぎとは言いません、奥さま。何人かの姿をご覧になるまで、とにかく待ってください」

マデラインがアグネスの髪を優雅な形に結いあげて、最後のヘアピンで止めたちょうどそのとき、化粧室のドアのところにフラヴィアンが姿を見せた。去年の秋に開かれた舞踏会のときと同じく黒と白の装いで、チョッキは銀色だった。ドアのそばで足を止め、片眼鏡を目に持っていった。悠然と彼女の姿を見つめた。

「魅惑的だ。ひとこと言わずにいられない」そう言って片眼鏡を下げた。

マデラインが得意げな笑みを浮かべ、膝を折ってお辞儀をしてから、そっと部屋を出ていった。

アグネスが立ちあがって向きを変え、彼に微笑みかけた。シールズ卿の自宅で身内の集まりを開く程度のことなのに、夫婦そろってここまで贅を凝らした装いで出かけるのは、アグネスにはいささかおおげさに思われたが、今夜の集まりがけっこう楽しみで、不安はほんの少ししかなかった。午前中にフラヴィアンの母親の妹が娘たちを連れて訪れ、〝ディーディーおばさま〟と呼ぶようアグネスに言い、最初の三〇分ほどはおたがいに遠慮があったものの、あとは親切にしてくれた。ほかの身内の人々も、フラヴィアンの結婚を知ったあとで充分に時間があったから、あまりにも急な展開に対する驚きと非難からすでに立ちなおっていることだろう。少なくとも、礼儀正しい態度を崩すことはないはずだ。

二時間ほど前に早めの晩餐をとったとき、フラヴィアンはいつになく静かだった。いまもアグネスに〝魅惑的〟だと言ったものの、真剣な表情を浮かべていた。

アグネスは昨日のこの時刻に比べると、はるかに気分が軽くなっていた。彼はレディ・ヘイゼルタインを愛してはいなかったのだ。とにかく、イベリア半島へ行く前は愛していなかった。彼の兄が亡くなり、彼が婚約祝いの舞踏会に出たときの（厳密に言うと、この順番ではないが）休暇に関しては、失われた記憶がほかにもあるような気がする。ありのままの明白な事実以外、アグネスには詳しいことはわからないが、どうにかして探りだしたかった。フラヴィアンのために、どうしても。

フラヴィアンはドアの枠に肩をもたせかけ、胸の前で腕を組んだ。

「さっき、ある人に会いに行ってきた」そのあとに長い沈黙があったので、アグネスは両方の眉を上げた。「きみの母上だ」

アグネスはその瞬間、先ほど立ちあがったことを後悔した。片手を背後に伸ばして化粧台の角をつかんだ。

「わたしの母……」彼に視線を据えた。

「捜してみたら、呆気ないほど簡単に見つかった。離婚というのは珍しいし、つねに醜聞扱いされて、人の記憶に残るものだ。とはいえ、あんなに簡単に住まいが見つかるとは思わなかった。ここからそう遠くないところだった」

アグネスは一歩あとずさり、化粧台の椅子が膝の裏に当たるのを感じた。崩れるようにすわりこんだ。

「母を捜しに行ったというのね。わたしがいやがってるのを無視して、捜しに行ったの？」

「そうだ」フラヴィアンはまぶたを軽く伏せた目で彼女をじっと見ていた。

「ひどい。ああ、なんてひどい人なの！　わたしにとって母は二〇年前から死んだも同然の人だったことは、あなたも知ってるわね。母の噂は聞きたくないし、連絡もほしくないってことも知ってるはずよ。ぜったいにいや。母の現在の名前も、居所も、境遇も知りたくない。ぜったい知りたくないの。ああ、母のことを調べてまわって、いまどうしているのか、どこに住んでいるのかを突き止めるなんて、よくもそんな出すぎたことをしてくれたわね。おまけに、わざわざ訪ねていくなんて」

アグネスは自分が声を荒らげ、彼にわめき散らしていることに気づいて愕然とした。気をつけないと、姑と召使いたちの注意をひいてしまう。立ちあがり、急いで彼の前まで行った。

「あんまりだわ！」顔を近づけ、声をひそめて言った。

距離が近すぎて困惑しただろうが、フラヴィアンはじっとしていた。

「わたしが大人になってから、母のことをもっと知りたい、あるいは、捜しだしたいと思ったなら、自分の力でできたはずだと思わない？　ドーラだってそう望めば、できたはずだと思わない？　母がドーラにしたことは、わたしの場合より一〇倍もひどかったのよ。ドーラの一生をめちゃめちゃにしたんですもの。そして、父に耐えがたい苦しみと困惑を与えたのよ。兄のオリヴァーだってひどく傷ついたに違いない。母を見つけだそうとしても、わたしたちには無理だったとでも思ってるの？　わたしたちの誰にもそんな力はなかったとでも？　そんなことは誰も望んでいなかったのよ。わたしにその気はなかったし、いまもないわ。母はわたしたちを捨てたのよ、フラヴィアン。男と一緒になるために。わたしは母を恨んでる。恨んでるの。わかる？　ただ、恨んでも気分は晴れない。だから、母のことは忘れてしまいたい。考えたくないし、関心を持ちたくもない。母の居所を突き止めて会いに行ったあなたのことを、わたしはぜったい許せない」

アグネスは声がふたたび高くなるのを抑えるために、あえぐように言葉を絞りだしていた。話を中断して彼をにらみつけた。

「すまない」フラヴィアンは言った。

「ひどい人」アグネスは彼の横をすり抜けて自分の寝室に入った。ベッドの裾のほうに立ち、支柱をつかんだ。

「遮断された記憶、お、抑えつけられた記憶、存在することも認識されていない記憶——そのすべてがぼくたちの人生を傷つけるんだ、アグネス。そして、ぼくたちの関係までも」

「あら、それってあなたの話でしょ？」さっと向きを変えて彼をにらみつけながら、アグネスは訊いた。

フラヴィアンも向きを変えた。ただ、いまもドアのそばに立ったままだった。じっと考えこみながら彼女を見た。

「いや、むしろ、ぼくたち二人の話だと思う」

「二人？」

「ぼくたちはおたがいのことを何も知らない――一度ならずそう、い、言ったのは、きみのほうだった」フラヴィアンはアグネスに思いださせた。「そして、結婚するなら、おたがいを知る必要があると言った。ぼくたちはとにかく結婚した。し、しかし、きみが正しかった。おたがいのことを知る必要がある」

「だから、あなたにはわたしの過去を詮索して母を見つけだす権利があると言いたいの？」

「そして、自分たちのことを知る、ひ、必要がある」フラヴィアンはつけくわえた。

「わたし自身のことなら、よくわかってるわ」アグネスは言いかえした。

フラヴィアンは無言だった。しかし、首を横にふった。

頭のなかで彼の言葉が響きつづけていて、アグネスは動揺した。彼が自分の過去と自分自身を知ろうとしたときは、記憶の空白に邪魔をされた。でも、然るべき理由があって意図的に記憶を排除した場合は、また話が違う。そうでしょう？

「あなたの記憶をとりもどす手助けができるなら、そうさせて。二人の結婚生活を幸せなものにしましょう。わたしの心は決まっているわ」

「そうか、心を決めたわけか。ぼくの記憶を、と、とりもどす手助けをしよう、と。そこでぼくはすっかり回復し、ぼくたちの結婚はめでたし、めでたしとなる。きみがすべてを与え、ぼくがすべてを受けとるわけだ。なぜなら、きみは何も必要としないから。自分の世界を静かに守っていくこと以外、何ひとつ必要とせずに生きてきたから。ほんの、み、短いあいだだけ、思慮深き本能に逆らってぼくと結婚するという、すばらしい混沌《こんとん》状態を経験したが、これからは、ぼくの記憶をとりもどす手助けをすることで、け、結婚生活を静かに守っていくことができるわけだね。戻っていない記憶がまだあるとすれば」

アグネスは不意に向きを変えて、ベッドの端に腰かけた。ただ、支柱を握った片手は離そうとしなかった。

「それで母に会いに行ったの？」つぶやきに近い声だった。「わたしの力になりたくて？」

「きみも知っておく、ひ、必要があると思ったんだ。そこで探りだしたことが、きみの予想どおり、心地よいものではなかったとしても。知ったところで何も変わりはしないとしても。母上に会うことをきみが頭から拒否するとしても。ただ、きみには知る必要があると思った。子供のころから奥深いところで膿んでいた傷に、心のなかで触れつづけなくてもよくなるように」

「わたしの傷が膿んでいたと言いたいの？」

フラヴィアンは肩をすくめた。「きみの力になりたいと思っただけなんだ」

アグネスは彼を見つめ、二人の視線がからみあった。

「ただ、ぼくが出かけた時点では、ほかにもっと緊急の理由があった」

アグネスはそのままじっと彼を見ていた。

「議会への嘆願によって離婚が成立する例は稀《まれ》だし、表沙汰になるため、人々の記憶に残りやすい。ランカシャーの、デ、デビンズ氏なる人物について誰かがさらに詳しく知りたいと思い、少し訊いてまわったなら、氏がかつてそうした嘆願を、だ、出して、離婚を、み、認めてもらったことは、いやでもわかってしまう」

アグネスの目が大きくなった。

「きみが父上の名前を、な、何人ぐらいに話してきたか、ぼくにはわからない。ぼくはフルーム家を訪問した午後に、夫妻とヴェルマに父上の名前を、だ、出してしまった。申しわけない。そのときは、ま、まさか——」

アグネスはさっと立ちあがった。「わたしの父が何者なのかは秘密でもなんでもないわ。父のことを恥じてもいないし」

「誰かが、あ、悪意から過去を探ろうとすれば、さらに多くのことを突き止めるだろう。ぼくでさえ、ごく簡単に突き止めたんだから。ゴシップの種にされるかもしれないんだ、アグネス」

レディ・ヘイゼルタインが探りを入れていたのだ、とアグネスは気がついた。悪意からやったことだわ。疑問の余地はない。

「今夜のパーティで？」アグネスは訊いた。

「たぶん大丈夫だと思うが、父上が母上を離縁したという事実だけでも、噂の的になるだろう。ぼくの身内のあいだでさえも。気の毒だが、きみに、け、警告するしかなかった。今夜は出かけるのをやめて、家にいたいと言うなら――」

「家にいる？」アグネスは彼をにらみつけた。「家で縮こまっているという意味？　お断りよ。それに、ぐずぐずしていたら遅刻してしまう。それが都会の流行だってことは知ってるけど、わたしはロンドンの人間じゃないし、貴族の生まれでもないわ。招待してくれた人への礼儀として、指定された時刻ぴったりか、それより早めに行くほうが好みなの。わたしのショールと手提げはどこ？」

　アグネスはフラヴィアンの横を通って化粧室に戻ろうとしたが、すり抜けようとしたとき、彼に腕をつかまれた。驚いたことに、彼はニッと笑っていた。

「そう、その意気だ」優しく言った。「それでこそ、ぼくのアグネスだ」

　そして、唇を開いたまま熱いキスを交わし、そのあとで彼女を放した。

「母は現在、どういう暮らしをしてるの？」ショールと手提げを持ちながら、アグネスはてきぱきと尋ねた。「今夜必要になるかもしれないから、いちおう聞いておかないと。それから、どこに住んでいるの？」

「レディ・ハヴェル。サー・エヴァラード・ハヴェルと結婚して、ケンジントンに住んでいる。それから、サー・ハヴェルはきみの父親ではない」

アグネスは軽いめまいに襲われた。レディ・ハヴェル。サー・エヴァラード・ハヴェル。アグネスにとって二人は遠い他人だ。ずっとそうであってくれるよう願った。ケンジントンはあまりにも近い。

うなずいて、フラヴィアンを見た。

「ありがとう。お礼を言うわ、フラヴィアン」

彼が腕を差しだしたので、アグネスはそこに手をかけた。

〝……サー・ハヴェルはきみの父親ではない〟

確信がなければ、フラヴィアンがここまで断言することはないだろう。

〝……サー・ハヴェルはきみの父親ではない〟

21

フラヴィアンがいつも愉快に思っていることだが、貴族社会のパーティというものは、〝小規模〟とか〝ごく内輪〟といった説明が前もってなされていても、春の社交シーズンが本格的に始まる前に開かれる場合でさえ、たいてい、いくつもの部屋が招待客で埋め尽くされる。さらに大規模なパーティになると、もう押しあいへしあいで、主催者側の女主人にとってはそれが究極の成功と言っていい。

マリアンが開いた小規模なパーティも、妻と母をエスコートして屋敷に着いたフラヴィアンから見れば、まさにそういう種類のものだった。もちろん、アグネスの化粧室でおこなった告白に時間をとられたにもかかわらず、三人は早めに到着した。いまに、どんな催しでも早めに顔を出すやつだという悪評が立つのではないかと思って、フラヴィアンはおもしろ半分に心のなかで恐れおののいた。まあ、悩むほどのことではない。

しかしながら、シールズ家の客間に人があふれ、となりの音楽室にまで人の波が広がっていくのに長くはかからなかった。カード遊びが大好きな連中はほどなく、廊下の向こうのサロンにカード用のテーブルが並んでいることを発見し、軽食が用意されているそのとなりの部屋も、しばらくすると人々の知るところとなった。

最大規模の豪邸は別として、いかなる屋敷も身内が集まっただけで、もちろん、ぎっしりと埋まるものだ。一族全員がすでにロンドンに来ているわけではないが、それでも、今夜はかなりの数の人々が顔を出していた。全員がフラヴィアンと握手をしたがった。ここ二、三日のうちに彼に会い、すでに握手をした者までがそうだった。また、アグネスの頰にキスをして、この場にふさわしい挨拶を述べようとした。若い男性の身内に至っては、この場にふさわしくないことをフラヴィアンだけに聞こえるようにささやいて、卑猥《ひわい》な大笑いをするものだから、おじたちは眉をひそめ、おばたちは非難の視線を向け、若い令嬢たちは何かおもしろいことを聞き逃したのだと思って扇子をしきりと揺らしていた。

もちろん、身内以外の人々も招かれていた。マリアンが人々にアグネスを紹介する役を自ら買って出ていた。アグネスは本当にきれいだ、公爵夫人と言ってもいいほどの気品を備えている――フラヴィアンはそう思い、妻のことが自慢でならなかった。ただ、今夜は妻にとってきびしい試練となるに違いない。しかもこれは序章に過ぎない。

だが、しばらくすると、アグネスへの警告は不要だったような気がしてきた。父親と離婚に関する噂がすでに広まっているとしても、それについて意見を言う者も、アグネスを仲間はずれにしようとする者もいなかった。

そんなことを考えていたとき、サー・ウィンストンとレディ・フルームとレディ・ヘイゼルタインの到着を告げる声が聞こえてきた。フラヴィアンは客間から音楽室に続くドアのそばにいて、身内やそのほかの顔見知りと話をしていた。アグネスはマリアンと一緒に客間の奥にいたが、マリアンが彼女のそばを離れてドアのほうへ急いだ。右手を差しだし、歓迎の笑みを浮かべて。

そうか、当然、あの一家も招待されていたのだ。単なる知人ではない。田舎では隣人どうしだ。

いま到着した人々からフラヴィアンのほうへ、そして、アグネスのほうへ人々の視線が移るあいだ、会話のざわめきがかすかに低くなったように思ったが、気のせいだろうか、とフラヴィアンは首をかしげた。だが、すぐもとの状態に戻り、フルーム夫妻とヴェルマが部屋に入ってきてほかの客たちと挨拶を始めた。

しかし、フラヴィアンの気のせいではなかった。ドレスラー夫人が手袋をはめた手の片方を彼の袖にかけた。

「お母さまもさぞがっかりなさったことでしょうね、ポンソンビー卿。この春、レディ・ヘイゼルタインと再会なさる前に結婚してらしたなんて。ずっと昔、あの方との婚約が解消されてしまったのは、ほんとに悲しいことでしたわ。美男美女のカップルでいらしたのに。そうよね、ヘスター」

声をかけられた貴婦人は——なんという名字だったか、いまのフラヴィアンには思いだせないのだが——いささか困った顔になった。

「ええ、本当にそうだったわ、ベリル」貴婦人は言った。「でも、奥さまはとっても愛らしい方ですわね、子爵さま」

彼がアグネスを連れてロンドンに到着する数日前から、母親とマリアンとシールズ卿が、そしてもちろんフルーム夫妻とヴェルマもこの街に来ていたことを、フラヴィアンは思いだした。その数日のあいだ、縁談を復活させる計画を全員が自分の胸にしまっていたのだろうか、それとも、特別に仲のいい何人かの知人に打ち明けたのだろうか、と遅まきながら考えた。

打ち明けたほうに賭けてもいいと思った。

部屋の向こうからヴェルマが彼の視線をとらえ、にこやかに微笑むと、片手を上げて挨拶した。しかし、彼のそばに来ようとはしなかった。落ち着いた魅力的な態度で周囲の人々と談笑していた。

フラヴィアンはヴェルマの存在を忘れた。こういうパーティで誰もがすることをした。人々と交わり、話をし、相手の話に耳を傾け、笑い声を上げた。絶えずアグネスの様子を見ていたが、彼の支えは必要なさそうだった。彼がちらっと見ると、アグネスはいつも誰かと話をしていて、いつも優雅な笑みを湛え、ピンクに染まった頰が彼女によく似合っていた。

まいったな――パーティの途中で、フラヴィアンは世界を揺るがす重大な発見をしたような気がした――ぼくはいま、彼女と結婚してよかったとつくづく思っている。ほかの誰とも結婚したいとは思わない。何があろうとも。ぜったい彼女でなきゃだめだ。しかし、パーティの最中に、少なくとも二、三〇人の身内に囲まれているときにそんなことを考えるなんて、ぼくらしくもない。彼女への思いは性的なものをはるかに超えている。とにかく好きでたまらない。ヒューゴとベンとヴィンセントのことが、そして、それぞれの妻に対する彼らの思いがようやく理解できるようになってきた。

正式な夜食は予定されていなかったが、軽食が用意された部屋には、軽くつまめる塩味系のものや甘いものがどっさり並び、さらに、すわってゆっくり食べたい客のために、テーブルもいくつか置かれていた。

フラヴィアンはそんなテーブルのひとつに腰を据え、音楽室でミス・モファットがピアノフォルテの短い曲を披露しているあいだ、ロブスターのパテをどっさりとってきて食べていた。いとこのドリスとジニー、そして、若きカトリン卿も同席していた。カトリン卿はジニーの交際相手のつもりでいるようだが、ジニーのほうは気のある素振りなどまったく見せない。フラヴィアンはくつろいだ気分になり、このひとときを楽しんでいた。

そう、警告は不要だったのだ。しかし、警告しておいてよかった、アグネスにきちんと話をしてよかった、と思っていた。もう大丈夫だ。今夜、彼女を怒らせた償いをしよう。

そう考えていたとき、いとこのデズモンドが通りかかり、一分か二分ほどおしゃべりに加わった。だが、椅子にすわろうとはせず、フラヴィアンの袖をひっぱって意味ありげな表情をよこすと同時に、頭を軽くふってみせた。フラヴィアンは残りのパテを口に押しこみ、「ちょっと失礼」とみんなに断わって立ちあがった。

「どうしたんだ、デズ？」誰にも声の届かない場所まで行ってから、彼に尋ねた。

「うちの父親も、クウェントおじも、誰にもひとことも話していないことは、ぜったいに間違いない。ジェンキンズも話すはずがない。そして、ぼくはもちろん、何も口外していない」

「離婚のことか？」フラヴィアンは訊いた。

「レディ・ハヴェルのことだ」デズモンドはそう言って、フラヴィアンの肩に手をかけ、強くつかんだ。

「そうか……わかった。ゴシップが途中で消えることを期待したのがいけなかった。そうだよな？　いずれ何もかも表沙汰になる運命だったんだ」

「ついさっき、〝娼婦〟という言葉が聞こえた。それから、〝娼婦が生んだ子〟という言葉も。すまん、フラヴ。もちろん、いかなるレディの耳にも届いていないとは思うが、みんながざわざわしはじめている。きみに知らせておかなくてはと思ったんだ」

「感謝する」フラヴィアンは上着の袖口を整え、クラヴァットに軽く手をすべらせてから、片眼鏡の柄を握り、ゆったりした足どりで客間に入っていった。物憂げな目をし、唇をゆがめて、あたりを見まわした。この表情が人々を遠ざけておくのに効果的なことを、彼はよく知っている。

　彼の登場で喧騒がわずかに静まったことを別にしても、なんらかの理由でパーティの雰囲気が変わってしまったことに、フラヴィアンはすぐさま気づいた。身内の者は男性も女性も一人残らず、不自然なほど明るく微笑し、にぎやかに話をしている。マリアンは、パーティが終盤に差しかかってからの女主人には必要もないぐらい、優雅な態度を誇示している。シールズ卿は唇のあたりがややこわばっている。フラヴィアンの母は片隅のソファに腰かけ、となりにすわったディーディーおばに片手を軽く叩かれている。ヴェルマが壁ぎわに立ち、扇で頬に風を送りながら、甘く悲しげな表情を浮かべている。部屋の中央にアグネスがいた。周囲に空間ができていて、そばにいるのは背の高い羽根飾りを頭につけた一人の貴婦人だけだった――レディ・マーチ。確か、去年の秋にミドルベリー・パークで顔を合わせた女性だ。

フラヴィアンは部屋全体の様子を一瞬で見てとり、また、中央に小さな空間ができているにもかかわらず、室内が前より混雑していることにも気づいた。音楽室も、サロンも、無人になってしまったのだろうか？　いや、そんなことはない。誰かがいまもピアノフォルテを弾いている。

フラヴィアンが急ぐ様子も見せずに部屋の中央へ向かうと、人波が魔法のように左右に分かれて通り道ができた。

「ええ、そうですわ、レディ・マーチ」アグネスが言っていた。彼女がわざと声を張りあげてレディ・マーチ以外の人々にも聞かせようとしているように、フラヴィアンには思われた。「ひとつの点だけはおっしゃるとおりです。レディ・ハヴェルは確かにわたしの母です。でも、父はサー・エヴァラード・ハヴェルではありません。ランカシャー出身のウォルター・デビンズという者です。お聞きになっていませんの？　誰もがご存じのことと思っていました。父と母は二〇年前に、一緒にいたら不幸になるばかりだと気がついて離婚したのです。そこまでの勇気を持つ夫婦はそう多くはありませんわ。そうでしょう？」

アグネスは微笑していた。ただ、わざとらしい明るさのこもった微笑ではなかった。頬を上気させていたが、見苦しいほどではなかった。社交シーズンが本格的に始まる前にスキャンダルにまみれ、社交界から追放される危機に直面しているというのに、みごとな落ち着きぶりだった。

「ええ、そうですわね」レディ・マーチはしぶしぶ答えた。「ミドルベリー・パークに住むわたしの姪のダーリー子爵夫人は、あなたがどういう方かをちゃんと知っているのかしら、レディ・ポンソンビー。姪はあなたがただのキーピング夫人だったころ、あなたの友人になったと聞いていますが」

「わたしのほうも」微笑を和らげて、アグネスは答えた。「ソフィアが子爵夫人になったばかりで、身内の方々とは一時的に疎遠になっていたころ、彼女と友人になりました。わたしの父は九年前に再婚し、母も一八年か一九年前にサー・エヴァラードと結婚しました。それ以来、ケンジントンに住み、二人でひっそりと暮らしております。終わりよければすべてよしとも言いますわね。そうお思いになりません？」

フラヴィアンが片眼鏡を当てた目を、レディ・マーチの羽根飾りに向けたまま近づいていくと、アグネスがにこやかな微笑をよこした。羽根飾りの高さが並外れていた。特別に誂えたものに違いない。だが、その格好でどうやって馬車に乗りこんだのかは、誰にもわからない。マーチ家の馬車は屋根に穴でもあけてあるのだろうか？　フラヴィアンは片眼鏡を下ろすと、物憂げな笑みを浮かべ、妻の手をとって唇に持っていった。

「今日の午後、ぼくはそちらを訪ねました」フラヴィアンはため息交じりに言った。「ぼくの義理の母とその夫に会ってきました。お、お会いになったことはありますか？」

レディ・マーチは彼の眠そうな視線を真正面からぶつけられて、軽くたじろいだように見えた。しかし、羽根飾りのほうはもっと頑丈にできているらしく、いまも気をつけの姿勢で直立したままだった。彼の質問に対しては、レディ・マーチはひとつの返事しかできない。それを口にした。

「残念ながら、まだお目にかかっておりません、ポンソンビー卿」レディ・マーチは怒りに震える声で答えた。

「ほう」フラヴィアンは言った。「それは残念。魅力的なご夫婦ですよ」

レディ・マーチの負けだった。彼女に同調していた人々も同じく負けた。みんな、レディ・ポンソンビーをいじめ、困惑させ、身の程を思い知らせ、かつての母親のときと同じく社交界から追放してやろうと企んでいたのだ。その母親の娘であるというだけの理由で。

そして、ポンソンビー卿とヘイゼルタイン伯爵夫人ヴェルマのあいだに、彼女が図々しくも割って入ったから？

フラヴィアンは彼が客間に入ったときにヴェルマが立っていた場所へ目を向けた。ヴェルマはいまもそこに立ち、扇でゆっくりと顔に風を送りながら、甘い笑みを浮かべていた。二人の目が合ったので、フラヴィアンは首を軽くかしげて、これまでにわかったことを思いかえしてみた。

ヴェルマは兄にこのうえなく残酷な嘘をついた。なぜなら、兄のかわりにこのぼくとの結婚を目論んでいたから。兄と結婚しても、子爵夫人でいられるのは夫が肺病で命を失うまでの数カ月ぐらいだから、もっと長くその身分にとどまろうと企んだのだ。自由にしてほしいと兄に頼み、兄が亡くなるまで待ってから、このぼくの気を惹こうとすればよかったのに。

ヴェルマはほしいものがあれば片っ端から手に入れてきた。フラヴィアンはいまそれを思いだした。娘を溺愛し、娘には何ひとつ拒むことのできない両親のもとで、ヴェルマは育ったのだ。

その記憶がゆうべまで封印されたままだったのは、なんと不思議なことだろう。

「何か食べたかい、愛しい人？」腕を差しだしながら、フラヴィアンはアグネスに尋ねた。

「まだよ。あなたの身内や知りあいの方々とお会いするのに忙しかったの。おかげで、おなかがぺこぺこ」

フラヴィアンは彼女を連れて軽食が用意されている部屋へ行こうとした。ところが、その場にいたおじやおばの半数が、そしてもちろん、いとこの四分の一ほどが二人に話しかけ、手を触れ、一緒に笑いたがった。要するに、身内の団結ぶりを示そうとしたのだ。

スキャンダルに発展することはなさそうだ、とフラヴィアンは判断した。しばらくのあいだゴシップの種になるのは仕方がない。今後一カ月間、貴族社会の面々がロンドンに到着するたびに、新婚のポンソンビー子爵夫人の血筋に関する噂に大喜びで耳を傾け、一週間ほど客間やクラブで話題にするだろうが、もっと淫らなゴシップが新たに出てくれば、そちらへ関心が移るに決まっている。

アグネスは自力で窮地を脱したのだ。

「じつは、自分の命がかかっているとしても、ひと口も食べられそうにないのよ」テーブルのほうへアグネスを連れていくフラヴィアンに、彼女は言った。

「だったら、お茶かレモネードを、も、持ってきてあげよう。そして、きみの聡明さに乾杯しよう、アグネス」

「備えあれば憂いなしね。わたし、今夜まで事の真相をまったく知らなかったのよ。あなたに感謝しなくては」

フラヴィアンがグラスを二個持って戻ると、アグネスがじっと彼を見た。

「〝愛しい人〟ですって?」両方の眉を上げて言った。

一瞬、フラヴィアンはまごついた。しかし、さっき客間でアグネスにそう呼びかけたのだ。そうだっただろう?

「あの、と、ときはそう呼ぶのがぴったりだと思ったんだ」フラヴィアンはグラスを上げて彼女と乾杯し、二人のいとこが近づいてくるのを見ながら言った。「愛しい人」

その夜、二人だけで話をする機会はもうなかった。愛を交わすこともなかった。彼がアグネスのベッドにやってきたのはひどく遅い時間だったし、彼女はすでに横になっていた。フラヴィアンは一本だけついていたろうそくを吹き消すと、となりに身を横たえ、毛布で二人を温かくくるみ、彼女に両腕をまわして抱き寄せた。その耳元で一度だけ吐息をつき、眠りに落ちた。

自分にいちばん必要なのはこれだったのだ、とアグネスは気がついた。こうして抱きしめてもらうことが必要だった。彼の温もりが必要だった。

フラヴィアンから警告されていなかったら、彼がアグネスの母の境遇と居所を突き止めてケンジントンまで会いに行ってくれなかったら、今夜どういうことになっていただろう。考えただけでぞっとする。

それでも……。

そう、それでも、アグネスは骨の髄まで疲れていた。疲れすぎて眠れなかった。フラヴィアンの一族に次々と紹介されたが、ひと晩でその人数ではまだまだ足りないかのようだった。不愛想で尊大な人もいれば、温かく歓迎してくれる人もいて、その大部分が礼儀正しくふるまい、しばらくアグネスの様子を見てみようと思っているようだった。もちろん、いまとなっては、彼らにできることはたいしてない。フラヴィアンに逆らって機嫌を損ねるのが関の山だ。少なくとも父方の身内からすれば、フラヴィアンが家長なのだ。また、親戚関係ではない人々にも果てしなく紹介されたが、ひと晩で紹介される人数としては、これもやはり足りないようだった。いまのところロンドンはまだがらがらだなどと、どうしてみんな、声をそろえて言えるのだろう？　復活祭が終わったら、どれだけ混みあうことやら。

また、ヘイゼルタイン伯爵夫人が両親と一緒に到着し、愛らしく儚げな姿で客間を優雅にまわって、マリアンに招待された客たちと談笑するのを見るだけでは、まだまだ試練が足りないかのようだった。今夜の客はすべて、彼女がかつてフラヴィアンの婚約者だったことを知っている。美男美女のカップルだ。そして、ヴェルマと彼女の両親とフラヴィアンの母親と姉が二人の復縁と今年じゅうの婚約を願っていたことも、誰もが知っているに違いない。二人が顔を合わせたときにどんな態度をとるか、そして、新婚の妻がどう反応するかを、誰もが見守っていたことだろう。妻が過去の出来事を果たして知っているかどうかにも、人々は興味を持っていたはずだ。

ああ、わずかひと晩でこれだけのことに対処するだけでも大変だったのに、そのあとで、周囲の雰囲気がどことなく変化したのをアグネスは感じとった。目に見えない手が背筋をうなじに向かって這いあがっていくような気がした。スキャンダルの到来を告げるささやきが貴族社会に広がっていたことを悟った。そして、何が襲いかかってくるのかを、現実にそうなる数分前に予知していた。まず、部屋のなかが前より混みあってきたように見えるのに、奇妙なことにアグネスの周囲に空間ができ、やがて、レディ・マーチが近づいてきた。

「まあ、レディ・ポンソンビー」おおげさな口調に悪意がにじんでいた。「先ほどのように仰天したことは、生まれて初めてでしたわ。あなた、サー・エヴァラードとレディ・ハヴェルのお嬢さんだそうね」

不思議なことに、人前でこう言われた瞬間、アグネスは冷静さをとりもどした。背筋を這いあがっていた見えない手が消えた。そのような亡霊は払いのけるにかぎる。今日の夕方はフラヴィアンに食ってかかったが、じつはどれほど感謝すべきだったかを、瞬時にして悟った。

いま、アグネスは彼に寄り添って丸くなり、ようやくまどろみかけているのを感じた。心の一部には、イングルブルックのコテージでドーラとの静かな人生に戻りたいという思いがあった。ただ、自分の人生は自分だけのものではない。いまはもう。フラヴィアンと結婚したのだ。

選択肢を与えられたら、自分はもとの人生に戻るだろうか？　これまでのことをすべて消し去るだろうか？

自分の問いに答える前に、アグネスは眠りに落ちていた。

朝が来て目がさめたとき、フラヴィアンの姿はすでになかったので、ずいぶん寝坊してしまったのだと気がついた。アグネスにしては珍しいことだ。ベッドの横の小さなテーブルにホットチョコレートのカップがのっていたが、表面に薄膜が張っていた。冷めてしまったのだろう。日差しあふれる明るい朝なのに、着替えをしながら、アグネスは少々ふさぎこんでいた。わたしが朝食に下りていくころには、彼はきっと出かけたあとで、いつ顔を合わせられるかわからない。今日一日、何をすればいいの？　お義母さまが何か予定してらっしゃるかしら。それとも、ゆうべ広がったスキャンダルが消え去るのを待ちながら、しばらくのあいだ家にこもっているよう、わたしに助言なさるつもりかしら。

復活祭が終わったら、いったいどんな日々が待っていることやら。

しかしながら、フラヴィアンはまだ出かけていなかった。朝食の席について朝刊を読んでいるところで、彼の母親は朝の配達で届いたと思われる手紙に目を通していた。フラヴィアンが新聞を下に置いてアグネスにおはようと声をかけ、彼女の席のほうを頭で示した。

「きみに、て、手紙が来てるよ。何通か」

アグネスはがつがつしているようでみっともないと思いつつ、彼が見ている前で、すぐさま手紙を手にとった。手紙をもらうのはロンドンに来てから初めてで、自分がどんなに寂しい思いをしていたかに気づいた。それが突然、三通も届いたのだ。どれも見覚えのある字だった。ソフィアとドーラの手紙はあとでゆっくり読もうと思って脇へどけ、まず父親の手紙から読むことにした。

いかにも父親らしく——短くそっけない手紙だった。

〝おまえが爵位のある紳士と結婚したと聞いて喜んでいる。今度の相手もきっと裕福で、おまえに楽な暮らしをさせてくれることと思う。わたしはまずまず元気にしているし、おまえの二人目の母親もふだんどおり頑健なので、おまえも安堵してくれるだろう。だが、困ったことに、妻の姉と母親についてはそうも言えず、二人とも春の初めに風邪をひき、いまだに治りきっていない。ただ、一週間ほど前に比べると食欲が出てきたようなので、一カ月もすればすっかり元気になるだろうと、用心しつつ期待しているところだ。おまえの愛情深き父より〟

愛情深い？　そんなことがあった？　まあ、少なくとも、世間の多くの父親と違って、子供に冷淡だったり、虐待したりすることはなかったけど。

「ち、父上からだね？」フラヴィアンが訊いた。「ランカシャーの消印がついている。乗馬鞭を手にした父上がわが家の玄関先に現われそうな感じかい？」

「まあ、馬鹿なことを言うんじゃありません」フラヴィアンの母親が自分宛の手紙から顔を上げた。「いくらランカシャーの紳士でも、礼儀正しい態度ぐらいご存じのはずよ」

「父はあなたがわたしをちゃんと食べさせてくれるように願ってるだけなの」アグネスが言うと、軽く首をかしげたフラヴィアンの目に笑いが浮かび、さらに探るように彼女を見た。

「結婚に反対ではないんだね？　あるいは、け、結婚式に出たかったと言っているわけでもない？」

「ええ」アグネスはうなずき、ソフィアの手紙の封を切った。

「昨日、誰かがこう言ってたぞ」アグネスが手紙を読みはじめる前に、フラヴィアンは言った。「今年の春は好天続きだから、そのうちきっと悪天候に襲われるに、き、決まっている、と。少なくとも、ひ、一人は、そういうことを言うやつがいるものだ。だが、その意見が当たるといけないから、悪天候が襲ってこないうちに、太陽を、ぞ、存分に浴びてはどうだろう？　ハイドパークへ散歩に出かけないか？」

「今日？　午前中に？」アグネスは彼にすべての注意を向けた。「ロットン・ロウの横を歩くの？　見たり見られたりするために？」

フラヴィアンは片方の眉を上げた。

「きみの新しい衣装はすばらしく魅力的だから、見せびらかしたい、き、気持ちはよくわかる。だ、だけど、ぼくはもっと自分勝手な人間で、きみを、ひ、独り占めしたいと思っていた。人目につかない散歩道がいくつもある」

アグネスの心臓が高鳴った。

「それ以上にすてきなことはないわ」彼に断言した。

フラヴィアンは新聞を折りたたんで立ちあがった。

「手紙を読みおえて出かける支度をするのに、三〇分もあれば大丈夫かい？」

「フラヴィアン！」彼の母親が反対した。「アグネスの身支度だけでも、最低三〇分は必要よ」

アグネスは微笑した。一〇分もあれば支度できるのに。

「じゃ、四五分にしましょうか？」彼女から提案した。

一時間後、二人はハイドパークのなかの、世界最大の都市の一部というより田園地帯のような雰囲気の一帯を散策していた。小道はでこぼこで、周囲には緑の木々が鬱蒼と茂り、木の幹のあいだに見える芝生はほかの場所に比べるとやや伸びすぎている。いちばんうれしいのは、どこにも人の姿がないことで、ときたま聞こえる人の声や馬の蹄の音もはるかに遠く、人里離れた場所にいるような感覚を強めてくれるだけだった。

アグネスは植物の香りを吸いこみ、満ち足りた思いが湧きあがるのを感じた。毎日がこんなふうだったらいいのに。

「田舎が恋しいんじゃないのかい、アグネス？」

「ええ、もちろんよ」アグネスは急いで言った。「でも、わたしったら馬鹿ね。こんなふうにロンドンに出てきて、社交シーズンを楽しみに待ち、化粧室は新調の衣装でいっぱいで、それを着て舞踏会やパーティや音楽会に出かけられるなら、何を差しだしても惜しくないって、誰もが思うでしょうに」

ゆるやかな上り坂になった小道のてっぺんで、二人はどちらからともなく足を止めて天を仰ぎ、特別に大きなオークの老木の枝のあいだから頭上の青空を見つめた。彼がくるっと身体をまわした。

「大丈夫かい？」アグネスに尋ねた。「ゆうべ、あんなことになってしまったけど」

「ええ」アグネスは小さく笑った。「あれがいわゆる炎の洗礼というものなの？　でも、わが家の秘密を誰があんなに細かく探りだそうとするのかしら。どうしてなの？」

「ヴェルマだ。彼女の思いどおりに、な、ならなかったから」

アグネスもそうではないかと疑っていた。いや、わかっていた。しかし、レディ・ヘイゼルタインになんの得があるというのか？　妻の母親のことが原因で妻と別れようという気など、フラヴィアンにはないのだから。

〝彼女の思いどおりにならなかったから〟――フラヴィアンはいま、そう言った。動機はそれだけ？　単なる悪意？

アグネスは大きく息を吸い、ゆっくりと吐きだした。「あの人について、あなたが知ってることを話して。レディ・ハヴェルのことよ。わたしの母の」

二人ともすでに、空を見上げるのをやめていた。小道からそれて、老木が立ち並ぶさらにひっそりした場所へ入っていき、アグネスはオークの木の幹にもたれて立った。フラヴィアンがその前に立ち、片手を彼女の顔のそばの幹に押しあてた。

「母上たちは、け、結婚したあと、社交界から追放されたのだと、ぼくは推測している。おたがいを大切に思っているようだが、けっして、し、幸せではないだろう」

「ほんとにわたしの父じゃないのね？」アグネスは彼に訊いた。

フラヴィアンは首を横にふった。「家を出るときまで母上が貞淑な妻だったことは、ぜったいに間違いない。きみはそのときすでに五歳になっていた」

アグネスは目を閉じ、手袋をはめた手を上げて彼の胸につけた。そのとき二人の耳に、小道をやってくる集団の足音が聞こえた。話し声と笑い声がしていたが、やがて二人の姿に気づいたに違いない。わざとらしく静かになり、足音が通り過ぎ、そのあとに抑えた笑い声が続き、一団はやがて声の届かないところへ遠ざかった。

「ぼくらの顔に、き、気づかれなかったよう、い、祈るしかない、アグネス」フラヴィアンはため息をついて言った。「こともあろうに、人目を忍んで自分の、つ、妻とひそかに抱きあっている姿を見られるぐらい、男の評判を傷つけるものはない」

「不倫の逢引きに間違われたとしたら、恥さらしね」

「ところが、じつは夫婦だからな。よけい恥さらしだ」

フラヴィアンはさらに一歩近づいて、アグネスの全身を木の幹に押しつけ、唇を重ねてきた。しばらくして、彼が顔を上げて物憂げに見つめると、アグネスは突然のキスがうれしくて笑いだした。そして、抱きしめられると同時に、彼女もフラヴィアンに腕をまわし、優しさのこもった熱いキスをさらに長く続けた。

「ん……」彼がつぶやいた。

「ん……」アグネスも同じだった。

フラヴィアンは一歩あとずさり、頭のうしろで両手を組んだ。

「母上はきみに恨まれても当然だと言っていた。家にとどまるべきだったのに、きみと、お、お姉さんと――そして、お兄さんまでも――捨てたことを認めている。村のパーティがあったときに、父上から人前で罵倒され、みんなに聞こえるような大声で、不貞を働いた女は離縁してやる、と言われた。だが、軽率にもハヴェルと、あ、甘い言葉を交わしたりしてはいたものの、家を、と、飛びだすまでは、それ以上無分別なことはぜったいにしていなかったそうだ。家に戻ることも考えた。ち、父上が、の、飲みすぎていたことは明らかで、数日してから母上が家に戻れば、すべてが丸く収まっていたかもしれない。だが、母上は、も、戻らなかった」

アグネスはふたたび目を閉じた。長い沈黙が続いたが、フラヴィアンは彼女に手を触れることなく、その場にじっと立っていた。すべての点で納得のいく話だった。父が浴びるように酒を飲むことはあまりなかった。いや、ほとんどなかった。しかし、飲みすぎると、愚かで非常識な発言や行動に走ってしまう。それは誰もが知っていた。誰もが父の失態を大目に見て、都合よく忘れてくれた。

そして、母のほうは、家に戻ることもできたのに、衝動のままに突き進んで、戻ろうとせず、彼女の愛人となりのちには夫となった男性と生きていくほうを選んだ。突然の衝動的な決断だった。もうひとつの生き方を簡単に選ぶこともできただろうに。わたしだってそれと同じく、フラヴィアンが特別許可証を手に入れてロンドンから戻ってきた夜、簡単に〝ノー〟と言えたはずだ。

人の一生は——そして、そこに巻きこまれた人々の一生も、こうした突然の不用意な決断の力で永遠に変わってしまうことがある。

「わたしも母を訪ねるべきだ、と言うつもりはなかったの?」アグネスは彼に訊いた。

「なかった」

「いつか会いに行くかもしれないわ。でも、いまは無理。もしかしたら、永遠に無理かもしれない。でも、あなたの言うとおりね。知ることができてよかった。わたしもドーラとオリヴァーと同じ両親から生まれたんだとわかってほっとしたわ。母に会いに行ってくれてありがとう。それから、ゆうべ、大恥をかくところだったわたしを救ってくれたことにもお礼を言うわ。ありがとう」

アグネスは目をあけてフラヴィアンに笑顔を向けた。

遠くから、ほかの人々がやってくる音が聞こえた。

「そろそろ行こうか」彼が腕を差しだしたので、アグネスはそこに手をかけた。

無言で歩きはじめたが、やがて年配の夫婦とすれ違ったので、微笑と会釈を交わした。今日は暖かくなる一方だった。

「キャンドルベリーへ行ってみたいと思わないかい、アグネス?」

「すぐに?」アグネスは驚いて尋ねた。「でも、社交シーズンが始まるし、宮廷へ拝謁に出かけなきゃいけないし、貴族社会にわたしを紹介するための舞踏会もあるのよ。あれこれと目白押しよ」

「きみがそちらを選ぶと言うなら、ロンドンに残ることにしよう。だけど、どれも先延ばしにできるんだよ。ぼくらがそう望むなら——いや、きみが望むなら。一カ月でも、二カ月でも、一年でも、一〇年でも、延期すればいい。なんなら、永遠に延ばしても構わない。キャンドルベリーへ行かないか? 家に帰ることにしないか?」

アグネスはふたたび足を止め、彼をひきとめた。少し向こうにサーペンタイン池が見える。もうじき、水辺を歩く人々の仲間入りをすることになる。

「でも、あなた、何年ものあいだキャンドルベリー・アベイを避けてきたんでしょ? 本当に行きたいと思ってるの? わたしのために行こうとしてるの?」

「ぼくたちのためだ」

アグネスは彼の目の表情を探り、熱いものがこみあげてくるのを感じた。〝家に帰ることにしないか?〟彼はそう言った。彼にとって、そこにはいくつもの思い出がある。兄の最期の日々という、記憶に刻みつけられた辛い思い出。そして、記憶から消えてしまった思い出もあるはずだ。アグネスが推測するに、キャンドルベリーに帰るのを彼が長いあいだ避けてきたのは、その両方のせいではないだろうか。だが、彼はいま、帰ろうとしている。アグネスのために、そして、自分たちのために。

アグネスは彼にゆっくり微笑みかけた。

「じゃ、二人で帰りましょう」

22

〝愛しい人〟——マリアンのパーティで、フラヴィアンは妻をそう呼んだ。そこにいたすべての客に聞かせるためだった。〝愛しい人〟——そのしばらくあとに軽食が用意された部屋へ移ったときも、そう呼んだ。三〇分ほどのあいだに積み重なったストレスを追い払うためだった。

〝愛しい人〟——馬車の座席に並んですわり、しばらく前に門を通り過ぎた馬車がキャンドルベリーを見下ろす丘の頂上に近づくあいだ、彼女の横顔を見つめながら、フラヴィアンはいまもそう思った。彼女が屋敷を目にしたときの表情が見たかった。生まれたときから見慣れた屋敷なのに、目にするたびに感動で息をのむ。

〝愛しい人〟——声に出さずに頭のなかでつぶやくと、なんだか愚かな響きだった。本気で言っていることを彼女にわかってほしくて、こう呼びかけるときが果たして来るだろうか？本気で呼ぶことができるだろうか？　フラヴィアンは愛というものに軽い怯えを感じている。愛は苦痛を伴うものだ。

自分がアグネスに視線を据えているのは、キャンドルベリーが姿を現わした瞬間に、自分の目で見るのを避けたいからなのだ、とフラヴィアンは気がついた。屋敷がどんどん近くなってくるが、正直に言うと、ここには来たくなかった。それなのに、世界中の富を積まれても、ここ以外の場所に住む気はない。こんな矛盾したことを言う人間がほかにいるだろうか？

となりにすわったアグネスは濃紺の旅行服に身を包み、つんとすましていて、上品で、美しかった。一流の職人が仕立てたエレガントな服は、添うべき場所で彼女の身体にぴったりと添い、それ以外の場所では柔らかなひだを描いて流れ落ちていた。小さな矢車草の飾りで縁どられた麦わら帽子は、つばがとても小さくて、彼の視界を遮ることがまったくなかった。手袋をはめた手は膝の上できちんと重ねられていた。顔を軽く反対側に向けているので、窓の外に広がる多少野生化した牧草地を見ているのだとフラヴィアンは察した。あたりに茂る野の花を眺めながら、イーゼルを小脇に抱え、反対の手に絵の道具が入った袋を持って野原を歩く自分の姿を想像しているのだろう。

やがて、馬車が丘の頂上に着き、下に広がる大きな鉢のような窪地《くぼち》にアグネスが顔を向け、覗きこんだ。膝の上で両手が握りしめられ、目が大きくなり、唇が無言のままOの字を描いた。

「フラヴィアン。ああ、なんてきれいなの」

アグネスは彼のほうを向いて微笑し、片手を伸ばして彼の手を握りしめた。その瞬間、これまでフラヴィアンが多少の疑いを持っていたとしても、疑いはきれいに消え去った。彼女を愛している。自分は馬鹿だった。安らぎだけで満足できるわけはないのに。彼女との愛に身を委ねるよう運命づけられていたのだ。

「そうだろう？」フラヴィアンも彼女の肩越しに屋敷を見つめ、胃が締めつけられるような気がした。

帰ってきた。

屋敷は窪地の向こう側の斜面に建つ馬蹄形の豪華なもので、灰色の石造りだ。夕方になってある角度で太陽が当たると、白に近い輝きを見せる。屋敷の片側に付属しているのが昔の修道院の遺跡で、大部分は苔《こけ》むした残骸となっているが、回廊だけはいまも原形をとどめていて、通路と柱と中央の庭を使うことができ、彼の祖母がここにバラの東屋を造らせた。

庭のなかで人の手が入っているのは、裏の菜園を別にすればここだけだった。あとは木立が点在する起伏に富んだ草地と、雑木林と、砂利敷きの散歩道と、乗馬道になっていて、有名な造園家ブラウン自身の設計ではないものの、ほぼそれに似た造りだった。鉢の形をしたこの窪地は、人里離れた田舎の安らぎが感じられる雰囲気になっていて、フラヴィアンはいつも、大成功だと思っていた。ここからは見えないが、屋敷の左手の丘を越えると、川があり、深い自然の湖があり、滝が流れ落ちている。そして、石造りの本物の隠者の庵《いおり》まである。装飾用の模造建築物など、キャンドルベリーには昔からいっさい必要なかった。

「ミドルベリー・パークとはずいぶん、ち、違うだろう？」

ミドルベリーはどちらかというと古風なスタイルを守っていて、丹念に手入れされたトピアリー庭園や、花にあふれた正式なパルテール庭園を通って屋敷に着くようになっている。しかし、このキャンドルベリーも威厳に満ちていて美しい。

った。「大好きだわ」

「そうね」アグネスは窓のうしろのほうへ目をやったが、片手は彼の手の上に置いたままだ

フラヴィアンは泣きそうになった。家。ぼくの家。だが、そう思ったとたん、ここは〝デイヴィッドの家〟だといつも頑なに考えていたことが思いだされた。一人前の大人になる前にここが自分のものになるだろうということは、比較的幼いころからわかっていたのだが。しかし、この屋敷はデイヴィッドが情熱を傾けて愛していたものだった。

「た、たぶん、召使い総出の出迎えを受けることになるだろう」フラヴィアンは言った。

二人はここに帰ることを決めたあと二日間、ロンドンにとどまった。帰郷することを本邸の召使いたちに事前に知らせておかなくてはと思ったからだ。それに、セイディおばのところでお茶会があり、アグネスがそれに出る約束をしていた。アグネスが誂えた衣装の残りの分と、彼が靴職人のホービーの店で採寸させた新しい乗馬用ブーツが一日か二日のうちに届くことになっていた。また、アグネスはロンドンに住むいとこ――正確には、亡くなったウィリアム・キーピングのいとこ――のデニス・フィッツハリスを訪問したいと思っていた。ヴィンセントとレディ・ダーリーが作った子供向けの話を出版してくれたのがこの男性なので、フラヴィアンも喜んで同行し、すばらしく楽しい時間を過ごした。

二人がキャンドルベリーに帰ることに決めても、フラヴィアンの母親はさほど驚かずにこう言った――復活祭のあいだロンドンを離れて、そのあとも二、三週間ほど田舎にいたほうがいいかもしれないわね。戻ってくるころには、新婚のレディ・ポンソンビーをめぐる噂は

すでに古くなっていて、わたしたちがアーノット邸で舞踏会を開くときに、みんながレディ・ポンソンビーの顔を見るために大挙して押し寄せてくる程度ですむかもしれないわ」

フラヴィアンは一カ月ぐらいでロンドンに戻るつもりだと、母親に信じさせておいた。先のことが誰にわかるだろう？　ひょっとしたら、本当に戻ってくるかもしれない。

幸い、母親は自分も一緒に行くとは言わなかった。

「かなりの試練になりそう？」アグネスは訊いた。彼女が気にしているのは、召使いたちがたぶん屋敷で整列して待ち受けているだろうということだった。

「覚えておかなきゃならないのは、ぼくたちを見たくてみんながうずうずしてるってことだ。ぼくたち二人を。爵位を継いだあとのぼくの姿を、みんな、一度も見ていない。しかも、は、花嫁を連れて帰ってくるんだ。みんなにとって、きっと、し、幸せな祝いの日になることだろう」

「わたしたちにとっても？」彼のほうに顔を戻して、アグネスは訊いた。

フラヴィアンはアグネスに握られた手をそのまま持ちあげ、彼女の手の甲に唇をつけた。

「あなたの気持ちはわかるわ」無言の彼にアグネスは言った。わかってくれているのだ、とフラヴィアンは思った。

開いた玄関扉の外に、執事のマグウィッチと家政婦のホッファー夫人が並んで立っていた。玄関の奥に目をやると、片側に糊のきいた白いエプロンの列が、反対側に白いVの字の列が見えた――たぶんシャツの胸元だろうとフラヴィアンは推測した。二人を迎えるために、召使いが整列しているのだ。

帰ってきた。ポンソンビー子爵として。

デイヴィッドはもういない。一族の歴史の一部になってしまった。

アグネスは建物と庭園の美しさに心から感動していた。それどころか、キャンドルベリー・アベイは世界でいちばんすてきな場所のひとつに違いないと思っていた。二度とここを離れなくていいのなら、どんなに幸せだろう。

彼女とフラヴィアンは三日間ずっと一緒に過ごし、手をつないで庭を散策した。そう、本当に手をつないだのだ。歩きながら彼が手をつないで、指を組みあわせたとき、アグネスは黙ったままだった。正直に言うと、息が止まりそうだった。彼の腕に手をかけて歩くより、はるかに……愛情に満ちている気がした。しかも、このときだけのことではなかった。二人きりのときは、そうやって歩くのが彼の好みのようだった。

周囲の庭はアグネスが最初に受けた印象よりも広大で、屋敷がある鉢形の窪地のさらに向こうまで広がっていた。ただ、芝生も、牧草地も、緑豊かな丘も、小道も、乗馬コースも、そのすべてが絵のような人工的な美しさより、自然な雰囲気を大切にして設計されていた。湖も滝も自然のもので、滝の横に建つ石造りの隠者の庵も紛い物ではなく、修道院の混雑と騒々しさを嫌った僧たちがかつて住まいとしていたのだった。

「ぼくはいつも、こ、こう思ってるんだ」フラヴィアンは言った。「ここにいた人たちは瞑

想のあいだに見つけた、や、安らぎのようなものを、残していったに違いない、と

彼の言わんとすることをアグネスも理解した。キャンドルベリーで過ごす日々のあいだに、二人で安らぎを見いだしたような気がした。ただ、完全なものではなかった。いくら一緒にいてもアグネスにはけっして踏みこむことのできない彼の心の奥深いところに、鬱々としたものがある様子だった。もちろん、それはアグネスにも理解できる。予期していたことだ。

フラヴィアンは彼女を連れて邸内をまわり、古い修道院の廃墟《はいきょ》へも案内した。しかし、あるひと続きの部屋だけは避けていて、アグネスがその前に立って彼にドアをあけてもらおうと待ったときも、気がつかないふりをした。彼がそのまま通り過ぎたため、アグネスは追いつくために急ぎ足になるしかなかった。

訪問客が何人かあり、村の教会の牧師もその一人だった。ところが、日曜に教会で会えるのを楽しみにしていると牧師に言われても、フラヴィアンは曖昧な返事をするだけで、アグネスにはそれが徹底的な拒絶のように聞こえた。

「日曜日に教会へは行かないの？」牧師が帰ったあとでアグネスは訊いた。

「うん」フラヴィアンはそっけなく答えた。「行きたければ、きみ一人で行ってくれ」

アグネスはじっと彼に目を向け、即座に悟った。教会の墓地に一族の墓があるに違いない。彼の兄の墓も。邸内をまわったときに彼が入ろうとしなかった部屋は、きっと兄の部屋だったのだ。

親兄弟の死も、伴侶の死も、さらには子供の死ですら、多くの人が経験していることだ。

愛する者の死はありふれた出来事だ。たいていの場合、悲しくて、辛くて、なかなか乗り越えられない。亡くなったのが若い人だと、とくに悲惨だ。しかし、稀なことではない。アグネス自身も夫を亡くしている。フラヴィアンの兄が亡くなってからすでに八年か九年になる。ところが、フラヴィアンはまだ兄の死を乗り越えることができない。兄の死期が迫っていたためイベリア半島から帰国したのに、兄が亡くなる前に屋敷を離れてしまった。兄が息をひきとったのは、フラヴィアンが連隊に戻る旅の途中にあったときで、その後負傷するまで故郷には帰らなかった。

少なくとも、こうしたことは彼の記憶から消えていない。彼が深い自己嫌悪と癒えることのない悲しみを抱えていることは、アグネスも知っている。

「あなたが行かないのなら、わたしも教会はやめておくわ。滝の上まで行く道はあるの？」

「よじのぼるのが、い、いささか大変だ。子供のころ、そこに隠れ家を作って、怪物《トロール》や海賊やバイキングを撃退したものだった」

「わたしだってよじのぼれるわ」

「いますぐ？」

「もっといいときがあるの？」

そこで、二人はふたたび手をつないで出かけた。アグネスとしては、彼が幸せでゆったりした気分になり、安らぎに浸っていると思いたいところだった。

寝室は、別々の部屋を用意させるなどという気どったことはせずに、彼の少年時代の部屋を二人で使うことにした。そのとなりの小部屋がアグネスの化粧室になった。二人は毎晩一緒に眠った。つねに肌を触れあっていて、おたがいの身体に腕をまわすことがいちばん多かった。愛の行為も欠かさず、ひと晩に何回ものこともけっこうあった。

夢の世界にいるような日々だった。

ところが、ある晩、ふと目をさましたアグネスはベッドに自分一人しかいないことを知った。耳をすませたが、化粧室に彼がいる気配はなかった。ベッドのそばの床に落ちていた彼のガウンが消えていた。アグネスは自分のガウンをはおり、となりの部屋からショールをとってきた。そして、一本のろうそくに火をつけた。

客間と居間と書斎を見てまわった。ダイニングルームまで覗いてみた。しかし、フラヴィアンの姿はどこにもなかった。客間の窓の外を覗いたとき、もし彼がそこにいても姿は見えないだろうと気がついた。今夜は曇り空に違いない。あたりは漆黒の闇だった。

そのとき、ほかにどこを見てみればいいかを思いついた。

ろうそくを手にとり、上の階に戻って、ドアがあいているのを一度も見たことがない部屋のほうへ行った。ドアの下から明かりは漏れていなかった。勘がはずれたのかもしれないと思った。しかし、心の一部では、自分の勘の正しさを確信していた。

ドアのノブに手をかけ、長いあいだじっとしていたが、やがて、音を立てないようにゆっくりまわした。ドアを押して細めにあけた。

室内は闇に沈んでいた。しかし、ろうそくを背後に隠していても、その光に照らされて、部屋の中央に空っぽのベッドが置かれ、そばの椅子にじっと動かぬ人影があり、片手がベッドカバーに置かれているのが見えた。

ドアが開く音に気づかなかったとしても、ろうそくの光には気づいているに違いない。だが、彼はふりむかなかった。

アグネスは部屋に入り、ドアのそばの小さなテーブルにろうそくを置いた。

家に帰ってくれば驚くほど浮き浮きした気分になったものだ。いつもそうだった。学校生活を存分に楽しんでいたのに、いつも休みになるのが待ち遠しかった。長い夏休みにはレンがフラヴィアンを誘ってノーサンバーランド州へ連れていこうとしたことが何度かあったが、彼はそのたびに口実を作って断わった。故郷の家こそが彼のいるべき場所、つねに身を置きたい場所だった。

キャンドルベリーに対する愛はまた、彼を苦しめるものでもあった。愛と苦しみはなぜ、いつも手をとりあっているのだろう？　正反対のものはつねに惹かれあうのだろうか？キャンドルベリーが生涯にわたって彼のものになるのは、兄のデイヴィッドが跡継ぎをもうけずに亡くなった場合だけだ。いずれそうなることはわかっているのに、そうならないよう願っていた。屋敷を愛するがゆえに、罪悪感に苦しんでいた。自分の幸せの前に兄が立ちはだかっているのが腹立たしくてならないかのように。だが、そんな気持ちはまったくなかった。

そう、腹を立てたことなんて一度もなかったんだよ——びくっとして眠りからさめたとき、彼は兄に向かってそう言っていた。そんなことは一度もなかったんだ、デイヴィッド。

幸い、声に出しはしなかった。完全に目がさめてしまい、動揺していた。ふたたび罪悪感に襲われた。まだ兄に会いに行っていない。もちろん、そんなふうに考えるのは馬鹿げている。しかし、帰郷して以来、デイヴィッドを避けていた。兄の部屋を避け、墓地を避け、兄のことを口にするのも考えるのも避けてきた。

父のときはどうしてこんなふうに感じることがなかったのだろう？　父のことも深く愛していたのに。

そばに寄り添うアグネスの身体は温かで心地がよく、彼の疲れはひどかったが、もう眠れそうにないのは明らかだった。アグネスを起こして愛しあおうかと、ちらっと考えた。しかし、頭のなかに奇妙な闇が広がっていた。それは憂鬱な思いではない。頭痛でもない。ただの……闇だった。

そっとベッドから下りると、床に落ちていたガウンを見つけてはおり、足音を忍ばせて部屋を出た。いつになく暗い夜だったが、ろうそくはつけなかった。屋敷のなかの様子はよくわかっているから、明かりは必要ない。デイヴィッドの寝室に入り、手探りで窓辺まで行った。カーテンをあけた。もっとも、光はほとんど射しこまなかった。だが、ベッドの輪郭と、壁ぎわに置かれた椅子の輪郭はどうにかわかった。椅子をベッドのそばに持ってきて腰かけた。片手をベッドカバーにのせた。

体調が悪くて兄が起きあがることもできなかったとき、フラヴィアンはいつもこの場所にすわった。あの最後の何週間かは、昼夜を問わず何時間もこうしてすわっていたものだった。そして、いつも片手をベッドに置いていた。そうすれば、デイヴィッドは好きなときにその手に触れることができ、彼もデイヴィッドに触れることができる。

ぼくらはなぜいつも、よその兄弟に比べてはるかに親密な間柄だったのだろう。夜と昼のように違っていたのに。いや、それが理由かもしれない。やはり、正反対のものは惹かれあうということか。

だが、惹かれあう相手はもういない。

ベッドは空っぽだ。

何を期待してたんだ？　亡霊か魂がさまよい歩いているとか？　兄の気配が漂っているとか？　慰めがほしかったのか？　赦しがほしかったのか？

ぼくはなぜ、兄さんを一人で死なせてしまったんだ？

理由はわかっていた。恋に夢中になり、イベリア半島に戻る前に婚約を祝いたかったからだ。

しかし、ぼくはなぜ、半島に戻ろうとしたんだ？

休暇で帰省したときにはすでに、デイヴィッドの死期が近いことを知っていた。連隊に戻る日を決めてはいたが、本気で戻ろうとは思っていなかった。爵位と領地を相続し、ずっしりと重い責任を負う以上、家を離れるわけにはいかない。もちろん、兄が死の床にあるあいだは、連隊に戻るつもりはなかった。

ぼくはなぜ兄さんを置き去りにしたんだ？

背後でドアが開く音は耳に入らなかったが、かすかな光に気づき、やがて光がやや強くなり、ドアが静かに閉まる音がした。アグネスを起こしてしまったのだ。申しわけなく思った。そして、おかしなことに、うれしさを感じた。ぼくはもう一人ではない。一人で生きていかなくてもいい。

ふりむきはしなかったが、彼女がそばに来るのを待った。かならず来るとわかっていた。いつもの香りが漂い、片手が彼の肩にそっと置かれた。フラヴィアンは自分の手を上げて彼女の手に重ね、頭をうしろへ傾け、彼女の胸にもたれた。そして目を閉じた。

「なぜ兄を置き去りにしたんだろう？」と、問いかけた。

自分がすわっている椅子を譲ろうとか、もうひとつ椅子を持ってこようといった思いは、頭に浮かびもしなかった。

「休暇で帰省したあと、二、三週間はここにいたのね？」アグネスが彼に訊いた。

「そうだ」

「そのあいだいつも、お兄さまの枕元にいたの？」

「そう」

「軍隊に入ったのはその三年前だったわね。レディ・ヘイゼルタインとの縁談を押しつけられるのがいやだったから。あ、当時はまだ、ヴェルマ・フルームだったわね。それなのに、帰省して二、三週間がたち、そのあいだずっとお兄さまの枕元にいたのに、彼女との結婚を強く望み、婚約披露パーティに出るために、お兄さまを置き去りにしてロンドンへ行き、それから大急ぎで半島に戻っていった。どうしてそんなことに？　その二、三週間のうちに、ほかに何があったの？」

「ぼくは、さ、散歩と乗馬をしに外へ出ていた。四六時中この部屋にいると、心が、つ、疲れはててしまうから。いくら兄が、し、静かに横になっていても。す、少しずつ死に近づいてるのに、ぼくにできることは何もなくて……」

フラヴィアンは彼女の手を包みこみ、自分のほうにひきよせて、膝にすわらせた。片方の腕を彼女の腰にまわすと、アグネスは彼のうなじを片方の腕で抱いた。

ああ、神さま、ぼくはアグネスを愛している。愛している。

「そして、外でヴェルマに出会ったの？　以前よくあったように」

突然、頭のなかに大きく広がっていた闇が爆発してまばゆい光となり、割れるような頭痛が始まり、フラヴィアンは空気を求めてあえいだ。彼女を膝から押しのけると、よろめく足で窓辺まで歩き、掛け金をいじって窓を押しあげた。冷たい空気が流れこんだ。丸めたこぶしを窓枠に置き、うつむいた。激痛が去るのを待った。すべてが明らかになった。思いだした……。

……何もかも。

「フルーム一家は社交シーズンに合わせてロンドンへ出かけていた。しかし、こちらに、も、戻ってきた。母がレディ・フルームに手紙で知らせたに、ち、違いない。ヴェルマは結婚相手を見つけようとして、二、三年前から必死だったが、うまくいっていなかった。フルームはそれほどの資産家ではないし、とくに有力な縁故があるわけでもない。それでも夫を見つけることはできただろうが、望みが、た、高すぎた。爵位のある相手が狙いで、しかも、身分が高ければ高いほどよかった。ヴェルマが、こ、言葉に出してそう言ったわけではないが、彼女の本心を推測するのは、む、むずかしいことではなかった。しかし、ぼくが帰省し、デイヴィッドの、し、死が迫っていて、そして……」

そして、フルーム一家がやってきた。サー・ウィンストンとレディ・フルームの訪問に、隣人の身を案じる以外の理由があったのかどうか、フラヴィアンにはわからない。また、母親がレディ・フルームに手紙を出したことに、息子の死期が迫っていることを知らせる以外の目的があったのかどうかも、やはりわからない。誰にもそれ以外の動機はなかったことを、フラヴィアンは強く願った。

ヴェルマがデイヴィッドの容態を尋ねるために、毎日のようにやってきた。ただ、病人の部屋へはけっして行こうとしなかった。両親のどちらかと一緒のこともあったが、メイドや馬番を連れずに一人で来るほうが多く、そんなときは、母親がフラヴィアンに命じて彼女の家まで送っていかせるのだった。また、彼が新鮮な空気を求めて外に出ると、徒歩のときも、馬のときも、決まって彼女とばったり出会った。というより、決まって彼女が姿を見せた。かつての日々と同じだった。そして、いつも、涙と、甘い同情と、二人がもう少し若かったころのなつかしい思い出が登場した。

フラヴィアンは彼女の同情に癒された。顔を合わせるのが楽しみになってきた。愛する者の命が少しずつ消えていくのを見守るのは、人が耐えなくてはならない試練のなかでも、もっとも苛酷なもののひとつに違いない。戦場で必要以上に死を見てきた彼ではあるが、いまここで直面している試練に対しては、まだ心の準備ができていなかった。

ある日の午後、滝の上にある森の小さな空地にヴェルマと二人で腰を下ろして、眼下に広がる湖を眺め、小鳥のさえずりや滝の音に耳を傾けていたとき、フラヴィアンは彼女にキスをした。衝動的なキスだった。彼女のせいにはできなかった。

すると、彼女が言った――愛してるわ。あなたを崇拝してるの。昔からずっとそうだったのよ。わたしだったら、あなたが理想とする最高の子爵夫人になれるわ。特別許可証を手に入れて大急ぎで結婚しましょうよ。そうすれば、お兄さまが亡くなったとしても、一年間の喪に服すために結婚を延期、なんてことにはせずにすむでしょ。その一年のあいだ、わたしがあなたのそばにいて支えてあげる。黒い喪服姿のわたしはすてきよ。野暮ったい格好であなたをがっかりさせるようなことはないから安心してね。ああ、あなたを崇拝してる。

そして、フラヴィアンの首に両手で抱きつき、今度は彼女のほうからキスをした。

フラヴィアンはキスをしたことをこわばった声で謝り、許しを請い、いまはとにかく、デイヴィッドがどうにか持ちこたえてはいるものの、危篤状態にあり、自分を必要としていて、自分も兄を必要としていること以外何も考えられない、あとのことはすべて先へ延ばすしかない、とヴェルマに言った。立ちあがりながらもう一度謝り、手を差しだしてヴェルマが立つのを助けた。

ヴェルマは涙に暮れていて、フラヴィアンは自分が極悪人になったような気がした。

翌日の午後、兄の病室にいたフラヴィアンが客間に呼ばれると、大理石のように蒼白な顔をした母がそこにいた。そばにいるのは、涙ぐんだレディ・フルームと、こわばった堅苦しい表情を浮かべ、激怒しているのが明らかなサー・ウィンストン・フルームだった。

どうやら、フラヴィアンが昨日の午後、ヴェルマに愛を告白し、彼女の身を汚しておきながら、兄の病状がどうなるかわからないので結婚は当分のあいだ考えられない、と言ったことになっているらしい。

サー・フルームが詰め寄った。「いくら控えめに言っても、言語道断、許しがたいことだ。昨日のアーノット少佐のお遊びが重大な結果を招くことになったら、どうするつもりだ？」レディ・フルームがハンカチを目に当ててすすり泣き、フラヴィアンの母親はすくみあがった。「陸軍士官として、紳士として、アーノット少佐に名誉を重んじる心があるなら、その償いをすべきだ。遅滞なく」

デイヴィッドが亡くなれば遅滞が生じる。フルーム夫妻が口に出してそう言ったわけではなかった。そんなことは誰一人言わなかった。しかし、サー・フルームが意味することは明らかだった。ただ、特別許可証による結婚は要求しなかった。世間体が悪すぎる。娘の恥になる。かわりに、ただちに婚約発表をするよう要求してきた。それなら何も恥じることはない。それどころか……。

フルーム一家は社交シーズンに合わせてロンドンに家を一軒借りていて、田舎に帰っているあいだも借りたままにしてあった。ただちにロンドンに戻って、社交界で読まれている新聞すべてに記事を出し、盛大な婚約祝いのパーティに貴族階級の人々を招待し、そのあと、ハノーヴァー広場の聖ジョージ教会で結婚予告を出すことになった。

フラヴィアンはヴェルマの純潔を汚したことは否定したものの、声高に反論するのは無理だと悟った。キスをしたのは事実だから、無体なことをしたと言われても仕方がない。ヴェルマの母親は泣いている。父親は怒り狂い、二人のあいだにあったことを極端に誇張した娘の話を信じている。両親が――アーノット家の隣人で友人でもある夫妻が――聞いている前で、ヴェルマを嘘つきと非難することが、フラヴィアンにどうしてできただろう？　しかし、今回のことも三年前にヴェルマがしたこととそっくりだった。ただ、あのときの彼女は、婚約の不成立を狙ってデイヴィッドだけに訴えかけた。今回は何事も運任せにしないよう画策したのだ。

「だから、あなたはロンドンへ行ったわけね」アグネスに言われて、フラヴィアンはすべてをいま彼女に打ち明けたことに気づいた。「そのあとで連隊に復帰したのね」

「ぼくを罠《わな》から無事に救いだす方法は、デイヴィッドにも思いつけなかった。しかし、舞踏会の翌朝ただちにイベリア半島へ、も、戻るつもりだとぼくが言うと、以後二度と帰国しないことを、兄はぼくに、や、約束させた。自分が一カ月以内に死ぬかどうかはわからない、と兄は言った」フラヴィアンは言葉を切り、窓の外から流れこむ冷たい空気を思いきり吸った。「もし兄が死なずにすみ、ぼくが喪に服す必要が、な、なくなったら、強引に結婚させられ、一生涯、罠から逃れられなくなる。予定どおり半島に戻ることを、兄はぼくに、や、約束させた。ぼくが向こうにいるあいだに、ヴェルマはたぶんほかの男を見つけるだろう、と、い、言った。もしくは、ぼくを救ってくれることが、ほかに何か起きるかもしれない、と。兄に約束させられて、ぼくは半島へ旅立った」

フラヴィアンは喉にこみあげてくる熱いものをのみこみ、涙をこらえようとし、その戦いに負けた。落ち着きをとりもどすまで、せめて号泣だけはしないでおこうと必死にこらえた。

そのとき、アグネスが背後から両腕で彼を包み、肩甲骨のあいだに頰をつけた。フラヴィアンはふりむいて彼女を強く抱きしめると、その肩に顔を埋めて恥も外聞もなく泣きじゃくった。

「兄は一人で死んでいった」しゃくりあげながら言った。「母は、ぼ、ぼくの舞踏会のためにロンドンにいた。マリアンもだ。この屋敷には、兄の、じゅ、従者と、そのほかの、め、召使いしかいなかった。ぼくはすでにポルトガルへ戻る船の上だった」

アグネスが彼の片方の耳たぶに唇をつけた。

「ごめんね」フラヴィアンは言った。「きみのショールをびしょ濡れにしてしまった」

「乾くから大丈夫よ。こちらに送りかえされてきたとき、あなたはそういうことをすべて忘れていたの？」

フラヴィアンは顔を上げ、むずかしい表情になった。

「レンが少年時代にここに泊まりに来ていたころ、ヴェルマはあいつと何度も顔を合わせていた。しかし、当時は、あいつがおじの伯爵位を継ぐことになるなんて誰も思っていなかった。ところが、ぼくが国に送りかえされてきたときには、すでに伯爵になっていた。ヴェルマはそれを、ね、狙いはじめた。周囲のことをほとんど理解できなかったぼくだが、それだけはわかっていた気がする。そして、ヴェルマが狙ったものを、か、かならず手に入れることも知っていた。レンに警告しようと努めた。自分では、つ、努めたつもりなんだ。やがて、彼女が、や、やってきて、婚約を解消し、レンと、け、結婚するとぼくに告げた。ぼくはそれを阻止しようとした——しかし、ぼくに、で、できたのは、アーノット邸の客間を破壊することだけだった。結局——レンは来なかった。一度も来てくれなかった。かわりにジョージがやってきて、ぼくをペンダリス館へ連れていった」

アグネスが顔の位置をずらし、いまにも唇どうしが触れそうになった。

「ベッドに戻りましょう。戻って眠りましょうね」

夜の半分ほどのあいだ、彼がアグネスの睡眠を妨げてしまったのだ。

「アグネス、きみはあそこでぼくを待っててくれたのかい？　ミドルベリーで。ずっと待っててくれたのかい？　そして、ぼくもずっと、きみに会えるときを待っていたのだろうか？」

アグネスが微笑しているのが、ろうそくの揺れる光のなかに見えた。

「生まれたときからずっと」アグネスは言った。「そして、あなたも生まれたときからずっと」

「人生はそういうふうに進んでいくのだろうか？」

「ときにはね。信じられない気がするでしょうけど。ねえ、あなた、気がついてる？　言葉につかえなくなってるわよ」

「ぼ、ぼくが？」フラヴィアンは驚いて眉を上げた。「きみ、凍えかけてるに違いないね、アグネス。ベッドに戻ることにしよう」

「ええ」

彼女の先に立ってドアのほうへ向かいながら、フラヴィアンは空っぽのベッドをちらっと見た。本当に空っぽだった。デイヴィッドは去ったのだ。安らぎを得たのだ。二人はあのとき別れの言葉を交わし、デイヴィッドは笑みを浮かべた。いま思いだした。兄はぼくを救うために送りだし、祝福の笑顔をくれたのだ。

〝幸せになってくれ、フラヴ〟あのとき、兄は言った。〝その気があれば、少しだけぼくの死を悼み、それからぼくを自由にしてくれ。ぼくはこれから神の手に守られていくんだ〟

23

　復活祭を祝う日曜の朝が来て、澄んだ青空に太陽が輝いていた。大気は温もりに満ちていた。教会の鐘が命の復活という喜ばしい出来事を告げるために鳴り響き、キャンドルベリーの村の人々が墓地の小道に立って挨拶を交わし、楽しい復活祭を願う言葉をかけあい、子供たちは手近な墓石のあいだを駆けまわっていた。まるで、子供たちを楽しませるためにわざわざ作られた遊び場だと思っているかのようだ。

　牧師が教会の扉の外に立ち、儀式用のローブの裾を軽い風にそよがせ、にこやかに微笑しながら、教会から出てくる信者たちと握手をしていた。

　けさは、復活祭がつねにもたらす喜びを別にしても、興奮のざわめきがいつもより高かった。なぜなら、ポンソンビー子爵が――つまり、かつてのフラヴィアン氏が――ようやく故郷に戻ってきたからだ。長く苦しかった試練にも負けず、昔よりさらにハンサムになったほどだった。しかも、新婚の妻を連れてきていた。それはミス・フルームではなかった。ミス・フルームは何年か前、愛する人にそばにいてもらうことが彼にとってもっとも必要だった日々に、彼を捨て去り、どこかの伯爵と結婚したのだった。

村人の一人が隣人との賭けに負けたが、けさはさほど落胆している様子でもなかった。伯爵と結婚したミス・フルームが夫を亡くし、実家のファージングズ館で暮らすことになったからには、たぶん策略をめぐらして最終的にポンソンビー子爵と結婚するだろう、しかも夏が終わらないうちに、というほうに賭けていたのだ。

新婚の子爵夫人は、ハンサムで裕福でもちろん爵位も持つポンソンビー卿が選びそうな絶世の美女ではなかった。しかし、この女性が選ばれたことを誰もが喜んでいた。ポンソンビー卿は外見だけで妻を選んだのではなかったのだ。といっても、夫人には夫人なりの美しさがあった。服装の趣味がよくてエレガントだが、それを見せびらかして周囲の者に〝自分たちは田舎臭くて野暮ったい〟という思いをさせるようなことはなかった。スタイルがよく、感じのいい顔をしていて、よく笑い、それも心から楽しそうに笑う人だ。笑顔になったときは、みんなの目をまっすぐに見つめる。子爵の腕に手をかけて教会に入ってきたときもそうだったし、外に出るときもそうだった。そして、夫と一緒に小道で足を止め、村人の何人かと言葉を交わした。

ポンソンビー卿夫妻に声の届かないところでは、ほとんどの者がこの二人を話題にしていたが、それも無理からぬことだった。先代の子爵は生前、気の毒なことに何年間も病で臥《ふ》せっていて、村人の前に姿を見せることはほとんどなかった。また、現在の子爵は兄が亡くなる前からすでに村を去っていた。その彼がようやく戻ってきた。健康で、ハンサムで、そして……幸せそうだ。

もちろん、新婚の夫は誰だって幸せそうに見えるものだが、つねにそうとはかぎらない。とくに、裕福な貴族階級ではそのほうが珍しい。貴族が結婚するのはさまざまな理由からだが、そのほとんどが愛や幸福とは無関係だ。

新婚の妻も幸せそうだった。

夏のあいだに村人すべてを招待してガーデンパーティを開くと夫妻が約束したのは、本当だろうか？　ああ、本当だとも。祭壇委員会の責任者のターナー夫人が二日前にお屋敷を訪ねたとき、夫妻がそう言っていたそうだ。ターナー夫人はそのあと、ぜったいに内緒だと念を押して、ミス・ヒルにその話をした。まあ、ミス・ヒルがどんな人間かは、村の者なら誰だって知っている。

アグネスは何人かの名前と顔と職業を覚えようとして、最大限の努力をした。紹介された数人の相手に包み隠さず白状したように、きちんと覚えるにはしばらくかかりそうだった。屋敷の近隣の様子に、そして、そこに住む人々に慣れ親しむまで、少し時間の猶予がほしい、と人々に頼みこんだ。好きなだけ時間をかけてもらうことに、みんな、大賛成の様子だった。

あたりの雰囲気がこんなに穏やかで、人々がこんなに優しいのは天候のおかげに違いない、とアグネスは思った。これほどくつろげる場所は初めてだった。これほどの幸せを感じたのも初めてだった。わたしは正しい選択をしたんだわ。ええ、そうよ。

〝ずっと待っててくれたのかい？　そして、ぼくもずっと、きみに会えるときを待っていたのだろうか？〟数日前の夜、彼がそう訊いた。

〝生まれたときからずっと〟そのとき、アグネスは答えた。〝そして、あなたも生まれたときからずっと〟

照れくさくなるほどおおげさな言葉だが、真実だと思った。そう、間違いなく真実だ。「アグネス」にぎやかな話し声と美しい鐘の音のなかでもはっきり聞こえるよう、顔を近づけて、フラヴィアンが言った。「一緒に来てくれないか?」

何も訊かなくても、どこへ行くつもりかをアグネスは察した。ほっとした。あとひとつだけ、フラヴィアンのすべきことが残っている。うなずいて彼の腕に手をかけた。

二〇〇年前までさかのぼる代々のポンソンビー子爵とその家族を埋葬するための、アーノット家専用の霊廟《れいびょう》というものは造られていなかった。しかし、墓地のなかに手入れの行き届いた一角があり、四角くきれいに刈りこまれた低い生垣にまわりを囲まれていた。いちばん新しい墓は白大理石を使ったもので、門からわずか一メートルほどのところにあった。

ポンソンビー子爵デイヴィッド・アーノット。墓石にそう刻まれ、生没年月日が添えられ、美文調の墓碑銘がついていた。その墓碑銘は彼の清廉潔白な人柄を世間に伝え、彼を天の玉座へ運ぶよう天使たちに指示し、両手を広げた神が玉座で彼を迎えてくれることを述べていた。大理石の天使が翼を広げ、ラッパを口に当てて、墓石の上に立っていた。

「兄は無駄を省いた簡素なものを望んでいた」フラヴィアンは言った。「気の毒なデイヴィッド。墓石に刻まれたいろんな銘を見ては、身震いし、笑っていたものなのに。祖父なんか、ぼくたちの記憶では年老いた怒りっぽい暴君だったのに、墓碑銘だけ見ればまるで聖人だ」

しかし、フラヴィアンの口調には愛情がこもっていて、顔には軽い笑みが浮かんでいることに、アグネスは気がついた。彼はまた、言葉につかえなくなっていた。

「墓地は不気味な場所だと思われている。だけど違う。そうだろう？　安らぎの場所だ。兄がここにいることを、ぼくは喜んでいる」

彼女の手を握っていたフラヴィアンの手に力が入り、彼女がちらっと彼を盗み見ると、こらえた涙で目がきらめいていた。

「ぼくは兄を心から愛していた」フラヴィアンは言った。

「もちろんそうよね。そして、もちろん、お兄さまもそれをご存じだった。同じだけの愛情をあなたに注いでくださった」

フラヴィアンは身をかがめて墓石にてのひらを当て、それからまっすぐに立った。

「うん、そうだね。きみは来世というものを信じてるかい、アグネス？」

「ええ」

「では、幸せでいてくれ、デイヴィッド」

屋敷から教会までは三キロもあるが、二人は歩いてやってきた。残っていた何人かの村人たちに別れの手をふってから、家に帰るために歩きはじめた。アグネスは太陽のまぶしさから顔を守るために日傘をさした。

「ここに来てほんとによかったわ。復活祭が終わって社交シーズンが始まるから、そろそろロンドンに戻ることにする？」

「もう少しあとで」フラヴィアンは言った。「いや、戻らないことにしようか。いますぐ決めなきゃだめかな？」

「ううん」

「昨日、きみの父上と兄上からとても丁寧な手紙をもらった。夏のあいだに一度、こちらに招待しようか。きみのお姉さんも一緒に。みんなの滞在中にガーデンパーティを開いてもいいね」

「すてき。それから、わたし、母に手紙を書こうと思うの。会いに行くことはないかもしれない。いいえ、ぜったいないわ。でも、手紙だけは書くつもり。そうすべきだと思わない？」

「〝……すべき〟というのは違うんじゃないかな。書きたいという気持ちがあれば、書けばいい。母上にとって、うれしいことだろう。たぶん、きみにとっても」

丘の頂上までのぼったとき、屋敷をとりまく鉢形の庭園へ下りていく前に、フラヴィアンは歩みを止めた。彼が大きく息を吸い、吐息のように吐きだすのを、アグネスは耳にした。

「これがお伽噺のハッピーエンドってわけじゃないよね」

「違うわ。でも、ときどき、そんなふうに感じる瞬間があるものよ」

「この瞬間のように？」

「ええ」

「愛してるって、きみに言ったっけ？　ごめん、アグネス。男にとっては、口にするのがいちばんむずかしい言葉なんだ。まだ一度も言っていなかった。言えば覚えてるはずだもの」

「そうね」アグネスは笑いながらうなずいた。「まだ言われてないわ」

そして、その単純な五つの音が連なっていまだかつてなかった魅惑の言葉に変わるのを聞きたくて、アグネスの胸はときめいた。愛する人からの魅惑の言葉を待った。

フラヴィアンは彼女のほうを向くと、日傘をとって小道のそばの草むらに無造作に投げ捨て、彼女の両手を握って胸に持っていき、自分の両手で包みこんだ。緑色の目が、物憂げにまぶたを伏せることもなく、アグネスの目をじっと見た。

「アグネス・アーノット。きみを、あ、あ、あ……」

「愛してる」アグネスは優しく言った。

「ぼくが言おうとしてたのに」

「ううん」アグネスは微笑した。「わたしがあなたを愛してるの」

「ぼくを？」フラヴィアンは握りあった手を唇に持っていった。「ほんとかい、アグネス？ぼくの爵位と、財産と、抵抗しがたい端整な顔立ちと魅力ではなくて？」

アグネスは笑った。「う一ん、そうね、それも愛してるわ」

フラヴィアンがにこっと笑うと、金髪でハンサムで気苦労を知らない少年の面影がよみがえった。昔はきっとこんな少年だったに違いない。

「愛してる」フラヴィアンは言った。

「わかってる」

フラヴィアンは彼女のウェストに腕をまわすと、抱きあげて二回ぐるっと回転させ、それと同時に、頭をのけぞらせて幸せそうに大きく笑った。
そう、彼はとても幸せだった。アグネスも。
アグネスは彼の肩に両手でつかまり、彼の顔を見下ろして笑いだした。

訳者あとがき

全七作から成る〈サバイバーズ・クラブ〉のシリーズがちょうど折り返し点に差しかかった。今回はポンソンビー子爵フラヴィアン・アーノットをめぐる物語である。

前作の主人公ベネディクト・ハーパーが寡黙で控えめなタイプだったのとは対照的に、フラヴィアンは一作目『浜辺に舞い降りた貴婦人と』の冒頭で派手に登場し、毎年恒例の〈サバイバーズ・クラブ〉の集まりに出るため、スタンブルック公爵の本邸ペンダリス館に到着したヒューゴ・イームズを出迎えて「この醜い巨大熊め」とからかうなど、最初から鮮烈な印象を残している。

その外見は、〝長身でスタイルのいい金髪の男性で、まるで神のよう〟〝申し分なく整った古典的な顔立ちに、鮮やかな緑色の目〟と作中で描写されていて、女性なら誰でもうっとりしてしまいそうだ。

そんな彼に出会ったとたん、胸をときめかせたのが、本書のヒロインのアグネス・キーピングだった。それは今回の物語から五カ月前のこと。シリーズ二作目『終わらないワルツを子爵と』で開かれた収穫祝いの舞踏会で、アグネスはポンソンビー子爵フラヴィアンと最初の曲を踊り、さらにはワルツも一緒に踊って、たちまち心を奪われてしまう。若くして夫と死別し、平凡な器量と愚直で退屈な性格を自覚しているアグネスにとって、子爵はまばゆすぎる人だった。でも、この人に会うことは二度とない。住む世界が違うものね——そう思って、舞踏会のあとは彼のことを忘れようと努めるアグネス。

でも、運命の女神はいたずら好きだ。その後の人生が交差するはずなどなかった二人なのに、〈サバイバーズ・クラブ〉の集まりが、今年はいつものペンダリス館ではなく、アグネスが住む村のダーリー子爵邸で開かれることになった。忘れたつもりだったポンソンビー子爵と再会した彼女は、前にも増して彼に惹かれていく自分に気づいて困惑する。

フラヴィアンのほうも、本来は華やかな美女たちが好みだったのに、まったく違うタイプのアグネスに出会って以来、彼女のことがなぜか気になり、何かと口実をつけては二人だけの時間を作ろうとする自分に戸惑っている。

アグネスから見れば、口説き上手で、遊び人で、軽薄としか思えないフラヴィアンだが、じつは、かつて半島戦争で重傷を負ってイングランドに送還され、生死の境をさまよい、心神喪失状態から回復する見込みはないことを医師に宣告され、婚約していた美しい令嬢に捨てられるという波乱の過去を持つ人物である。幸いにもある程度まで奇跡的に回復し、軽い言語障害を別にすればほぼ普通の生活ができるようになったものの、記憶の一部が失われたまま、精神的に不安定な日々を送っている。必要以上に軽薄にふるまうのも、冗談と皮肉ばかり言っているのも、そのせいかもしれない。

出会うはずのなかった二人が偶然にめぐりあって、反発しつつも惹かれあい、苦悩し、逡巡し、少しずつ心を寄せていく様子を、バログはいつものように細やかな筆致で丁寧に描きだす。軽薄な子爵と堅物の未亡人という最初のイメージが徐々に変化して、おたがいになくてはならない大切な存在になっていく様子を見ているうちに、読者の方々の胸にも、二人に幸せになってほしいという強い思いが湧きあがることだろう。

さて、シリーズも後半に入り、次はベリック伯爵ラルフ・ストックウッドの登場である。これまでの四作でもちらちらと顔を見せ、頬にひどい傷跡が残る恐ろしげな外見でありながら、心優しい気配りの人という印象を残していた。彼が出会う相手は、祖母の屋敷で暮らし、孫のように可愛がられているクロエという若い娘。しかし、クロエはどういうわけか、顔を合わせる前からラルフに反感を持っている様子……。なんとも先が思いやられる幕開けである。

楽しみにお待ちいただきたい。

二〇一八年一二月

ライムブックス

あなたの疵《きず》が癒《い》えるまで

著　者　メアリ・バログ
訳　者　山本《やまもと》やよい

2019年1月20日　初版第一刷発行

発行人　成瀬雅人
発行所　株式会社原書房
〒160-0022東京都新宿区新宿1-25-13
電話・代表03-3354-0685　http://www.harashobo.co.jp
振替・00150-6-151594
カバーデザイン　松山はるみ
印刷所　図書印刷株式会社

落丁・乱丁本はお取替えいたします。
定価は、カバーに表示してあります。
 ISBN978-4-562-06519-6 Printed in Japan